COLLECTION
FOLIO/ACTUEL

Emmanuel Todd

L'illusion économique

Essai sur la stagnation
des sociétés développées

Gallimard

Emmanuel Todd, né en 1951, est diplômé de l'Institut d'études politiques de Paris et docteur en histoire de l'université de Cambridge.

Pour Nicolas

Je tiens à remercier Georges-François Leclerc pour sa relecture amicale et critique du manuscrit.

PRÉFACE

L'illusion économique, sans nier l'existence de lois spécifiquement économiques, montre que celles-ci ne peuvent s'exprimer qu'à l'intérieur d'un cadre beaucoup plus vaste, culturel et anthropologique. Des forces profondes, telles que la stratification éducative et son mouvement, les rythmes démographiques ou les valeurs familiales héritées d'un passé très lointain, définissent un univers de possibilités et de buts hors duquel l'activité de l'*homo œconomicus* n'a aucun sens. La vie économique est consciente, la structuration éducative subconsciente et le système familial inconscient.

À l'occasion de la publication en collection de grande diffusion de ce livre, un peu moins de deux ans après sa première parution, il n'apparaît guère nécessaire de « mettre à jour » ce qui concerne les strates profondes, subconscientes et inconscientes, éducatives et familiales, pour lesquelles deux années écoulées ne représentent qu'une durée dérisoire. Leur évolution s'inscrit dans des périodes de temps allant de la génération, dans le cas de l'éducation, au millénaire dans celui des valeurs familiales. Il apparaît en revanche utile de commenter l'accélération de la crise mondiale au niveau superstructurel et conscient de l'économie, ainsi que d'expliquer l'apaisement temporaire de la vie sociale et politique française par la petite reprise économique de 1998.

La tendance à la stagnation mondiale diagnostiquée par *L'illusion économique* a été largement confirmée par les événements récents. Il y a deux ans, la mondialisation était encore considérée comme un phénomène efficace, l'essence même de la modernité économique. Elle était critiquée pour ses implications inégalitaires et ses atteintes à la cohésion sociale. Mais le débat entre apologistes et critiques était de nature morale plutôt qu'économique, les uns et les autres admettant la logique de « l'égalisation du coût des facteurs », le fait que la mise en concurrence des populations actives de tous les pays aboutisse à l'introduction, dans les sociétés avancées, des inégalités de revenu existant à l'échelle planétaire et installe, dans les villes américaines comme dans les banlieues européennes, des morceaux de tiers-monde.

Le dynamisme américain dans la déflation mondiale

Personne n'oserait plus, en 1999, considérer la mondialisation comme simplement efficace et moderne. Les fluctuations boursières et monétaires mettent en scène l'âme inquiète des possédants, tandis que les variables profondes de l'économie réelle décrivent le mouvement lent mais inexorable d'une onde de stagnation, qui, partie d'Asie, s'étend, par la baisse du prix des matières premières et des produits manufacturés, à la Russie, à l'Amérique du Sud, pour finalement menacer les taux de croissance européens. Tandis que la presse parisienne célébrait, avec un bel esprit de clocher, la mini-reprise temporaire du bloc franco-allemand, la presse économique anglo-saxonne a consacré l'année 1998 à une description lucide du développement de la crise mondiale, citant avec de plus en plus de naturel Keynes, commentateur de la dépression de 1929. La première moitié de 1999 ne représente, dans le développement de la crise, qu'une pause incertaine, marquée d'un côté par la relative stabilisation, en régime de sous-production, des économies asiatiques, mais aussi par l'entrée en crise du cœur industriel de l'Europe, allemand et italien.

Le 5 septembre 1998, en pleine crise russe, *The Economist* ouvrait une analyse inquiétante de la situation par une citation de Keynes datant de 1931.

« *Nous sommes aujourd'hui au cœur de la plus grande catastrophe économique du monde moderne... on pense à Moscou que ceci est la crise décisive et finale du capitalisme et que l'ordre social n'y survivra pas.* »

Les élites anglo-saxonnes sont redevenues keynésiennes, admettant un problème planétaire d'insuffisance de la demande. Leur perception est réellement « globale » puisque le problème ne se pose pas aux États-Unis où le crédit nourrit une véritable surconsommation.

Coupés de leurs approvisionnements en biens industriels, les États-Unis auraient plutôt un problème de sous-production, leur secteur manufacturier ne mettant à la disposition des consommateurs que 95 % des biens dont ils ont besoin. Les difficultés des chaînes de production de Boeing ont trahi de manière ponctuelle mais spectaculaire l'atrophie du secteur secondaire américain, au point qu'on finit par se demander ce que signifie « le plus long cycle d'expansion jamais vu dans l'histoire de l'économie américaine ». Le PIB devient un concept mystérieux, promis dans les années futures à une révision déchirante.

La déflation entretient désormais une erreur de perspective : les pays disposant d'une forte capacité industrielle, comme le Japon ou l'Allemagne, voire l'Italie, se révèlent naturellement les plus touchés par le ralentissement des échanges mondiaux et sont décrits comme « moins dynamiques » que les pays à secteur industriel atrophié. Les États-Unis, qui consacrent une part plus importante de leur activité à des services n'ayant pas de valeur internationale à proprement parler, sont partiellement à l'abri de la crise. L'excédent de capacité industrielle n'explique cependant pas à lui seul les difficultés particulières de pays comme le Japon, l'Allemagne ou l'Italie. La dépression démographique, impliquant en elle-même une insuffisance de la demande, est un facteur aussi important. Une immigration plus forte et une fécondité plus élevée contribuent au maintien de l'activité économique des États-Unis.

La surconsommation américaine a débouché en 1998 sur un déséquilibre des échanges de biens et services de 235 milliards de dollars, chiffre qui devrait atteindre, en 1999, 300 milliards. L'Amérique n'en finit effectivement pas de battre des records. Les importations américaines constituent désormais le principal facteur de dynamisme de la demande à l'échelle mondiale. Peut être doit-on parler d'un keynésianisme impérial : ce déficit courant d'une nation dominante représenterait une sorte de déficit budgétaire pour l'ensemble du monde.

Une telle représentation impliquerait que l'on considère les États-Unis moins comme une économie ou une société que comme un État, *pour la planète entière*, avec peut-être, de façon menaçante, son monopole wébérien de la violence légitime. Tel est le non-dit *politique* de la mondialisation : l'existence d'un pouvoir central que certains percevront comme pacificateur et d'autres comme prédateur. La force relative du dollar, au printemps 1999, dans une période incluant simultanément une aggravation du déficit commercial américain et la guerre aérienne menée par l'Otan contre la Serbie, conforte l'hypothèse d'une spécialisation militaire des États-Unis. La capacité de bombardement de l'US Air Force fait désormais autant ou plus pour la valeur du dollar que le « dynamisme » du secteur tertiaire. Reste que le déficit américain, politiquement inquiétant, est économiquement insuffisant pour combler le retard structurel de la demande mondiale, révélé par la déflation.

Lucides sur le diagnostic de sous-consommation planétaire, les économistes, journalistes et hommes politiques de l'establishment anglo-saxon ne peuvent cependant admettre, sans abandonner une croyance libérale devenue pour eux identitaire, que le libre-échange est la cause de la sous-consommation.

Du libre-échange à l'insuffisance de la demande

Dans le cadre des économies nationalement régulées d'après-guerre, il y avait une complémentarité entre production et consommation. Les entreprises avaient le sentiment, lorsqu'elles augmentaient les salaires, de créer de la demande pour l'économie en général. En régime de libre-échange, chaque entreprise considère que la plupart des consommateurs sont dans d'autres pays et traite les salaires comme un coût pur. Si toutes les entreprises de tous les pays du monde s'installent dans une logique de compression du coût salarial, nous obtenons, au terme de quelques décennies, un retard systémique de la consommation, une tendance à la stagnation. À ce processus s'opposent d'autres forces, dynamiques, comme le progrès technique, moteur d'un investissement autonome. Mais le jugement dernier de la croissance zéro est inéluctable.

Il n'est bien entendu pas question de considérer cette mise en évidence d'une tendance à la sous-consommation par écrasement des salaires comme une contribution originale à la science économique. Il ne s'agit que d'un rappel, à l'échelle d'une économie mondialisée, de la contradiction fondamentale du capitalisme, étudiée par d'innombrables auteurs du dix-neuvième ou de la première moitié du vingtième siècle. L'intéressant est d'ordre sociologique : comment a-t-on pu, en une génération, oublier, refouler cette proposition si simple et si bien vérifiée par l'histoire ? Je note que lors de la première parution de *L'illusion économique*, aucun de mes critiques n'a osé affronter ce problème, sans doute trop banal.

Voici donc revenu le vieux monde capitaliste d'avant Ford et Keynes, dans une version effectivement globalisée. Chaque pays se bat pour l'obtention des débouchés extérieurs rendus nécessaires par la compression de sa propre demande intérieure. Devenu maniaque, l'effort économique s'identifie à la recherche de l'excédent commercial, c'est-à-dire de la sous-consommation nationale. La liste des excédents de l'année 1998 était impressionnante : Japon 120 milliards de dollars, Allemagne 75, France 29, Italie 28, Pays-Bas 15, Belgique 13, Chine 43, Corée du Sud 38, Indonésie 20, Thaïlande 13, Malaisie 10. Même la Russie naufragée a participé à l'effort de contraction de la demande avec un excédent de 11,5 milliards. Reste que dans le monde très développé, les pays anglo-saxons en général, et non seulement les États-Unis, se permettent des déficits commerciaux systématiques, ce qui colore d'une nuance ethnique cocasse mais significative l'asymétrie du processus de globalisation.

Le passage de l'Europe à une situation massivement excédentaire, dans les années 90, apparaîtra sans doute aux historiens futurs comme le facteur déclenchant de la crise. La politique restrictive découlant de la marche à la monnaie unique n'est cependant pas le facteur le plus important de la sous-consommation européenne. L'augmentation du nombre des vieux, la diminution de celui des jeunes adultes — par nature fortement consommateurs — pèsent lourdement sur les variables économiques réelles. Ce ralentissement démographique est l'esprit même du temps, essentiellement malthusien. Si je réécrivais aujourd'hui *L'illusion économique*, je renforcerais encore la part de l'argumentation démographique.

L'épuisement des politiques monétaires

Reste que loin d'avoir protégé de la crise, l'euro y a contribué. L'ironie de l'histoire ne s'arrête pas là.

En cette année de réalisation de la monnaie unique
européenne, au terme de débats passionnés sur le style
de la gestion monétaire nécessaire à l'Europe — rigidité allemande ou pragmatisme américain ? — nous
sentons venir la fin de l'efficacité des politiques
monétaires. Une baisse du taux d'intérêt ne produit
plus guère qu'une euphorie boursière temporaire, et
semble le pastiche monétaire d'une distribution de
Prozac. Les taux d'intérêt japonais et européens sont
engagés dans des baisses parallèles qui relancent de
plus en plus mal l'économie réelle — dans le cas du
Japon, qui a dû finalement recourir à l'arme budgétaire, plus du tout. Il ne suffit pas finalement d'abais-
ser le seuil de rentabilité de l'investissement par
baisse du coût de l'emprunt. Il faut bien que les
citoyens de base, et pas simplement 20 % de privilégiés, puissent acheter ce qui est produit. En situation
d'insuffisance structurelle de la demande, la politique
monétaire redevient « une ficelle qui ne peut pas
pousser », et une dévaluation ne suffit plus à relancer
la production. C'est pourquoi la baisse tendancielle de
l'euro, depuis son lancement en janvier 1999, ne peut
seule assurer une reprise de l'économie du vieux
continent. Bien des opposants au traité de Maastricht
voyaient dans la monnaie unique une menace pour la
démocratie. Mais ironiquement, l'euro, arme magique
confiée à quelques hauts fonctionnaires irresponsables
et bornés, se vide de son pouvoir au moment même
où il est censé liquider la démocratie.

Le monde redécouvre Keynes, mais lentement, en
refaisant, sans en être conscient, le chemin intellectuel
qu'il avait parcouru entre le milieu des années 20 et la
publication en 1936 de la *Théorie générale*. Les partisans européens du pragmatisme monétaire, qui comp-

tent encore sur une baisse des taux pour relancer l'activité, se pensent post-keynésiens, ayant enfin dépassé le stade primitif de la relance budgétaire. Mais si nous lisons le *Traité sur la monnaie*, publié en 1930, qui agrège les réflexions de Keynes des années 20, nous y trouvons essentiellement la revendication d'une politique souple de baisse des taux. C'est plus tard, après l'aggravation de la crise, que Keynes admettra l'égale légitimité des deux autres instruments de la régulation que sont le déficit budgétaire et la maximisation de la propension à consommer par hausse des salaires. Nos post-keynésiens autoproclamés ne sont que des keynésiens immatures.

La politique monétaire ne peut relancer que dans une économie « financiarisée » (version courtoise) ou « prozacisée » (version réaliste) de type américain, peuplée de consommateurs endettés, collectivement créateurs d'un énorme déficit commercial. Sa contrepartie politique nécessaire est l'*imperium*. Le monétarisme de relance a pour condition l'hégémonie militaire, par définition hors de portée des dominés stratégiques que sont les Japonais, les Allemands, les Français ou les Italiens.

Le problème fondamental posé par l'interventionnisme keynésien est que les deux instruments supplémentaires de relance, hausse des salaires et activisme budgétaire, sont effectivement irréalistes en régime de libre-échange, n'aboutissant le plus souvent qu'à produire de la demande effective pour le voisin. Et c'est pourquoi un spectre hante désormais la pensée économique mondiale, le protectionnisme, cet instrument de régulation qui, au-delà de ses effets propres, rend possibles toutes les autres régulations. En 1998 et 1999, le concept protectionniste s'est épanoui, avec une

certaine coquetterie hégélienne, par sa propre négation. Avant même que ses partisans, rejetés hors des
establishments, aient eu le temps de faire la moindre
proposition concrète, le loup-garou était dénoncé,
condamné à titre préventif par cent articles.

Contre la cohérence même du modèle libéral, les
économistes et les journalistes politiquement corrects
du monde anglo-saxon acceptent désormais le principe d'une restriction des mouvements de capitaux,
(mouvements dont ils nous assuraient l'année dernière qu'ils découlaient automatiquement du libre-
échange), mais s'indignent à l'avance du contrôle des
flux de marchandises. On ne saurait mieux trahir le
caractère passionnel plutôt que scientifique de la
haine du protectionnisme.

L'écrasement des jeunes par le marché mondial

Le libre-échange devrait cesser, dans les années
qui viennent, d'apparaître comme moderne. Bénéfique dans certaines phases du développement économique, il apparaît, au tournant du troisième millénaire,
comme générateur d'inégalité et de stagnation. Une
conséquence capitale de l'ouverture commerciale
absolue, cependant, m'avait échappé lorsque je rédi-
geais *L'illusion économique*. J'ai fini par comprendre, en lisant *Le destin des générations* de Louis
Chauvel, paru à la fin de 1998, comment le libre-
échange contribuait à l'écrasement économique de la
jeunesse.

Chauvel met en évidence la dégradation en France
du niveau de vie des moins de 35 ans. L'auteur, sociologue, suggère en termes presque économiques que

dans notre monde post-moderne un jeune « vaut moins » qu'un vieux. Certes. Mais il y a là une entorse à la plus simple et la plus intuitive des lois de l'économie. Un bien présentant une utilité quelconque, s'il se raréfie, devrait valoir plus. Ce sont pourtant des jeunes en cours de raréfaction, par suite de la dépression démographique, qui valent de moins en moins, sur le marché du travail ou ailleurs. Trois décennies après le début de la chute de fécondité, les jeunes sont de moins en moins nombreux. La baisse a commencé vers 1990 : − 11 % prévisibles pour les 20-24 ans en France entre 1990 et 2010.

On peut évidemment voir dans « l'effondrement du cours du jeune », qui a accompagné la hausse du CAC 40, l'effet macro-sociologique d'un vieux principe bureaucratique : dernier arrivé, dernier servi. Mais l'analyse économique libérale explique aussi très bien comment, si ce n'est pourquoi, s'effectue la spoliation de la jeunesse occidentale. La mondialisation unifie les marchés du travail. À l'échelle planétaire, tiers-monde inclus, les jeunes sont relativement abondants et corvéables, les vieux sont rares et détenteur du capital. La loi d'égalisation du coût des facteurs nous assure que, si un pays développé s'ouvre au libre-échange, le facteur de production relativement abondant, en l'occurrence le capital, démographiquement identifiable aux vieux, sera favorisé, et le facteur relativement rare, le travail, démographiquement identifiable aux jeunes, sera désavantagé. C'est très exactement ce que nous vivons : l'écrasement des jeunes, de leur liberté de travail, de consommation et de mouvement, par le libre-échange. Seuls quelques pour cent de jeunes diplômés des institutions les plus prestigieuses sont réellement à l'abri de ce mécanisme d'appauvrissement.

Il y a là, contre les tenants de la mondialisation joviale, une sorte d'argument ultime. Ceux-ci nous assurent que la montée des inégalités, découlant de l'unification mondiale des marchés du travail et du capital, est certes regrettable en elle-même, mais nécessaire à l'optimisation du niveau de vie de la planète en général et des pays développés en particulier. La chute des revenus ouvriers n'apparaît pas, dans cette argumentation, comme un retour au bon vieux capitalisme exploiteur du dix-neuvième siècle mais comme l'une des composantes de la post-modernité. Cette rhétorique est, implicitement ou explicitement, renforcée par l'idée qu'à l'âge de l'automation, les ouvriers occidentaux ne seraient plus réellement utiles, mais pris en tenailles par les concurrences simultanées des robots industriels et des sous-prolétaires du tiers-monde.

Or, si l'éco-sophiste peut à la rigueur vendre comme chic et branché le thème d'une inutilité de l'ouvrier d'usine , il aura du mal à présenter l'appauvrissement de la jeunesse comme un progrès. Le jeune est la modernité. L'abaissement de son statut définit à lui seul comme une régression le projet des idéologues modernes ou post-modernes. Par effet de symétrie, le conservateur devient un progressiste, le réactionnaire un homme des Lumières.

Penser le protectionnisme

Lors de la publication de *L'illusion économique*, j'ai, comme prévu, été traité de protectionniste passéiste, certains critiques m'accusant d'être hostile, non seulement aux échanges mondiaux, mais aussi aux communications internationales et à Internet. C'est une confusion. La diffusion des connaissances et des technologies de pointe n'est pas entravée par le contrôle des échanges de marchandises. Pour ce qui me concerne, je pousse la modération protectionniste jusqu'à soigneusement distinguer, au contraire des idéologues pseudo-économistes de la mondialisation, les mouvements de marchandises de ceux des facteurs de production.

En bon élève de Friedrich List, je suis favorable à la liberté de circulation du capital et du travail. Un marché intérieur protégé permet d'attirer chez soi les forces productives du monde, investissements et immigrés. Aussi surprenant que cela puisse paraître en notre âge de simplification, on peut être à la fois hostile au libre-échange, défavorable à la taxation des opérations financières internationales et favorable à l'immigration. L'analyse économique sérieuse, dérivée de List et de Keynes, plutôt que de Smith et de Ricardo, nous permet d'échapper au choix simpliste entre l'ouverture « fun » des élites branchées et la fermeture paranoïaque du Front national.

L'analyse économique sérieuse nous permet également de déceler dans le double choix français de la liberté de circulation du capital et d'une restriction de l'immigration, c'est-à-dire de la liberté de circulation du travail, une incohérence fondamentale, d'esprit malthusien, menant à l'exportation des investissements plutôt qu'à l'importation des hommes. Avec une telle mécanique, il n'y a pas seulement compression salariale, mais perte de la totalité des salaires et donc compression supplémentaire de la demande.

Sans être un immigrationniste fou, hostile par principe à l'existence des frontières nationales et des lois de la République, on doit être favorable à une immigration mesurée — et je serais tenté de dire, d'autant plus importante que le protectionnisme à l'égard des marchandises est fort.

Reste que la définition d'un protectionnisme intelligent, parce que coopératif et bénéfique à tous ne sera pas une chose facile. Je me suis volontairement abstenu de présenter, dans *L'illusion économique*, des recettes et un programme. Il a fallu une génération pour mettre en place le libre-échange. Il faudra autant de temps pour établir les protections dont l'économie mondiale a besoin. La définition de l'espace idéal de protection doit être discutée. La nation européenne traditionnelle de taille moyenne — France, Royaume-Uni, Allemagne, Italie — n'est pas forcément le cadre le plus adapté. L'Europe dans son ensemble peut sembler un espace plus naturel au stade actuel du développement économique.

Autant l'argumentation des européistes concernant la nécessité d'une monnaie unique est, depuis l'origine, faible et destructrice, autant la définition de l'Union européenne comme un espace de protection commerciale apparaîtrait forte et créatrice.

Je ne suis pas plus qu'hier européiste de tempérament, me définissant comme citoyen français et citoyen du monde, en aucun cas comme un Européen, c'est-à-dire, au fond, comme un Blanc, riche et de tradition chrétienne[1]. Mais si je n'ai pas hésité à m'engager contre le projet de monnaie unique défini par le

---

1. Mais je ne pourrai plus échapper très longtemps au quatrième critère de définition de l'Européen type : la vieillesse.

traité de Maastricht, c'est parce qu'il m'apparaissait techniquement absurde. Et je ne crois toujours pas à la viabilité dans le long terme de l'euro en régime de libre-échange. Il me serait cependant impossible, pour des raisons d'honnêteté intellectuelle, de combattre un projet protectionniste européen. La constitution d'un marché intérieur continental permettrait l'augmentation des salaires et de la production, et serait bénéfique, non seulement aux travailleurs de l'Europe, mais aussi à ceux de l'ensemble de la planète, tiers-monde inclus. La relance de la consommation du monde développé finirait par stimuler plutôt que ralentir les échanges mondiaux. Mais l'on va encore m'accuser, avec bien d'autres, d'être passéiste, de réclamer le retour au traité de Rome et au protectionnisme de son tarif extérieur commun.

Il n'est peut-être pas nécessaire de choisir, une fois pour toutes, un niveau unique, géographique et politique, de protection commerciale. Nous devons rompre avec le fantasme néo-libéral de l'homogénéité de l'économie, univers de biens équivalents, échangeables sur des marchés parfaits. Les productions sont de natures diverses et peuvent être protégées à des niveaux géographiques différents. C'est d'ailleurs la pratique du protectionnisme résiduel, mais fort efficace, de l'Europe actuelle, qui maintient encore certaines des zones de dynamisme maximal de l'économie française. La politique agricole commune, dans ce qu'elle garde de traditionnel, c'est-à-dire la garantie des prix, constitue une protection au niveau européen ; Airbus définit un protectionnisme plurinational associant certains pays seulement ; l'audiovisuel est un domaine de protection économique qui reste pour l'essentiel national.

Un film au ralenti

Au contraire de celle de 1929, la crise actuelle est un processus lent, pour deux raisons. D'abord parce que la présence de systèmes de sécurité sociale — dépenses de santé ou revenus minimum en cas de chômage — empêche une implosion totale de la demande. Ensuite parce que notre monde, au contraire de celui des années 20, ne sort pas d'une guerre mondiale, affolé par la mort et l'idéologie. Nulle menace, communiste, fasciste ou nazie, ne pèse sur l'équilibre des systèmes politiques développés. Notre problème est, à l'opposé, l'absence de croyance collective, la placidité, l'inaction. Ce monde mal géré a le temps de réfléchir sans craindre une pulvérisation par les autarcies nationales et la guerre.

Ces considérations rassurantes ne doivent cependant pas conduire à sous-estimer la lente mais sûre montée de la violence qui accompagne la dissolution des croyances collectives et l'éternisation des difficultés économiques. Violence diffuse interne, dans les banlieues, dans les écoles, dans les familles ; mais aussi violence concentrée et exportée par la guerre, dans le golfe Persique ou en Yougoslavie. Le monde occidental, angoissé par sa propre décomposition, reprend timidement, sans oser se l'avouer, l'habitude d'une extériorisation de la violence. Il ressent confusément le besoin de ces guerres qui rétablissent la cohésion de la communauté. Les guerres sans risque menée par l'Occident, en une situation de supériorité militaire absolue, à mortalité zéro pour lui-même, répondent assez bien à une définition du sacrifice donnée par René Girard : elles n'exposent l'officiant et son public à aucune représaille mais permettent l'expulsion de la violence interne de la communauté.

La victoire du franc faible

Alors que le monde dans son ensemble s'enfonçait un peu plus avant dans la crise, durant l'année 1998, la France vivait un relatif apaisement. Au terme de deux ans de gouvernement Jospin, les pages de *L'illusion économique* consacrées aux tensions sociales et politiques apparaîtront peut-être exagérées, trop imprégnées de la folie des années Chirac, ou peut-être faudrait-il dire des années Juppé. Il serait pourtant imprudent de confondre une pause dans la crise avec une disparition des contradictions fondamentales que le retournement de conjoncture fera réémerger.

L'analyse économique et idéologique de l'accalmie présente d'ailleurs un certain intérêt. Elle confirme l'hypothèse de la pensée zéro : nos dirigeants ne sont pas mus par des croyances positives (la pensée unique) mais ils sont idéologiquement vides et seulement capables d'encenser le mouvement de l'histoire auquel ils s'abandonnent (pensée zéro). L'euro est fort, c'est formidable ; l'euro est faible, c'est formidable. Etc.

En 1998, les commentaires euphoriques qui ont salué la reprise ont négligé l'essentiel. La France a basculé — involontairement — dans *l'autre politique*, celle de la dépréciation de la monnaie, inlassablement présentée durant près de dix ans par les tenants de la « pensée unique », adhérents de la doctrine du franc fort, comme une abomination passéiste. Mais entre juillet 1995 et juillet 1997, le franc a perdu 25 % de sa valeur contre le dollar, l'essentiel de la chute intervenant entre janvier et juillet 1997. Nos exportations ont fortement progressé. Puis la demande intérieure a pris le relais de la demande extérieure, mais selon des modalités qui ne correspondent pas à la thèse dominante d'une reprise progressive qui s'auto-alimente.

L'investissement productif des entreprises a augmenté de 1,2 % au second semestre 1997 et de 4 % au premier semestre 1998. Ce redémarrage résulte avant tout d'un effet de calendrier. Les entrepreneurs ont admis, à l'automne 1997, quand le gouverneur de la Banque de France a relevé le taux d'intérêt directeur, dans la foulée de la Bundesbank, que les perspectives de taux d'intérêt seraient à l'avenir moins favorables, et qu'il fallait se dépêcher d'investir. Pendant une demi-décennie, ils avaient attendu. Les investissements de rattrapage se sont concentrés sur une courte période de dix mois.

En 1997, la croissance de la consommation des ménages n'avait été que de 0,9 % ; celle de 1998 a été de 3,8 %, imputable, comme dans le cas des entrepreneurs, à un phénomène de rattrapage après plusieurs années de restrictions. Le seul changement important dans le paysage économique et social réside dans l'impact psychologique de l'incontestable baisse du chômage et du franchissement, dans le bon sens, de la barre des 3 millions. Mais les postes précaires (CDD, intérim) constituent l'essentiel des progrès enregistrés. La nouvelle élasticité de l'emploi à la croissance suggère l'acceptation, notamment parmi les jeunes, de l'inévitabilité de la régression sociale.

Nous avons donc vécu, à l'insu du public, un véritable triomphe de la politique du franc faible. Mais ce succès a été involontaire, œuvre de la pensée zéro plutôt que de la pensée unique. Les difficultés économiques de l'Allemagne, se manifestant par une hausse brutale du taux de chômage, avaient entraîné la baisse du mark. Le principe réellement *unique,* (mais révélateur d'une non-pensée) de la politique économique française, accrocher le franc au mark, a assuré, mécaniquement, la dévaluation du franc par rapport au dollar.

Dans le contexte actuel de déficit aggravé de la demande mondiale et d'épuisement des politiques monétaires, nous pouvons nous demander si d'autres relances du même type sont encore concevables. L'économie allemande retrouve le chemin de la crise, de la chute du taux de croissance et de la hausse du chômage, serrée de près cette fois-ci par l'Italie. L'euro subit une dépréciation importante face au dollar, comme le mark et le franc naguère. Mais il est douteux que l'amélioration de la position concurrentielle des pays européens sur le marché mondial suffise à relancer leurs appareils industriels, et à contrecarrer le travail sourd de la régression démographique.

Le retour de la nation

L'incompétence et l'imprévoyance des hauts fonctionnaires et des hommes politiques qui ont conçu et mis en place l'euro est désormais une évidence. La victoire intellectuelle des opposants au franc fort et à Maastricht est incontestable. Mais cette victoire n'a pas eu d'effet politique à court terme. Elle n'a pas même enrayé le processus de décomposition des formations politiques traditionnelles qui avaient pris parti contre Maastricht, tels le RPR et le parti communiste, deux forces dont la vaporisation idéologique s'est accélérée plutôt que ralentie dans la période récente. Les autodissolutions de Philippe Séguin et de Robert Hue valent finalement celle de Jacques Chirac.

Le commentaire et l'argumentation économiques, omniprésents dans les médias, semblent donc flotter à la surface des choses sociales. Les choix inégalitaires et antiproductivistes persistants de la société française ne découlent nullement de la démonstration de leur efficacité mais de mouvements sociologiques et culturels de fond : atomisation ultra-individualiste, émergence d'une stratification éducative inégalitaire et vieillissement de la population, trois phénomènes indissociables qui constituent une totalité historique. La décomposition des idéologies s'est donc poursuivie, indifférente à l'argumentation économique. La vie politique immédiate est quant à elle sensible à une conjoncture économique apaisante quoique non maîtrisée, aléatoire, vécue comme un phénomène météorologique. Il fait beau en France, et mauvais ailleurs. Le gouvernement français n'est donc pas ébranlé, au contraire de ses homologues anglais, allemand ou italien, par les élections européennes de juin 1999.

Ne soyons pas pessimistes : l'inefficacité à court terme d'un débat économique n'implique rien concernant le long terme. Dans la durée, nous assistons au contraire au lent renversement des conceptions dominantes, à l'effritement de l'hégémonie ultra-libérale, à la réémergence des concepts keynésien de gestion de la demande ou listien de régulation par le protectionnisme.

Les élections européennes révèlent assez bien ce lent mouvement de l'idéologie. Le taux d'abstention, massif à l'échelle continentale, évoque l'inexistence d'une conscience collective européenne. L'indifférence des peuples explique, autant que les perspectives sombres de l'économie, la faiblesse de l'euro. Pas de monnaie sans État, pas d'État sans nation, pas de nation sans conscience collective.

La prédominance d'un PS ancré dans l'ouest et le sud-ouest, peu industriels et dépourvus d'immigrés, est la marque du passé. Avec la mort du RPR et le succès souverainiste de la liste Pasqua-Villiers, nous voyons simultanément mourir et renaître le sentiment national, dont le nom de droite est en France « gaullisme ». Mais à gauche, le parti socialiste lui-même est rongé de l'intérieur par le retour de l'idée nationale, la seule tête pensante du gouvernement, étant, très logiquement, Jean-Pierre Chevènement. L'affaiblissement du Front national, avec sa vision d'une nation perdue, brisée par l'immigration, représente aussi une victoire du sentiment national.

L'illusion économique affirme qu'aucune action collective, économique notamment, n'est possible sans utilisation du cadre national. Mais le choix de la nation est seulement présenté comme une possibilité, et non, à la manière ultra-libérale ou marxiste, comme une nécessité historique. Le retour de la nation me paraît cependant aujourd'hui beaucoup plus probable qu'il y a deux ans.

Juin 1999

INTRODUCTION

La nature de la crise

La France hésite entre la peur et la révolte. À une
question de l'Institut de sondage CSA leur demandant, en mars 1997, ce qu'évoquait pour eux le système économique, 17 % des Français répondaient
l'espoir, 8 % l'indifférence, 41 % la peur, 31 % la
révolte[1]. Entre 1975 et 1995, la vision du futur économique et social a, par étapes, basculé. Le rêve d'un
enrichissement universel, dominant jusqu'à la fin des
années 70, a été remplacé entre 1985 et 1990 par
l'image d'une société stationnaire, dure à certaines
minorités, mais assurant aux trois quarts de la population le maintien d'un niveau de vie élevé. Enfin s'est
répandu, au milieu des années 90, le cauchemar d'une
régression sans fin, d'une paupérisation de secteurs de
plus en plus vastes de la population, d'une inexorable
montée des inégalités. Dans le nouvel imaginaire collectif, 20 % des gens s'enrichissent, pour certains au-
delà de toute mesure, mais 80 % sont précipités, les

---

1. Sondage CSA-*L'Événement du Jeudi*, 13-19 mars 1997. La question exacte était : « Quand vous pensez au système économique tel
qu'il fonctionne actuellement, qu'est-ce que cela suscite en vous ? »

uns après les autres, selon un ordre mystérieux, dans le puits sans fond de l'adaptation. L'idée de modernité s'oppose désormais à celle de progrès. La nécessité économique explique tout, justifie tout, décide pour l'humanité assommée qu'il n'y a pas d'autre voie. Le souci d'efficacité exige la déstabilisation des existences, implique la destruction des mondes civilisés et paisibles qu'étaient devenus, après bien des convulsions, l'Europe, les États-Unis et le Japon.

La mondialisation — globalisation selon la terminologie anglo-saxonne — serait la force motrice de cette fatalité historique. Parce qu'elle est partout, elle ne peut être arrêtée nulle part. Principe de rationalité, d'efficience, elle n'appartient à aucune société en particulier. Elle flotte, a-sociale, a-religieuse, a-nationale, au-dessus des vastes océans, l'Atlantique et le Pacifique s'affrontant pour la prééminence dans un combat vide de conscience et de valeurs collectives. Que faire contre une telle abstraction, une telle délocalisation de l'histoire ?

On ne peut qu'être frappé par le sentiment d'impuissance qui caractérise la période, s'exprimant à travers cent variantes d'une même idéologie de l'inéluctabilité des processus économiques. Impuissance des États, des nations, des classes dirigeantes. Cet accablement spirituel est paradoxal dans une phase de progrès technique spectaculaire, durant laquelle l'homme manifeste, une fois de plus, sa vocation à maîtriser la nature, à transformer, par ses inventions, le monde tel qu'il le trouve. L'arrivée à maturité du système technique associé à la numérisation informatique, qui unifie en un tout cohérent la transmission des images, des sons, et des commandes de machines, aurait dû, au contraire, engendrer un sentiment prométhéen de toute-puissance. Durant les précédentes révolutions technologiques, ni la machine à vapeur, ni le moteur à explosion, ni l'électricité n'avaient entraîné les catégories dirigeantes des sociétés occidentales dans une telle soumission au destin. Ces inventions, stupéfiantes en leur temps, avaient au contraire permis l'émergence d'une volonté de puissance, la cristallisation d'une humeur mégalomane qui avait largement contribué au déclenchement des deux guerres mondiales.

La dépression des classes dirigeantes françaises est particulièrement surprenante. Elle intervient au moment exact où la France a enfin cessé d'être, à l'intérieur du monde développé, un pays en retard. La perte de confiance intervient à l'instant précis où cette nation, traumatisée par le vieillissement technologique et démographique des années 1918-1940, par la défaite et l'Occupation, par la perte de son empire colonial, retrouve enfin, entre 1975 et 1985, une position de leader et une certaine liberté de choix dans quelques secteurs de pointe : télécommunications, nucléaire, aéronautique, engins spatiaux, trains à grande vitesse, programmation informatique. Les élites françaises célèbrent la fin de l'indépendance économique au lendemain immédiat d'une certaine reconquête de l'autonomie énergétique par le développement réussi du nucléaire civil. Les justifications les plus fréquentes de cette perte de confiance en soi invoquent la petite taille de la France, sa population dérisoire à l'échelle de la planète. Cette explication ne peut en être une. Aux États-Unis, pays d'échelle continentale, le thème de la pulvérisation des nations par la globalisation s'épanouit avec une égale violence. Et l'Amérique, naguère si volontaire, accepte encore plus vite et plus facilement que la France la montée des inégalités, la chute du niveau de vie de catégories de plus en plus vastes de sa population. Le désir lâche de s'abandonner au destin qui fleurit outre-Atlantique n'a rien à envier à celui qui ravage l'hexagone.

Je vais essayer de montrer dans ce livre que la mondialisation est à la fois une réalité et une illusion et qu'il nous faudra dissiper l'illusion pour maîtriser la réalité.

La mondialisation est une réalité parce qu'il existe bien une logique économique planétaire, associant à la liberté de circulation des marchandises, du capital et des hommes, une baisse des revenus du travail non qualifié puis qualifié, une montée des inégalités, une chute du taux de croissance et, ultimement, une tendance à la stagnation. Le théorème dit de Heckscher-Ohlin, qui associe à l'ouverture internationale une inégalisation interne des économies est, à vrai dire, l'un des rares véritables acquis de la science économique. Il est logiquement convaincant et, déjà ancien, puisque remontant à l'entre-deux-guerres, s'est révélé capable de prédire certains aspects essentiels de l'évolution sociale des vingt dernières années. La panique boursière d'octobre 1997, qui associe l'Asie, l'Amérique et l'Europe, est elle aussi bien réelle. Elle illustre, sur le mode négatif, l'interdépendance financière des continents.

Mais la mondialisation est aussi une illusion, parce que le mécanisme économique n'est en rien le moteur de l'histoire, une cause première dont tout découlerait. Il n'est lui-même que la conséquence de forces et de mouvements dont le déploiement intervient à un niveau beaucoup plus profond des structures sociales et mentales.

Pour comprendre la crise du monde développé, on doit distinguer trois niveaux, *économique, culturel* et *anthropologique*, que l'on peut, par analogie avec les catégories psychologiques usuelles, identifier aux niveaux *conscient, subconscient* et *inconscient* de la vie des sociétés.

Le subconscient culturel

Les mouvements du niveau culturel des populations peuvent être qualifiés de subconscients : ils ne constituent pas l'interprétation dominante des divers médias, mais ils sont tout à fait présents dans les études de l'OCDE sur les performances scolaires ou intellectuelles des pays membres. Il serait en effet injuste de ne retenir de l'activité de cette institution que ses litanies ultralibérales et strictement économiques puisque des chercheurs nombreux et sérieux y ont compilé les statistiques qui permettent d'analyser le cœur éducatif de la crise du monde développé. C'est aux États-Unis — masse centrale, démographiquement dominante et, jusqu'à très récemment, la plus avancée sur le plan technologique — que sont intervenues, dans un premier temps, les mutations décisives. La crise ne naît pas d'une évolution économique autonome, mais de mouvements de longue période du niveau culturel des diverses populations.

D'abord, depuis 1945, élévation spectaculaire du niveau moyen, mais avec une ouverture importante de l'éventail des formations. Cette nouvelle distribution des qualifications explique la réémergence, dès le milieu des années 60, de doctrines présentant l'inégalité comme une valeur sociale positive, et, à partir du début des années 70, aux États-Unis, la montée des inégalités économiques objectives. Cette progression différentielle des niveaux éducatifs stratifie, dissocie, fragmente les sociétés. Elle met à mal l'idéal d'égalité. Elle brise l'homogénéité des nations, puisque la nation achevée est, par essence, une association d'individus égaux.

À cette phase de hausse du niveau culturel, inégalisante et dissociante, succède brutalement, aux États-Unis, une stagnation et même, dans certains secteurs, une régression. Ce phénomène, masqué par la percée technologique, n'est pas la « cause » de la crise mais sa réalité. L'atteinte d'un plafond culturel par la plus avancée des sociétés, qui ouvrait, jusqu'à une date récente, la marche de l'humanité, explique assez largement le sentiment d'impuissance qui s'est emparé du monde.

L'analyse de ces évolutions culturelles nous fait échapper à l'irréalité de la mondialisation. Elle nous réinsère dans l'univers concret des sociétés nationales. Le lien évident et banal entre langue et culture, le lien non absolu mais extrêmement fréquent entre langue et collectivité impose d'emblée la nation comme cadre pertinent de l'analyse des dynamiques culturelles. Les espaces océaniques et brumeux dans lesquels se meut le capital délocalisé perdent alors leur primauté théorique. Et c'est bien aux États-Unis, au Japon, en Allemagne, en Grande-Bretagne, en France, en Italie, en Suède ou en Australie, que l'on peut mesurer des taux d'accession à tel ou tel niveau scolaire, même si la mesure comparative pose un certain nombre de problèmes pratiques. L'analyse culturelle, dont on pourrait craindre a priori qu'elle ne conduise à des abstractions, ramène en fait à une vision réaliste de la dynamique interne des sociétés. L'examen des problèmes éducatifs américains des années 1960-2000 révèle, sous l'arrogance universalisante du modèle ultralibéral, l'essoufflement intellectuel de la plus puissante des sociétés nationales. Désormais soumise à la concurrence d'autres nations, temporairement plus dynamiques, l'Amérique doit s'adapter. L'impact de ce tassement culturel sur l'économie des États-Unis constitue, compte tenu de la masse du système américain, le cœur de la crise des sociétés occidentales. L'adaptation de l'économie américaine à ces phénomènes culturels de fond est remarquable, non dénuée d'efficacité. Mais, au stade actuel, elle définit peut-être une gestion souple du déclin et de la stagnation plutôt qu'un nouveau type d'expansion. Au-delà de ses conséquences pratiques pour l'économie et pour la société américaine, la réaction idéologique ultralibérale provoquée par la chute du niveau culturel est, à travers son expansion planétaire, l'un des phénomènes majeurs de la période.

La hausse différentielle du niveau culturel est largement responsable de la remontée en apparence irrésistible de l'idéal d'inégalité. Sa stagnation ultérieure aux États-Unis explique assez bien la chute des performances économiques et le désarroi du monde. Mais le Japon, l'Allemagne ou la France ne suivent pas les États-Unis dans toutes leurs évolutions. Pour comprendre la diversité des dynamiques culturelles et économiques, il nous faudra nous enfoncer dans les profondeurs encore plus lointaines d'un véritable *inconscient social.* Des valeurs anthropologiques non rationnelles, non conscientes et non individuelles définissent en effet les aptitudes et les possibilités

d'adaptation des divers pays qui composent ce monde
en crise.

L'inconscient anthropologique

La capacité d'une société à atteindre ou à dépasser
tel ou tel niveau culturel ne dépend pas seulement de
ses institutions éducatives mais aussi, et peut-être
surtout, de son organisation familiale. La famille
humaine n'a pas pour seule fonction la reproduction
biologique, elle doit aussi assurer une partie de la
transmission des connaissances. Ce rôle est évident
dans les sociétés primitives ou paysannes. Mais la
famille garde, dans un contexte industriel ou postindustriel, des fonctions directes et indirectes de soutien à l'éducation, primaire, secondaire ou même supérieure. Les systèmes familiaux fortement intégrateurs
favorisent des études longues ; les systèmes familiaux
plus individualistes sont moins capables d'encourager
ce type de performance. L'activité souterraine des
valeurs et des formes familiales ne s'exerce pas
aujourd'hui dans le seul domaine éducatif. La vie économique est elle-même fortement modelée, régulée
par ces systèmes anthropologiques, dont chacun constitue un cadre invisible et inconscient dans lequel se
meut *l'homo œconomicus*, rationnel et calculateur.

Tout observateur libre des préjugés sent que
l'atmosphère n'est pas la même dans les pays anglo-
saxons, dont la vie sociale est individualiste, et dans
des pays comme l'Allemagne, le Japon ou la Suède,
où les comportements individuels s'insèrent dans de
fortes contraintes collectives. Au-delà des abstractions
de la science économique, il existe bien plusieurs

types de sociétés capitalistes, dont les principes peuvent être saisis par une analyse des fondements anthropologiques de chacune des nations. Partout, un système de valeurs et de mœurs hérité des temps fondateurs définit la forme concrète du capitalisme. J'ai eu l'occasion, dans plusieurs livres, de saisir cette matrice anthropologique par une analyse des types familiaux des paysanneries traditionnelles, et je montrerai ici la pertinence de ce modèle pour la classification des capitalismes modernes. La parenté de structure des types japonais et allemand, que les économistes voient et décrivent sans pouvoir l'expliquer, n'est pas, pour l'anthropologue, un bien grand mystère.

L'observation des sociétés paysannes préindustrielles permet de saisir, en action dans la vie des familles, quelques valeurs fondamentales — liberté ou autorité, égalité ou inégalité, exogamie ou endogamie — qui définissent le rapport de l'individu au groupe et les relations entre individus dans le groupe. L'organisation familiale ancienne a bien entendu été modifiée, peut-être même détruite par la modernité industrielle et urbaine. Mais l'hypothèse d'une rémanence de ces valeurs et de leurs fonctions de régulation dans les sociétés les plus développées est probablement l'une des plus productives qui soient dans les sciences sociales actuelles.

Ainsi, on ne peut guère comprendre la violence spécifique des réactions de la société française au processus d'inégalisation des revenus si l'on ne sait pas qu'il existe, sur une bonne partie du territoire national, une valeur anthropologique égalitaire indépendante de l'économie. On ne peut de même spéculer sur l'avenir de la Russie postcommuniste si l'on refuse d'admettre qu'un substrat anthropologique

communautaire — autoritaire et égalitaire, fortement
intégrateur de l'individu au groupe — a survécu à
l'idéologie communiste, après lui avoir donné naissance. Le système soviétique avait lui-même remplacé
les formes communautaires traditionnelles par le parti
unique, par l'économie centralisée et par le KGB, institution la plus proche de la famille originelle des paysans russes par ses fonctions de contrôle individuel.
Le communisme n'était que le reflet idéologique transitoire de valeurs plus profondément situées dans la
structure sociale. Il serait imprudent de postuler une
dissolution presque instantanée, en quelques années,
du système anthropologique russe. La Chine, dont les
structures familiales sont aussi de type communautaire, illustre le même phénomène de persistance des
valeurs infra-idéologiques : la sortie « économique »
du communisme y apparaît plus facile qu'en Russie,
la libération politique beaucoup plus problématique.
L'autoritarisme n'a été que temporairement ébranlé
par le printemps de Pékin.

Cependant, dans le cadre de cet essai, consacré à la
crise des sociétés les plus développées, la distinction
fondamentale oppose le système anthropologique
nucléaire absolu du monde anglo-saxon, individualiste, au système souche allemand ou japonais, intégrateur. Deux types familiaux, deux modèles de
régulation socio-économiques, deux capitalismes,
dont l'affrontement asymétrique donne une bonne
partie de son sens au processus de la globalisation. Le
monde homogène et symétrisé de la théorie économique n'existe pas. En 1995, les États-Unis ont exporté
pour 65 milliards de dollars de biens et de services
vers le Japon ; ils en ont importé pour 123 milliards,
soit un taux de couverture de 53 % seulement. Le cha-

pitre introductif habituellement consacré par les manuels d'économie internationale à l'optimisation de
l'échange entre deux pays imaginaires, dont chacun
produirait un bien unique, laisse rêveur lorsque l'on
garde en tête cette réalité de l'échange bilatéral le plus
important de la planète. Le commerce entre États-
Unis et Japon est, par son déséquilibre même, une
insulte à la théorie économique. Il est aussi une
défense et illustration de l'analyse anthropologique[1].
Nous verrons que c'est ici le « capitalisme souche »,
porté par un type anthropologique ancré dans la notion
même d'asymétrie, qui fixe la règle du jeu, et définit la
globalisation comme un processus asymétrique.

Il serait cependant absurde d'imaginer qu'un seul
type anthropologique puisse être porteur de l'ensemble des virtualités positives, les autres lui étant
inférieurs en tout point. Au stade actuel du développement historique, les systèmes nucléaires sont moins
efficaces culturellement que les types souches. Mais
ces derniers payent sur le plan démographique, par
une très basse fécondité, leur potentiel éducatif supérieur. Les structures souches sont également affectées
d'une tendance intrinsèque à la rigidité, sociale ou
économique, qui freine le redéploiement des forces
productives. Chacun des systèmes anthropologiques
existant favorise telle ou telle des aptitudes humaines,
mais toujours au détriment d'autres aptitudes. Tous
ont prouvé leur capacité de survie historique sur une
très longue période.

---

1. Sur le plan strictement quantitatif, le Japon n'est que le deuxième
partenaire commercial des États-Unis, après le Canada. Mais on ne
peut considérer l'échange entre États-Unis et Canada comme absolument « international ».

Déclin des croyances collectives
et sentiment d'impuissance

Le plafonnement culturel américain ne peut cependant expliquer à lui seul le sentiment d'impuissance qui a envahi le monde développé, et ces chefs de gouvernement soumis « aux marchés financiers », spectateurs résignés ou cyniques d'une histoire qui les dépasse. Ainsi, Bill Clinton et Jacques Chirac, élus au terme de campagnes électorales volontaristes, ont-ils été rapidement transformés en gestionnaires prudents d'un monde trop vaste, menaçant comme un océan.

On doit ajouter, pour comprendre la crise, l'hypothèse d'une dissolution des croyances collectives, dans toutes leurs manifestations : déclin des idéologies, des religions, de la conscience de classe, de l'État, du sentiment national. Toutes les croyances qui assuraient la définition et la cohésion de groupes capables d'agir collectivement semblent en voie de disparition, dans un univers social et mental qui ne laisserait plus subsister que l'individu. Mais c'est bien parce qu'il est seul, isolé, dans sa parcelle de rationalité, que l'individu se sent écrasé par l'histoire économique.

Nous vivons aujourd'hui l'aboutissement logique de l'absurdité ultralibérale, qui, voulant « libérer l'individu » de tout carcan collectif, n'a réussi qu'à fabriquer un nain apeuré et transi, cherchant la sécurité dans la déification de l'argent et sa thésaurisation. En l'absence de groupes actifs, définis par des croyances collectives fortes — ouvrières, catholiques, nationales —, les hommes politiques du monde occidental sont réduits à leur taille sociale réelle, par nature insignifiante.

Une abondance de textes nous assurent en particulier que la nation, la plus active des croyances collectives au xxᵉ siècle, est en voie d'être dépassée. Ultralibéralisme et européisme, apparus dans les années 1980 pour dominer l'imagination des strates supérieures des sociétés occidentales, ont en commun de nier l'existence des nations et de ne plus définir des entités collectives vraisemblables. On doit, pour cette raison, les considérer comme des anti-idéologies, des croyances anticollectives, ou, pour faire court, anticroyances, nettement distinctes des formes doctrinales antérieures dont l'une des fonctions essentielles était la cristallisation de groupes humains. La doctrine ultralibérale et le credo monétaire maastrichtien, si opposés par certains de leurs principes fondamentaux, libéraux et anglo-saxons dans un cas, autoritaires et continentaux dans l'autre, s'appuient cependant sur une même axiomatique postnationale. Le rejet de la nation s'exprime ici « vers le haut », par un désir de la dissoudre dans des entités d'ordre supérieur, l'Europe ou le monde ; mais il peut aussi se tourner « vers le bas », exigeant alors la fragmentation du corps social par la décentralisation géographique ou par l'enfermement des immigrés dans leurs cultures d'origine au nom du droit à la différence. Tous ces phénomènes, que rien ne relie en apparence — européisme, mondialisme, décentralisation, multiculturalisme — ont en réalité un trait commun : le refus de la croyance collective nationale.

C'est ce rapport négatif à l'idée de nation qui implique que l'on parle très spécifiquement d'ultralibéralisme. Le libéralisme des xviiiᵉ et xixᵉ siècles était associé positivement au développement de l'idée nationale. Il ne niait pas l'existence des collec-

tivités humaines. Il n'aurait jamais osé affirmer, avec
Margaret Thatcher, que la société n'existe pas[1]. Ce
rapport inversé à la notion de croyance collective suffit à définir le libéralisme classique et l'ultralibéralisme comme relevant de natures différentes, et même
opposées.

Selon la vulgate actuelle, la cause du dépassement
des nations doit être recherchée dans l'action des forces
économiques, dans cette globalisation dont la logique
invincible ferait exploser les frontières. Une autre
interprétation est possible, qui met à l'origine du
déclin de la croyance collective nationale, non pas
l'économie, mais une évolution autonome des mentalités : la dissociation et la stagnation culturelles qui
caractérisent la période ont mis à mal l'idéal d'égalité
et la croyance en l'unité du groupe. Je vais essayer de
démontrer dans ce livre que la séquence logique
associant implosion des nations et globalisation économique est inverse de celle qui est communément
admise. La chute de la valeur d'égalité entraîne celle
de la croyance collective nationale qui détermine à
son tour le mouvement économique de globalisation.
La causalité part des mentalités pour atteindre l'économique : l'explosion des nations produit la mondialisation, et non l'inverse. En France comme aux États-
Unis ou en Angleterre, c'est l'*antinationisme* des élites, pour reprendre le terme efficace de Pierre-André
Taguieff, qui mène à la toute-puissance du capital
mondialisé[2]. Le retour d'une conscience collective
centrée sur la nation suffirait à transformer le tigre de

---

1. « There is no such thing as society. »
2. P.-A. Taguieff, *Les fins de l'antiracisme*, Michalon, 1995, p. 202.

la mondialisation en un chat domestique tout à fait acceptable.

Nous verrons qu'une telle analyse est encore peu applicable à l'Allemagne et pas du tout au Japon. Ces nations, ancrées dans des valeurs anthropologiques anti-individualistes, sont infiniment plus résistantes à la désintégration historique que les États-Unis, l'Angleterre ou la France.

Au-delà des problèmes créés par la libération du capital, l'affaissement de la croyance collective nationale est à l'origine de multiples erreurs de perception et de gestion économique, tout simplement parce que la nation est la réalité humaine qui se cache sous les notions abstraites de « société » ou d'« économie ». La Sécurité sociale est en pratique un système de redistribution nationale. La « demande globale » de l'analyse keynésienne ne peut, en pratique, être gérée qu'à l'échelle nationale. Ou pas du tout.

L'oubli par les élites occidentales du concept banal de demande globale, enseigné comme allant de soi entre la fin de la Seconde Guerre mondiale et le milieu des années 80, dans la plupart des institutions assurant la formation des dirigeants, est un phénomène de mentalité dont l'étude mériterait à elle seule plusieurs thèses de doctorat. L'effet de cette amnésie intellectuelle apparaît aujourd'hui stupéfiant en Europe : dans un contexte de contraction de la consommation nous voyons les gouvernements maastrichtiens acharnés à comprimer toujours plus la demande par la réduction des déficits publics. Alain Juppé s'est ainsi transformé sous nos yeux en une sorte de hamster tragique, faisant inlassablement tourner la roue d'une lutte contre le déficit qui nourrissait le déficit. Mais c'est bien le reflux de la croyance nationale qui conduit à une gestion économique absurde, par défaut de perception de la réalité agrégée du système : l'économie a pour spécificité de faire apparaître sans cesse des interactions, des boucles logiques, des cercles vertueux ou vicieux que l'on ne peut saisir si l'on ne dispose pas d'un cadre les définissant a priori comme une totalité.

La non-perception de la collectivité a également mené à l'oubli par nos classes dirigeantes de l'une des dimensions les plus importantes de la vie économique, la démographie. Une nation est avant tout une population, dont les structures par âges et niveaux de qualification définissent un potentiel économique. Les

Graphique 1.
Les jeunes de 20-24 ans dans le monde développé

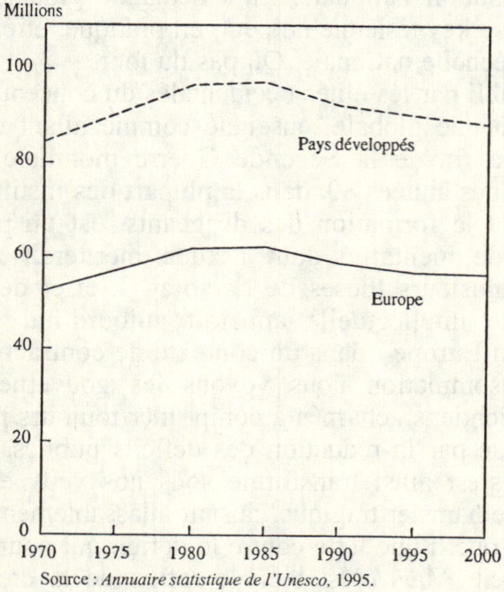

Source : *Annuaire statistique de l'Unesco*, 1995.

nations conscientes d'elles-mêmes manifestent une grande sensibilité aux questions démographiques. Les classes dirigeantes antinationistes des années 1985-1995 n'ont donc pas pu percevoir le retournement de conjoncture économico-démographique le plus massif et le plus évident de l'histoire de l'humanité : l'arrivée à l'âge adulte, dans l'ensemble du monde développé, des classes creuses fabriquées par la chute de fécondité amorcée au milieu des années 60. Vers 1990 en Europe, un peu plus tôt aux États-Unis, à des rythmes divers, le nombre des individus âgés de 20 à 24 ans se stabilise puis se met à baisser. Les implications économiques d'un tel retournement de tendance sont immenses. La question démographique cependant nous ramènera très vite à celle de la demande globale puisque l'effet le plus important du tassement est une dépression tendancielle de la consommation.

La France, entre pensée zéro et lutte des classes

Dans ce monde menacé par la stagnation, la France occupe une position très particulière. Très honorable numéro 4 de la compétition économique mondiale, elle ne peut cependant s'installer sur un podium partagé par les États-Unis, le Japon et l'Allemagne pour tenter d'imposer une conception propre de la vie économique et sociale. Mais elle est placée sur la ligne de faille qui sépare le capitalisme individualiste de type anglo-saxon du capitalisme intégré de type allemand ou japonais. Double par ses structures anthropologiques, dotée d'un centre individualiste et d'une périphérie intégratrice, elle vit sur son sol l'affrontement des valeurs économiques et idéologiques dérivées des types familiaux nucléaire et souche, le conflit entre liberté et autorité, la guerre entre égalité et inégalité. C'est pourquoi la crise y apparaît plus intense, plus folle qu'ailleurs.

Petite merveille de dynamisme durant les trente glorieuses, la France est devenue, en une quinzaine d'années, à la surprise générale, le mouton noir de l'économie mondiale. De toutes les nations anciennement développées, elle est celle qui va le plus mal, dont la stagnation industrielle est la plus manifeste, dont le taux de chômage est le plus aberrant.

Dominée par des élites exceptionnellement incompétentes, la France a contribué plus que toute autre nation à l'erreur de stratégie économique et historique que constitue le traité de Maastricht. Ses responsables politiques, qu'ils soient de droite ou socialistes, ont allégrement mélangé des concepts économiques libéraux et autoritaires, pour n'aboutir qu'à maximiser les souffrances sociales de leur pays. Les classes dirigeantes françaises tentent aujourd'hui de masquer leur désarroi par une arrogance absolue. Mais la pensée unique « à la française », que je préfère, pour des raisons de contenu et d'insertion sociologique, appeler pensée zéro, se distingue par son incohérence conceptuelle. Elle a fini par devenir, en cette fin des années 90, un objet de dérision pour les commentateurs économiques du monde anglo-saxon, pourtant lui-même assez richement doté en analystes conformistes ou aveugles.

Ces élites hexagonales particulièrement autoritaires doivent désormais affronter un peuple spécialement rebelle. C'est en France que le rejet du conformisme mondial est le plus menaçant, l'opposition à l'ultra-libéralisme la plus facile, la mise en question de l'européisme la plus avancée. Déjà, le pays, sous tension, produit des réactions sociopolitiques violentes. L'émergence, l'incrustation et la croissance lente du Front national furent un premier avertissement. Le mouvement social de novembre-décembre 1995 représente une deuxième étape dans la montée de l'opposition à la classe dirigeante, qui s'étend alors du monde ouvrier au reste de la société.

C'est donc en France que se joue l'affrontement idéologique majeur. La presse internationale le sent bien, qui décrit les soubresauts de plus en plus fréquents et violents du système français comme ayant un sens à l'échelle planétaire. C'est la raison pour laquelle je terminerai ce livre par une analyse détaillée des contradictions de la pensée zéro et par une description de la paradoxale montée des luttes de classes dans ce pays développé, riche encore et déjà vieilli. C'est aussi en France qu'il est le plus facile d'observer, au-delà de la remontée du conflit, le retour des croyances collectives les plus vraisemblables et, dans le contexte historique actuel, les moins nocives : le peuple, la nation et l'État. C'est enfin en France, pays pourtant attardé sur le plan de la réflexion économique, que l'on assistera peut-être à la réémergence finale du concept protectionniste, c'est-à-dire à l'une des expressions économiques possibles de l'idée de nation.

CHAPITRE I

Éléments d'anthropologie à l'usage des économistes

L'économie appartient à la strate *consciente* de la vie des sociétés. Elle est même au centre de la conscience que peuvent avoir d'elles-mêmes les sociétés parce qu'elle s'appuie sur ce qu'il y a en l'homme de plus simple : la logique de l'intérêt individuel. L'activité économique, et non simplement la théorie, trouve un fondement majeur dans la recherche par chaque individu du meilleur gain pour le moindre effort, attitude sans laquelle la survie et la progression de l'espèce ne sont pas concevables. Les philosophies politiques qui ont tenté de nier l'existence de cette rationalité individuelle, prolongées dans des tentatives politiques d'éradication de la logique du profit, n'ont abouti qu'à la création de sociétés totalitaires ayant vocation à stagner puis à se décomposer. L'individu existe, avec sa recherche du plaisir et son évitement des peines. Nier cet atome de rationalité et les lois économiques qui en découlent est une première absurdité.

Une deuxième absurdité consiste à croire qu'il n'existe *que* des lois économiques et des individus. Il faut, pour comprendre le fonctionnement et l'évolution des sociétés humaines, poser aussi l'axiome d'une existence spécifique de la collectivité, d'un groupe dont la structuration ne relève pas tout entière d'une rationalité individuelle et consciente. L'analyse de ces formes englobantes, supra-individuelles et inconscientes, fut le but de la sociologie durkheimienne, mais c'est l'anthropologie, sociale ou culturelle, qui a le mieux mis en évidence leurs fonctions capitales. Sans elles, la survie de l'espèce n'est pas non plus concevable.

Un exemple élémentaire, celui d'une population préindustrielle confrontée à la rareté des subsistances, permet de comprendre comment peuvent se combiner rationalité économique individuelle et valeurs anthropologiques inconscientes.

Comment réagit, dans la situation malthusienne classique d'une croissance démographique plus rapide que celle de la production agricole, une population paysanne, en l'absence de techniques contraceptives modernes ? Diversement, selon la civilisation. Dans l'Europe de l'Ancien Régime, caractérisée par un statut de la femme relativement élevé et par un certain nombre d'interdits chrétiens, on observe une hausse de l'âge au mariage et une progression du célibat définitif des hommes et des femmes. L'abstinence sexuelle est considérée comme la seule méthode acceptable de contrôle du nombre des naissances. Ce fut d'ailleurs le choix de Malthus, économiste et pasteur. En Chine du Nord, où le système de parenté patrilinéaire implique un mariage universel et précoce, la réponse à la tension démographique, très différente, consiste en une augmentation de fréquence de l'infanticide des bébés de sexe féminin, solution raisonnable en l'absence du « Tu ne tueras point » biblique. Au Tibet, la surmortalité des petites filles, obtenue par une certaine négligence dans les soins aux nouveau-nés de sexe féminin, joue un rôle dans la régulation démographique, ainsi que l'élévation du taux de célibat. Mais le bouddhisme tantrique n'est pas aussi radical que le christianisme dans son rejet de la sexualité. Les hommes privés de la possibilité de se marier, s'ils ne deviennent pas moines, se voient donc reconnaître un droit d'accès sexuel à l'épouse de leur frère aîné, héritier du bien familial. Cette coutume est souvent décrite un peu superficiellement comme étant la *polyandrie* tibétaine.

La diversité des substrats anthropologiques, qui mêlent ici dimensions familiales et religieuses, implique des solutions différentes au problème économique universel de la rareté. Dans cet exemple, l'essentiel est moins la diversité des solutions que *le caractère inconscient de la régulation anthropologique*, système de valeur partagé par le groupe et qui définit, a priori, ce qui est concevable ou non. Cet inconscient des valeurs du groupe sert de cadre à une adaptation économique rationnelle des acteurs qui est, quant à elle, consciente. Les individus, européens, chinois ou tibétains, savent qu'ils résolvent un problème économique ; ils ne voient pas qu'ils obéissent à la loi, qu'ils vivent la loi du groupe, bain invisible modelant leur action. Là est probablement l'une des origines de la force de l'argumentation économique, qui s'appuie toujours et partout sur un économisme spontané, populaire, antérieur au développement formel de la science. Car si l'on demande à un paysan européen, chinois, ou tibétain de justifier son comportement — abstinence sexuelle, infanticide ou polyandrie —, chacun répondra par une même argumentation proto-économique insistant sur la notion de rareté : « C'est parce que ma terre est limitée que je ne peux me marier, qu'il m'est impossible d'élever tous mes enfants ou que je suis dans l'obligation de faire l'amour à la femme de mon frère aîné. » La détermination anthropologique est masquée par une tache aveugle, le sens localement donné aux actes fondamentaux de la vie par le système anthropologique. Paradoxe ultime, la diversité des réactions, reflet de la pluralité des fonds anthropologiques, n'empêche pas l'émergence partout d'une même logique économique, qui crée l'illusion d'une communication entre sociétés. L'argumentation économique apparaît, *à l'intérieur* de chaque système de valeur, nécessaire et légitime. Toutes ces formations anthropologiques, une fois développées, alphabétisées, devenues productrices de chercheurs et de savants, exporteront des économistes qui, à l'occasion de leurs colloques internationaux, pourront sans effort communier dans une célébration de la rationalité individuelle. L'*homo œconomicus* est d'une certaine façon universel, mais il agit toujours à l'intérieur d'un système anthropologique inconscient.

L'exemple choisi est ici minimal puisque l'objectif à atteindre par les trois sociétés est le même : un équilibre élémentaire entre population et subsistances. Que deviendrait l'universalité des lois de l'économie si l'hypothèse, fort raisonnable, d'une diversité des fins de l'activité humaine, était introduite ?

Matrices anthropologiques[1]

Les sciences humaines doivent, comme les sciences physiques, être réductrices pour être efficaces. Il n'est pas question, pour qui veut expliquer l'hétérogénéité du monde postindustriel, de partir d'une description infiniment diversifiée et subtile des fonds anthropologiques. Une variable clef, la structure familiale, permet à elle seule d'expliquer beaucoup, et c'est à cette dimension que je réduirai ici l'analyse du cadre anthropologique dont l'action souterraine régule encore une bonne partie de la vie économique et sociale.

Il existe une infinité de manières de décrire les types familiaux paysans du passé, en variant et multipliant les critères d'analyse. Mais deux critères principaux, *le rapport entre parents et enfants* (libéral ou autoritaire), *le rapport entre frères* (égalitaire ou inégalitaire), et un critère secondaire, *la règle de mariage* (exogame ou endogame), permettent une description de l'anthropologie fondamentale du monde développé, capitaliste ou postcommuniste.

L'analyse du rapport entre parents et enfants, libéral ou autoritaire, permet de mesurer la force du lien attachant l'individu au groupe familial. Dans un contexte paysan traditionnel, un lien fort se manifestait par une fréquence élevée du nombre de ménages associant sous un même toit trois générations : parents, enfant, petits-enfants. Un tel système doit être qualifié

---

1. Les lecteurs qui connaissent mes recherches sur les implications modernes des structures familiales traditionnelles peuvent sauter cette description des matrices anthropologiques.

d'autoritaire parce qu'il présuppose, à certains stades du cycle de développement du groupe domestique, l'existence d'enfants adultes, mariés, ayant déjà procréé et restant néanmoins soumis à une autorité parentale. Un lien faible entre parents et enfants, un attachement modéré de l'individu au groupe familial, entraînait à l'inverse un départ précoce des enfants, souvent antérieur au mariage. L'installation dans une vie conjugale impliquait la fondation d'un ménage autonome, associant au plus les parents et leurs enfants, en un noyau minimal. Ce système familial nucléaire peut donc être qualifié de libéral.

Les coutumes d'héritage indiquent la nature du rapport entre frères. L'existence d'une règle de partage strictement symétrique révèle un système égalitaire. À l'opposé, lorsqu'il existe un principe de l'héritier unique, obligeant les enfants non choisis à l'émigration familiale, on peut parler d'un principe inégalitaire. Dans ces deux cas, le système définit a priori la relation entre frères. Si les parents disposent librement de leurs biens, distribués par testament sans que la coutume impose des parts spécifiques, le système peut être qualifié de « non égalitaire ». Il est proche de l'inégalité mais évoque aussi une certaine indéfinition de la relation entre frères. En combinant ces deux critères — rapport parents/enfants, rapport entre frères — on peut définir quatre types familiaux de base.

La *famille nucléaire absolue*, libérale et non égalitaire est caractéristique du monde anglo-saxon. Elle combine une autonomisation précoce des enfants à une absence de règle d'héritage stricte. La séparation précoce des enfants et des parents définit le système comme nucléaire, l'usage du testament comme non égalitaire. C'est le plus individualiste de tous les types familiaux, détachant aussi vite que possible l'enfant de ses parents et se refusant à établir une relation de symétrie entre frères. Il est caractéristique de l'Angleterre et de ses anciens dominions, Australie, Nouvelle-Zélande, Canada dans sa partie anglophone. Les États-Unis vivent une forme presque hystérisée de ce modèle, rendu conscient par la nature expérimentale de la société américaine. Les immigrants assimilés — irlandais, allemands, suédois, italiens ou juifs — porteurs à l'origine de systèmes différents, ont tous adopté ce type nucléaire absolu, et sont devenus, pour un anthropologue, des « Anglo-Saxons » comme les autres. Le verbiage multiculturaliste de la société américaine ne doit pas masquer l'essentiel : sa formidable homogénéité de mœurs, définie par une matrice originelle anglaise. On ne peut qu'être frappé par la permanence du modèle, substrat anthropologique stable de l'histoire variée et protéiforme du monde anglo-saxon. Au XVIIe siècle les paysans aisés d'Angleterre se débarrassaient de leurs enfants au premier signe de puberté et les transformaient, par la pratique du *sending out*, en domestiques chez d'autre fermiers prospères. Au XXe siècle, les enfants américains doivent s'éloigner de leurs parents aussi vite que possible, les laisser en Illinois pour s'installer en Californie ou au Massachusetts. Le modèle familial nucléaire absolu, qui favorise la séparation, est le support anthropologique nécessaire de l'extraordinaire mobilité géographique des populations américaines. Il n'est plus porté par des paysans, mais par des tertiaires postindustriels. Il transcende les catégories économiques. Il ne nie pas l'histoire économique mais, variable indépendante, l'influence puissamment. La famille nucléaire absolue peut être observée hors du monde anglo-saxon, quoique pas très loin de l'Angleterre : au Danemark, au sud-est de la Norvège et dans la partie maritime des Pays-Bas, en Zélande, Hollande, Groningue et Frise.

La *famille nucléaire égalitaire* domine la France originelle du Bassin parisien depuis le Moyen Âge au moins. L'autonomisation des enfants y est assurée, sans que leur départ précoce y soit, comme dans le monde anglo-saxon, une obsession. Des règles d'héritage très strictes, caractéristiques d'une bonne partie du monde latin, y définissent les frères comme équivalents. Le type est individualiste mais un lien entre frères subsiste après leur séparation visible, puisque, jusqu'à la mort des parents, la règle d'héritage maintient le principe de leur symétrie. La famille nucléaire égalitaire française, individualiste, l'est donc un peu moins que la famille nucléaire absolue anglo-saxonne. La famille nucléaire égalitaire occupe aussi l'Italie du Sud et du Nord (Vénétie exceptée), le cœur du Portugal, ainsi que l'Espagne centrale et méridionale. On la trouve aussi en Pologne.

La *famille souche*, allemande, japonaise, coréenne ou suédoise, est autoritaire et inégalitaire. En milieu paysan, un successeur unique est choisi, le plus souvent l'aîné des garçons, et les autres enfants doivent épouser l'héritière d'une ferme dépourvue de successeur mâle, devenir prêtre, soldat, ou émigrer d'une autre manière. Ce système présuppose une conception non individualiste de la vie familiale et sociale. L'analyse anthropologique montre ici d'emblée son efficacité puisqu'elle ramène le Japon et la Corée, les deux pays qui ont le plus vite suivi le monde occidental dans sa course au développement, à l'intérieur du cercle de la banalité européenne. La famille souche est rare hors d'Europe et il est significatif de la retrouver dans la partie la plus avancée de l'Asie orientale. Le type coréen est semblable en tout point : exogame, il refuse, à l'européenne, le mariage entre cousins. Le type japonais traditionnel pouvait accepter, ou même favoriser dans certains cas le mariage dans la parenté, l'endogamie. Le taux de mariage entre cousins germains a beaucoup baissé au Japon depuis la Seconde Guerre mondiale, jusqu'à devenir insignifiant, mais le système anthropologique japonais n'est pas exogame de tempérament.

La famille souche est fréquente dans la partie centrale et occidentale du continent européen : elle caractérise une multitude de régions et de peuples, souvent de taille réduite : pays de Galles, Irlande, Écosse occidentale, pays Basque, Catalogne, nord du Portugal, Vénétie, Bohème, Slovénie, sans oublier la partie non citée jusqu'à présent du monde germanique, c'est-à-dire l'Autriche et la Suisse alémanique. En France, elle est minoritaire mais fort bien représentée sur la périphérie de l'hexagone, en Alsace, en région Rhône-Alpes, en Bretagne et surtout dans l'ensemble de l'Occitanie, façade méditerranéenne exceptée. Sous une forme atténuée, elle est présente en Belgique, flamande ou francophone. Dans le Nouveau Monde, elle n'occupe qu'un territoire, le Québec, qui apparaît à un anthropologue comme une province française périphérique. Tous ces types sont exogames. Le Japon apparaîtrait tout à fait isolé, par sa combinaison d'une forme souche et de l'endogamie, si la culture juive traditionnelle n'offrait pas un exemple comparable. La famille juive associait à une structure souche faiblement autoritaire et faiblement inégalitaire la possibilité, souvent réalisée autrefois, d'un mariage dans la parenté. Comme dans le cas du Japon, la pratique effective du mariage consanguin a été effacée par la modernité. Mais on peut ranger Israël dans la même catégorie souche endogame que le Japon, rompant ainsi définitivement l'isolement anthropologique de la grande puissance économique extrême-orientale.

La *famille communautaire*, autoritaire et égalitaire, n'est vraiment représentée dans le monde capitaliste développé que par l'Italie centrale et la Finlande, mais elle occupe une bonne partie de l'Europe orientale, région dont le niveau de développement culturel est assez élevé. Elle est typique de la Russie. Parce qu'elle domine la Chine, elle est, à l'échelle mondiale, le type qui pèse le plus lourd d'un point de vue strictement démographique. Dans ce système à la fois autoritaire et égalitaire, tous les fils restent sous l'autorité de leur père après leur mariage. À certaines phases de leur cycle de développement, les ménages s'étendent verticalement sur trois générations et horizontalement par l'association de plusieurs frères mariés. La position symétrique des frères dans l'organisation familiale est révélatrice d'un principe d'égalité qui se manifeste pleinement à la mort du père, lorsque s'ouvre la possibilité d'une séparation, appliquant une règle de partage strictement égalitaire. En Russie, en Toscane et en Chine, la famille communautaire est exogame. Dans le monde arabe, le même cycle de développement du groupe domestique se conjugue avec un mariage préférentiel entre cousins, et spécifiquement entre les enfants de deux frères, qui définit le système comme endogame.

On peut observer, dans certaines zones de transition, des formes anthropologiques intermédiaires. Sur
la façade maritime de la Chine centrale et méridionale, entre Shanghai et Canton, zone dont le développement économique est actuellement rapide mais pose
quelques problèmes d'interprétation fondamentaux, la
structure familiale communautaire est souvent nuan-
cée par des traits inégalitaires et lignagers qui évoquent fortement la famille souche[1]. On trouverait aussi
en Hongrie l'exemple d'un modèle communautaire
déformé dans un sens inégalitaire, dans ce cas par
l'influence de la famille souche germanique, si proche
géographiquement et historiquement.

Niveaux d'individualisme

Chacun des traits fondamentaux de l'organisation
familiale contribue à la définition d'un niveau d'intégration de l'individu au groupe, et l'on peut tenter
d'évaluer a priori, par combinaison des critères, le
potentiel intégrateur ou, réciproquement, le niveau
d'individualisme de chaque type anthropologique.

Le degré d'autorité dans *le rapport parent-enfant*,
bas ou élevé, implique un individu faiblement ou fortement intégré au groupe domestique. On peut arbi-
trairement donner les valeurs numériques 1 ou 2 au
niveau d'intégration défini par cette dimension de la
vie familiale.

---

1. Voir E. Todd, *L'enfance du monde. Structures familiales et développement*, Le Seuil, 1984, p. 105-107 et 124-133 sur les systèmes
familiaux de l'Extrême-Orient.

La *relation entre frères* est un autre déterminant, plus subtil, du niveau d'intégration de l'individu au groupe. Une règle stricte d'égalité ou d'inégalité établit des obligations qui durent au moins jusqu'à la mort des parents et maintiennent par conséquent des liens entre frères jusqu'à un stade relativement avancé de l'existence. Une règle définie, égalitaire ou inégalitaire, est donc intégratrice. L'indéfinition de la relation entre frères qui dérive d'un libre usage du testament conduit à un niveau plus bas de cohésion du groupe. Le testament, qui caractérise la famille nucléaire absolue, sépare radicalement les frères dès qu'ils établissent leur propre ménage sans qu'aucune règle de symétrie les rapproche une dernière fois lors de la mort du père, cas de la famille nucléaire égalitaire, et sans qu'aucune règle d'éviction de tous sauf un ne crée pour l'héritier une responsabilité quasi paternelle vis-à-vis des exclus, cas de la famille souche. Les rapports affectifs entre frères n'étant jamais inexistants, nous pouvons a priori donner la pondération 1 au niveau d'intégration induit par la liberté de tester, et 2 à celui qui découle de règles d'héritage clairement définies, égalitaire ou inégalitaire.

La coutume matrimoniale est une dernière dimension importante de la cohésion du groupe. L'endogamie, qui enferme hommes et femmes dans leur parenté, est un élément intégrateur. L'exogamie, qui les expulse de leur cercle familial, joue dans le sens opposé. On peut affecter à l'exogamie le poids numérique 0, à l'endogamie réellement préférentielle du système arabe le poids 2, et à l'endogamie possible mais non exigée du système japonais traditionnel la valeur intermédiaire 1.

Tableau 1. *Valeurs familiales et niveaux d'individualisme*

Type anthropologique	Rapport parent/enfant libéral ou autoritaire (1 ou 2)	Rapport entre frères indéfini ou défini (1 ou 2)	Mariage exogame ou endogame (0,1 ou 2)	Intégration résultante
Nucléaire absolu (Monde anglo-saxon, Hollande, Danemark)	1	1	0	2
Nucléaire égalitaire (France du Bassin parisien)	1	2	0	3
Souche exogame (Allemagne, Suède, Corée, Occitanie, Québec)	2	2	0	4
Communautaire exogame (Russie, Toscane, Chine)	2	2	0	4
Souche endogame (Japon, Israël)	2	2	1	5
Communautaire endogame (Monde arabe)	2	2	2	6

Cette distribution permet d'évaluer par simple addition le potentiel intégrateur global ou, inversement, le niveau d'individualisme de chacun des types anthropologiques qui se partagent le monde développé ou en cours de développement.

Le minimum d'intégration, le maximum d'individualisme, correspond au système libéral dans le rapport parent-enfant, indéfini pour ce qui concerne la relation entre frères, et exogame sur le plan matrimonial : sans surprise, c'est le type nucléaire absolu anglo-saxon, avec une valeur résultante minimale égale à 2. Le plus fortement englobant, autoritaire dans la relation parent-enfant, égalitaire donc défini pour ce qui concerne la relation entre frères, et endogame sur le plan matrimonial est, à nouveau sans surprise, la famille communautaire endogame arabe. En dépit d'un degré de simplification élevé, cette échelle produit des résultats d'une grande vraisemblance, menant du plus faible au plus fort des individualismes : monde arabe, Japon, Allemagne et Russie ex aequo, France du Bassin parisien, monde anglo-saxon. Elle permet surtout d'échapper à une vision dichotomique affirmant que parfois l'individu existe, et parfois non.

Croyances collectives et gestion économique

L'inconscient du système anthropologique permet une description objective de toute collectivité humaine, qui pourra être caractérisée, de l'extérieur, comme égalitaire ou inégalitaire, libérale ou autoritaire, exogame ou endogame. Mais il existe un autre niveau de définition de la collectivité, subjectif, lorsque les individus qui la constituent pensent le groupe comme existant et solidaire. Des croyances unificatrices rendent possible l'action des hommes en tant que groupe. L'individu se perçoit comme membre d'une entité capable d'agir collectivement, dans un but qui peut être rationnel ou irrationnel.

Ces croyances collectives ont été, dans la période la plus récente de l'histoire humaine, des religions ou des idéologies. En dépit de certaines apparences, l'État n'est essentiellement qu'une croyance collective, peu distincte de la croyance en la nation. Il s'incarne dans un appareil bureaucratique et des règles de fonctionnement mais la dissolution de l'État-croyance entraîne celle de l'appareil et des règles. L'État n'est pas, tel que le rêvait Hegel, la raison incarnée dans l'histoire, ainsi que le montre abondamment notre xxᵉ siècle, peuplé de bureaucraties folles et sanguinaires ; mais il est capable de rationalité et d'agir dans l'intérêt général, éducatif, sanitaire ou économique.

La croyance collective en la nation et en son incarnation administrative permet donc ce que nous appelons l'« action économique de l'État », action dont la rationalité peut n'avoir rien à envier à celle de l'*homo œconomicus*.

En période de dépression, le soutien de la demande globale par un État dont les dirigeants maîtrisent les principes de base de la théorie keynésienne est l'application pratique et efficace d'une croyance collective nationale, tout comme le freinage, par le même État, de la création monétaire en période d'inflation, conformément aux principes friedmaniens. Dans les deux cas nous sommes confrontés à l'action rationnelle d'une entité collective. Le débat entre économistes doctrinaires, partisans en tout temps et en tous lieux, soit d'un soutien de la demande globale, soit du contrôle restrictif de la masse monétaire, est métaphysique plutôt que rationnel ; il évoque fortement une discussion entre pilotes automobiles, dont certains seraient, par principe, favorables au virage à gauche et d'autres au virage à droite. La rationalité de l'État, comme celle des individus, doit tenir compte de la conjoncture.

L'origine des croyances collectives

L'émergence des croyances collectives n'a pas à être sociologiquement ou historiquement expliquée. Elles découlent du besoin d'appartenance à un groupe qui est une dimension nécessaire de la condition humaine. La naissance des croyances collectives est aussi spontanée, naturelle que celle de l'universelle raison des philosophes ou des économistes. Tout au plus peut-on observer, enregistrer, interpréter une succession historique de croyances collectives, le déclin des unes amenant inéluctablement leur remplacement par d'autres, au terme d'une période transitoire de flottement et de vide.

J'ai montré dans *L'invention de l'Europe* comment l'affaissement de la croyance religieuse et de la communauté des chrétiens avait entraîné, par effet de substitution, l'émergence de la croyance nationale et de la communauté correspondante[1]. Cette succession ne doit pas être considérée sous l'angle d'un vague parallélisme conceptuel ; elle s'est exprimée par une coïncidence chronologique parfaite.

Entre 1730 et 1780, la pratique religieuse catholique s'effondre dans la partie centrale de la France, individualiste et égalitaire ; en 1789 apparaît la nation, communauté des citoyens, porteuse de tous les attributs traditionnels de la communauté des croyants, y compris l'idée d'éternité qui implique que l'on puisse mourir pour elle dans un sacrifice dont tout le monde pense qu'il a un sens. Entre 1870 et 1900, la foi protestante s'affaisse en Allemagne ; entre 1914 et 1945 une succession de croyances nouvelles, nationales puis raciales, fixées sur la germanité puis l'aryanité, se développent, mettant à nouveau l'Europe à feu et à sang, un siècle et demi après la Révolution française. La disparition d'une croyance collective entraîne automatiquement l'apparition d'une ou plusieurs formes de remplacement.

---

1. *L'invention de l'Europe*, Le Seuil, 1990, p. 193-200.

Une croyance collective peut en supplanter une autre en l'absence d'effondrement, par l'effet d'une dynamique supérieure. Dans ce cas, le retour de la foi ancienne est possible. Typique est de ce point de vue l'alternance moderne des croyances raciale et nationale aux États-Unis. Au lendemain de la Seconde Guerre mondiale, le sentiment national, dopé par l'affrontement militaire avec l'Allemagne et le Japon, encore enrichi par l'opposition à l'expansion soviétique, a fait reculer un temps la croyance raciale qui structurait traditionnellement la société américaine. Entre 1945 et 1965, l'idée de nation a donc combattu efficacement celle de race. Par la suite, les progrès de l'antinationisme globalisant ouvrent la voie, tristement mais nécessairement, à une remontée des identités raciales. À la lutte pour l'émancipation et les droits civiques des Noirs, sur une base égalitaire, succède la réaffirmation, par les quotas, d'une différence de nature, désormais présentée comme positive. Même l'individu absolu du monde anglo-saxon ne peut se passer d'une appartenance collective, au point qu'on finit par se demander si l'obsession raciale américaine n'est pas, dans son absurdité même, une simple conséquence de la force de l'individualisme anglo-saxon. L'affirmation inlassable de l'individu n'efface pas le besoin d'appartenance mais rend plus difficile la définition d'un groupe raisonnable et vraisemblable. L'individu finit donc caractérisé, classé par ce qu'il y a de plus insignifiant, de plus superficiel, littéralement : la couleur de la peau.

L'application de concepts biologiques aux sciences sociales donne des résultats absurdes lorsqu'elle cherche à fragmenter le genre humain. Elle peut être efficace lorsque l'hypothèse d'un substrat biologique permet d'expliquer une propension universelle de l'espèce. La prédisposition des hommes à appartenir, à constituer un groupe et à inventer les croyances qui le justifient, est une loi de l'espèce, génétiquement programmée. Elle se manifeste selon un processus qui échappe assez largement à la conscience. Les croyances collectives, même lorsqu'elles permettent une action économique rationnelle et raisonnable, renvoient toujours ultimement à la notion d'inconscient. Durkheim parle de *conscience collective*, pour désigner une croyance qui définit un groupe humain. L'expression évoque avec justesse la capacité du groupe à agir en tant qu'entité mais on ne doit pas oublier que la détermination de la croyance au niveau individuel est pour l'essentiel inconsciente.

Une telle acceptation de la dimension biologique de l'espèce est minimale. L'idée de raison universelle est, elle aussi, en dépit d'apparences produites par l'habitude, ancrée dans la biologie. À ce niveau d'abstraction et de généralité, l'hypothèse d'une collectivité nécessaire ne nous mène pas plus loin dans le biologisme que l'hypothèse de l'instinct de mort, posée par Freud, qui a, dans l'essentiel de son œuvre, émancipé l'interprétation psychologique de tout substrat biologique.

Égoïsme et altruisme coexistent en l'homme, d'une façon beaucoup plus radicale que ne l'avait envisagé Hume, sensible à l'existence d'une couche d'attitudes intermédiaires attachant l'individu à ses proches, à sa famille, lieu et objet d'un dépassement de soi. La collectivité nécessaire au déploiement de l'altruisme, d'un échange allant au-delà du calcul économique individuel, est plus vaste que la famille. Elle doit a priori englober des individus que l'on ne connaît pas personnellement. Même les systèmes familiaux les plus denses, les plus intégrateurs de l'individu, autorisent l'émergence de formes d'appartenance collective d'ordre supérieur. Un clan peut n'apparaître, en première analyse, que comme une extension patrilinéaire du type familial communautaire, ajoutant aux frères des cousins de tous degrés. Mais on peut aussi voir dans ce groupement beaucoup plus vaste que le ménage, associant des individus liés par le sang mais qui ne se connaissent pas, une expression parmi d'autres de l'universel besoin d'appartenance à une entité englobant a priori des inconnus.

L'individualisme absolu s'attaque à la nature humaine aussi sûrement que le totalitarisme. C'est pourquoi la négation des groupes et croyances collectives finit toujours par provoquer l'émergence de formes groupales inattendues et perverses. L'antinationisme actuel des élites françaises ou anglosaxonnes, qui rejette une croyance collective achevée et apaisée, a tout naturellement mené, dans les années récentes, à la floraison de multiples croyances fixées sur des groupes moins vraisemblables et moins utiles que la nation : race, pseudo-religion, tribalisme, régionalisme, identités socioprofessionnelles hystérisées, appartenance à des groupes définis par une préférence sexuelle, sans oublier bien sûr le nationalisme régressif du type lepéniste. Ces remontées primitives sont la contrepartie des anticroyances ultralibérales ou maastrichtiennes.

Notre an 2000 semble déjà tiré d'un conte philosophique du XVIIIᵉ siècle qui se serait donné comme sujet d'ironie le problème aussi insoluble qu'inexistant du rapport de l'individu au groupe.

Il est une double évidence anthropologique :

1) l'individu existe avec sa personnalité et ses désirs propres, ses qualités et ses défauts, sa capacité de calcul économique rationnel ;

2) le groupe existe, et, sans lui, l'individu n'est pas concevable, puisqu'il en tire sa langue, ses mœurs, et l'a priori, non vérifié mais nécessaire à la vie, que les choses ont un sens.

La réalité anthropologique est donc que l'individu existe absolument et que le groupe existe absolument, ce qui n'empêche nullement que le niveau d'intégration de l'individu au groupe varie énormément selon le système familial et anthropologique. Mais poser l'individu contre la collectivité est une absurdité métaphysique. Cette dualité ne peut être réduite à l'unité. Nous voyons pourtant apparaître, à intervalles réguliers, des idéologies qui affirment, soit que seul le groupe existe, hypothèse qui mène droit au totalitarisme, soit que seul l'individu existe, choix tout aussi radical et qui conduit à un résultat qui n'est pas en tout point différent, puisqu'il implique un individu aspiré par le vide plutôt qu'écrasé par l'État.

CHAPITRE II

Un plafond culturel

Si l'on examine l'histoire de l'humanité sur une très longue période, de l'invention de l'écriture à la numérisation informatique, il n'est pas trop difficile de discerner, non pas son sens, absolu et métaphysique, mais une direction, un axe de développement. Selon la belle formule d'Isaac Asimov, auteur de science-fiction et vulgarisateur scientifique américain, l'homme est un animal doué de curiosité, porté en avant dans une quête inlassable de la connaissance par des capacités intellectuelles supérieures à ce qu'exigent ses besoins immédiats. Le progrès scientifique et technologique est l'une des manifestations de cette curiosité. L'histoire des inventions met l'accent sur les performances de pointe mais ne saisit pas la marche de la masse de l'humanité, qui acquiert et applique les découvertes de l'élite scientifique et technique. La diffusion, sociale et spatiale, de l'éducation — de l'apprentissage de l'écriture ou du calcul à l'acquisition de formations universitaires supérieures — définit aussi cet axe central du développement culturel. Quelques régressions majeures et temporaires peuvent être enregistrées, comme le recul de l'écriture en Grèce après les invasions doriennes, ou en Europe lors de la chute de l'Empire romain. Des stagnations significatives peuvent être observées, en Italie, en Espagne ou au Portugal au lendemain de la Contre-Réforme catholique, ou durant de longues phases de l'histoire de la Chine, de l'Inde et du monde arabe.

Mais depuis l'invention de l'écriture en Mésopotamie, en Égypte et en Chine, une description de l'histoire comme un processus global d'alphabétisation est simple et efficace. À l'arrière-plan d'une histoire européenne remplie d'inventions, de conflits théologiques, de guerres et de révolutions artistiques, nous pouvons sentir, depuis le haut Moyen Âge, le mouvement, d'abord lent, puis accéléré, de l'éducation. La Réforme protestante fut une étape décisive parce qu'elle exigeait l'accès de tous les fidèles aux Écritures saintes. Mais elle avait été précédée par l'invention de l'imprimerie, qui découlait elle-même d'une diffusion déjà importante de l'écrit. L'ascension économique et politique des pays protestants à partir du XVIIᵉ siècle — Hollande, Angleterre, Suède ou Prusse — n'est que le reflet, économique et politique, de cette percée culturelle. Les pays catholiques, après une hésitation, suivent néanmoins, France en tête, et l'alphabétisation de masse devient l'une des caractéristiques fondamentales de la civilisation européenne du XXᵉ siècle, pour s'étendre ensuite au reste du monde[1]. Nous approchons de la fin du processus puisque le taux d'alphabétisation de la planète est passé, entre 1980 et 1995, de 69,5 à 77,5 %[2].

---

1. J'ai décrit l'ensemble de ce processus dans *L'enfance du monde, op. cit.*
2. *Annuaire statistique de l'Unesco, 1995.*

Vers 1900, l'Europe protestante est massivement alphabétisée : à près de 100 % en Prusse et en Suède, où la foi religieuse en l'éducation s'appuie sur une tradition de discipline familiale, à 85 % seulement en Angleterre, où la valorisation protestante de l'écrit est freinée par une structure familiale moins forte sur le plan éducatif, ainsi que par la paupérisation d'une bonne partie de ses populations rurales et industrielles[1].

Les États-Unis d'Amérique appartiennent alors clairement à la fraction avancée de l'humanité qu'est le monde protestant. Leur matrice culturelle originelle est anglaise et calviniste, même si, vers 1900, les immigrés en cours d'assimilation — venus d'Irlande, d'Allemagne, de Scandinavie et, déjà, d'Italie ou d'Europe centrale — y pèsent plus lourd démographiquement qu'à tout autre moment de l'histoire du pays. Les immigrés qui entrent aux États-Unis dans la deuxième moitié du XIXe siècle savent déjà, pour la plupart, lire et écrire. Vers 1900, le taux d'alphabétisation des Américains blancs est de 95 %. Celui des Noirs, longtemps tenus à l'écart du système éducatif, n'est que de 60 %, mais une telle proportion est largement supérieure à celle qui peut être mesurée à la même époque en Italie du Sud, en Espagne centrale et méridionale ou dans l'ensemble du Portugal[2].

---

1. Sur l'alphabétisation de l'Europe, voir E. Todd, *L'invention de l'Europe, op. cit.*, chap. 4.
2. C. M. Cipolla, *Literacy and Development in the West*, Penguin Books, 1969, p. 15.

La chute des années 1963-1980

Les États-Unis abordent les premiers la phase suivante du développement éducatif : secondaire et supérieur. L'alphabétisation de masse, une fois réalisée à
près de 100 %, n'est pas un point d'aboutissement.
L'histoire ne s'arrête pas. Et nous pouvons suivre,
génération après génération, le progrès des formations
intellectuelles menant au-delà du simple apprentissage de la lecture, de l'écriture et du calcul. La proportion d'individus atteignant le niveau de la licence
(Bac + 3), équivalent dans le monde anglo-saxon au
statut de Bachelor of Arts (BA), est un bon indicateur
statistique de ce mouvement. Ce taux est aux États-
Unis inférieur à 10 % pour les hommes nés vers 1900,
il approche 15 % pour la génération 1916-1920, 25 %
pour la cohorte née en 1936-1940. La génération
1946-1950, qui atteint l'âge de 20 ans entre 1966 et
1970, passe la barre des 30 %. À cette date, les femmes, qui suivent avec un léger retard, atteignent près
de 25 %[1]. Les années 1966-1970 définissent une sorte
de point haut de l'optimisme américain et occidental,
malgré la guerre du Vietnam. C'est l'époque de la
Grande Société, de l'arrivée à maturité de la lutte pour
les droits civiques des Noirs, de l'épanouissement de la
musique pop. Jean-Jacques Servan-Schreiber publie *Le
défi américain* en 1967. Avoir 20 ans aux États-Unis
vers 1968, c'est croire en la progression illimitée de

1. R. D. Mare, « Changes in educational attainment and school enrollment », *in* R. Farley et coll., *State of the Union. America in the
1990s*, vol. 1 : *Economic Trends*, Russell Sage Foundation, New York,
1995, p. 155-213.

l'humanité, attendre comme le millenium la réalisation d'un univers parfaitement civilisé. En 1969, un
Américain marche sur la Lune. La sphère occidentale
entière est entraînée par cet enthousiasme, dont la
forme spécifique est, en France, Mai 1968. Outre-
Atlantique, il n'est que l'aboutissement du rêve américain, l'achèvement d'une histoire consciemment organisée autour des idées de progrès et de bonheur par
une doctrine nationale nettoyée, dès la fin du
xviiie siècle, du scepticisme européen. Les États-Unis
ont l'optimisme de la déclaration d'indépendance ; la
France a celui de la Déclaration des droits de
l'homme et du citoyen, mais garde en réserve, pour
les temps difficiles, les *Fables* de La Fontaine et leur
vision plus sombre de l'homme.

Le déroulement de la courbe indiquant la proportion d'individus qui obtiennent leur BA aux États-
Unis dévoile, brutalement, la suite de l'histoire. La
rupture du *trend* ascendant est saisissante. Les générations 1951-1955, 1956-1960 et 1961-1965 voient
décroître la proportion d'individus obtenant l'équivalent d'une licence. Cette baisse touche tous les groupes ethniques et raciaux qui constituent la société
américaine. Elle est particulièrement nette chez les
Blancs et les Noirs, mais très proche d'une simple
stagnation chez les Asiatiques. L'Amérique dans son
ensemble entre dans une phase de régression culturelle. Nous sommes ici au cœur du mystère des
années 1970-2000. Une tendance au progrès, presque
uniforme pour le monde occidental depuis le haut
Moyen Âge s'arrête, s'inverse durant une vingtaine
d'années en un mouvement de déclin, pour déboucher sur une relative stabilité, comme si un plafond
culturel avait été atteint, comme si la société améri-

Graphique 2. *Le recul de l'éducation supérieure aux États-Unis*

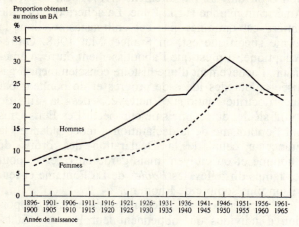

Proportion obtenant
au moins un BA
%

Source : R. D. Mare, « Changes in educational attainment and school enrollment », *in* R. Farley et coll., *State of the Union. America in the 1990s*, vol. 1 : *Economic Trends*, Russell Sage Foundation, New York, 1995, p. 164

caine ne pouvait aller au-delà d'une certaine limite. La retombée qui précède la stabilisation semble même dire à l'Amérique qu'elle avait visé trop haut.

La proportion d'individus obtenant au moins un BA n'est qu'un indicateur parmi d'autres du développement culturel. Son objectivité n'est pas absolue, parce que le niveau réel des diplômes varie dans le temps. Une baisse du nombre des diplômes pourrait, en théorie, être compensée par une élévation de leur niveau. Les tests d'aptitudes universitaires (*Scholastic Aptitude Test, SAT*) passés par les jeunes Américains au terme de leurs études secondaires ne laissent cependant aucun doute sur la réalité du déclin. Entre 1963 et 1980, le score moyen tombe de 500 à 460

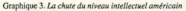

Graphique 3. *La chute du niveau intellectuel américain*

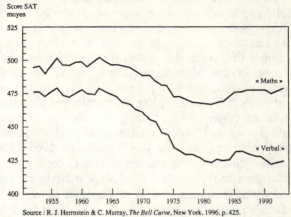

Source : R. J. Herrnstein & C. Murray, *The Bell Curve*, New York, 1996, p. 425.

pour les mathématiques et de 475 à 424 pour le test « verbal[1] ». Une légère remontée peut être observée entre 1980 et 1990 pour les mathématiques, qui ne ramène cependant pas au niveau de 1963. Pour le test « verbal », aucune récupération n'est mesurable. Le SAT n'est pas un indicateur absolument représentatif en terme de population, parce qu'il n'est pas obligatoire, mais, s'il est biaisé, c'est dans le sens d'une sous-estimation de la baisse dans les générations concernées.

On ne doit pas tirer de la rapidité des évolutions enregistrées par les tests d'aptitude universitaire et par les proportions de diplômés par génération la conclusion d'un effondrement du niveau culturel américain.

1. R. J. Herrnstein & C. Murray, *The Bell Curve*, New York, 1996, p. 425-427. Les chiffres concernant les « SAT scores » sont également publiés régulièrement par le *Statistical Abstract of the United States*.

Les chutes concernent seulement les jeunes. Les cohortes dont le niveau baisse s'agrègent à une population adulte globale dont le niveau moyen résulte de l'addition des performances de toutes les cohortes successives. La tendance à la baisse est donc freinée. La retombée du niveau des jeunes n'empêche même pas la prolongation temporaire d'une hausse lente du niveau moyen, dans la période où les générations âgées, très faiblement diplômées, continuent d'exister, s'effaçant année après année, par le haut de la pyramide des âges. L'entrée en stagnation culturelle des États-Unis, très sensible dès les années 1963-1980 chez les jeunes, est un processus lent et continu, qui s'affirme entre 1980 et 1990, mais n'atteindra son point d'aboutissement que vers l'an 2000[1].

Déclin puis stagnation culturelle expliquent l'entrée en crise des États-Unis. Comment s'étonner de voir fleurir, entre 1987 et 1996, chez les sociologues comme chez les économistes ou les spécialistes de littérature comparée, des expressions limitatives comme *the closing of the American mind, the age of diminished expectations, the silent depression, the end of affluence,* ou *the visible ceiling*[2]. On ne peut comprendre, si l'on n'est pas conscient de ce tassement

1. Globalement, le pourcentage d'individus obtenant un BA dans *l'ensemble de la population* croît au moins jusqu'en 1993, mais sans que ce pourcentage atteigne bien entendu celui de la cohorte 1946-1950. Sur ce point, voir les courbes présentées dans *Population Profile of the United States 1995*, Bureau of the Census, A. Adams, « Educational Attainment », p. 18.
2. A. Bloom, *The Closing of the American Mind*, Simon and Schuster, 1987 ; P. Krugman, *The Age of Diminished Expectations*, MIT Press, 1990 ; W. C. Peterson, *Silent Depression*, Norton, New York, 1994 ; J. Madrick, *The End of Affluence*, Random House, New York, 1995 ; S. J. Tolchin, « The visible ceiling », chap. 3 de *The Angry American*, Westview Press, 1996.

éducatif, les multiples phénomènes régressifs qui affectent la vie américaine des décennies 70, 80 et 90 : les difficultés économiques, la provincialisation intellectuelle et artistique, l'émergence d'un cinéma rapide et violent, le développement de sciences sociales et historiques absurdes mettant au cœur de leurs préoccupations le conflit entre hommes et femmes (*gender studies*), l'obsession du harcèlement sexuel, la remise en question de l'avortement, le retour des créationnistes hostiles à Darwin et à l'évolution des espèces, le pourrissement juridique et répressif, avec un nombre d'individus purgeant des peines en prison ou ailleurs, passant, entre 1980 et 1993, de 1 840 400 à 4 879 600[1]. Le retour massif de la peine de mort exprime mieux que tout autre phénomène la régression spirituelle qui touche la société américaine : le nombre des détenus qui attendent en cellule leur exécution passe, entre 1980 et 1994, de 688 à 2 890[2]. Cette modernité se dissocie effectivement de l'idée de progrès.

Les États-Unis dépassés par l'Europe et l'Asie

Les problèmes éducatifs des États-Unis sont nettement décrits par quelques séries statistiques stratégiques mesurant des évolutions dans le temps. Les comparaisons internationales révèlent de plus que ces difficultés ont fait disparaître l'avance culturelle qui sous-tendait l'avance économique de l'Amérique.

1. « Adults on probation, in jail or prison, or on parole », *Statistical Abstract*, 1996, p. 221.
2. *Ibid., loc. cit.*

Dans le domaine éducatif, la plus puissante des
nations du monde ne fait plus la course en tête.

La comparaison internationale des données concernant l'éducation pose des problèmes techniques, le
plus souvent insurmontables. Le contenu et le degré
d'acquisition des enseignements peuvent varier de
façon significative de pays à pays, même dans le cas
du primaire. Au-delà de la mesure brute et simple du
taux d'alphabétisation, les données officielles de chaque pays ont en général peu de sens lorsqu'on les
confronte à celles des autres nations. Les spécialistes
de la question ont dû mettre au point et réaliser de
lourdes études comparatives pour aboutir à quelques
mesures vraisemblables des niveaux culturels respectifs des populations ayant dépassé le stade de la lecture et de l'écriture. L'une de ces enquêtes, la
*Troisième étude internationale sur les mathématiques
et les sciences* (TIMSS), évalue les aptitudes scientifiques des élèves ayant atteint les septième et huitième
années de scolarité[1]. Les indices calculés concernent
les mathématiques et les sciences mais je m'en tien-
drai à l'analyse des résultats en mathématiques, moins
dépendants que ceux en sciences de différences de
programmes. Les mathématiques sont très proches,
par nature, de l'universelle raison.

Le phénomène le plus frappant est le retard pris par
les États-Unis sur les deux pays asiatiques les plus
développés, avec un score moyen de 500 par individu,
contre 605 au Japon et 607 à la Corée. Mais la plupart
des pays de l'Europe du Nord-Ouest et du Centre,
Royaume-Uni excepté, font désormais mieux que

1. OCDE, *Regards sur l'éducation. Les indicateurs de l'OCDE*,
1996, p. 206.

Tableau 2. *Scores moyens en mathématiques*
(*enquête TIMSS ; huitième année de scolarité*)

	1995
Pays anglo-saxons	
États-Unis	500
Canada	527
Australie	530
Nouvelle-Zélande	508
Angleterre	506
Écosse	499
Asie	
Japon	605
Corée	607
Europe occidentale	
Allemagne	509
Autriche	539
Belgique (Flamands)	565
Belgique (Francophones)	526
France	538
Pays-Bas	541
Suède	519
Suisse	545
Europe postcommuniste	
Fédération de Russie	536
Hongrie	537
République tchèque	564

l'Amérique, puisque les notes s'y échelonnent de 509 en Allemagne (dont le score, tout comme le 519 de la Suède, est sous-estimé, ainsi que le montrent d'autres études) à 565 en Belgique flamande. Avec 538, la France est proche des Pays-Bas, de l'Autriche et de la moyenne belge.

Une autre étude comparative, concernant la compréhension des textes, met en évidence le retard dramatique des États-Unis sur l'Allemagne et la Suède. L'*Enquête internationale sur l'alphabétisation des adultes* (EIAA) définit la *littératie*, affreux anglicisme qu'il vaudrait mieux remplacer par *alphabétisation effective*, comme un continuum, dont les niveaux indiquent « jusqu'à quel point les adultes savent se servir de l'information écrite pour fonctionner dans la société[1] ». Plusieurs échelles ont été mises au point pour saisir la compréhension de « textes suivis », de « textes schématiques du type mode d'emploi ou bulletins de salaires », ou de « textes intégrant des données quantitatives ». Les sujets enquêtés ont de 16 à 65 ans. L'étude distingue 5 niveaux.

— Au niveau 1, que l'on peut désigner par *problématique*, les individus ont des capacités très faibles ; ils sont, par exemple, incapables de bien comprendre les indications d'un mode d'emploi, pour l'usage d'un médicament ou d'un produit d'entretien.

— Le niveau 2 de la maîtrise des textes et des chiffres permet de vivre à peu près normalement dans l'univers postindustriel, mais il n'autorise pas l'acquisition de nouvelles compétences, notamment professionnelles. Il correspond à une instruction *primaire*.

— Le niveau 3 est considéré par les experts comme suffisant pour une bonne adaptation à la vie moderne actuelle. Il permet d'achever des études *secondaires* satisfaisantes.

— Les niveaux 4 et 5 décrivent des individus capables de faire des études *supérieures*.

Les difficultés éducatives des États-Unis apparaissent avec une netteté particulière au niveau 1, problématique, regroupant les individus dont la compréhension de textes ou de chiffres simples est insuffisante pour assurer une bonne adaptation à l'univers social actuel, fortement alphabétique et

1. OCDE, *Regards sur l'éducation, op. cit.,* tome I, *Analyse*, p. 30-41, et tome 2, *Les indicateurs de l'OCDE*, p. 218-229.

Tableau 3. *La compréhension de textes schématiques*
Pourcentage des adultes (16-65 ans) pour chaque niveau selon les échelles EIAA (1994)

	Niveau 1 Problématique	Niveau 2 Primaire	Niveau 3 Secondaire	Niveaux 4 et 5 Supérieur
États-Unis	23,7	25,9	31,4	19,0
Canada	18,2	24,7	32,1	25,1
Allemagne	9,0	32,7	39,5	18,9
Suède	6,2	18,9	39,4	35,5
Pays-Bas	10,1	25,7	44,2	20,0
Pologne	45,4	30,7	18,0	5,8

Tableau 4. *La compréhension de textes à contenu quantitatif*
Pourcentage des adultes (16-65 ans) pour chaque niveau selon les échelles EIAA (1994)

	Niveau 1 Problématique	Niveau 2 Primaire	Niveau 3 Secondaire	Niveaux 4 et 5 Supérieur
États-Unis	21,0	25,3	31,3	22,5
Canada	16,9	26,1	34,8	22,2
Allemagne	6,7	26,6	43,2	23,5
Suède	6,6	18,6	39,0	35,8
Pays-Bas	10,3	25,5	44,3	19,9
Pologne	39,1	30,1	23,9	6,8

numérique : 20 à 24 % des Américains sont dans une situation de décalage par rapport à la modernité contre 10 % des Néerlandais, 7 à 9 % des Allemands et 6 % des Suédois. Les Canadiens sont dans une situation intermédiaire à celles des États-Unis et de l'Europe du Nord, avec 17 à 18 % d'individus en difficulté.

Les niveaux 4 et 5 mettent surtout en évidence l'extraordinaire résultat de la Suède, où la proportion de 16-65 ans dont les capacités intellectuelles sont typiques d'une éducation supérieure atteint 35 %, alors que ce chiffre tourne autour de 20-25 % dans la plupart des autres pays du monde développé qui ont été testés sur ces échelles. Nous sommes ici confrontés à un paradoxe : en Suède, les individus testés comme de niveau intellectuel supérieur sont beaucoup plus nombreux que ceux qui ont effectivement fait des études supérieures. Comment mieux démontrer le caractère incertain des comparaisons internationales qui se contentent d'une simple confrontation des pourcentages d'inscrits dans l'enseignement à tel ou tel niveau ?

L'Allemagne et les Pays-Bas, moins remarquables que la Suède pour leurs performances aux niveaux 4 et 5, supérieurs, se distinguent par leurs bons résultats au niveau 3, secondaire.

Pour obtenir une image à peu près satisfaisante de l'évolution culturelle des États-Unis, il faut combiner tous les indices. Certains, tels les Tests d'aptitudes universitaires (SAT) ou le pourcentage d'individus obtenant dans chaque génération leur BA, mettent en évidence le déclin des formations intellectuelles supérieures. D'autres révèlent les difficultés rencontrées aux étages inférieurs du système éducatif. L'ensemble du tableau est inquiétant. Le niveau intellectuel des classes sociales privilégiées a baissé de façon significative entre 1963 et 1980, tandis que le quart ou le cinquième de la population éprouve, au milieu des années 90, des difficultés à déchiffrer un mode d'emploi. Toutes les mesures, temporelles ou comparatives, concordent. C'est bien un déclin, absolu et relatif, qui caractérise les États-Unis. Les Américains ne font plus partie du groupe de tête des nations pour ce qui concerne le développement intellectuel. Le club des pays protestants, héritiers de l'apprentissage biblique, a explosé.

La fin de la domination technologique américaine

Les développements éducatifs spécifiques des États-Unis, de l'Europe occidentale et de l'Asie dessinent à l'avance l'image des puissances du futur. Les diplômés en sciences — ingénieurs, biologistes, et mathématiciens — sont, collectivement, le véritable nerf de la guerre technologique que se livrent, sous un

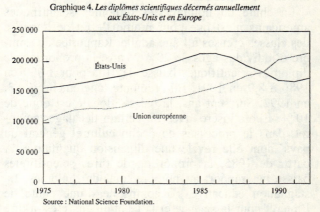

Graphique 4. *Les diplômes scientifiques décernés annuellement aux États-Unis et en Europe*

Source : National Science Foundation.

aimable verbiage coopératif, les entreprises et les nations du monde développé. Au terme d'une course-poursuite commencée au lendemain du deuxième conflit mondial, l'Union européenne a finalement dépassé, vers 1990, les États-Unis dans ce domaine, ainsi que le montrent les chiffres réunis par la *National Science Foundation*. L'accélération du rythme européen de production d'ingénieurs et de savants a coïncidé dans le temps avec une baisse de la capacité américaine de formation. Entre 1975 et 1985, le nombre annuel de diplômés scientifiques américains avait encore augmenté, de 156 825 à 213 730, mais pour retomber à 173 099 en 1992. À cette dernière date, l'Union européenne, grâce à une croissance particulièrement nette en Allemagne et en France, atteint 214 000 diplômés scientifiques par an[1]. L'annexion de l'ancienne RDA, que l'on sent fortement dans le profil de la courbe allemande, n'a représenté, du point de vue quantitatif, qu'une confirmation finale de la prééminence européenne.

La chute du nombre des diplômés scientifiques américains n'est que pour moitié l'effet de l'arrivée des classes creuses à l'âge adulte. Rapportée au nombre d'individus âgés de 20 à 24 ans, la proportion de diplômés scientifiques baisse de 10,3 pour 1 000 en 1986 à 8,9 en 1991. Elle remonte légèrement, à 9,3, en 1992. Sur sept ans, la baisse globale est donc de 10 %. Elle s'insère, avec un certain décalage temporel, dans le processus de déclin culturel général du pays, dont elle révèle une dimension qualitative. À partir de 1985, la proportion de titres scientifiques baisse par rapport au nombre total de diplômes. La stagnation éducative s'accompagne d'une chute de l'intérêt pour la science et la technologie, c'est-à-dire pour le vieux projet humain de compréhension, de domestication et de transformation de la nature.

L'Union européenne est plus peuplée que les États-Unis et l'on ne doit pas tirer des chiffres absolus la conclusion exagérée d'un sous-développement américain ou d'un triomphe de l'Ancien Monde. D'autant que les classes creuses, responsables pour moitié du

---

1. Ce chiffre n'inclut pas les diplômés des « Polytechnics » britanniques, intégrés dans les statistiques générales à partir de 1992.

déclin global, sont arrivées quelques années plus tôt
aux États-Unis, où la baisse de la fécondité avait été
plus précoce qu'en Europe. Par habitant, les taux de

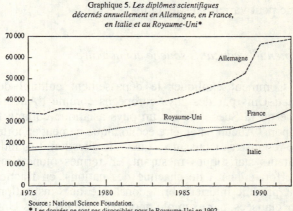

Graphique 5. *Les diplômes scientifiques
décernés annuellement en Allemagne, en France,
en Italie et au Royaume-Uni**

Source : National Science Foundation.
* Les données ne sont pas disponibles pour le Royaume-Uni en 1992.

diplômés restent légèrement supérieurs aux États-
Unis, puisque l'ascension de l'Europe n'a mené celle-
ci que de 5,5 diplômés pour 1 000 individus de 20-
24 ans en 1986 à 7,9 en 1992. Les chiffres absolus
évoqueraient d'ailleurs surtout l'écrasante domination
d'une Asie additionnant le Japon, la Corée, l'Inde,
Singapour, Taiwan et la Chine, avec 523 651 diplômés en 1992. Mais si l'on ajoute aux données sur les
diplômes du type BA ou licence celles qui concernent
les formations doctorales achevées en 1992 — 11 223
en Asie, 18 251 aux États-Unis (dont une proportion
importante décernée à des étudiants asiatiques) et
25 310 dans l'Europe entière — on doit admettre
qu'entre 1986 et 1992 le centre de gravité scientifique
du monde semblait se redéplacer vers l'Europe. La

comparaison doit s'achever sur une note de prudence : les niveaux réels de diplômes sont difficilement comparables de pays à pays, et même à
l'intérieur d'une nation, la valeur d'un titre scientifique peut varier dans le temps.

Potentiels éducatifs souche et nucléaire

Comment expliquer le dépassement culturel des
États-Unis par des pays européens comme l'Allemagne ou la Suède, et par un pays asiatique comme le
Japon ? Aucun paramètre économique ne peut apporter
de réponse satisfaisante à une telle question. Les indicateurs statistiques mesurant, en termes monétaires,
l'effort éducatif de chacune des nations, en fraction
du produit intérieur brut consacrée aux institutions
spécialisées, par exemple, montrent que les États-Unis
restent, vers 1993, l'un des pays qui dépensent le
plus : 6,8 % du PIB contre 6,9 % en Suède qui fait
donc marginalement mieux, mais seulement 5,9 % en
Allemagne et 4,9 % au Japon[1]. La réponse doit être
cherchée du côté des mœurs plutôt que dans la comptabilité nationale : les pays qui ont nettement dépassé
les États-Unis relèvent tous d'un même type anthropologique, la famille souche.

Les valeurs fondamentales d'autorité et d'inégalité
qui la caractérisent, et accompagnaient le principe de
l'héritier unique, avaient pour but, dans un contexte
préindustriel, la définition d'un lignage, nobiliaire ou
paysan. Dans le monde industriel ou postindustriel, ce

1. OCDE, *Regards sur l'éducation. Les indicateurs de l'OCDE*,
op. cit., p. 14-15.

projet se réincarne en une attention soutenue au destin scolaire des enfants. La famille souche est toujours visible au Japon, dont les ménages incluent toujours de nombreuses personnes âgées. Elle est une structure mentale invisible en Suède et en Allemagne, où les ménages apparaissent désormais, hors des campagnes, simples, n'associant que les parents et leurs enfants non mariés. Mais le système anthropologique de tous ces pays reste fortement intégrateur, protecteur, formateur pour les enfants. Son autorité appuie celle de l'institution scolaire.

Aux États-Unis, et plus généralement dans le monde anglo-saxon, la famille nucléaire absolue prépare les adolescents à l'autonomie, à la liberté sociale et politique, mais elle laisse aux enseignants et aux établissements la charge de former les jeunes au-delà de la puberté. Les résultats, ainsi que le démontrent les contre-performances américaines, sont incertains[1]. Les difficultés des États-Unis se retrouvent dans l'ensemble du monde anglo-saxon, dont le dynamisme éducatif est globalement faible. Dans les pays neufs, comme l'Australie, le Canada anglophone ou la Nouvelle-Zélande, pays d'immigration démocratisés, le système scolaire et universitaire est, comme aux États-Unis, vaste, mais mal soutenu par la famille. Les performances réelles sont médiocres mais les taux de scolarisation à 20 ans sont élevés. En Angleterre, où la tradition aristocratique est toujours vivante, et où n'a jamais vraiment régné l'idée d'une même éducation pour tous, le sous-développement institutionnel ajoute ses effets à la faiblesse de l'organisation familiale. Les taux de scolarisation

---

1. Sur le rapport entre types familiaux et éducation, voir E. Todd, *L'enfance du monde, op. cit.*

au-delà de 16 ans sont bas, et font apparaître le
Royaume-Uni comme une zone de sous-développement universitaire relatif en Europe, malgré l'excel-
lence des universités de Cambridge et d'Oxford[1]. La
faible intensité éducative de la famille nucléaire peut
s'exprimer à travers un système scolaire surdéveloppé,
cas des États-Unis, comme à travers un système sous-
développé, cas de l'Angleterre.

Les deux France et l'éducation

L'une des meilleures illustrations possibles du
lien entre structure familiale originelle et performance éducative est fournie par la France, dont le
tissu anthropologique est divers, et où les deux types
familiaux principaux sont respectivement nucléaire
et souche. Dans le Bassin parisien règne une famille
nucléaire qui ne diffère de son homologue anglo-
saxonne que par un trait égalitaire, dimension
secondaire lorsque l'on s'intéresse à l'éducation plutôt qu'à l'idéologie. Dans la plus grande partie du
Midi, de la région Rhône-Alpes à l'Occitanie profonde du Sud-Ouest, domine la famille souche.
L'hexagone est un champ expérimental, contenant
de l'Angleterre et de l'Allemagne, de l'Amérique et
du Japon. Une carte de la proportion de femmes de
plus de 75 ans vivant seules, réalisée en 1993 par
Joëlle Gaymu, montre à quel point les types familiaux et les structures mentales qui leur correspon-

---

1. Sur les rigidités culturelles qui conditionnent les problèmes éducatifs en Grande-Bretagne, voir G. Walden, *We Should Know Better.
Solving the Education Crisis*, Fourth Estate, Londres, 1996.

dent sont toujours vivants en cette veille de l'an 2000 : les vieillards sont le plus souvent seuls dans les régions de famille nucléaire[1]. Or, la poussée de l'éducation secondaire, qui est l'un des traits fondamentaux de l'après-guerre, en France comme aux États-Unis ou au Japon, s'exprime de façon différentielle dans l'hexagone. Elle aboutit au renversement du rapport de forces entre nord et sud. Le Bassin parisien, nucléaire, mais placé au contact de l'Europe du Nord et proche du pôle de développement protestant, avait été, du XVIIe à la première moitié du XXe siècle, en position dominante pour ce qui concerne l'instruction primaire. La diffusion ultérieure du baccalauréat, entre 1950 et 1980, apparaît pourtant comme un phénomène méridional, typique des régions de famille souche[2]. Le facteur anthropologique apparaît ici dans toute sa netteté parce qu'il agit en complément d'un système scolaire relativement uniforme, à l'intérieur d'une nation qui, pour être diverse sur le plan des structures familiales, n'en est pas moins à peu près homogène, aux dates considérées, sur le plan linguistique. Paradoxalement, la France, pays de l'homme universel et du jacobinisme centralisateur, révèle ici la diversité du monde[3].

1. J. Gaymu. « Avoir soixante ans ou plus en France en 1990 », *Population*, 6, 1993, p. 1871-1910, notamment carte p. 1905.
2. Sur l'organisation anthropologique de la France et ses divers effets, notamment éducatifs, voir E. Todd, *La nouvelle France*, Le Seuil, 1988, 1990.
3. On trouvera une carte de ces performances régionales en 1982 dans *La nouvelle France, op. cit.*, p. 24 ; voir aussi C. Baudelot et R. Establet, *Le niveau monte*, Le Seuil, 1989, p. 29.

*La tendance au déficit démographique
des sociétés souches*

La pratique de l'héritier unique qui caractérisait la famille souche préindustrielle n'a pas complètement, ou même véritablement disparu du monde postindustriel. L'environnement sanitaire et médical du passé entraînait une mortalité infantile telle que plusieurs enfants étaient « statistiquement » nécessaires à l'obtention ultime d'au moins un successeur. Cette obligation était assez facile à remplir en l'absence de moyens contraceptifs fiables. La mortalité infantile est désormais largement inférieure à 1 % dans l'ensemble du monde développé, tandis que la pilule et le stérilet rendent les accidents improbables : la naissance d'un seul enfant suffit à assurer la continuation du lignage[1]. En apparence du moins, car la présence de deux parents pour un seul enfant implique la fusion de deux lignages qui sont remplacés par un seul. La société, au contraire des parents « souches », aurait besoin de deux enfants par couple pour conserver un nombre de lignages et d'hommes globalement stable d'une génération à l'autre. La mécanique de l'héritier unique se perpétue néanmoins souvent sous la forme moderne de l'enfant unique : les sociétés souches actuelles laissent souvent apparaître des indices de fécondité qui n'assurent pas la reproduction globale de la population. La famille nucléaire, dépourvue de projet lignager, semble plus

---

1. Sur l'évolution des taux de mortalité infantile, voir *infra* chap. IV, p. 133.

capable d'atteindre les 2 enfants par femme nécessaires au remplacement des générations.

Ni le Japon, avec un indice de fécondité de 1,5 en 1995, ni l'Allemagne avec un indice de 1,3 n'assurent la stabilité à long terme de leurs populations. Leurs pyramides des âges portent la marque d'une chute de fécondité particulièrement marquée, et indiquent une augmentation importante ou brutale du nombre de personnes âgées. Les États-Unis, avec un indice de fécondité de 2 en 1995, l'Angleterre avec un indice de 1,8 jusqu'à très récemment, n'auront pas à affronter un vieillissement de la population d'ampleur comparable.

Une fois de plus, l'action souterraine du facteur anthropologique peut être observée à l'intérieur même de l'espace français, où les régions de famille souche du Sud-Ouest ont depuis fort longtemps des indices de fécondité très bas, de l'ordre de 1,5, mais où les régions de famille nucléaire du Bassin parisien sont elles très proches du seuil nécessaire à la reproduction de la population. L'indice global de la France, 1,7, se situe, très logiquement, à mi-chemin entre les indices japonais et allemand d'une part, anglo-saxons d'autre part.

La très basse fécondité n'est pour les sociétés souches qu'une tendance, réalisée pleinement, il est vrai, par les deux plus massives d'entre elles, l'Allemagne et le Japon. Il existe des exceptions, dont la plus importante est la Suède, capable entre 1989 et 1992 de faire remonter sa fécondité légèrement au-dessus de 2. L'indice est cependant retombé à 1,7 en 1995. L'originalité du cas suédois ne tient qu'en partie à la politique nataliste du gouvernement. Ce pays se caractérise, on l'a vu, par un niveau culturel réelle-

Tableau 5. *Types familiaux et fécondité*

Pays et types anthropologiques	Indice synthétique de fécondité en 1995
Famille nucléaire absolue	
États-Unis	2,0
Royaume-Uni	1,8
Australie	1,9
Nouvelle-Zélande	2,0
Danemark	1,8
Canada (total)	1,7
Famille souche	
Japon	1,5
Corée du Sud	1,6
Allemagne	1,3
Autriche	1,4
Suisse	1,5
Belgique	1,6
Québec	1,6
Types familiaux nucléaire et souche mélangés	
France	1,7
Pays-Bas	1,6
Mutation du statut de la femme	
Italie	1,2
Espagne	1,2
Portugal	1,5

ment exceptionnel, entraînant une spécificité des attitudes vis-à-vis de la procréation qui ne doit rien à l'action centralisée des administrations. Même dans le cas de la Suède, cependant, la remontée de la fécondité n'aura été que temporaire.

Ajoutons que la famille souche n'est nullement le seul système anthropologique capable de produire, dans la période actuelle, de très faibles fécondités. L'Italie, l'Espagne et le Portugal, dont les systèmes familiaux traditionnels étaient à dominante égalitaire (si l'on excepte les structures souches de Vénétie et du nord de la péninsule Ibérique), ont atteint des plan-

chers de fécondité encore plus bas. Ainsi que l'a montré Jean-Claude Chesnais, c'est une évolution brutale
du statut de la femme qui explique l'effondrement de
la natalité dans les pays latins du Sud[1].

L'intensité éducative et la basse fécondité tendancielle des sociétés souches forment une totalité struc-
turale. Ce sont des mondes où l'on fabrique peu
d'enfants, mais où on les éduque fortement. Le processus prend l'allure d'une boucle logique puisque les
études longues poursuivies par ces enfants peu nombreux impliquent un âge au mariage élevé, et une procréation tardive, qui encourage à son tour une basse
fécondité. En système nucléaire, qu'il y ait sortie
rapide du système scolaire (modèle anglais) ou études
poursuivies sans grande conviction (modèle américain), on peut procréer plus tôt : la naissance d'un
enfant n'apparaît pas comme un obstacle à une
performance universitaire considérée comme inessen-
tielle. Le phénomène de la *teenage pregnancy*, c'est-à-
dire d'une grossesse menée entre 13 et 18 ans, typique du monde anglo-saxon, l'est plus profondément
et plus généralement de la famille nucléaire.

Une limite pour toutes les sociétés ?

La très basse fécondité des sociétés souches révèle
qu'elles n'ont pas résolu mieux que la société américaine le problème du plafonnement culturel dans la
longue durée. Le Japon et l'Allemagne ont évité, dans
un premier temps, la régression puis la stabilisation

---

1. J.-C. Chesnais, *Le crépuscule de l'Occident, Démographie et politique*, Robert Laffont, 1995, chap. 3.

sur une position plus basse qui caractérisent les États-Unis. Ces nations font apparaître, entre 1970 et 1990, un dynamisme supérieur. C'est pourquoi l'Amérique semble, à l'approche de l'an 2000, sur le point d'être dépassée, en termes de niveau éducatif ou de production d'élites scientifiques. Mais les sociétés souches payeront ces performances temporaires d'un coût démographique élevé. C'est en faisant peu d'enfants qu'elles les ont formidablement éduqués, et leur déclin démographique est aussi sûrement programmé que la stagnation culturelle américaine. Le recul démographique doit finir par atteindre la production de diplômés. Les données les plus récentes concernant l'Allemagne révèlent que les effectifs absolus d'étudiants en mathématiques, science ou ingénierie ont commencé de diminuer entre 1993 et 1995[1]. La diminution du nombre total de jeunes l'emporte sur la croissance de la proportion faisant des études dans chaque classe d'âge. Tout se passe comme si une limite obligeait les sociétés à un choix, entre une stagnation du niveau culturel se combinant à une reproduction démographique satisfaisante (modèle américain) et une poursuite du progrès culturel s'effectuant au prix d'une contraction démographique (modèle souche). Nous devons constater, empiriquement, que toutes les nations du monde développé se heurtent à un plafond, qui les repousse, soit vers la stagnation culturelle, soit vers la dépression démographique.

Du point de vue micro-social, procréation et éducation des enfants constituent un processus unique, auquel chaque famille consacre du temps, de l'énergie et de l'argent, mais sans qu'il lui soit possible d'aller

1. *Statistisches Jahrbuch*, 1996, p. 393.

au-delà d'un certain effort maximal. Ces investissements individuels, une fois agrégés, définissent le
potentiel de la société tout entière : *le produit du nombre d'enfants par l'intensité de leurs études.* Un indicateur synthétique parfait de mesure du niveau
culturel révélerait peut-être une loi statistique simple
indiquant que le produit du niveau culturel par l'indice de fécondité ne peut dépasser durablement une
certaine valeur. Stagnation culturelle et dépression
démographique sont, à un certain niveau de l'analyse
historique, la même chose. Chaque société représente
un stock intellectuel, égal au produit du nombre des
hommes par la formation moyenne de chaque individu. Plafonnement éducatif et chute de la fécondité
révèlent une même incapacité actuelle des sociétés
développées à augmenter ce stock intellectuel au-delà
d'une certaine limite. C'est pourquoi la fin du rêve
américain d'un progrès illimité s'est diffusée aussi
facilement à l'ensemble du monde développé, comme
une humeur dépressive et contagieuse, indépendamment de la prédominance de tel ou tel substrat anthropologique.

La Suède, cependant, a réussi à ne pas « plonger »
démographiquement tout en maintenant l'un des
niveaux éducatifs les plus élevés de la planète. Elle a
crevé le plafond auquel se sont heurtés la plupart des
autres pays. Son cas particulier a donc un sens universel et optimiste : il suggère que la limite culturelle qui
bloque le développement des sociétés avancées n'est
pas aussi absolue qu'il y paraît. L'actuel état de stagnation pourrait représenter un palier de l'histoire
humaine plutôt qu'un sommet indépassable.

CHAPITRE III

Les deux capitalismes

La réflexion sur l'économie internationale peut être subdivisée en deux grandes catégories.

La première, l'*économie pragmatique*, part de la vie économique réelle, dans sa diversité historique et géographique, pour en donner une représentation simplifiée mais utilisable dans un schéma causal. Elle s'inscrit dans une pratique empirique et comprend l'histoire économique, l'économie historique fondée en 1841 par Friedrich List avec son *Système national d'économie politique*, ainsi que la partie concrète de l'enseignement des *business schools* américaines avec des œuvres comme *The Competitive Advantage of Nations* de Michael Porter. Elle admet la réalité et la diversité des nations.

La seconde, l'*économie scolastique*, part de l'axiome de l'*homo œconomicus*, calculateur et rationnel. Elle en déduit des lois puis cherche dans la réalité ce qui peut avoir un rapport avec ces propositions a priori. Elle est souvent proche de la scolastique médiévale par sa volonté de déduire la réalité de son principe premier : lorsque les faits ne sont pas en accord avec la théorie, elle est capable de choisir, héroïquement, la théorie, tel

Adam Smith lorsqu'il présente en 1776, dans *La
Richesse des nations*, le libre-échange comme la voie
royale vers la prospérité, alors même que son propre
pays, le Royaume-Uni, donne l'exemple d'un décollage parfaitement réussi dans des conditions de fort
protectionnisme. Le cœur de cette économie scolastique reste aujourd'hui la représentation universitaire
de l'échange international. Les manuels d'économie
américains évoquent des pays imaginaires et sans
qualité autre qu'une mystérieuse dotation en facteurs
« capital » et « travail », pour spéculer ensuite sur
l'optimisation fantasmatique de leurs transactions.
Certains sont honnêtes, c'est-à-dire fidèles à leur principe de départ, et d'autres non. Celui de Robert Dunn
et de James Ingram met bien en évidence le rapport
entre libre-échange et montée de l'inégalité interne
aux sociétés développées, que l'on peut effectivement
déduire de l'axiomatique individualiste. D'autres sont
carrément de mauvaise foi, comme celui de Paul
Krugman et Maurice Obsfeldt, dont les 790 pages
excessivement pédantes minimisent les problèmes de
redistribution des revenus et font l'impasse sur la
baisse du salaire réel américain[1]. Mais, fidèles ou
oublieux de leurs présupposés, les ouvrages qui relèvent de l'économie scolastique nient la réalité et la
diversité des nations, en dépit du titre trompeur de
l'ouvrage fondateur d'Adam Smith.

L'anthropologie économique ne peut évidemment
que rejoindre l'économie pragmatique. Attentive à la

1. R. M. Dunn & J. C. Ingram, *International Economics*, John
Wiley and Sons, 1996 ; P. R. Krugman et M. Obstfeld, *International
Economics*, Harper Collins, 1994. Ravi Batra épingle Krugman et
Obstfeld pour cette impasse curieuse dans *The Great American Decep-
tion*, John Wiley and Sons, 1996, p. 18.

réalité des hommes et des sociétés, à la diversité des systèmes et à la complexité de leur fonctionnement interne, elle confirme l'intuition fondamentale de List, qui opposait à la vision abstraite, purement individualiste, des économistes classiques anglais et français, la réalité intermédiaire des nations. Une telle approche lui avait permis de saisir la complémentarité des interactions entre branches économiques à l'intérieur des espaces socio-géographiques, et de mettre en évidence, avec un grand bon sens, l'importance du niveau culturel et technologique des populations pour le développement. Redécouvert récemment par des journalistes comme James Fallows, il n'apparaît toujours pas à sa juste place dans les index des manuels. Son *Système national* avait cependant prévu les décollages, sous conditions protectionnistes, des États-Unis et de l'Allemagne, favorisés par le niveau culturel élevé de leurs habitants au milieu du xixᵉ siècle. Sa représentation de l'histoire économique est désormais applicable à des développements qu'il ne pouvait envisager, comme ceux du Japon et de la Corée[1].

Mais c'est aujourd'hui l'économie pragmatique qui vient d'elle-même à la rencontre des anthropologues. Elle reconnaît en effet de plus en plus nettement l'existence de *deux* capitalismes différents, perception empirique qui ne peut en aucune manière être déduite de l'axiome d'*un* homme économique, et d'*une* rationalité individuelle.

1. J. Fallows, *Looking at the Sun, The Rise of the New East Asian Economic and Political System*, Pantheon Books, 1994.

L'économie pragmatique
et la dualité du capitalisme

Aux États-Unis comme en Europe, on s'interroge de plus en plus fréquemment sur la diversité des systèmes capitalistes et sur les fondements institutionnels ou anthropologiques de cette diversité. Dans *La logique de l'honneur* (1989), Philippe d'Iribarne analyse trois styles distincts de gestion d'un même système technique, au sein d'un groupe multinational comprenant des usines française, américaine et néerlandaise[1]. Dans *Capitalisme contre capitalisme* (1990), Michel Albert oppose le modèle économique rhénan, fortement intégré sur le plan social, au modèle anglo-saxon, plus authentiquement individualiste[2]. Robert Boyer et l'école régulationniste mettent aussi en évidence l'irréductible diversité des trajectoires historiques et des fondements institutionnels des systèmes économiques dits libéraux[3]. Charles Hampden-Turner et Alfons Trompenaars donnent, dans *The Seven Cultures of Capitalism* (1993)[4], une vision anglo-hollandaise de la pluralité des systèmes de valeur qui sous-tendent les économies américaine, japonaise, allemande, française, britannique, suédoise et néerlandaise.

---

1. Ph. d'Iribarne, *La logique de l'honneur. Gestion des entreprises et traditions nationales*, Le Seuil, 1989.
2. M. Albert, *Capitalisme contre capitalisme*, Le Seuil, 1990.
3. R. Boyer, Y. Saillard et coll., *Théorie de la régulation : l'état des savoirs*, La Découverte, 1995.
4. Ch. Hampden-Turner et A. Trompenaars, *The Seven Cultures of Capitalism. Value Systems for Creating Wealth in the United States, Japan, Germany, France, Britain, Sweden, and the Netherlands*, Doubleday, 1993.

Vers le milieu des années 90, on spécule donc à travers toute l'Europe sur l'hétérogénéité économique du continent. Un livre comme *Les capitalismes en Europe* (1996)[1], publié sous la direction d'un Britannique et d'un Allemand, Colin Crouch et Wolfgang Streeck, donne une idée de l'intensité du débat, rendu fondamental par l'évolution historique elle-même. Depuis l'effondrement de l'Union soviétique, l'antagonisme capitalisme/socialisme a disparu, tandis que la mondialisation et la monnaie unique lancent les unes contre les autres les économies nationales, tout en prétendant les faire disparaître. Dans un monde dépolarisé, la confrontation commerciale et monétaire met en évidence des comportements nationaux distincts et conduit naturellement à la comparaison.

Les Européens sont particulièrement sensibles à l'opposition des styles anglais et allemand. Les Américains ont tendance à organiser la diversité du monde autour du conflit théorique et pratique entre États-Unis et Japon. Le protectionnisme implicite, la capacité des entreprises japonaises à tolérer des taux de profit faibles sur de longues périodes, exaspèrent les analystes américains, autant que l'aptitude allemande au consensus fascine les Européens du Sud et de l'Ouest. Dans *Head to head* (1993), Lester Thurow part de l'opposition entre le type idéal d'un capitalisme individualiste, de consommation, américain, et celui d'un capitalisme communautaire, de production, japonais[2]. Même la somme de Michael Porter, *The*

1. C. Crouch, W. Streeck et coll., *Les capitalismes en Europe*, La Découverte, 1996.
2. L. Thurow, *Head to Head, The Coming Economic Battle among Japan, Europe and America*, William Morrow, Nicholas Brealey, 1993.

Competitive Advantage of Nations (1990), qui compare les industries et les économies américaines, suisses, suédoises, allemandes, japonaises, italiennes, coréennes et anglaises, est au fond obsédée par le modèle, ou plutôt l'antimodèle, japonais[1].

Il serait absurde de tenter ici une analyse exhaustive de ces approches, très diverses dans leurs fondements théoriques, malgré leur commun pragmatisme qui les coupe en bloc des abstractions de l'économie classique ou néoclassique. Un anthropologue cependant ne peut que s'émerveiller de la façon dont toutes les explications de la diversité rôdent autour de ses propres catégories, frôlent sans jamais vraiment l'atteindre la notion d'une diversité sous-jacente des structures familiales, américaine, japonaise, allemande, anglaise ou suédoise.

L'ouvrage désormais classique de Porter est le plus révélateur. Achevant sa réflexion en 1990, c'est-à-dire avant l'entrée en stagnation des économies allemande ou japonaise, cet auteur oppose le dynamisme d'après guerre des économies japonaise, suisse, suédoise, allemande, coréenne et italienne, aux difficultés relatives des économies anglaise et américaine[2]. Bien entendu, cette opposition renvoie sans cesse à la polarité entre le capitalisme individualiste anglo-saxon et le capitalisme organisé, social ou intégré germano-nippon. La multiplicité des approches ne peut empêcher que toutes les analyses tournent sans relâche autour de ce couple conceptuel. Il est fascinant de constater que

---

1. M. Porter, *The Competitive Advantage of Nations*, Macmillan, 1990.
2. Il perçoit cependant déjà la chute de dynamisme qui menace les industries allemande ou suédoise.

des nations en apparence aussi diverses que la Suisse, l'Allemagne, la Suède, le Japon ou la Corée relèvent en fait toutes du même type familial traditionnel, la famille souche, simultanément autoritaire et inégalitaire, rare à l'échelle planétaire. Indifférent à l'anthropologie, Porter est capable de sélectionner, avec un instinct très sûr, un échantillon de types socio-économiques caractérisés par la famille souche.

Dans cet échantillon, un seul pays dynamique échappe en partie à la catégorie souche, l'Italie, remarquable dans les années 1970 et 1980 pour le développement de ses petites entreprises de technologie moyenne. C'est aussi, paradoxalement, le pays pour lequel l'importance de la famille dans l'organisation de l'entreprise est explicitement évoquée. Le travail comparatif s'appuie ici sur l'analyse détaillée de la montée en puissance économique de « la troisième Italie », celle du nord-est et du centre, réalisée par des sociologues.

Dans *La constructione del mercato* (1988), Arnaldo Bagnasco et Carlo Trigilia avaient expliqué le décollage de l'Émilie-Romagne, de la Toscane et de la Vénétie, par la spécificité des sociétés locales[1]. Dans la version la plus récente de cette interprétation, publiée en français sous un titre proche, les particularités du système agraire sont mises en évidence, tout comme les traditions politiques, rouge et communiste en Émilie ou en Toscane, blanche et catholique en Vénétie. Le rôle de la famille et ses solidarités dans le fonctionnement de l'entreprise est souvent évoqué par Bagnasco et

---

1. A. Bagnasco & C. Trigilia, *La construction sociale du marché. Le défi de la troisième Italie*, Éditions de l'École Normale Supérieure de Cachan, 1993.

Trigilia. Ici plus qu'ailleurs, on a l'impression que l'analyse touche sans la saisir l'explication ultime. Manque l'hypothèse d'une diversité des structures familiales capables d'expliquer la diversité des comportements économiques. Un simple coup d'œil au recensement italien de 1971 aurait montré qu'une densité spécifique des structures familiales caractérise la troisième Italie. En Vénétie domine un type souche incomplet, en Émilie et en Toscane un autre modèle fortement intégrateur, la famille communautaire. Cette dernière suppose, comme la famille souche, une forte solidarité des générations, un fort principe d'autorité, mais elle s'en distingue par une adhésion forte au principe d'égalité des frères.

Emmanuel Matteudi, sociologue, a finalement utilisé l'hypothèse de diversité des types familiaux pour expliquer des divergences de comportements économiques entre groupes humains, avec un total succès[1]. Dans une analyse très fine de quatre communautés savoyardes, il met en évidence les aptitudes différentes de systèmes nucléaire, souche, et souche *imparfait*, pour reprendre sa terminologie. Sa conclusion principale est d'une très grande originalité puisqu'elle identifie le type intermédiaire, souche imparfait, comme le plus dynamique. L'autorité et l'inégalité qui caractérisent la famille souche, si elles sont poussées trop loin, absolutisées, produisent de la rigidité plutôt que de l'aptitude organisationnelle. L'étude de Matteudi ne concerne que de très petites communautés et n'a pas pour but d'expliquer l'opposition entre capitalisme anglo-saxon et capitalisme japonais ou allemand. Reste

---

1. E. Matteudi, *Structures familiales et développement local*, L'Harmattan, 1997.

que l'hypothèse d'une prédisposition de certains systèmes à se crisper, à se rigidifier par excès de discipline, peut apparaître fort utile à qui tente d'expliquer
le passage de certaines sociétés souches du dynamisme à la stagnation dans les années 90.

Capitalisme individualiste et capitalisme souche

Distinguer les deux formes de capitalisme qui
dominent l'espace économique mondial, et dont l'interaction définit la réalité du processus de globalisation, est un exercice simple si l'on accepte la réalité
des faits. À moins de considérer que la trop grande
abondance d'oppositions binaires significatives pose
des problèmes insurmontables de classement et de
hiérarchisation des données.

Du côté du monde anglo-saxon, nous allons trouver
une économie dont l'objectif pratique est l'optimisation à court terme du profit des entreprises et la justification idéologique la satisfaction du consommateur.
Les facteurs de production, considérés comme une
sorte d'intendance, doivent suivre. Quelques conséquences essentielles dérivent de ces priorités, comme
l'instabilité des formes organisationnelles et la flexibilité du marché du travail. Ces dimensions sont assu-
mées. Certains éléments tout aussi caractéristiques,
sans être niés, sont cependant considérés comme non
nécessaires : la faiblesse du taux d'épargne, qui
découle de la préférence pour la consommation, est
cependant constitutive du modèle. Tout comme le déficit de la balance commerciale, qui n'est en vérité
que la face visible pour le monde extérieur de la tendance du système à consommer plus qu'il ne produit.

Nous devons être conscients de ce que ce modèle est simultanément *cohérent*, associant de façon logique des objectifs, une idéologie et une certaine articulation des paramètres macro-économiques, et *déséquilibré*, en état permanent de surconsommation. Il ne peut vivre sans l'existence de son double négatif, le capitalisme intégré, dont les traits fondamentaux sont opposés aux siens. Le Japon en est l'incarnation idéale, mais l'Allemagne, au-delà d'une soumission formelle à l'idéologie dominante du monde anglo-saxon, est à peine moins parfaite en tant qu'illustration. En 1995, l'excédent commercial japonais était de 107 milliards de dollars, l'excédent allemand de 65 milliards. Par habitant, les surplus exportés étaient étonnamment semblables, 855 dollars au Japon, 800 dollars en Allemagne.

Dans le système capitaliste intégré, l'objectif réel de l'entreprise n'est pas l'optimisation du profit, la satisfaction de l'actionnaire, mais la conquête de parts de marché, par le perfectionnement et l'expansion de la production. Sur le plan idéologique, le producteur est roi : l'attention au progrès technologique et à la formation de la main-d'œuvre est extrême. Il faut exceller dans la qualité. Le consommateur n'est qu'un modeste sujet et l'on serait tenté d'affirmer que la logique profonde du système est de traiter la consommation comme un mal nécessaire. La stabilité du noyau qualifié de la main-d'œuvre est une implication socio-économique acceptée de tels a priori. Certains aspects du modèle ne sont pas assumés, en particulier la tendance à la sous-consommation, le déficit structurel de la demande globale. L'Allemagne et le Japon sont viscéralement incapables de consommer la totalité des biens produits par leurs systèmes industriels. Comme le capitalisme anglo-saxon, le type germano-

nippon est à la fois cohérent et déséquilibré. L'exportation est une condition de sa survie, qui suppose
l'existence de son double négatif, le capitalisme
importateur.

La plupart des traits significatifs du capitalisme
individualiste peuvent être ramenés aux valeurs fondamentales de la famille nucléaire absolue, qui favorise l'émancipation et la mobilité des individus. Au
niveau le plus général, les valeurs de la famille
nucléaire déterminent une préférence pour le court
terme, ce que les auteurs anglo-saxons appellent
short-termism. Le système familial nucléaire n'a pas
de projet lignager, il se définit par des ruptures géné-
rationnelles successives. Les enfants, devenus adultes,
doivent s'en aller, recommencer une autre histoire.
Les discontinuités qui caractérisent le monde économique anglo-saxon, qu'il s'agisse de mobilité du capital ou de la main-d'œuvre, ne sont que le reflet de
mœurs favorisant en général la mobilité. Aux États-
Unis, le taux de déménagement résidentiel est de
17,5 % par an, contre seulement 9,4 % en France.
L'Australie et le Canada sont proches du modèle
américain. Le Royaume-Uni ne laisse pas apparaître
une telle mobilité à court terme des ménages, mais on
pourrait, en utilisant d'autres indicateurs, mettre en
évidence la fluidité géographique de sa population.
On y observe des déplacements importants, quoique
moins rapides (existant aussi aux États-Unis), qui
peuvent faire basculer des régions entières du dynamisme dans la stagnation ou inversement. Le nord de
l'Angleterre a ainsi perdu une bonne partie de sa
substance démographique et économique au profit du
bassin de Londres, qui concentre désormais une part
écrasante de la richesse nationale.

La mobilité géographique des ménages est sans doute l'élément de structure sociale qui établit le mieux le lien entre fluidité familiale et flexibilité économique. La rupture du lien parent-enfant décroche l'individu de son lieu de naissance et de son réseau de parenté. Sur cet arrière-plan d'une plasticité humaine qui précède la flexibilité économique, peut se développer une pratique sociale qui détache, à intervalles réguliers, les travailleurs de leurs entreprises. Les *chief executive officers* (CEOs) bougent pour maximiser leurs gains ; les ouvriers qualifiés rejetés par la contraction du tissu industriel acceptent leur conversion, pour un moindre salaire, en vendeurs de pizzas ou en agents de nettoyage.

La vision à long terme du capitalisme intégré — favorisant la recherche technologique, l'investissement, la formation des personnels et leur stabilité dans l'entreprise — trouve symétriquement sa source dans les valeurs de continuité qui définissent la famille souche. L'autorité parentale forte, l'inégalité devant l'héritage n'existaient que pour assurer la perpétuation du lignage. La continuité de la famille du passé, noble ou paysanne, devient continuité de l'entreprise et de ses projets.

La forte propension à épargner et à investir qui caractérise le « capitalisme souche » n'est qu'une manifestation économique particulière, comptable, de ce rapport au temps. Épargner, investir, c'est se projeter dans le futur. Inversement, l'absorption par le présent de la consommation, la fuite dans l'endettement renvoient de façon logiquement complémentaire à l'univers mental de la famille nucléaire.

Chacun des deux capitalismes dérive donc sa logique de fonctionnement d'un système anthropologique

Tableau 6. *Mobilités géographiques et professionnelles*

	Pourcentage de la population changeant de résidence en 1 an (vers 1981)*	Pourcentage d'employés dont l'ancienneté dans l'entreprise est inférieure à 1 an (vers 1991)**
États-Unis	17,5	28,8
Canada	18,0	23,5
Australie	17,0	21,4
Royaume-Uni	9,6	18,6
Pays-Bas	7,7	24,0
France	9,4	15,7
Allemagne	–	12,8
Autriche	7,6	13,8
Japon	9,5	9,8

* Source : L. Long, « Residential mobility differences among developed countries », *International Regional Science Review*, 1991, vol. 14, n° 2, p. 133-147.
** Source : OCDE, *Coup d'œil sur les économies de l'OCDE. Indicateurs structurels*, Paris, 1996, p. 44.

spécifique — famille nucléaire absolue dans le cas du capitalisme individualiste, famille souche dans celui du capitalisme intégré. Mais il faut admettre que le développement paroxystique des virtualités économiques de chaque type anthropologique n'aurait pu se produire en l'absence d'interaction, sans le développement du commerce international. C'est parce qu'ils peuvent exporter que le Japon et l'Allemagne ont exprimé leur tendance à la sous-consommation ; c'est parce qu'ils peuvent importer que les États-Unis ont exprimé leur tendance à la surconsommation. L'ouverture n'a pas mené à la convergence des systèmes mais à leur différenciation. L'histoire économique ne suit pas ici la fable de La Fontaine : la fourmi (souche) prête à la cigale (nucléaire absolue), ce dont elle a besoin — des automobiles, des téléviseurs, des micro-ordinateurs — pour continuer à chanter. De la musique pop, ou métaphoriquement, cette production idéologique ultralibérale qui constitue désormais l'une des exportations majeures du monde anglo-saxon.

Niveau culturel et productivité

Le capitalisme souche se distingue du capitalisme individualiste par une productivité plus élevée, dont on ne peut cependant pas affirmer qu'elle découle simplement de ses formes organisationnelles et de son style de fonctionnement. Le taux de profit, la vitesse de rotation du personnel, le niveau de l'investissement sont des variables intermédiaires. En amont de toute mise en forme de l'économie, un facteur détermine assez largement l'efficacité relative d'une société : le niveau culturel de la population. Une main-d'œuvre fortement éduquée trouvera toujours le moyen d'animer une économie efficace, et ce, quelle que soit sa dotation en ressources naturelles. Même les Scandinaves, peu favorisés par la nature, ont finalement bénéficié des développements éducatifs spectaculaires résultant de l'adhésion au protestantisme. Aujourd'hui, la Suède exporte des aciers spéciaux, des roulements à billes, des voitures et des camions, le Danemark du bacon, du beurre et des produits pharmaceutiques ; la Norvège possède l'une des flottes marchandes importantes du monde. Toutes ces nations font apparaître au XXᵉ siècle, en dépit de leur position géographique excentrée, une productivité élevée. N'oublions pas que ces exportations de qualité trouvent parmi leurs déterminants une activité économique interne, privée ou publique, efficace à tous les niveaux. Les administrations qui gèrent les formidables systèmes de sécu-

rité sociale des pays scandinaves tirent leur productivité du très haut niveau de formation de leur
personnel, et de la très bonne compréhension des procédures par les assurés. À la fin des années 70, les
PIB par tête des nations européennes étaient précisément alignés sur les taux d'alphabétisation tels qu'ils
se présentaient vers 1850[1]. Avec un temps d'ajustement, l'économie suit l'esprit.

Cette approche culturelle, et réaliste, de la vie économique ne signifie pas que le mode d'organisation n'a
aucune importance. Un cas extrême le démontre. En
dépit de son niveau culturel relativement élevé, la
population active russe n'était pas, à la veille de l'effondrement du système communiste, très performante.
Au-delà de la phase de décollage, une organisation
centralisée de la production détruit l'efficacité de
l'économie. L'échec de l'Union soviétique peut être
interprété comme la neutralisation d'un potentiel éducatif par des institutions économiques absurdes. Reste
que, dans la phase de décollage, l'industrialisation
s'appuyait sur un développement culturel puissant.

L'histoire de la Russie du XXe siècle, si fortement
influencée par le marxisme, nous permet paradoxalement d'échapper à la vision économiste de l'histoire.
La révolution, la prise du pouvoir par les bolcheviques,
la montée en puissance du stalinisme et la définition
de l'économie centralisée interviennent sur fond de
hausse du taux d'alphabétisation. Le pourcentage
d'individus sachant lire et écrire passe de 29,6 % en
1897 à 60,9 % en 1926, puis à 89,7 % en 1939[2]. L'épa-

---

1. Voir les cartes de ces deux paramètres, p. 48 et 50 *in* E. Todd,
L'enfance du monde, op. cit.
2. *Annuaire statistique de la Russie*, Moscou, 1994, p. 57.

nouissement du stalinisme correspond à la réalisation
de l'alphabétisation de masse. C'est pourquoi ce
régime sanglant est optimiste, dynamique, économiquement et militairement conquérant. C'est cette Russie qui remporte la victoire de Stalingrad et contribue
ainsi, en dépit de son propre totalitarisme, à la survie de
la liberté en Europe occidentale. En 1959, le taux d'alphabétisation est de 98,5 %. Le progrès éducatif ne
cesse pas pour autant ; il se prolonge en un massif
développement de l'éducation secondaire et supérieure.
Le nombre d'étudiants pour 100 000 habitants, de 100
en 1914, passe lentement à 430 en 1940, à 1190 en
1959[1]. Il fait alors un bond à 2030 en 1968. Le développement massif des formations secondaires et supérieures correspond à la montée en puissance mondiale
de l'Union soviétique, qui fascine alors par ses performances spatiales, et semble un instant capable de l'emporter sur les Américains dans la course à la Lune.

Sans ses ouvriers qui savaient lire, sans ses ingénieurs nombreux, l'Union soviétique n'aurait jamais
été capable de fabriquer les machines nécessaires.
Jean-Charles Asselain note, dans son *Histoire économique du XXe siècle*, la vitesse surprenante à laquelle
l'Union soviétique s'était affranchie, durant les années 30, de sa dépendance en biens d'équipement
occidentaux[2]. Une formidable ascension éducative
sous-tend les performances visibles du communisme
dans sa phase ascendante.

À l'approche de l'an 2000, dans le monde capitaliste
développé, le système anthropologique est le détermi-

1. *Annuaire statistique..., op. cit.*, p. 128-129.
2. Tome II, *La montée de l'État*, Presses de Sciences Po-Dalloz, 1995, p. 275.

nant décisif du niveau culturel : le Japon, l'Allemagne, la Suède relèvent du même type souche et sont constitués de populations fortement éduquées. La Corée, autre nation souche, rattrape rapidement son retard scolaire. Les pays anglo-saxons — États-Unis, Royaume-Uni, Australie, Nouvelle-Zélande et Canada, anglophone pour les trois quarts — restent à l'échelle mondiale des pays avancés sur le plan éducatif, mais ils éprouvent certaines difficultés à pousser plus loin leur progression. On peut ainsi expliquer la faible croissance de la productivité américaine des années 1965-1990, objet d'inquiétude et de perplexité pour les économistes américains de tradition scolastique. Pour l'essentiel, les différences de productivité entre nations développées peuvent être expliquées par les écarts de performance éducative.

Aux États-Unis, le taux annuel de progression du PIB réel par actif occupé était encore de 1,9 % entre 1960 et 1979. Il tombe à 0 % entre 1973 et 1979, entre les deux chocs pétroliers, pour se stabiliser à un niveau très bas, de 0,8 % par an, dans la période de l'expérimentation ultralibérale, entre 1979 et 1989[1]. Au cœur des années difficiles, durant la décennie 80, le Japon et l'Allemagne continuent de faire mieux avec respectivement 2,8 et 1,4 % de croissance annuelle de la productivité, alors même que ces deux pays subissent beaucoup plus directement et violemment les chocs pétroliers.

Séparer le niveau culturel de l'organisation économique et sociale est dans une large mesure une abstraction. Il est ainsi difficile de distinguer en pratique l'intensité dans le travail du niveau de formation élevé

---

1. OCDE, *Statistiques rétrospectives, 1960-1994*, p. 53.

qui caractérise, simultanément, les sociétés souches. De même, la mobilité de la population ne peut être dissociée de la formation : des capacités professionnelles poussées dans un domaine précis exigent des études

Tableau 7. *La croissance de la productivité*

	1960-1973	1973-1979	1979-1989
États-Unis	1,9	0,0	0,8
Royaume-Uni	2,8	1,3	1,9
Canada	2,6	0,7	1,1
Australie	2,5	1,8	1,0
Nouv.-Zélande	1,8	moins 0,9	–
Japon	8,1	2,9	2,8
Allemagne	4,1	2,7	1,4
Suède	3,5	0,5	1,4
Italie	5,8	2,8	2,0
France	4,7	2,5	2,2

longues et une expérience dans l'emploi qui supposent une certaine stabilité des hommes. Réciproquement, on ne peut concevoir l'extraordinaire mobilité de la population active américaine sans sa déqualification relative. Il faut ne savoir rien faire en particulier pour pouvoir faire n'importe quoi en général. Cette formule s'applique, sans discrimination, aux vendeurs de pizzas, aux agents de nettoyage et aux *chief executive officers* surpayés qui liquident les usines les moins rentables sans avoir les compétences scientifiques et techniques qui leur permettraient de concevoir de nouvelles activités industrielles. Pour éviter toute franchouillardise, n'oublions pas, parmi les généralistes mobiles et sans qualification précise, les hauts fonctionnaires français qui s'acharnent à détruire, depuis une dizaine d'années, les grandes entreprises industrielles et financières nationales. Il faut disposer d'un corps d'inspecteurs des finances excessivement mobile pour réussir, en cascade, le naufrage du Crédit lyonnais et l'évaluation à 1 franc symbolique de Thomson.

Dans le cas de la formation professionnelle à l'allemande, inlassablement glorifiée par les élites généralistes de la France, niveau culturel, spécialisation technique et conceptions idéologiques forment un tout indissociable. Comme l'ont bien vu Philippe Raynaud et Paul Thibaud, c'est l'acceptation par la société allemande du principe d'inégalité et de la division en classes qui autorise l'existence d'un système éducatif différencié, séparant les ouvriers des autres groupes sociaux — des autres *ordres* aurait-on dit sous l'Ancien Régime[1]. Mais sous la valeur d'inégalité, il y a l'asymétrie de la famille souche, qui, dans une autre dimension, nourrit de fortes performances éducatives.

Le capitalisme souche est naturellement protectionniste

L'économie scolastique met l'individu au cœur du système capitaliste. Une telle représentation n'apparaît pas absurde lorsqu'on l'applique au monde anglo-saxon actuel : les actionnaires et les consommateurs américains sont effectivement des individus soucieux d'optimiser leurs dépenses et leurs gains. La vie sociale des États-Unis ou de l'Angleterre dérive des valeurs libérales et non égalitaires de la famille nucléaire absolue.

Une telle représentation n'a en revanche guère de sens dans le cas de pays comme l'Allemagne et le

1. P. Raynaud et P. Thibaud, *La fin de l'école républicaine*, Calmann-Lévy, 1990, p. 169-175.

Japon, où l'individu est fortement encadré par son environnement social immédiat, local ou professionnel. Cette intégration découle, explicitement ou implicitement, des valeurs de la famille souche, qui associait fortement entre eux les membres du lignage. Au Japon, le modèle anthropologique est explicite : la petite entreprise est bien sûr familiale, mais la grande entreprise se veut aussi un substitut de la famille, ce qui entraîne l'emploi à vie pour ses membres. En Allemagne, les corps intermédiaires sont moins explicitement familialistes, mais une abondance de pyramides sociales verticales lient l'individu à la collectivité : communauté locale, Land, Église, entreprise, syndicat ouvrier ou association patronale. Au Japon comme en Allemagne, les corps intermédiaires relevant de la sphère de l'économique sont, dans les périodes de calme politique, capables d'une collaboration efficace : sur les problèmes de rémunération, de formation ou de développement technologique. Reste que dans les sociétés souches confrontées à la mondialisation, le groupe d'appartenance fondamental est, sans conteste, la nation, dont la puissance d'intégration est, non pas détruite, mais décuplée par la compétition économique.

L'émergence de la croyance collective nationale est un phénomène universel, associé à l'alphabétisation de masse et au déclin des croyances religieuses. Mais la forme prise par cette nation, le type de participation attendue de l'individu, ne sont pas partout les mêmes. Une hypothèse simple sur le lien existant entre famille et idéologie permet de comprendre pourquoi la nation semble partout une représentation métaphorique de la famille originelle. Là où la famille était nucléaire, libérale, support d'une vie sociale individualiste, la nation qui émerge est atomistique. Les conceptions anglaise, américaine, française de la nation sont de ce type. La théorie politique des nations atlantiques veut voir, dans le groupe des citoyens, une libre association d'individus. Hans Kohn a montré, dans *The Idea of Nationalism*, à quel point cette vision contractuelle du XVIIIᵉ siècle n'a pas été reproduite par les nations stabilisées plus tardivement en Europe centrale et orientale[1]. Dans les cas du *Volk* germanique ou du *narod* russe, l'individu appartient au groupe, sans que l'inclusion nécessite l'expression de sa libre volonté. L'explication familiale peut ici venir à la rencontre de la théorie politique. La famille souche allemande (ou communautaire russe) engendre une autre métaphore : l'individu appartient à sa nation comme à sa famille, ce qu'exprime le droit du sang qui est, littéralement, un droit familial de la nationalité. Ce système juridique définit comme une immense famille la nation (ou le peuple, ou le *Volk* : la terminologie n'a plus guère d'importance lorsque l'on sait ce qui détermine la forme du groupe). Une fois de plus, ce qui n'est qu'implicite en Allemagne est explicite au Japon.

Une relation forte entre parent et enfant définit un groupe familial très dense, et au-delà, par perpétuation des valeurs, une nation fortement intégratrice. Une relation faible, un groupe familial à moindre cohésion, et, au-delà, une nation atomistique. Mais la relation de fraternité joue aussi un rôle décisif dans la définition du groupe national et dans son rapport au monde extérieur, politique ou économique. Une équivalence très simple associe la représentation du frère et celle de l'étranger.

---

1. *The Idea of Nationalism*, New York, Macmillan, 1946, p. 329-331.

— Là où les frères sont égaux, les hommes en général, les peuples de la terre, sont a priori perçus comme égaux, semblables. C'est ainsi que l'égalitarisme de la structure familiale du Bassin parisien a pu se projeter en doctrine de l'homme universel.

— Là où les frères sont différents, les hommes, les peuples sont perçus comme différents. Le relativisme culturel anglo-saxon, ou multiculturalisme, trouve son origine dans la non-égalité, la différenciation des frères qui est typique de la famille nucléaire absolue.

— Là où les frères sont inégaux, les hommes, les peuples sont inégaux. La famille souche, inégalitaire, asymétrique dans ses structures, encourage une perception asymétrique de l'espace mondial. Elle est la source anthropologique des ethnocentrismes allemand ou japonais. Le Japon, de façon explicite jusqu'à nos jours, l'Allemagne sur un mode explicite et violent entre 1900 et 1945 puis sur un mode implicite depuis la fin de la guerre, se définissent comme des nations absolument spécifiques.

La famille souche a donc engendré des nations modernes qui sont à la fois puissamment intégratrices de l'individu et très conscientes de leur originalité. Une telle représentation de soi en tant que groupe a évidemment des conséquences économiques, particulièrement dans le domaine de l'échange international. Elle nourrit un ethnocentrisme qui contribue à une définition de l'échange comme fondamentalement asymétrique. Dans la vision anglo-saxonne de l'échange, formalisée par Smith et Ricardo, des peuples différents (sans être inégaux) optimisent le niveau mondial de la production et de la consommation, chacun mettant au service de tous ses compétences particulières par la spécialisation économique. Dans la pratique japonaise ou allemande, l'importation doit, a priori, être réduite au strict nécessaire des matières premières, de nature inférieure. Le corps de la nation doit se suffire à lui-même pour les biens supérieurs et il exprime d'ailleurs sa supériorité par l'exportation. Un coup d'œil aux balances commerciales japonaise, allemande et américaine montre à quel point la vision « souche » de l'échange international l'emporte dans les faits. La capacité des économies souches à dégager un excédent structurel de la balance commerciale n'apparaît qu'en situation de maturité. Elle n'est pas caractéristique des périodes de décollage, de rattrapage, ainsi que le montre le cas actuel de la Corée, en

Graphique 6. *Les balances commerciales des trois grands*
de 1979 à 1996

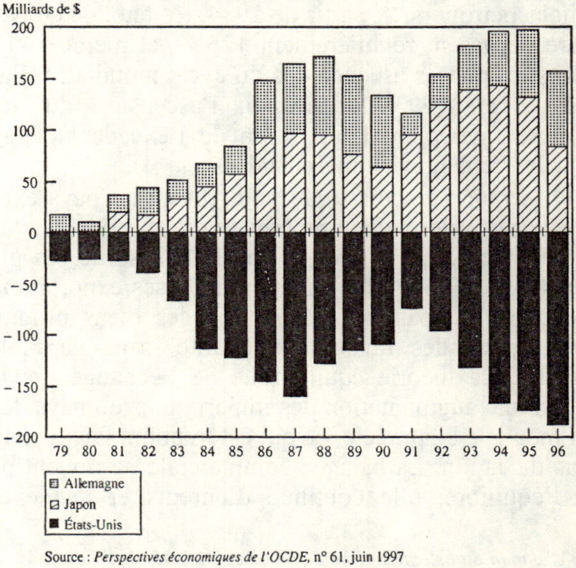

Source : *Perspectives économiques de l'OCDE*, n° 61, juin 1997

léger déficit, ou l'histoire économique : entre 1884 et 1913, par exemple, l'Allemagne était déficitaire. Le Japon n'a atteint qu'au terme d'une course-poursuite économique d'à peu près un siècle son actuelle situation d'exportateur structurel. Durant les années 50, sa balance commerciale était encore déficitaire ; elle n'a approché l'équilibre que vers le milieu des années 60. C'est seulement en 1971 et 1972 que le Japon réalise pour la première fois des taux de couverture « exagérés », les exportations représentant alors 121 puis 122 % des importations. Les crises pétrolières de 1973-1974 et 1979-1980 retardent l'établissement définitif de la prédominance commerciale japonaise. Le seuil de 120 % est à nouveau franchi, temporairement, en 1978, durant la pause séparant les deux chocs pétroliers. À partir de 1984, les taux de couverture dépassent régulièrement 125 %, et même 140 % dans les phases ascendantes du cycle mondial, frôlant 150 % en 1993[1]. L'*Endaka*, l'ascension du yen, reflète fidèlement l'apparition de l'excédent dégagé par les échanges de marchandises.

L'économie scolastique nous dit qu'un pays excédentaire sur le plan commercial voit sa monnaie s'apprécier, ce qui est vrai, et que la hausse de ses prix relatifs doit conduire à une chute de ses exportations, ce qui n'est pas toujours vrai si les biens produits sont, pour des raisons de qualité, sans véritables rivaux. La théorie équilibrante de l'échange prévoit aussi une augmentation des importations du pays dont la monnaie s'apprécie, ce qui est toujours faux dans le cas du Japon. La balance commerciale ne revient pas à l'équilibre, elle continue d'enregistrer des excé-

---

1. *Japan Statistical Yearbook*, diverses années.

dents, tandis que la monnaie convertit, par sa hausse relative, l'excédent marchand en capital pur.

Une telle interprétation dévaste évidemment la théorie individualiste de l'échange international puisqu'elle suggère qu'il n'existe aucun mécanisme de retour automatique à l'équilibre, tant que le système mondial n'a pas atteint le stade de la stagnation ou de la rupture. Elle permet en revanche de voir la réalité de la mondialisation : un processus de déséquilibre dynamique, selon lequel les pays ne se spécialisent pas, conformément à la théorie ricardienne, dans la production de tel ou tel bien, mais, ironiquement, soit dans la production (cas du Japon ou de l'Allemagne), soit dans la consommation (cas des États-Unis).

Une théorie purement individualiste de l'échange ne perçoit les entraves au commerce international qu'en termes de règles formalisées — quotas ou droits de douane, principalement. Elle se contente d'évoquer des obstacles informels lorsqu'elle est confrontée à l'expression d'une tendance idéologique profonde des systèmes souches : une préférence collective pour les produits nationaux capable de s'opposer à tout calcul individuel d'optimisation économique. Nous sommes ici au cœur du débat et du malentendu nippo-américain, mais il serait naïf de ne pas voir le jeu de ce facteur anthropologique dans l'échange intra-européen, entre l'Allemagne et ses partenaires. La force des économies industrielles japonaise et allemande tient pour une part à l'excellent niveau de formation de leur population active, à l'amour du travail bien fait qui les caractérise, mais elle découle aussi de l'application instinctive d'une préférence nationale qui peut se passer de règles explicites. Les nations individualistes, peuplées d'individus calculateurs et rationnels,

désireux à tout instant d'acheter le meilleur pour
le moindre coût, sans se sentir contraints par leur
environnement social, ne peuvent se passer de droits
de douane et de quotas si elles veulent pratiquer le protectionnisme. La culture souche définit au contraire un
protectionnisme naturel, capable de fonctionner sans
droits de douane, sans système de quotas et qui s'ac-
commode donc merveilleusement de la doctrine anglo-
saxonne du libre-échange, dans la mesure où celle-ci
encourage un désarmement douanier unilatéral des
nations individualistes.

Cette explication des comportements économiques
peut être appliquée aux entreprises dites « multinationales » comme aux nations. Il n'est en effet pas très
difficile de démontrer, par un examen empirique des
achats et des ventes, qu'il n'existe pas un seul comportement type de firme multinationale, mais des styles
très divers, renvoyant inévitablement à des stéréotypes
nationaux. Une multinationale japonaise ou allemande
sera ethnocentrique dans le choix de ses fournisseurs
et de ses sous-traitants. Une firme anglo-saxonne ou
anglo-hollandaise sera plus capable de chercher, sans
référence à la nationalité du vendeur, le meilleur prix.
Une entreprise n'est après tout qu'une collectivité
humaine et la pression du système anthropologique
sur les individus y est aussi forte que dans d'autres
contextes sociaux.

Le Japon face à l'Allemagne :
endogamie et exogamie

Opposer le système souche, allemand, japonais,
coréen ou suédois, au modèle nucléaire absolu anglo-

saxon permet de comprendre la dualité du capitalisme
à l'heure de la globalisation et l'asymétrie de ce processus planétaire. En déduire l'identité absolue de

Tableau 8. *L'asymétrie dans la circulation du capital*
(en milliards de dollars)

	Encours d'investissement direct DE l'étranger 1994 (1)	Encours d'investissement direct À l'étranger 1994 (2)	Ouverture : (1)/(2) × 100
Australie	89	33	270 %
Canada	112	96	117 %
États-Unis	502	621	81 %
Royaume-Uni	218	286	76 %
France	119	157	76 %
Allemagne	158	213	74 %
Italie	58	85	68 %
Japon	19	276	7 %

Source : OCDE, *Annuaire des statistiques d'investissement direct international 1996.*

tous les systèmes nucléaires absolus ou de tous les
systèmes souches serait absurde. À chaque pas de
l'analyse, des différences substantielles apparaissent
entre les variantes anglaise et américaine du type
nucléaire absolu. Le Royaume-Uni est plus déterminé
sur l'axe de l'inégalité, les États-Unis plus forts sur
celui de la mobilité. À l'exception des petites économies danoise et, partiellement, néerlandaise, tous les
types nucléaires absolus appartiennent au monde
anglo-saxon. Ils sont liés par l'histoire et la langue ;
ce qui les sépare les uns des autres ne peut être que
secondaire. Les différences entre les types souches, qui
n'ont pas une histoire et une langue communes, sont
plus importantes. S'il est essentiel de reconnaître la
parenté anthropologique de l'Allemagne et du Japon, il
est également nécessaire de bien voir ce qui les sépare.
   J'ai eu l'occasion, dans le chapitre introductif consacré à quelques éléments de base de l'analyse anthropo-

logique, de souligner la radicale exogamie du type
allemand et la tolérance pour l'endogamie du type japonais. Nous pouvons immédiatement utiliser cette
opposition secondaire pour comprendre une différence importante entre l'Allemagne et le Japon dans
leur rapport au monde extérieur. Les deux pays ont été
définis par un système familial traditionnel organisant
l'asymétrie des frères, et prédisposant à une perception
asymétrique de la vie internationale, qui se révèle dans
les échanges de marchandises. Mais il nous reste à
expliquer pourquoi l'Allemagne et le Japon gèrent de
façon absolument distincte la circulation du capital. Les
investissements directs à l'étranger — pour nous en
tenir à la dimension productive et non rentière de la circulation du capital — sont importants dans le cas des
deux pays. L'Allemagne cependant, au contraire du
Japon, tolère les investissements étrangers sur son sol.

La possession d'entreprises automobiles allemandes par les firmes américaines géantes Ford et Gene-
ral Motors n'a pas de signification particulière. Leur
acquisition remonte aux années 20, période difficile
durant laquelle l'Allemagne était dominée politiquement et économiquement par ses vainqueurs de la
Première Guerre mondiale. Reste que, vers 1994, pour
100 dollars d'investissements directs faits par des firmes allemandes hors de leur pays, 75 dollars avaient
été réalisés en République fédérale par des entreprises
étrangères, pourcentage qui n'est guère différent de
celui observable dans les deux grands pays anglo-
saxons. Les taux d'ouverture aux investissements
directs (encours d'investissements directs en provenance de l'étranger divisés par encours d'investissements directs vers l'étranger × 100) étaient respectivement de 81 % et 76 % pour les États-Unis et le

Royaume-Uni. Dans ces deux cas comme dans celui de l'Allemagne, l'avance relative de l'investissement vers l'étranger résulte de positions économiques historiquement dominantes. Les pays technologiquement leaders à une époque quelconque ont eu l'occasion d'investir dans le monde moins développé.

Au Japon, le taux d'ouverture aux investissements extérieurs est négligeable, de 7 %, et l'on doit définir le pays comme fermé. Nous pourrions nous contenter de considérer que l'asymétrie des échanges commerciaux est reproduite au Japon pour la circulation du capital, au moins pour ce qui concerne l'investissement direct, tandis qu'elle cesse en Allemagne. Mais une telle interprétation est un peu courte, compte tenu de la capacité de l'Allemagne à protéger certains secteurs vitaux comme son cœur industriel de « grosses » PME fabriquant des biens d'équipement, ou son industrie chimique mondialement dominante. L'Allemagne semble en fait capable de gérer l'asymétrie de la circulation du capital en situation d'ouverture, tandis que le Japon ne peut concevoir qu'une fermeture radicale. Comment ne pas rapporter cette différence de comportement aux traits respectivement exogame et endogame des deux systèmes anthropologiques ? L'endogamie est une fermeture du système de mariage sur lui-même, elle évoque une communauté qui ne tolère pas l'échange de conjoints avec les groupes voisins. Elle est le prototype même d'une conception fermée de la nation ou de l'économie. On peut d'ailleurs trouver dans l'histoire économique intérieure du Japon un rapport direct entre endogamie et protectionnisme technologique. Ainsi que l'a souligné Norio Fujiki, les habitants des villages spécialisés dans la production de papier avaient tendance à se marier entre eux pour éviter la fuite de leurs procédés de fabrication vers l'extérieur de la communauté[1].

Si nous cherchons à établir une correspondance rigoureuse entre inconscient anthropologique et organisation économique, nous devons donc distinguer le capitalisme souche endogame du Japon du capitalisme souche exogame, plus fréquent puisque incarné par l'Allemagne, la Suède, ou la Corée.

La contribution des cultures souches au décollage américain

L'examen de l'histoire réelle n'en finit pas d'introduire des nuances dans la présentation simplifiée opposant capitalisme individualiste et capitalisme souche. Chacun des deux systèmes anthropologique et économique occupe un territoire, à peu près stable durant la période de l'industrialisation. Mais les hommes, les familles bougent ; le processus migratoire fait passer les individus d'un monde dans un autre. Aux États-Unis, par exemple, l'immigration de masse des années 1850-1920, qui précède, puis accompagne le décollage économique, ne relève pas majoritairement d'un système familial de type nucléaire.

Les familles arrivées entre 1850 et 1900 ont alors introduit un élément qualitatif probablement essentiel à la croissance américaine. Les Irlandais, les Allemands, les Suédois, les Norvégiens et les Juifs d'Europe orientale, qui constituent à cette époque le gros

---

1. D. F. Roberts, N. Fujiki et K. Torizuka, *Isolation, Migration and Health*, Cambridge University Press, 1992, p. 10.

de l'immigration, sont porteurs d'un modèle familial souche. Ils amènent à la société américaine des valeurs de discipline, éducative et industrielle, essentielles au décollage. Ce serait une erreur grave que d'attribuer tout le dynamisme économique des États-Unis au seul potentiel du système anthropologique nucléaire absolu.

La famille anglo-saxonne produit de la liberté, de la mobilité, de l'esprit d'entreprise, une grande fluidité des structures économiques et sociales. C'est la prédominance de ce type anthropologique en Angleterre qui a rendu possible la révolution industrielle entre 1750 et 1850, c'est-à-dire, concrètement, le premier déracinement global d'une société paysanne. L'Angleterre, moins alphabétisée vers 1750 que l'Allemagne, a tiré avantage d'une structure sociale plus plastique. La famille souche germanique favorise une éducation intensive mais attache les paysans au sol, les artisans à leurs métiers et à leurs guildes. La culture souche ne révèle pleinement son potentiel de croissance que si elle est soumise à des chocs externes, engendrés par le mouvement d'autres systèmes. Mais on voit alors sa puissance, d'où les rattrapages de l'Angleterre par l'Allemagne et de l'Amérique par le Japon.

Les « immigrés souches » sont un facteur de croissance décisif pour une nation individualiste, parce qu'ils réalisent la synthèse, durant deux ou trois générations, des qualités spécifiques des modèles nucléaire et souche. De leur milieu initial, ils tirent des qualités de discipline et d'intensité dans l'effort, culturel et économique, tandis que l'atmosphère libérale de la société d'accueil leur permet d'échapper au carcan traditionaliste qui caractérise toujours les systèmes autoritaires, trop fortement intégrateurs. Compte tenu de la masse démographique représentée par les immigrés souches, on ne peut expliquer le dynamisme américain des années 1870-1970 sans l'hypothèse d'une contribution spécifique des travailleurs allemands, suédois, irlandais ou juifs. En ce sens anthropologique, le décollage américain du dernier tiers du XIXe siècle ne fut pas complètement indépendant de celui de l'Allemagne à la même époque. Entre 1850 et 1890, près de 4 millions d'Allemands entrent aux États-Unis, représentant le tiers des immigrants de la période.

L'assimilation, qui mène à la disparition de la famille souche sur le territoire américain, à l'acquisition par les descendants d'immigrés des valeurs purement individualistes de la famille nucléaire absolue, est un processus s'étalant sur trois générations. L'élan donné par l'immigration vers 1880 se fait sentir, à trois générations de là, jusque vers 1955. L'impact spécifique de cette immigration souche cesse donc dans le courant des années 60. À partir de cette date, il ne reste presque rien des traditions souches importées. La famille nucléaire absolue est redevenue une norme homogène. Il n'est pas impossible que la décrue du niveau culturel américain, entre 1963 et 1980, représente simplement un réajustement du niveau éducatif sur le potentiel intrinsèque de la famille nucléaire, le dopage temporaire par la famille souche finissant de s'estomper dans la période.

L'Angleterre elle-même a eu ses immigrés souches, en provenance du pays de Galles et de l'Écosse. On ne saurait en particulier minimiser l'importance des Écossais, indépendants jusqu'en 1707, dans le décollage britannique. La petite nation du nord était, depuis la fin du XVIe siècle, nettement plus alphabétisée que l'Angleterre. Nous en tenant à l'époque de la révolution industrielle, rappelons quand même que des hommes comme Adam Smith, David Hume et James Watt, inventeur de la machine à vapeur, étaient écossais.

L'immigration était tombée aux États-Unis à un niveau très bas durant les années 1929-1955. Elle a repris à partir du début des années 60, avec de plus en plus de force. Cette nouvelle vague migratoire ne ramènera cependant pas la situation anthropologique de la fin du XIXᵉ siècle, époque à laquelle l'Amérique importait un « facteur travail » — comme on dit dans les manuels — discipliné et qualifié. Une analyse culturelle et anthropologique de l'immigration récente montre que les nouveaux arrivants ne sont aujourd'hui ni particulièrement qualifiés, ni spécialement adaptés aux disciplines de la société industrielle.

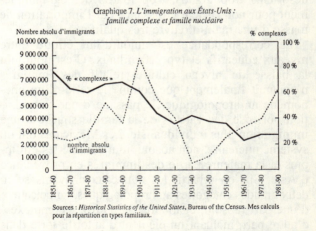

Graphique 7. *L'immigration aux États-Unis :
famille complexe et famille nucléaire*

Sources : *Historical Statistics of the United States*, Bureau of the Census. Mes calculs pour la répartition en types familiaux.

L'entrée aux États-Unis de médecins, d'ingénieurs et de scientifiques est encouragée. La politique traditionnelle d'acquisition, à coût nul et aux frais éducatifs des autres sociétés, d'une main-d'œuvre qualifiée, est à nouveau présente. Mais le niveau culturel moyen des actifs qui entrent sur le territoire américain est désormais inférieur à celui de la population d'accueil dans son ensemble, elle-même en difficulté sur le plan éducatif et moins capable qu'autrefois de tirer vers le haut les immigrés. Certains phénomènes qualitatifs partiels ont été notés comme l'extraordinaire surreprésentation des étudiants venus d'Asie parmi les diplômés en sciences. Mais le poids de l'immigration non contrôlée venue du Mexique, ainsi que la prédominance dans l'immigration asiatique de pays comme les Philippines, interdisent que l'on considère la réouverture de l'Amérique comme une OPA sur la population qualifiée de la planète. Les États-Unis sont désormais trop grands, trop lourds démographiquement pour nourrir leur croissance par l'importation de masse d'une main-d'œuvre très qualifiée.

La correspondance est aujourd'hui étroite entre niveaux éducatifs et types familiaux. C'est pourquoi la baisse du niveau culturel relatif des immigrés n'apparaît finalement que comme le reflet d'un phénomène anthropologique, le passage d'une immigration porteuse des valeurs de la famille souche à une immigration plus individualiste. Les Mexicains ont un système nucléaire, non absolu, tout comme les Philippins et la majeure partie des immigrés en provenance d'Asie. Si l'on répartit les nouveaux arrivants selon deux grandes catégories anthropologiques, « nucléaire » d'une part (absolu, égalitaire, ou autre), « complexe » d'autre part, incluant un élément d'autorité forte dans la relation parent-enfant (souche, communautaire, ou autre), on observe, depuis la fin du XIXe siècle, une chute presque régulière du pourcentage de types complexes. La proportion est encore de 61 % entre 1901 et 1910, elle tombe à 44 % dans les années 1911-1920 avec l'irruption massive des Italiens du Sud, nucléaires et égalitaires. Entre 1981 et 1990, le « coefficient de discipline familiale » de l'immigration n'est plus que de 27 %. Les cultures importées ne corrigent plus de façon significative l'individualisme de la culture américaine. Le mouvement des hommes à la surface de la planète, dimension migratoire de la globalisation, n'établit plus, dans le cas des États-Unis, une véritable interaction entre types autoritaires et types individualistes.

CHAPITRE IV

Le tournant des années 90
L'économie américaine
est-elle dynamique ?

L'économie américaine est devenue, pour les pros-
pectivistes, un objet de perplexité. Est-elle ou n'est-elle
pas dynamique ? L'opinion varie selon l'époque et le
milieu social. Durant la première moitié des années 80,
dans la fièvre des premières années Reagan, une certaine euphorie avait résulté de la montée en puissance
de la doctrine ultralibérale et de la hausse du dollar
induite par la manipulation monétariste du taux d'intérêt. Une vision positive suggérait alors que le dynamisme était revenu outre-Atlantique, après dix ans de
marasme relatif. Dans la deuxième moitié des années 80, la prise de conscience des destructions massives du tissu industriel américain engendrées par le dollar fort, l'ascension du yen découlant de l'abandon de
cette politique monétaire, conduisirent au retour d'une
perception négative de l'économie des États-Unis. Au
milieu des années 90, réémerge dans la presse internationale l'image d'un capitalisme triomphant, souple,
« créant des emplois » au moment même où l'Europe,
« rigidifiée par sa protection sociale, ses services
publics et son habitude du salaire minimum », s'en-
fonce dans le chômage. Cette image d'une Amérique

régénérée par la flexibilité est surtout caractéristique de certaines professions : audiovisuel, publicité, journalisme spécialisé, économistes mercenaires travaillant pour les institutions officielles ou les banques. Bref, elle s'impose dans le monde du virtuel, de l'instantané, ou de l'argent ; le commentaire télévisé du Dow Jones ou du Cac 40 représentant la synthèse de ces trois qualités.

Temps des médias, temps des chercheurs

Du côté des chercheurs et des livres, règne, aux États-Unis comme ailleurs, la prudence, pour ne pas dire le scepticisme.

Dans une économie capitaliste redevenue fort cyclique, les hauts et les bas de l'activité frappent la Bourse et la presse dont le rythme naturel commun est celui du court terme. Le livre, résultat de recherches s'étalant sur plusieurs années, est par essence plus en phase avec les rythmes longs de la vie économique.

Un exemple : *Le Monde de l'Économie* du 5 novembre 1996 nous annonce que le taux de salaire horaire dans l'industrie (aux États-Unis très supérieur à celui des services), qui baissait depuis 1973, se redresse légèrement pour la première fois, de 7,35 dollars en 1994 à 7,45 dollars en 1996. Le retournement de tendance de cet indicateur partiel, effectivement très important, mais présenté pour les seules années 1993-1996, révèle-t-il à lui seul des années 90 dynamiques ? C'est loin d'être certain, lorsque l'on observe simultanément plusieurs indicateurs sur une longue période. La baisse du salaire horaire, étalée sur deux

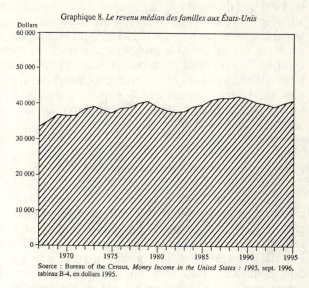

Graphique 8. *Le revenu médian des familles aux États-Unis*

Source : Bureau of the Census, *Money Income in the United States : 1995*, sept. 1996, tableau B-4, en dollars 1995.

décennies, n'avait pas empêché, grâce à la mise au travail des femmes et au double salaire, une hausse lente du revenu médian des familles entre 1974 et 1989, malgré un fléchissement de 1980 à 1982. Les Américains, on l'a vu par l'analyse de la productivité, travaillent beaucoup pour peu de résultats. Mais justement, ce revenu des familles, qui avait à peu près résisté à la maladie de langueur américaine, cède au début des années 90[1]. Il baisse en 1990, 1991, 1992, et 1993, pour remonter légèrement en 1994 et 1995, suivant donc enfin, sur le très court terme, le mouvement du taux de salaire horaire. Le revenu médian n'est

1. Voir graphique 8, ci-dessus.

en 1995 que de 40 611 dollars, contre 42 049 dollars en 1989 et 40 962 dollars en 1986. Une vision de long terme suggère qu'entre 1979 et 1995, un état de stagnation a été atteint. Le problème essentiel est bien celui de la distinction entre court terme et long terme, entre effets cycliques et mouvements structurels, opposition dramatisée par l'irruption massive d'un audiovisuel sans mémoire dans la description de la vie sociale.

Fabriquer des biens... ou des emplois ?

La nature des performances de l'économie américaine est en elle-même problématique. Si l'on met de côté la hausse des valeurs boursières, qui n'est pas créatrice de richesse et n'a donc pas à être intégrée au Produit Intérieur Brut, sa grande réussite est la création d'emplois. Les 5 % de chômeurs américains représentent, pour la théorie dominante d'aujourd'hui, une sorte de plein emploi, dans une économie mobile, fluide, qui doit sans cesse déplacer des travailleurs. Si l'on accepte de classer ce « résidu » comme frictionnel, le problème du chômage semble effectivement à peu près résolu aux États-Unis, mais dans le contexte d'une productivité globale par travailleur qui apparaît, à l'échelle internationale, fort modeste, inférieure de 25 % à celle du Japon, de 20 % à celle de l'Allemagne en 1994. À l'intérieur du G5, les États-Unis ne dépassent que le Royaume-Uni, atteint dès les années 1880-1900 par une maladie de langueur économique, l'*English disease*, dont nous devons sérieusement nous demander aujourd'hui si elle n'est pas plutôt une *Anglo-saxon disease*. L'Amérique fabrique des emplois plutôt que des biens, performance qui n'est pas absolument orthodoxe d'un point de vue libéral. Ce dynamisme-là n'est pas sans rappeler, toutes proportions gardées, celui qu'on attribuait à l'Union soviétique des années 70. Le communisme aussi souffrait, dans son âge mûr, d'une basse productivité, tout en bénéficiant d'un chômage faible, en théorie inexistant. Il est assez facile de justifier la basse productivité des travailleurs dans un système idéologique de type léniniste, particulièrement au stade de la dictature du prolétariat, puisque, comme chacun le sait, « un dictateur ne travaille pas ». Mais il est impossible d'accepter, d'un point de vue libéral, classique ou néoclassique, l'idée que le but de l'activité économique est de fabriquer des emplois. Une Europe minée par le chômage de masse ne peut certes se permettre de rire du succès américain en matière d'emploi. Reste que pour un système intellectuel dont l'axiome de base est l'existence d'un *homo œconomicus* calculateur, recherchant le maximum de gain pour le minimum d'effort, la grande réussite du système de production américain est *anti-économique*.

Métaphysique du PIB

L'incertitude règne d'autant plus sur la nature de la croissance américaine que le Produit Intérieur Brut, qui sert de base à sa mesure et aux comparaisons internationales, redevient aujourd'hui un concept contesté. Le calcul du PIB américain a d'ailleurs été l'objet, ces dernières années, de révisions assez suspectes, dans sa masse comme dans sa répartition en investissement et en consommation. Rappelons que le PIB est une mesure hautement conventionnelle, qui fait la somme des *valeurs ajoutées* de toutes les branches de l'économie. Cet indice triompha au lendemain de la Seconde Guerre mondiale, sur les pas de l'analyse macro-économique keynésienne, dont il reprend le principe d'agrégation des activités à l'échelle nationale[1]. Le rejet du keynésianisme aurait peut-être dû entraîner celui du PIB ; mais on doit constater que, dans ce cas particulier, on a soigneusement conservé l'eau du bain après avoir jeté le bébé.

Pour additionner des valeurs, et les comparer à l'échelle internationale, il faut, en vérité, que des *valeurs internationales* des biens et services existent. Or, si l'on échappe à la discussion métaphysique sur l'essence de la valeur, amorcée par les classiques anglais, considérablement obscurcie par Marx au livre I du *Capital*, et que l'on s'en tient à l'expression de la valeur comme prix s'établissant sur un marché, on doit admettre avec humilité qu'il n'existe de valeur que là où il y a marché. Les seules valeurs internationales réelles sont définies par les marchés internationaux. Les biens et services qui ne peuvent s'échanger sur les marchés internationaux (*non tradables*) n'ont, littéralement, pas de valeur internationale. Une maison à Boston, une coupe de cheveux à Chicago, un trajet en bus à Milwaukee, la rémunération d'un avocat de Los Angeles spécialisé dans les procédures de

1. Keynes lui-même n'était pas trop chaud pour ce genre de calcul agrégé, qui implique une vision très mécanique de l'économie et écrase par convention la dynamique des prix. De façon générale, Keynes avait une vision globale des interactions économiques mais n'aimait pas les indices synthétiques tentant de résumer des situations complexes et mouvantes. En ce sens, il restait un vrai libéral. Voir sur ce point l'extraordinaire biographie de R. Skidelsky, *John Maynard Keynes*, Macmillan, 1983, tome 1, et 1992, tome 2.

divorce, le salaire du garde privé d'un complexe résidentiel pour retraités de Floride, n'ont le plus souvent,
pour un Allemand, un Japonais, un Français ou un
Suédois, aucune valeur. Si nous voulons rester mesurés dans l'expression, nous pouvons nous contenter
d'affirmer que la plus grande partie de ces services
n'ont pas de valeur internationale directe. Au contraire
des automobiles, du blé ou des magnétoscopes. Or les
services représentaient, en 1993, 72,1 % de la valeur
ajoutée du PIB des États-Unis contre seulement
64,7 % en Allemagne, 57,6 % au Japon, et 65,6 % en
Italie. La France, désindustrialisée par la politique
du franc fort, est proche des États-Unis pour ce paramètre, avec 70,5 %. Comme toujours, les autres pays
anglo-saxons sont proches du leader mondial : 71,3 %
du PIB dans le tertiaire au Royaume-Uni, 72,1 % au
Canada, 69,1 % en Australie[1]. Seule la Nouvelle-
Zélande fait ici bande à part avec seulement 65 % du
PIB réalisés dans les services. La part de l'industrie,
et particulièrement de l'industrie manufacturière, déduction faite de l'activité extractive et de la construction, est partout minoritaire : 18 % aux États-Unis,
26,8 % au Japon, 26,2 % en Allemagne, 20,2 % en
France, 18,1 % au Royaume-Uni. Avec cependant une
surpuissance relative dans ce secteur des deux grandes économies souches, avec un « taux d'industrialisation » du PIB qui dépasse de 55 % au Japon et de
46 % en Allemagne celui des États-Unis. On devrait
peut-être parler de deux capitalismes toujours industriels affrontant un capitalisme tertiaire.

1. OCDE, *Statistiques rétrospectives, 1960-1994*, p. 67, année 1992
pour le Canada.

Les « biens et services » échangés sur le plan international par les pays développés sont, dans une proportion écrasante, des « biens », produits par le secteur manufacturier et dans une moindre mesure par le secteur agricole, surtout lorsque l'on défalque des services « exportés » ou « importés » la composante primordiale du tourisme. Les marchandises, objets matériels transportables à un coût faible, ont assurément une valeur internationale. L'examen empirique des données montre cependant que, même pour ces biens échangeables sur le plan international, la loi du prix unique (*law of one price*) est un concept qui peut s'éloigner assez largement de la réalité. Dans chaque nation, un système de prix met en rapport les valeurs des biens échangeables et non échangeables, selon des proportions qui semblent autant dépendre d'habitudes sociales non économiques que du jeu interne de l'offre et de la demande. Chacun de ces systèmes de prix contribue à la définition d'une valeur indirecte des biens non échangeables, et donc de la plupart des services, en même temps qu'il déforme la valeur des biens échangeables à l'échelle internationale. Mais que signifient alors, au terme de cette interaction complexe entre prix internes et externes, les PIB nationaux, calculés sur la base *du* prix des biens et services ?

L'exemple des dépenses de santé, constituées assez largement de services, même si elles incluent une part non négligeable d'achats de matériels médicaux sophistiqués, montre l'ampleur de l'incertitude concernant la richesse américaine réelle. Aux États-Unis, elles atteignent, en 1994, 14,2 % du PIB, contre seulement 7,7 % en Suède, 7,3 % au Japon, 8,6 % en Allemagne et 9,7 % en France, pays pourtant considéré par ses dirigeants comme effroyablement dépensier dans ce domaine. L'expansion des dépenses de santé, publiques et privées, est un élément fondamental de la « croissance » américaine. Elle est au cœur de toutes les interactions économiques et sociologiques fondamentales. Elle explique en partie la persistance d'une demande globale suffisante dans un monde développé virtuellement déflationniste. La « gabegie » sanitaire exprime la capacité des vieux Américains à dépenser leur argent sans capitaliser, sans souci de l'héritage des enfants qui les suivent, elle est donc typique d'un système anthropologique nucléaire relativement indifférent au destin de la génération suivante. Mais quels résultats concrets, matériels, physiques peut-on mesurer au terme de ces 14,2 % de « valeur ajoutée » réalisés dans le secteur de la santé ? Une espérance de vie féminine de 79 ans en 1996, égale à celle du Royaume-Uni, mais inférieure à celle de l'Allemagne (80 ans), de la Suède (81 ans), de la France (82 ans) ou du Japon (83 ans). Ajouter de la valeur, apparemment, n'ajoute pas à la vie. Où est la « production » dans de telles conditions ? Les espérances de vie masculines feraient apparaître les mêmes écarts, mais elles sont a priori moins significatives parce qu'elles incluent l'effet d'une mortalité violente beaucoup plus importante, et donc des problèmes médicaux spécifiques. Le taux d'homicide américain, de 10 tués pour 100 000 habitants en 1993, est plus de dix fois supérieur à ceux de l'Europe ou du Japon, tous inférieurs à 1 pour 100 000 habitants. Reste que la violence peut apparaître comme produisant de la « valeur ajoutée » dans le secteur des services, sous forme de gardiens de prison, de gardes privés et d'avocats. Et voici l'Europe et le Japon, trop paisibles, à nouveau frustrés de débouchés et de PIB réalisés dans les services ! Mais la prolifération des services juridiques et policiers qui découle de la chute du niveau éducatif américain n'a pas de valeur pour les sociétés européenne et japonaise, où les divorces sont plus civilisés et où l'on peut se promener dans la plupart des rues sans risquer sa vie. Pour éviter que les spécificités anthropologiques de chaque société ne nous entraînent dans le monde de l'illusion, gardons à l'esprit que seule la production de biens industriels, échangeables sur le marché international, représente, à coup sûr, de la valeur.

Au lendemain de la Seconde Guerre mondiale, alors que l'ensemble du continent européen s'efforçait de rattraper la société de consommation américaine, par la production de masse de quelques biens durables, le calcul de la richesse nationale avait un sens. L'addition des choux et des carottes était réalisable. Mais, au fond, un simple indice agrégeant les productions d'une dizaine de biens significatifs — céréales, viande, automobile, télévision et réfrigérateur, etc. — et les pondérant vaguement aurait suffi au calcul de taux de croissance tout à fait vraisemblables. Au cœur des années 90, le PIB est devenu un objet beaucoup plus complexe, largement virtuel. Pour une grande part il ne peut pas faire l'objet de comparaisons internationales. Mais on compare toujours et autant, parce que dans ce monde qui célèbre officiellement la disparition économique des nations, les nations réelles, increvables, engagées dans une compétition polie mais féroce, s'inquiètent de leur statut. L'ordre dans lequel l'OCDE donne souvent le résultat de ses calculs, selon le volume du PIB, évoque une distribution des prix : en 1994, n° 1 les États-Unis avec 6 650 milliards de dollars, n° 2 le Japon avec 4 590 milliards, n° 3 l'Allemagne avec 2 046 milliards, n° 4 la France avec 1 328 milliards. L'Italie et le Royaume-Uni s'affrontent désormais en une lutte sans merci pour la cinquième place, autour de 1 020 milliards. Mais le mode même de calcul du PIB est aujourd'hui devenu l'enjeu des rapports de forces internationaux.

Richesse et puissance monétaire

Laissant de côté, dans un premier temps, le problème de la parité des monnaies, plaçant au-dessus de tout notre foi en la vérité des marchés et en leur capacité à déterminer les vraies valeurs économiques, nous pouvons, pour évaluer la richesse des nations, calculer des *PIB par habitant* et, si nous voulons saisir la productivité des systèmes, des *PIB par actif occupé*, en utilisant, pour effectuer la comparaison, les valeurs courantes des devises.

Tableau 9. *Richesse et productivité*

	PIB 1994 (en milliards de dollars courants)	PIB par tête	PIB par actif occupé
États-Unis	6 650	25 512	54 038
Royaume-Uni	1 020	17 468	40 380
Canada	544	18 598	40 926
Australie	322	18 072	40 831
Nouvelle-Zélande	51	14 513	32 692
Japon	4 590	36 732	71 129
Allemagne	2 046	25 134	57 001
Allemagne sans RDA	1 880	29 800	67 000
Suède	198	22 504	50 433
Pays-Bas	334	21 733	50 369
Italie	1 018	17 796	50 900
France	1 328	22 944	60 889

Source pour les PIB : OCDE, *Statistiques rétrospectives*, 1996.

Ce genre de calcul met en évidence le déclin relatif des États-Unis, la richesse et la productivité du Japon et de l'Allemagne.

Vers 1994, au moment même où les sociétés souches entrent en crise, la productivité des actifs américains représente 75 % de celle des Japonais et 80 % de celle des Allemands (si l'on exclut du calcul le territoire économiquement sinistré de la RDA). Plus frappante encore est la contre-performance de l'ensemble du monde anglo-saxon, si l'on définit un échantillon constitué par les États-Unis, le Royaume-Uni et ses anciens dominions. Aux 71 000 dollars par actif occupé du Japon, aux 67 000 dollars de l'Allemagne répondent modestement les 54 000 dollars des États-Unis, les 40 000 dollars du Royaume-Uni, du Canada ou de l'Australie et les 32 000 dollars de la Nouvelle-Zélande. La diversité des histoires et des spécialisations économiques nationales révèle la généralité anthropologique du problème anglo-saxon. Le très bon résultat de la France ne doit pas faire illusion. La productivité très élevée par actif occupé résulte dans son cas de la mise au chômage massive de la partie la plus fragile de la population, ainsi que l'indique son PIB par tête beaucoup plus moyen. L'économie française juxtapose une population active occupée très productive à des travailleurs inemployés. Cette situation, on le verra, résulte d'une politique menée par l'État à travers sa monnaie ; elle ne découle pas d'un mouvement naturel de la société. La productivité médiocre des États-Unis évoque quant à elle une population entièrement active mais qui travaille beaucoup pour peu de résultats.

La productivité de la Suède (au lendemain d'une chute brutale de sa monnaie) n'apparaît pas excep-

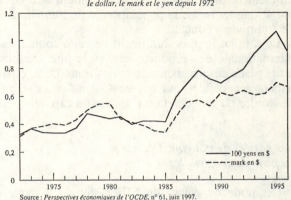

Graphique 9. *La montée en puissance monétaire du capitalisme souche : le dollar, le mark et le yen depuis 1972*

Source : *Perspectives économiques de l'OCDE*, n° 61, juin 1997.

tionnelle, surtout lorsque l'on se souvient de son niveau éducatif très élevé. La pensée ultralibérale veut voir dans ces performances médiocres l'effet d'un excès de socialisation de l'économie. Peut-être y a-t-il dans cette interprétation un élément de vérité, puisque la production *absorbée* par l'État, et non simplement *redistribuée*, atteignait 27,3 % en Suède vers 1994, contre 21,6 % au Royaume-Uni — pas si désocialisé que ça après quinze ans de pouvoir conservateur —, 19,6 % en France ou en Allemagne, 16,4 % aux États-Unis et 9,8 % au Japon[1]. Mais on doit aussi être conscient du fait que, seule de toutes les sociétés souches, la Suède a réussi à préserver une fécondité raisonnable. On peut légitimement se demander si elle n'est pas engagée sur une voie économique complètement

1. OCDE, « Consommation finale des administrations publiques », *Statistiques rétrospectives 1960-1994*, 1996, p. 70.

différente, qui ne considère pas la productivité comme un élément prioritaire, mais tient compte de l'équilibre à long terme de la population et de l'amélioration de son niveau éducatif.

Le résultat le plus significatif de cette comparaison internationale des productivités, et le plus troublant, est la place désormais modeste des États-Unis, difficilement acceptable pour qui veut croire en la stabilité de l'ordre du monde et en l'unicité du capitalisme.

Les parités de pouvoir d'achat
au pays des merveilles

Ce mode de calcul du PIB a donc été remis en question par des économistes, prétendument orthodoxes, très actifs dans ce domaine à l'OCDE, mais sur une base théorique assez étrange. Par une négation des valeurs et des prix définis par les marchés. Insatisfaits de voir gonfler les PIB japonais et allemand, inquiets de la tendance de certains PIB par tête à dépasser celui des États-Unis, les économistes « libéraux » ont voulu voir dans la force des monnaies et la surévaluation des prix intérieurs, les manifestations d'une richesse illusoire. Le calcul en *parité de pouvoir d'achat* (*PPA ; en anglais, PPP, purchasing power parity*) s'est donc efforcé de « redresser » les prix pour atteindre des valeurs réelles.

« Les parités de pouvoir d'achat sont des taux de conversion monétaires qui égalisent les pouvoirs d'achat des différentes monnaies. Ainsi, une somme d'argent donnée, convertie au moyen des PPA en différentes monnaies, permettra d'acheter le même panier de biens et de services dans tous les pays en question. En d'autres termes, les PPA sont des taux de conversion monétaire qui éliminent les différences de niveaux de prix existant entre pays. De ce fait, quand on utilise les PPA pour exprimer dans une monnaie commune les dépenses imputées au PIB de différents pays, on obtient des données exprimées à un même ensemble de prix internationaux si bien que les comparaisons entre pays portent uniquement sur les différences de volume de biens et services achetés[1]. »

À l'époque où ce mode de calcul s'est généralisé, dans la deuxième moitié des années 80, les États-Unis avaient un dollar faible, masquant, croyait-on, l'ampleur de la production et de la consommation américaines. De tels calculs remettaient le monde en ordre : les États-Unis repassaient au premier rang pour la richesse et la productivité. Sans entrer dans le détail des conventions de calcul, nous devons constater que leur logique est antilibérale, pour ne pas dire soviétique. Elle nie les valeurs définies par les marchés internationaux, qu'elles concernent les biens ou les monnaies. Elle aboutit en pratique à écraser la valeur relative de tout ce qui est nouveau, moderne, précieux à l'échelle internationale. Elle donne une vision ralentie des évolutions économiques et technologiques mondiales. Le calcul en PPA réévalue en hausse, à côté du PIB par tête américain, et dans des proportions encore plus importantes, ceux de la plupart des pays faiblement développés, comme le Mexique, la Chine, la Turquie ou la Russie.

---

1. OCDE, *Parités de pouvoir d'achat et dépenses réelles*, vol. 1, 1993, p. 11.

Le calcul en PPA accorde une prime au retard technologique. Il est absurde pour le prospectiviste qui veut évaluer la dynamique à long terme d'une société. Si nous voulons discerner le futur dans le mouvement des chiffres récents, mieux vaut garder, en dépit de ses imperfections, le PIB « naturel », dérivé des valeurs de marché. Il est suffisamment influencé par ce qui est fondamental, la production de biens effectivement échangeables, qui exprime la rivalité des machines économiques nationales, notamment industrielles. Car la force industrielle est au cœur de la puissance économique et monétaire de l'Allemagne ou du Japon, deux nations qui consacrent une grande partie de leur énergie à produire des biens ayant une valeur internationale. Et la force de la monnaie sur une longue période, hors des phases de spéculation étatique, dépend toujours de la capacité d'une nation à exporter, plutôt qu'à consommer, des produits qui ont de la valeur internationale. La hausse de la monnaie qui découle d'excédents commerciaux ne fait qu'incorporer, sans la dépenser, cette puissance dans l'échange.

La preuve par la mortalité infantile

Une conclusion définitive sur la validité de tel ou tel indicateur de production, de richesse, ou de niveau de vie, ne peut cependant être atteinte sans sortir du monde enchanté des mesures économiques, qui dépendent, par nature, des notions conventionnelles et fluctuantes que sont les prix et les monnaies. Le recours à un paramètre démographique, tout aussi quantitatif, le taux de mortalité infantile, composante

Tableau 10. *Mortalité infantile et richesse*

	PIB par tête en 1992 (dollars courants)	PIB en PPA par tête en 1992	Mortalité infantile 1994
Japon	29 460	19 604	4
Suède	28 522	16 526	4,4
Finlande	21 100	14 510	4,7
Norvège	26 386	17 664	5,2
Suisse	35 041	22 221	5,5
Allemagne	27 770	20 482	5,6
Pays-Bas	21 089	16 942	5,6
Danemark	27 383	17 628	5,7
France	23 043	18 540	5,8
Australie	16 959	16 800	5,9
Irlande	14 385	12 763	6
Espagne	14 745	12 797	6
Royaume-Uni	17 981	16 227	6,2
Autriche	23 616	18 017	6,3
Canada	19 823	19 585	6,4
Italie	21 468	17 373	6,6
Nouv.-Zélande	11 938	14 294	7,1
Belgique	21 991	18 071	7,6
Grèce	7 562	8 267	7,9
Portugal	8 541	9 743	7,9
États-Unis	23 228	23 291	7,9

Source du PIB par tête : OCDE, *Études économiques*, France, 1995.

essentielle de l'espérance de vie, permet d'aboutir à quelques certitudes. C'est en observant la légère hausse du taux de mortalité infantile soviétique entre 1970 et 1974 que j'avais pu contredire, en 1976, la totalité des statistiques économiques de l'époque, celles du Gosplan comme celles de la CIA[1]. Toutes décrivaient une production en hausse, malgré un net ralentissement de la croissance. Par sa cruelle simplicité, le paramètre démographique perçait le voile des conventions de prix typiques des économies centrali-

1. *La chute finale. Essai sur la décomposition de la sphère soviétique*, Robert Laffont, 1976, nouvelle édition, 1990.

sées. Les distorsions induites par l'utilisation des parités de pouvoir d'achat ne sont pas d'une telle gravité, mais elles mènent droit dans un univers de l'absurde.

La mortalité infantile américaine continue de baisser. On doit en tirer, en première approche, la certitude que la stagnation culturelle américaine et la montée des inégalités sociales n'ont amené, grâce au progrès technologique, ni une régression ni même une stagnation des performances sanitaires ou médicales[1]. Mais le rythme de baisse de la mortalité infantile est aux États-Unis, depuis la guerre, très inférieur à ce qui peut être observé en Europe occidentale et au Japon. En 1950, les États-Unis, nation la plus riche du globe, avaient l'un des taux de mortalité infantile les plus bas, n'étant devancés que par la Suède, la Norvège, les Pays-Bas et la Nouvelle-Zélande. Ils ont été dépassés en 1955 par le Royaume-Uni, en 1963 par le Japon, en 1964 par la France et en 1987 par l'Italie. Sur un ensemble de 22 pays, les États-Unis passent, entre 1950 et 1994, du cinquième au dernier rang, ex aequo avec le Portugal et la Grèce. Les écarts sont faibles, comme toujours lorsque l'on analyse les décès d'enfants en bas âge dans les pays développés, mais significatifs. La réduction de la mortalité infantile au-delà d'un certain seuil, désormais inférieur à 10 pour 1 000, met en œuvre ce qu'il y a de plus moderne dans une société, à tous les niveaux — technologique, alimentaire ou médical. Le mauvais classement des États-Unis persiste si l'on soustrait de la mortalité générale celle des 12 % de Noirs, dont le taux est deux fois et demi celui des Blancs (16,5 contre 6,8 pour 1 000). L'Amérique se retrouve alors, mo-

---

1. Voir graphique 10, p. 135.

Graphique 10. *La mortalité infantile*

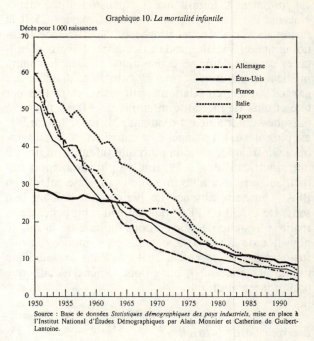

Décès pour 1 000 naissances

Source : Base de données *Statistiques démographiques des pays industriels*, mise en place à l'Institut National d'Études Démographiques par Alain Monnier et Catherine de Guibert-Lantoine.

destement, quinzième sur vingt-deux, repassant seulement devant l'Espagne, la Grèce, le Portugal, Israël, l'Italie, la Belgique et la Nouvelle-Zélande.

Le classement des pays en termes de mortalité infantile a autant de sens pour l'évaluation du niveau de vie réel que le PIB par tête, sans correction par les parités de pouvoir d'achat. Le pays leader, dans les deux cas est, au cœur des années 90, le Japon. Si l'indicateur démographique est biaisé, c'est dans le sens d'une prime à la modernité technologique, parce qu'il

est fortement déterminé par l'expansion d'une méde-
cine qui est à la fois de pointe et de masse. C'est la
raison de son potentiel prospectif. L'efficience technologique et sociale produit des effets positifs simultanés dans le domaine économique et dans le champ
médical. Il est donc normal de constater, au début des
années 90, une corrélation significative entre PIB par
tête et taux de mortalité infantile, de − 0,67, négative
puisque la mortalité est d'autant plus basse que le PIB
est plus élevé. En revanche, le calcul en PPA fait tomber la corrélation avec la mortalité infantile au niveau
non significatif de − 0,29. Il n'y a plus de rapport statistique entre mortalité infantile et richesse calculé en
PPA. Une telle absence de lien est un défi au bon
sens. Le calcul en PPA, qui prétend rapprocher de la
réalité physique des biens, nous éloigne de la réalité
physique de la vie. Une conclusion s'impose : la diffusion massive du calcul en PPA, dans la deuxième
moitié des années 80, fut un phénomène idéologique
plutôt que scientifique.

L'erreur postindustrielle

La comparaison des produits manufacturiers plutôt
que des PIB, c'est-à-dire de la part de la valeur ajoutée
dans le secteur manufacturier (industrie sans le
bâtiment et les activités extractives), met encore mieux
en évidence l'ampleur du déclin américain. En 1992,
le PIB manufacturier japonais, égal à 1 023 milliards
de dollars, avait pratiquement rejoint celui des États-
Unis, pourtant plus de deux fois plus peuplés, mais ne
réalisant que 1 063 milliards de valeur ajoutée dans le
secteur manufacturier. Des grandes nations européen-

Tableau 11. *Les produits manufacturiers (1992)*

	Produit manufacturier total (milliards de \$)	Produit manufacturier par habitant (milliers de \$)
États-Unis	1 063	4 039
Japon	1 023	8 171
Allemagne	565	6 916
France	271	4 664
Italie	250	4 332
Royaume-Uni	201	3 430

Sources : OCDE, *Études économiques*, France, 1995, et *Statistiques rétrospectives 1960-1994*.

nes, seul le Royaume-Uni était moins industriel, avec 3 430 dollars de valeur ajoutée manufacturière par habitant, les États-Unis atteignant quant à eux seulement 4 039 dollars contre 4 332 dollars à l'Italie, 4 664 dollars à la France, 6 916 dollars à l'Allemagne et 8 171 dollars au Japon. La faiblesse de l'industrialisation relative des États-Unis et de l'Angleterre résulte à la fois d'un désengagement de la population active du secteur

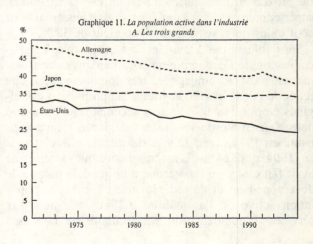

Graphique 11. *La population active dans l'industrie*
A. Les trois grands

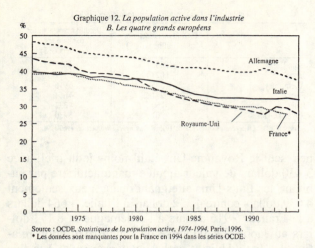

Graphique 12. *La population active dans l'industrie*
B. Les quatre grands européens

Allemagne

Italie

Royaume-Uni

France*

Source : OCDE, *Statistiques de la population active, 1974-1994*, Paris, 1996.
* Les données sont manquantes pour la France en 1994 dans les séries OCDE.

secondaire, et d'une productivité faible de l'industrie. Le produit manufacturier du Japon est, par habitant, supérieur de 98 % à celui des États-Unis, mais par actif industriel il reste encore supérieur de 38 %.

La faiblesse des États-Unis est qualitative. La spécialisation de l'économie américaine dans la consommation s'est accompagnée, très logiquement, d'une rétraction de la base industrielle. La proportion d'individus employés par le secteur secondaire, c'est-à-dire dans l'ensemble de l'industrie, déjà peu impressionnante en 1971, avec 32,9 % des actifs, n'atteint plus en 1994 que 24 %. L'avance historique américaine avait fait croire en l'existence d'un modèle unique de développement et de redéploiement menant la population active de l'agriculture à l'industrie puis aux services. L'augmentation spectaculaire de la masse relative du tertiaire américain semblait plus que normale, inéluctable, à Daniel Bell, auteur en 1968 de *The Coming of Post-industrial Society*[1]. Une tendance au déplacement de la population active existe. Mais elle se produit à des vitesses tellement différentes selon les pays, que l'on a aujourd'hui du mal à admettre l'universalité du modèle américain.

De nouveau s'opposent le capitalisme individualiste anglo-saxon et les capitalismes souches japonais et allemand. Aux États-Unis, l'ampleur et la rapidité du dégagement manufacturier ont été exceptionnelles. La spécialisation productiviste de l'Allemagne et du Japon a freiné la diminution de la population active industrielle, parfois jusqu'à l'arrêter. En Allemagne l'industrie employait, en 1971, 48,4 % de la force de travail ; la décrue postérieure laisse subsister, en 1994, 37,6 % des actifs dans le secteur secondaire. Dans le cas du Japon, on ne peut parler de reflux industriel, puisque la proportion, de 36 % en 1971, est encore de 34,9 % en 1982, et toujours de 34 % en 1994[2]. Le phénomène frappant est, une fois de plus, la convergence des structures allemandes et japonaises. Au Royaume-Uni, pays de la révolution industrielle, la proportion de la population engagée dans le secondaire avait dépassé 50 % dès le milieu du xixe siècle, elle était encore égale à 43,6 % en 1971, mais tombe, à un rythme maximal, à 27,7 % en 1994, soit un rétrécissement de masse de 36 % en 23 ans.

La France, durant toute cette période, et alors même qu'elle commence à singer, entre 1983 et 1986,

---

1. *Op. cit.* Traduction française par P. Andler, *Vers la société postindustrielle*, Robert Laffont, 1976.
2. Voir graphique 11, p. 137.

le style monétaire allemand, suit dans ses tréfonds une évolution industrielle de type anglo-saxon : la part de la population active employée dans l'industrie baisse de 39,3 % à 33,8 % entre 1971 et 1983, puis à 27,8 % en 1993. Aux 5,5 points de perte durant les douze premières années de la période, succèdent 6 points de chute dans les dix suivantes : la politique du franc fort a accéléré le désengagement industriel. L'Italie, protégée par la dévaluation de la lire, a mieux réussi à freiner le processus, particulièrement depuis 1986 : elle possède encore un secteur secondaire occupant, en 1994, 32,1 % des actifs, pourcentage qui explique ses performances à l'exportation très supérieures à celles de la France. En 1995, l'excédent commercial de l'Italie était de 44 milliards de dollars. Celui de la

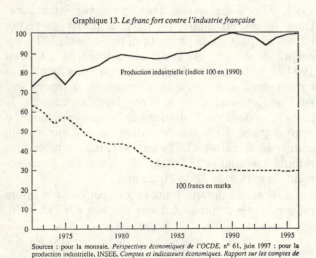

Graphique 13. *Le franc fort contre l'industrie française*

Sources : pour la monnaie, *Perspectives économiques de l'OCDE*, n° 61, juin 1997 ; pour la production industrielle, INSEE, *Comptes et indicateurs économiques. Rapport sur les comptes de la Nation, 1996.*

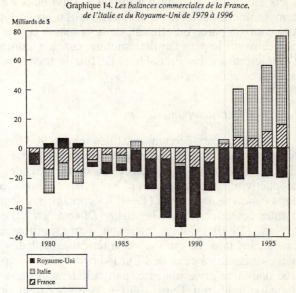

Graphique 14. *Les balances commerciales de la France,
de l'Italie et du Royaume-Uni de 1979 à 1996*

Source : *Perspectives économiques de l'OCDE*, n° 61, juin 1997.

France atteignait, modestement et officiellement,
10,8 milliards. Mais si, comme le suggère une note
confidentielle de l'administration, faite à la suite du
rapport Dassault, on en déduit la fiction antirépubli-
caine que constitue le solde positif de l'hexagone
avec les départements d'outre-mer, considérés comme
étrangers, l'excédent français n'est en réalité que de
1,4 milliard — une misère !

Le dégagement industriel des États-Unis et du
Royaume-Uni n'aurait pas été possible sans l'existence d'un substrat anthropologique nucléaire absolu
favorisant la mobilité géographique, économique et

sociale de la population. La France a suivi dans l'ensemble une trajectoire de désindustrialisation de type anglo-saxon parce qu'elle est, dans sa masse centrale, nucléaire sur le plan familial, mobile, capable, comme l'Angleterre ou les États-Unis, de fuir le travail manuel avec enthousiasme.

Le déficit industriel américain

Les indicateurs économiques des années 90 suggèrent une amélioration relative de la performance américaine pour ce qui concerne la croissance de la productivité, au point que Paul Krugman a dû nuancer dans *Peddling Prosperity* (1994) les conclusions déprimantes contenues dans *The Age of Diminished Expectations* (1990). Quelle que soit leur signification exacte, les taux de croissance américains sont désormais supérieurs à ceux de l'Europe occidentale, empêtrée dans une crise majeure, particulièrement dans le domaine industriel. Entre 1990 et 1996, la production industrielle a augmenté aux États-Unis de 18 %, au Royaume-Uni de 2 %, en Italie de 5,8 %, en Espagne de 6,5 %, aux Pays-Bas de 6,9 %, en Suisse de 13,6 %, en Suède de 16,7 %. Celle du Japon a *baissé*, en sept ans, de 2,7 %, celle de l'Allemagne a fléchi de 1,4 %, fidèlement accompagnée dans ses difficultés par son satellite monétaire français. La production industrielle de l'hexagone a atteint le stade de la stagnation pure : pour une base 100 en 1990 elle est de 99,8 en 1996[1]. Il est vrai qu'affronter la mondialisation avec une monnaie surévaluée est, par construction, suicidaire.

1. Pour tous ces chiffres, cf. l'INSEE, *Comptes et indicateurs économiques. Rapport sur les comptes de la Nation*, 1996, p. 272.

Ces chiffres évoquent une Amérique qui, elle, progresse, mais ils ne doivent pas faire illusion.

D'abord parce que les écarts de croissance par tête sont beaucoup plus faibles que les écarts absolus. La progression démographique des États-Unis est, dans la première moitié des années 90, de 1 % par an, celle de l'Europe de 0,5 % seulement, celle du Japon de 0,3 %[1]. Près de la moitié du différentiel de croissance entre États-Unis et Europe résulte, mécaniquement, de l'augmentation plus rapide du nombre des Américains plutôt que d'une hausse de leur productivité. Examinons de plus près la performance industrielle des États-Unis sur sept ans, de 1989, base 100, à 1996, indice 118. Entre ces deux dates, la population américaine est passée de 246,7 à 265 millions d'habitants, soit une croissance de 7,4 %. L'augmentation de la production par tête, sur sept ans, n'est plus que de 11,2 %, soit un taux annuel de 1,5 %. Nous sommes toujours assez loin des trente glorieuses, période durant laquelle les gains annuels de productivité atteignaient des taux de l'ordre de 3 % aux États-Unis, pourtant plus lents dans cette période que l'Europe, alors en rattrapage.

L'expansion économique américaine s'appuie surtout sur un énorme déficit commercial, particulièrement net pour ce qui concerne les échanges industriels. Le déficit de la balance *marchandise* est de 84 milliards de dollars en 1991, 96 milliards en 1992, 132 milliards en 1993, 162 milliards en 1994, 174 milliards en 1995, 191 milliards en 1996[2]. Ce trou

1. Europe à 15.
2. *Statistical Abstract of the United States*, 1996, p. 784-785 pour les années 1991-1995. Chiffres plus récents obtenus directement du Bureau of the Census.

béant apparaîtrait encore plus profond si l'on déduisait des soldes les excédents américains dans le
domaine agricole et alimentaire. La vraie leçon des
années 90 est que le déficit industriel a résisté à l'affaiblissement du dollar, dont une certaine remontée
n'intervient qu'en 1996-1997. Un déficit aggravé
dans une période de faiblesse monétaire est révélateur
d'une incapacité qualitative à produire certains biens.

La courbe mesurant la dégradation de la balance
commerciale américaine est spectaculaire mais, si
l'on peut dire, traditionnelle. L'importance relative du
déficit n'est pas pleinement perçue si l'on se contente
de le rapporter à l'ensemble du PIB, ainsi que le font
tous ceux qui veulent minimiser le problème. Les statistiques de l'OCDE nous indiquent, par exemple,
pour 1994, une balance extérieure des biens et services déficitaire de 1,7 % par rapport au PIB[1]. Une telle
opération n'a pas de sens : le PIB, on l'a vu, addi-
tionne des valeurs internationales réelles, principalement celles de produits manufacturés, effectivement
échangeables, et des valeurs conventionnelles, dérivées, en l'occurrence celles des services américains
qui, dans leur majorité, n'ont pas de valeur à l'échelle
mondiale. La bonne comparaison est celle du potentiel industriel américain et du déficit des échanges
industriels. La production manufacturière américaine
était en 1994 de 3 340 milliards de dollars[2]. Les
exportations de biens manufacturiers de 460 milliards,
les importations de 637 milliards, soit un trou de
177 milliards, représentant 5,3 % de la production

---

1. *Statistiques rétrospectives 1960-1994*, p. 76.
2. À ne pas confondre avec le produit manufacturier, somme des
valeurs ajoutées, fraction du PIB.

manufacturière[1]. Comment prendre complètement au sérieux la notion de dynamisme économique, et spécifiquement industriel, dans de telles conditions ?

Un déficit de la balance des biens manufacturés peut être signe de bonne santé pour un pays faiblement développé qui décolle en important des machines. Doit-on pour autant imaginer un redémarrage de l'économie américaine s'appuyant sur des acquisitions de biens d'équipement ? Les statistiques détaillées du commerce extérieur révèlent que si l'Amérique est effectivement depuis 1984 déficitaire dans son commerce de machines elle l'est autant pour celui des biens de consommation. Les croissances respectives des déficits en investissement et en consommation s'effectuent au même rythme, l'ensemble suggérant une économie qui vit à crédit, sans investir particulièrement pour l'avenir. Le poids de la consommation dans l'importation peut être saisi, soit par secteur, avec l'exemple d'une production automobile qui reste massivement déficitaire, soit par région d'origine, avec une réorientation durant les années 90 des achats américains vers l'Asie émergente, qui ne produit pas, comme le Japon ou l'Allemagne, de biens d'équipement sophistiqués. S'ajoutant à la faiblesse de la croissance industrielle moyenne, tout cela n'évoque pas un redémarrage fulgurant. Compte tenu de l'étroitesse de la base industrielle américaine, les taux de progression des années 90 ne peuvent d'ailleurs mener à un rattrapage rapide de pays comme le Japon ou l'Allemagne, même si ceux-ci continuent de stagner.

1. *Statistical Abstract of the United States*, 1996, p. 733, et 784-785.

Le véritable tournant des années 90 :
l'asphyxie des capitalismes souches

Il y a bien eu pourtant, entre 1990 et 1995, un bou-
leversement des faits et des perceptions. Mais ce basculement ne concerne pas principalement les États-
Unis. Le phénomène décisif des années 90 est l'entrée
en stagnation des économies souches, japonaise et
allemande, pour des raisons totalement différentes
de celles qui avaient conduit au déclin américain des
années 1970-1990. Alors se posait le problème de
l'insuffisance de l'offre de biens et de services.
Dotée d'une population active en régression éducative,
du haut en bas de sa structure sociale, l'Amérique
s'essoufflait, voyait la croissance de sa productivité
ralentir, tomber à des niveaux bas par rapport aux performances européennes ou asiatiques. C'est alors
qu'elle a commencé à importer. Entre 1970 et 1990,
le Japon, aidé par l'Allemagne, a partiellement détruit
l'industrie américaine. On peut évoquer, pour les
années 1970-1990, une montée en puissance des sociétés souches, aboutissant à l'apothéose monétaire
que furent les ascensions internationales du yen et du
mark. Mais, par une de ces belles boucles logiques et
fatidiques qui sont typiques de la vie économique, ce
triomphe a conduit, inexorablement, à l'étouffement
des vainqueurs. La destruction du potentiel productif
« adverse » a entraîné une remise en question de la
demande « adverse ». Or les économies japonaise et
allemande, structurellement surproductrices, asymétri-
ques dans leur conception du commerce international,
ne peuvent se passer d'une demande extérieure en
expansion. Elles sont donc, par un choc en retour dif-

féré, asphyxiées durant les années 90 par leur succès
des années 80. L'Amérique ne peut absorber indéfiniment et dans des proportions illimitées les surplus
japonais, allemand, puis chinois, etc. Les années 90
sont dominées, en dépit de la capacité américaine à
vivre à crédit, par la question de la demande globale
de biens à l'échelle mondiale, que j'aurai l'occasion
d'aborder dans toute sa généralité au chapitre VI,
consacré au problème de la compression planétaire de
la consommation par le libre-échange.

L'Amérique n'apparaît aujourd'hui dynamique que
par rapport à un Japon et une Allemagne s'engageant
résolument dans la stagnation, accompagnées de leurs
périphéries asiatique et européenne. Le choix, pour le
monde développé, semble désormais se situer entre un
capitalisme souche paralysé et un capitalisme individualiste poursuivant une croissance ralentie, soutenue
par l'endettement. La place actuelle des États-Unis
dans l'imaginaire collectif des nations illustre finalement un très vieux dicton : « Au pays des aveugles, les
borgnes sont rois. »

Incertitudes

Il serait imprudent de ne retenir de l'évolution historique américaine récente que ses éléments négatifs.
Le niveau culturel, après avoir chuté, s'est stabilisé.
La régression intellectuelle des années 1963-1980, si
elle a entraîné de grandes difficultés économiques,
une montée des inégalités et une baisse du niveau de
rémunération dans certains secteurs de la société, n'a
pas empêché une hausse lente de la production et du
niveau de vie « moyen ». Le taux de mortalité infantile

a continué de baisser, plus lentement qu'en Europe ou
au Japon, signe sûr de ce que les États-Unis ne peuvent
être, au stade actuel, considérés comme en régression.
La baisse du chômage a arrêté la progression de
divers phénomènes de décomposition sociale. Le taux
d'homicide plafonne, à un niveau très élevé, il est
vrai. Des signes de remise en ordre sont perceptibles,
comme une baisse du nombre des grossesses d'ado-
lescentes, ces *teen-age pregnancies* dont la multiplication évoquait une société marchant vers la
désorganisation familiale. La croissance de la productivité a repris, sur un rythme mesuré, tandis que
se confirme le déficit structurel dans la fabrication
des biens industriels. La fécondité et l'immigration
assurent le renouvellement de la population et même
sa croissance. L'Amérique bénéficie toujours d'une
plasticité sociale incontestable, qui la rend capable
d'adaptations évitant les ruptures. La juxtaposition de
ces morceaux de réalité contradictoires produit un
tableau nuancé de la dynamique américaine, qui laisse
ouverte la question du destin ultime de cette société
expérimentale. Une telle description se contente de
réduire la gamme des futurs envisageables : les scénarios raisonnables vont d'une progression modeste de
l'efficacité et du niveau de vie à une chute économique et sociale absolue. Seul un redémarrage
brillant, réactivant, outre-Atlantique, le rêve d'une expansion rapide et sans limites, est exclu. La stagnation
du niveau culturel, à un niveau inférieur à ce qu'il
était vers 1963 dans les catégories inférieures et supérieures de la société, l'interdit. Deux séquences opposées menant, soit à la croissance, soit au déclin,
peuvent être imaginées dont chacune découle d'une

vision spécifique du rapport de la technologie au niveau intellectuel de la société.

Un scénario optimiste : la percée technologique compense la stagnation intellectuelle

Le nouveau système technique défini par la numérisation informatique arrive à maturité. Il pourrait ouvrir une voie nouvelle de développement, non pas brillante, comme le suggèrent les fous de l'Internet et du téléphone portable, mais au contraire adaptée à la médiocrité intellectuelle de l'époque, à la stagnation du niveau culturel.

Un développement économique associant une technologie nouvelle et une population active de niveau culturel constant n'est pas inconcevable. Une telle combinaison a déjà été observée dans l'histoire, et justement, dans un pays anglo-saxon, à forte plasticité familiale et sociale. L'Angleterre des années 1750-1850 avait conçu, grâce à une élite restreinte de savants et d'ingénieurs, les instruments de sa révolution industrielle, dont la machine à vapeur et son application à la filature du coton ou au transport par rail. Mais le niveau culturel de sa population globale était à peu près immobile dans la phase du décollage : le pourcentage d'individus sachant lire et écrire n'a guère bougé entre 1750 et 1800, il n'a augmenté que de façon insignifiante entre 1800 et 1840[1]. Les populations paysannes déracinées n'avaient pas besoin,

1. R. S. Schofield, « Dimensions of illiteracy in England 1750-1850 », *in* H. J. Graff et coll., *Literacy and Social Development in the West*, Cambridge University Press, 1981, p. 201-213

pour manier les machines à filer, d'un haut niveau de formation.

Les États-Unis actuels ressemblent peut-être à l'Angleterre de la deuxième moitié du XVIIIe siècle. Ils sont engagés dans une révolution technologique et une réorganisation de l'appareil de production menées plus rapidement qu'ailleurs parce que leur système anthropologique individualiste prédispose la structure sociale à la plasticité. L'exemple de l'Angleterre prouve que certaines technologies peuvent avoir pour effet de valoriser le travail indépendamment du niveau de formation de la population. Durant la première révolution industrielle, les qualifications des prolétaires anglais étaient inférieures à celles des artisans allemands de la même époque, produits d'une société plus alphabétisée.

L'informatique est une révolution de ce type. Elle a certes besoin pour être appliquée d'une population qui sache lire et compter. Mais elle peut se passer d'une généralisation des formations secondaires et supérieures. Une fois arrivée à maturité, elle fait peu appel, dans ses utilisations et même peut-être dans la conception des programmes, aux fonctions cérébrales les plus complexes, les plus synthétiques. Les logiciels de toute nature simplifient les taches intellectuelles, mieux, se substituent à certaines d'entre elles. Ils optimisent en fait l'utilisation d'une instruction primaire de masse. Informatisation de la société et stagnation culturelle ne sont donc pas a priori contradictoires, même si les États-Unis ne sont pas dans la situation privilégiée de l'Angleterre de la fin du XVIIIe siècle, qui n'avait pas de concurrent dans un domaine nouveau qu'elle-même définissait.

Deux incertitudes majeures doivent être évoquées. D'abord le fait que les États-Unis ont faibli au niveau même de l'instruction primaire, phénomène qui interdit a priori une application optimale de l'informatique. Ensuite, n'oublions pas que le but de l'activité économique n'est pas de « communiquer » mais de « produire », et que le doute plane toujours sur le rapport réel existant entre les nouvelles techniques de communication et la capacité de production dans le secteur des biens matériels.

Un scénario pessimiste :
la crise intellectuelle affaiblit la technologie

Une variable économique et une seule indiquera dans les années qui viennent si l'on doit se représenter le futur des États-Unis en termes de dynamique ou de déclin. Il ne s'agira pas du taux de croissance du PIB, global ou par tête, dont la signification devient de plus en plus problématique dans une économie à secteur tertiaire hypertrophié qui n'arrive pas à produire les biens industriels dont elle a besoin. La balance commerciale nous dira le destin de l'Amérique. Si elle revient vers l'équilibre, il est possible d'envisager le retour à une croissance réelle, et l'émergence d'un nouveau modèle. Si elle continue de faire apparaître un solde négatif pour les biens industriels, l'hypothèse d'un déclin de longue période est la bonne.

C'est ici qu'intervient la deuxième séquence prospective, qui tient surtout compte du fait que la stagnation culturelle peut mener à une évolution franchement régressive dans le domaine technologique. La baisse de 10 % du nombre des formations supérieures scientifiques et techniques, dans les générations récentes, conduit à elle seule à l'hypothèse d'un déclin *absolu* de l'Amérique. La puissance d'un système industriel ne dépend pas *en dernière instance*, ou dans la longue durée, du stock de machines, de l'accumulation du capital, mais du niveau de formation de la population active et de la concentration de l'éducation sur le secteur scientifique et technique. Le rythme de formation des ingénieurs et des savants laisse prévoir, dans les vingt ans qui viennent, de véritables difficultés pour l'Amérique, et en tout cas une incapacité à redresser sa balance commerciale autrement que par une contraction de la consommation intérieure.

Un tel scénario suppose un maintien du rythme actuel de formation. Mais il est évident que l'incertitude qualitative sur la valeur des diplômes et sur la constance de cette valeur dans le temps interdit toute conclusion définitive. La prédiction est au fond impossible parce que le mouvement même de la variable motrice, le niveau culturel, est assez mystérieux : il semble stabilisé, mais va-t-on assister à une remontée, à une poursuite de la stagnation ou à une nouvelle baisse ?

L'Amérique restera pour une bonne dizaine d'années un point d'interrogation, pour elle-même et pour la planète, tiraillée entre révolution technologique et crise culturelle.

Le véritable poids de l'Amérique

On a parfois du mal à comprendre pourquoi la société américaine, qui vient de passer du meilleur au médiocre, ou même au négatif, selon les hypothèses et les scénarios, peut toujours peser d'un poids si lourd sur l'évolution idéologique de l'ensemble du monde développé, et continuer de lui fournir des modèles. La dynamique d'un système en crise, par nature exportateur d'interrogations et de solutions, n'explique pas tout. Il existe une interprétation simple pour qui s'intéresse au poids démographique des sociétés. La rétraction de la puissance économique relative des États-Unis depuis la guerre s'est accompagnée d'une augmentation de masse démographique substantielle, effet de la vitesse acquise d'une population plus jeune, d'une fécondité moins basse qu'en Europe et au Japon, et de la reprise de l'immigration. S'ajoutant à la diffusion de la langue anglaise, ce poids démographique contribue à expliquer l'extraordinaire expansion idéologique de l'Amérique actuelle.

Rétrécissement économique. En 1970, le PIB américain représentait encore deux fois et demi les PIB combinés du Japon et de l'Allemagne. En 1994, les masses économiques combinées du Japon et de l'Allemagne ont rattrapé et même probablement dépassé, selon certaines estimations, celle des États-Unis. Les fluctuations à court terme des monnaies interdisent qu'on prenne complètement au sérieux tel ou tel chiffre annuel, mais le résultat de toutes les évolutions enregistrées depuis 1970 est clair : le capitalisme individualiste anglo-saxon ne pèse pas plus de la moitié du système mondial.

L'évolution démographique est inverse. Si l'on s'en tient à une comparaison avec les pays qui furent les grands acteurs non communistes de la Seconde Guerre mondiale, le Japon, l'Allemagne, la France, le Royaume-Uni et l'Italie, l'augmentation de masse relative des États-Unis est importante. En 1950, la population américaine pesait la moitié (52 %) de la masse combinée des cinq autres puissances, 152 millions d'individus contre 291. En 1995 elle en atteint 69 %, soit 263 millions contre 381. Une projection à 2 030 révèle une Amérique presque aussi peuplée à elle seule que tout le reste du G6, représentant 92 % des populations additionnées du Japon, de l'Allemagne, de la France, du Royaume-Uni et de l'Italie. Si l'on se limite à la comparaison des trois économies dominantes, le résultat est encore plus frappant. En 1950, les États-Unis, avec 152 millions d'habitants, étaient comparables à l'ensemble Allemagne-Japon, peuplé de 151 millions (Japon 83, Allemagne 68). En 1995, les États-Unis, avec 263 millions d'habitants, écrasent démographiquement l'ensemble germano-nippon qui comprend seulement 207 millions d'individus. Tel est le paradoxe récent de l'histoire américaine dans celle du monde développé. Une formidable régression relative dans le domaine économique, s'accompagnant d'une augmentation de masse dans le domaine démographique. Mais nous atteignons ici, par la comparaison, la nature même de l'évolution américaine : une croissance extensive, en quantité plutôt qu'en qualité. C'est l'émergence d'un *nouveau* type de puissance : une Amérique qui n'a plus la capacité de tirer le monde vers l'avant mais qui peut interdire à la planète d'oublier son existence.

CHAPITRE V

Retour de l'inégalité
et fragmentation des nations

L'un des aspects les plus évidents de la crise des sociétés occidentales est le retour de l'inégalité, au terme d'une période historique de démocratisation s'étalant sur plusieurs siècles. Au moment même où le monde développé pensait avoir atteint une sorte d'âge d'or, combinant une distribution des revenus juste à un système de protection sociale raisonnable, réémergent des inégalités objectives et des doctrines affirmant que l'idée même d'inégalité est socialement utile. Les indicateurs statistiques classiques du type coefficient de Gini, mesurant la concentration des revenus ou de la fortune, révèlent que ce mouvement a commencé au début des années 70 aux États-Unis, vers la fin des années 70 au Royaume-Uni, et seulement dans la première moitié des années 90 en France[1]. Mais, pour ce qui concerne l'hexagone, un

---

1. Pour les États-Unis et le Royaume-Uni, voir par exemple les courbes indiquant le mouvement du coefficient de Gini entre 1950 et 1992 *in* R. Farnetti, *Le royaume désuni. L'économie britannique et les multinationales*, Syros, 1995, graphique p. 74. Pour la France, voir le rapport du Conseil Supérieur de l'Emploi, des Revenus et des Coûts (CSERC) de janvier 1997. Pour une évaluation des tendances au cours des années 80 dans l'ensemble des pays développés, voir A. B. Atkinson, L. Rainwater et T. M. Smeeding, *La distribution des revenus dans les pays de l'OCDE*, OCDE, Paris, 1995, notamment p. 86-87.

calcul intégrant la notion de chômage différentiel
selon la profession, et donc selon le niveau de rémunération, ferait apparaître dès les années 80 une augmentation importante des écarts. En Allemagne, une
légère accentuation des inégalités peut être observée
dans la décennie 1980-1990. Au Japon, la hausse de
l'inégalité est amortie par des taux de chômage qui
restent très faibles. La montée de l'inégalité n'est à la
fois précoce et forte que dans le monde anglo-saxon.
Une fois de plus, nous trouvons aux États-Unis le
point d'origine d'une évolution qui semble s'étendre
au monde.

L'inégalité atteint en Amérique un degré difficilement concevable sur le vieux continent. Dès le milieu
des années 80, le moins riche des 10 % les plus riches
gagnait aux États-Unis près de 6 fois plus que le
moins pauvre des 10 % les plus pauvres, alors qu'en
France l'écart n'était que de 1 à 3,5, en Allemagne de
1 à 3 et en Suède de 1 à 2,7. Ces chiffres, concernant
des tranches assez larges, masquent d'ailleurs plus
qu'ils ne révèlent le niveau de richesse des 5 % ou
même des 1 % de familles qui constituent le haut de
la société américaine. Si nous voulions résumer l'évolution des États-Unis entre 1973 et 1995, trois groupes statistiques de tailles très inégales devraient être
distingués. D'abord les quatre cinquièmes inférieurs
de la population, dont les revenus ont baissé, dans une
proportion d'autant plus importante qu'on est plus proche du bas de la structure sociale. Ensuite, le cinquième
supérieur, caractérisé par une progression légère, mais
dont il faut retirer la troisième catégorie, les 1 %
supérieurs, dont l'enrichissement est spectaculaire.
Selon les calculs d'Andrew Hacker, par rapport à une
année de base 1979, le nombre de familles dont les

revenus annuels atteignent 1 million de dollars a été multiplié par cinq vers le milieu des années 90[1].

La montée de l'inégalité comme valeur subjective n'est pas moins impressionnante que celle des inégalités économiques objectives. Des doctrines et des théories de plus en plus nombreuses affirment la nécessité économique de l'inégalité. Elles se manifestent fréquemment sous la forme politique d'une revendication exigeant la baisse de l'impôt direct dans les tranches élevées de revenu : « pour stimuler le travail, l'épargne et l'investissement des couches supérieures de la société », les plus actives, les plus intelligentes peut-être... De nouveau, un décalage temporel et intellectuel peut être noté entre le monde anglo-saxon et le continent européen puisque la réduction de la progressivité de l'impôt fut au cœur des réa-

Tableau 12. *Les inégalités de revenu mesurées par le coefficient de Gini*
(*Les inégalités sont d'autant plus fortes que le coefficient de Gini est plus élevé.*)

	Année	Coefficient de Gini
Finlande	1987	20,7
Suède	1987	22,0
Norvège	1986	23,4
Belgique	1988	23,5
Luxembourg	1985	23,8
Allemagne	1984	25,0
Pays-Bas	1987	26,8
Canada	1987	28,9
Australie	1985	29,5
France	1984	29,6
Royaume-Uni	1986	30,4
Italie	1986	31,0
Suisse	1982	32,3
Irlande	1987	33,0
États-Unis	1986	34,1

Source : OCDE, *La distribution des revenus dans les pays de l'OCDE*, Paris, 1995, p. 50.

1. *New York Review of Books*, 14 août 1997.

lisations ultralibérales reaganiennes et thatchériennes
des années 80, dans des pays où l'impôt direct est traditionnellement important, tandis qu'en France le
juppéo-chiraquisme luttait encore au milieu des
années 90 pour appliquer à une société française déjà
dominée par l'impôt indirect une technique de stimu-
lation de l'économie qui avait échoué dix ans plus tôt
en Amérique. Aux États-Unis, la libération fiscale des
hauts revenus n'a pas empêché un effondrement des
taux d'épargne et d'investissement.

Outre-Atlantique, l'évolution doctrinale vers une justification de l'inégalité semble atteindre son terme logique vers 1994, avec le succès commercial d'un pavé
pseudo-scientifique comme *The Bell Curve* de Richard
J. Herrnstein et Charles Murray, rempli de données
capitales sur le déclin intellectuel américain mais ignoble par ses clins d'œil complices aux lecteurs, du genre :
vous qui nous lisez, ne vous en faites pas, vous avez
certainement un bon quotient intellectuel. Son originali-
lité ne réside pas dans l'affirmation de l'infériorité
intellectuelle des Noirs, exercice assez banal aux États-
Unis, mais dans les développements qui justifient les
différences de revenus *entre Blancs* par des écarts de
QI[1]. Cette revendication d'une inégalité interne à la
société blanche rapproche significativement les attitudes
américaines d'une conception anglaise de la vie sociale.
Nous verrons pourquoi un tel radicalisme inégalitaire
n'est pas concevable hors du monde anglo-saxon.

Les faits et les doctrines de l'inégalité semblent donc
ramener, une fois de plus, inexorablement, à l'économie. C'est en termes monétaires que l'inégalité est

1. R. J. Herrnstein & C. Murray, *The Bell Curve : Intelligence and
Class Structure in American Life*, New York, Free Press, 1994.

Tableau 13. *Les riches et les pauvres*
Revenu par adulte au décile inférieur et au décile supérieur
en pourcentage du revenu médian

	Décile inférieur (Di)	Décile supérieur (Ds)	Ratio (Ds/Di)	Date
États-Unis	34,7	206,1	5,94	1986
Irlande	49,5	209,2	4,23	1987
Italie	48,9	197,9	4,05	1986
Canada	45,8	184,2	4,02	1987
Australie	46,5	186,5	4,01	1985
Royaume-Uni	51,1	194,1	3,79	1986
Japon*	49,5	185,6	3,75	1985
France	55,4	192,8	3,48	1984
Suisse	53,9	185,1	3,43	1982
Allemagne	56,9	170,8	3	1984
Norvège	55,3	162,2	2,93	1986
Pays-Bas	61,5	175	2,85	1987
Belgique	58,5	163,2	2,79	1988
Suède	55,6	151,5	2,72	1987
Finlande	58,9	152,7	2,59	1987

Source : OCDE, *op. cit.*, p. 44.
* Les données ne sont pas strictement comparables pour le Japon.

Tableau 14. *L'évolution des inégalités aux États-Unis*
Évolution de 1973 à 1990 de la fraction du revenu total allant à chaque quintile
(20 % inférieurs, supérieurs, etc.) et aux 5 % de ménages les plus riches

	1973	1990	Évolution
5 % supérieurs	15,5 %	17,4 %	12,3 %
Quintile supérieur	41,1 %	44,3 %	7,8 %
Quatrième quintile	24,0 %	23,8 %	− 0,8 %
Troisième quintile	17,5 %	16,6 %	− 5,1 %
Second quintile	11,9 %	10,8 %	− 9,2 %
Quintile inférieur	5,5 %	4,6 %	−16,4 %

Source : W. C. Peterson, *Silent Depression*, New York, Norton, 1994, p. 59.

le plus facilement saisie. C'est en termes d'optimisation de l'allocation des ressources en main-d'œuvre qu'elle est le plus souvent expliquée : mieux formés, plus compétents, plus demandés sur le marché du travail, les titulaires de diplômes de l'enseignement supérieur doivent être mieux payés. D'interminables

tabulations statistiques évoquent, à l'échelle de
l'OCDE, le rapport vérifiable entre rémunération et
performance éducative. Et partout le taux de chômage
varie en raison inverse du niveau de formation.

Et qu'importe pour la théorie économique que les
mieux payés des mieux payés ne soient pas les scientifiques et les ingénieurs, dont l'utilité économique est
certaine, mais les négociateurs de contrats et les gens
des médias — les manipulateurs de symboles évoqués
par Robert Reich dans *The Work of Nations* en 1991
— dont l'activité ne s'exprime pas par une hausse de
la productivité nationale[1]. Les privilégiés de Reich,
qui est lui-même avocat, ne sont plus qu'exceptionnellement les méritocrates scientifiques et techniques
envisagés par les générations antérieures. Le monde
anglo-saxon, peu attaché à l'idée d'égalité, ne s'est
jamais privé de spéculer sur l'utilité sociale ou économique de l'inégalité, même au lendemain de la
Seconde Guerre mondiale, époque bénie de la cohésion sociale et du Welfare State. Lorsque Michael
Young avait imaginé en 1958, dans *The Rise of the
Meritocracy*, essai de sociologie-fiction hallucinant de
lucidité, la nouvelle stratification sociale découlant
logiquement du progrès éducatif, ses méritocrates
étaient des scientifiques[2]. Lorsque Daniel Bell, plus
optimiste et moins drôle, analysait quinze ans plus
tard la montée des classes pensantes, dans *The Coming
of Post-industrial Society*, c'est encore du monde des
ingénieurs et des savants dont il s'agissait[3]. Le méri-

---

1. Traduction française : *L'économie mondialisée*, Dunod, 1993.
2. M. Young, *The Rise of Meritocracy*, Penguin Books, 1961.
3. *Op. cit. Traduction française : Vers la société postindustrielle*,
Robert Laffont, 1976.

tocrate des années 1950-1970, leader d'une société égalitaire, justifiait son existence par sa capacité technique à dominer la nature et à en extraire des gains de productivité pour tous. Le méritocrate de l'an 2000 domine la société et en extrait des revenus pour lui-même.

En France, un glissement analogue des élites, de la maîtrise technique vers la domination sociale, s'exprime par la chute de statut de l'École polytechnique et de l'École Normale Supérieure par rapport à l'École Nationale d'Administration, phénomène analysé par Pierre Bourdieu dans *La noblesse d'État*[1]. Cette évolution ne s'accompagne cependant pas encore, dans l'hexagone, d'une chute du nombre des diplômés scientifiques et techniques, comme c'est le cas aux États-Unis.

Tout n'est pas faux dans les explications de l'inégalité qui mettent en évidence l'utilité économique spécifique de certaines formations intellectuelles supérieures. On trouve, dans chaque société industrielle, une proportion élevée d'individus dont la compétence intellectuelle et technique explique qu'ils soient mieux payés que des travailleurs sans qualification, phénomène particulièrement évident à l'âge de l'automation. Mais nous savons tous que ni les docteurs en biologie moléculaire, ni les ingénieurs qui ont conçu les centrales nucléaires, Airbus, le TGV et la fusée Ariane, ni même les informaticiens qui élaborent les logiciels nécessaires à l'élimination du travail non qualifié, ne sont les vrais privilégiés du système. Le coefficient multiplicateur qui permet de passer du salaire ouvrier au revenu d'un chercheur scientifique,

---

1. P. Bourdieu, *La noblesse d'État*, Éditions de Minuit, 1989.

en France comme aux États-Unis, n'est pas, c'est le moins qu'on puisse dire, démesuré.

La valeur industrielle d'un ingénieur est incontestablement supérieure à celle d'un ouvrier non qualifié. Mais il n'est pas possible de confronter directement l'utilité économique d'un manœuvre à celle d'un avocat ou d'un haut fonctionnaire. Les avocats américains qui tirent leurs revenus d'une exploitation des dysfonctions de leur société n'ont pas de valeur économique au niveau international. Il est par ailleurs certain que les inspecteurs des Finances français, s'ils sont très bien placés pour perpétuer leurs privilèges de revenu et de sécurité de l'emploi, représentent pour la société française, du fait de leur incompétence crasse en économie, un coût net plutôt qu'un gain. Leur utilité sociale est négative. Expulsons de France les informaticiens, le PIB s'effondre ; déportons les inspecteurs des finances amateurs de franc fort, le PIB s'élèvera. Mais nous pouvons rarement déterminer, dans un niveau de revenu supérieur, ce qui provient d'une valeur économique intrinsèque, et ce qui dérive d'une capacité spécifique à extraire de la valeur de la société, à profiter d'une rente sociologique.

Même le chômage, très variable selon le niveau d'étude, est trop souvent interprété comme mesurant par la négative l'utilité économique relative des diverses formations. Une fois de plus, il est difficile de distinguer, dans la détermination du taux de chômage, d'autant plus faible que le niveau d'étude est élevé dans la période récente, ce qui résulte de l'efficacité productive et ce qui découle d'un effet de domination sociale. Il n'est même pas nécessaire, pour constater l'existence de ces deux dimensions, de regarder vers le haut de la structure socio-économique. Les concours de la fonction publique reflètent, à tous les niveaux, les attentes du système scolaire et universitaire plutôt que des besoins économiques purs. Lorsque le titulaire d'un baccalauréat ou d'un DEUG l'emporte sur celui d'un Brevet des collèges dans un concours des Postes pour devenir facteur, et échappe ainsi au chômage, aucune optimisation de l'efficacité économique de la société n'a été obtenue : le métier de facteur n'exige pas plus que le Brevet pour être exercé. Ce qui a été testé est la capacité sociale des titulaires de diplôme à évincer d'autres individus du marché du travail. C'est, à un niveau assez bas de la structure sociale, un pouvoir de domination qui a été vérifié. Plus haut, la montée en puissance des diplômés s'effectue carrément au détriment de compétences véritables. Aux États-Unis les managers des entreprises sont de plus en plus souvent des diplômés généralistes, formés par des institutions comme la Harvard Business School, capables d'évincer des entrepreneurs et des ingénieurs maîtrisant vraiment les techniques de leurs branches[1]. Une telle analyse n'implique nullement qu'on dénie aux formations supérieures, sur le mode poujadiste, toute efficacité économique. Mais elle suggère qu'il est très difficile de dissocier les deux composantes qui définissent la capacité d'accès au travail et au revenu : efficacité économique, pouvoir social pur.

Ce qu'il faut expliquer n'est d'ailleurs pas l'existence d'écarts de revenu selon le niveau de qualification, phénomène qui a toujours existé, mais

---

1. W. Lazonick, « Creating and extracting value : corporate investment behavior and American economic performance », *in* M. A. Bernstein & D. E. Adler, *op. cit.*, p. 79-113.

l'ouverture de plus en plus grande de ces écarts. Aucune interprétation économique en termes d'optimisation dans l'allocation des ressources humaines ne saurait expliquer la folle ascension des salaires et avantages divers des dirigeants d'entreprise américains dans les années 1980-1990. L'axiome de *l'homo œconomicus*, calculateur et rationnel, permet d'expliquer le fonctionnement mental d'un individu qui, gagnant 6 000 francs par mois, est prêt à changer de poste pour en obtenir 7 000. Remontant dans la structure sociale, nous devons admettre que le désir de passer de 10 000 à 30 000 francs par mois, avec ou sans étape, est tout aussi rationnel. Et l'on pourrait ainsi continuer quelque temps cette ascension sans sortir du cadre de l'axiomatique de l'homme économique. Mais au-delà d'un certain niveau de revenu, certes impossible à fixer avec précision, l'appât du gain pour le gain nous expulse hors de l'univers de la rationalité des acteurs. Un P.-D.G français angoissé par le fait de ne gagner qu'un million de francs par mois n'est pas un être rationnel mais un malade de l'âme, dont le comportement relève d'une interprétation psychosociologique plutôt qu'économique. Nous n'avons pas affaire aujourd'hui à une transformation économique optimisant l'allocation des ressources humaines, mais à une fièvre sociale inégalitaire, s'exprimant par un déplacement sauvage de la répartition des revenus.

Certains éléments de la théorie économique contribuent à une explication de l'augmentation des inégalités et, en particulier, le segment interprétatif majeur associant le commerce international à l'ouverture de l'éventail des revenus ou au chômage. Mais une fois de plus, l'économie ne représente que la surface des choses, un reflet, le lieu d'expression de forces socia-

les plus profondes. L'évolution culturelle a bouleversé le subconscient des sociétés dans un sens
inégalitaire. L'analyser permet d'expliquer beaucoup
mieux que le raisonnement économique, c'est-à-dire
plus simplement et plus complètement, le retour de
l'inégalité parmi les hommes. C'est l'acceptation
théorique, subjective, de l'inégalité qui a permis la
montée de toutes les inégalités pratiques, objectives.
Une telle approche suppose que l'on explique correctement, dans un premier temps, la montée de l'égalité
qui avait caractérisé les années 1500-1950.

De l'alphabétisation de masse à l'égalité

Le caractère apparemment inéluctable de la marche à l'égalité des sociétés occidentales avait frappé
Tocqueville. L'introduction de *La Démocratie en
Amérique* est particulièrement expressive d'une perception commune à la plupart des classes supérieures
du xixᵉ siècle.

« Le développement graduel de l'égalité des conditions est donc un fait providentiel, il en a les principaux caractères : il est universel, il est durable, il
échappe chaque jour à la puissance humaine ; tous les
événements, comme tous les hommes, servent à son
développement.

« Serait-il sage de croire qu'un mouvement social
qui vient de si loin pourra être suspendu par les
efforts d'une génération ? Pense-t-on qu'après avoir
détruit la féodalité et vaincu les rois, la démocratie
reculera devant les bourgeois et les riches ? S'arrê-
tera-t-elle maintenant qu'elle est devenue si forte et
ses adversaires si faibles ? »

Rien ne peut mieux expliquer cette progression vers l'égalité des conditions que la diffusion de l'alphabétisation du haut vers le bas de l'échelle sociale, des prêtres vers les nobles et les bourgeois, puis vers les artisans, les commerçants, les paysans, les ouvriers agricoles et les prolétaires industriels. L'écriture est le moyen d'accès fondamental à la connaissance, religieuse ou technique ; elle permet la maîtrise du temps. Elle est à l'origine le privilège d'une caste hiérocratique, et comme telle génératrice d'inégalité. Elle s'étend par étapes à l'ensemble de la population, entraînant simultanément développement économique et égalisation des conditions. Chacun de ses pas décisifs produit une poussée démocratique dans le domaine politique ou religieux. La réforme protestante, qui veut l'égalité du laïc et du prêtre dans l'accès aux Écritures et à Dieu, commence en Allemagne où vient d'être inventée l'imprimerie. Par la suite, dès que 50 % des hommes adultes savent lire et écrire, une révolution semble, mécaniquement, se déclencher : en Angleterre au milieu du XVIIe siècle, dans le Bassin parisien à la fin du XVIIIe, en Russie au début du XXe. Si nous acceptons l'idée que les différences les plus profondes entre les hommes s'établissent dans le domaine de la formation intellectuelle et du savoir, nous devons admettre que savoir lire et écrire met, en 1789, le paysan au niveau du noble et, en 1848, le prolétaire au niveau du bourgeois. L'alphabétisation de masse crée une égalité objective dans le domaine spirituel. Elle éteint les phénomènes de domination engendrés à l'origine par l'invention de l'écriture.

Dans une société où la majorité des hommes et des femmes savent lire, et où la progression continue de l'alphabétisation suggère qu'un jour prochain tous auront atteint ce stade éducatif, le développement de l'idéal démocratique est normal, naturel. Les individus atteignant les stades ultérieurs du processus éducatif, secondaire et supérieur, ne constituent encore qu'une proportion infime de la population, y compris dans les classes économiquement privilégiées. L'alphabétisation, dans sa phase terminale, est vécue comme un moment privilégié d'homogénéisation du groupe. Elle s'accompagne d'une standardisation du mode de communication, par élimination des langues et des dialectes périphériques. Sur le plan politique, elle donne naissance à une communauté vaste et vraisemblable d'hommes qui parlent, lisent et écrivent la même langue, et qui peuvent donc débattre, argumenter, décider, voter. Si cette communauté homogène regarde sa structure interne, elle se pense comme démocratie. Si elle regarde vers l'extérieur, elle se pense comme nation.

Démocratie et nation ne sont donc que les deux visages, intérieur et extérieur, d'une société homogénéisée par l'alphabétisation de masse[1]. C'est la raison pour laquelle ces deux concepts étaient si proches pour les hommes du XIXe siècle. La volonté actuelle de les séparer, en jugeant positivement la démocratie et

1. Ernest Gellner a bien noté, dans *Nations et nationalismes* (Payot, 1989, édition anglaise originale 1983), le lien entre alphabétisation de masse et constitution des nations. Cependant, pris dans l'ambiance « antinationiste » des années 80, il est moins sensible au rôle de l'alphabétisation dans la genèse de la démocratie. Par ailleurs, il reste dépendant — bizarrement pour un anthropologue — d'une tradition économiste et téléologique qui voit dans l'alphabétisation une « nécessité » de la société industrielle. L'alphabétisation est un processus autonome, le véritable moteur du développement : dans la mesure où elle est encouragée par certaines conditions non anthropologiques, elle doit plus, en Europe, à la religion protestante qu'à l'industrialisation.

négativement la nation, leur aurait paru une impossibilité logique. Aujourd'hui, on se sent bon lorsque
l'on rejette le nationalisme et ses conséquences barba-
res ; mais nier la nation c'est aussi, en pratique, rejeter la démocratie. Une évolution culturelle unique,
suite nécessaire du processus d'alphabétisation, a
favorisé l'idée d'inégalité et permis cette double négation.

De l'éducation supérieure aux hommes supérieurs

L'alphabétisation de masse une fois réalisée, les
sociétés ne s'immobilisent pas dans un état stable
d'instruction primaire généralisée. L'humanité poursuit sa marche en avant, par la diffusion de l'éducation secondaire et de l'enseignement supérieur. Mais
l'émergence d'une éducation postprimaire quantita-
tivement importante brise l'homogénéité du corps
social. C'est un nouveau cycle socioculturel qui
s'amorce : l'émergence d'un groupe massif défini par
des études supérieures, achevées ou non, est l'un des
phénomènes décisifs de l'après-guerre, la force ca-
chée pesant sur la plupart des mutations économiques
et politiques essentielles. Cette évolution fut d'abord
perçue comme un phénomène positif, comme l'une
des innombrables et bénéfiques manifestations du
progrès. Le développement des universités et du nombre des étudiants fut une nouvelle jeunesse du monde,
débouchant très vite, dans l'ensemble de la sphère
occidentale, sur de puissants mouvements de contestation : contre la guerre du Vietnam, le conformisme
sexuel et l'autoritarisme du passé. Mais ces étudiants,
transformés par le temps en adultes d'âge mûr, ont

finalement constitué, par agrégation de couches successives, une véritable strate socioculturelle, porteuse de compétences intellectuelles, d'habitudes morales et de valeurs politiques spécifiques, dont on verra qu'elles sont aujourd'hui bien loin de favoriser l'idée de progrès.

La statistique des effectifs universitaires permet d'évaluer, année par année, la progression quantitative de ce groupe supérieur, véritable classe culturelle en gestation dans les années d'après guerre. Les États-Unis, bien entendu, ont ouvert la voie. Leur avance est, vers 1950, considérable puisque la proportion d'individus âgés de 20 à 24 ans et poursuivant toujours des études supérieures y est déjà de 9 %, contre 5 % seulement en France, 4 % en Allemagne, 3,5 % en Italie, 3 % en Suède ou en Angleterre[1]. Dès 1966, la proportion atteint aux États-Unis 20 %, et nous savons déjà, par l'étude de l'évolution culturelle, que ce pourcentage représente une sorte de plafond effectif, quand on combine statistiques universitaires proprement dites et niveaux de compétence intellectuelle rigoureusement testés. L'Europe suit l'Amérique avec un retard d'une dizaine d'années. C'est vers 1975 que la plupart des pays de l'ouest du continent atteignent la barre fatidique des 20 % de scolarisés entre 20 et 24 ans, des 20 % de *supériorisés*. Seule l'Angleterre ne parvient pas à rattraper son retard dans la période puisque le taux n'y est encore en 1975 que de 9 %, même si l'Écosse fait un peu moins mal avec 14 %. Le Royaume-Uni restera caractérisé, durant toute la

1. Pour les États-Unis, *Statistical Abstract*, 1967 ; pour l'Europe, P. Flora, *State, Economy and Society in Western Europe 1815-1975*, 1983, Francfort, Londres et Chicago.

période ultérieure, par l'étroitesse de sa nouvelle
classe culturelle, bloquée dans son développement par
le système aristocratique des *public schools* de l'enseignement secondaire. Une fois de plus, les comparaisons internationales doivent être faites avec
précaution. N'oublions jamais le cas de la Suède,
avec ses 35 % d'individus de niveau intellectuel « supérieur » selon les échelles EIAA, et son taux de fré-
quentation de l'enseignement universitaire qui n'est
en 1994 que de 12,3 % pour les 18-21 ans[1].

L'idée qu'il existe « en haut » de la société une
couche cultivée, dont les capacités expliquent ou justifient les privilèges économiques, s'impose aux
États-Unis dans la première moitié des années 80.
Elle structure la vision proposée par Robert Reich
d'une société dominée par les « manipulateurs de
symboles » dans une économie mondialisée[2]. Elle
domine les tabulations statistiques officielles qui mettent en évidence la progression des revenus des 20 %
supérieurs de la population américaine. Elle est au
cœur de l'analyse critique développée par John Ken-
neth Galbraith dans *The Culture of Contentment*
(1992)[3].

La cristallisation d'un groupe culturel « supérieur », comprenant entre le sixième et le tiers de la
population, mais le plus souvent proche du cinquième, n'est que l'effet le plus visible du progrès
éducatif des années 1950-1990. Le développement
scolaire a des conséquences à tous les niveaux de la
structure sociale. En bas, le niveau « ne baisse pas »,

1. OCDE, *Regard sur l'éducation*, 1996, p. 127.
2. Édition française : *L'économie mondialisée*, Dunod, 1993.
3. J. K. Galbraith, *The Culture of Contentment*, Penguin Books, 1991.

contrairement à ce que suggèrent inlassablement bien des journaux français. Les enquêtes montrent que les aptitudes des individus ayant atteint le stade de la seule instruction primaire — sachant lire, écrire et compter — ne diminuent pas, sauf sans doute aux États-Unis. On peut cependant identifier, dans toutes les sociétés engagées dans un processus de secondarisation et de supérieurisation de l'enseignement, l'existence d'une fraction de population qui ne participe pas au mouvement ascensionnel. La taille de ce groupe socioculturel stationnaire varie selon le pays, vraisemblablement en fonction de la puissance éducative du système familial traditionnel. Les comparaisons internationales précises sont, on l'a vu, difficiles mais on peut imaginer une taille de ce groupe variant entre 5 et 25 %. Il s'agit des individus décrits comme de niveau « problématique » aux tableaux 3 et 4 de la page 65.

— Dans les pays anglo-saxons, dont la structure familiale nucléaire absolue représente un potentiel éducatif faible (en termes relatifs), la taille de la strate qui ne progresse pas est importante, comprise entre 20 et 25 %.

— Dans un pays de famille souche comme l'Allemagne, où l'encadrement éducatif est plus fort, la proportion tombe à 10 % ; en Suède, autre société souche, à 6 %. Le Japon n'est pas compris dans l'enquête comparative mais ses résultats généraux suggèrent un pourcentage de type suédois ou allemand.

— Dans le cas de la France, qui n'est pas non plus prise dans le champ de l'enquête comparative, mais dont on sait que le tissu anthropologique combine des éléments nucléaires individualistes et souches autoritaires, diverses études permettent d'estimer à 15 % la partie de la population dont le niveau ne baisse pas, mais stagne.

L'heureuse surprise des années 1500-1900 aura été de constater que l'écriture, instrument magique des prêtres à l'origine, était en fait accessible à tous. La révélation douloureuse des années 1950-1990 aura été de réaliser que l'éducation secondaire ou supérieure ne peut être étendue de façon égalitaire à l'ensemble de la population.

La partie centrale de la structure sociale, majoritaire puisque comprenant 55 à 65 % de la population, est elle-même fragmentée par le mouvement ascensionnel en une multitude de niveaux intermédiaires. L'ensemble du processus a été décrit avec efficacité et sobriété par Christian Baudelot et Roger Establet dans *Le niveau monte*[1]. Une analyse des données militaires françaises sur les aptitudes intellectuelles des conscrits leur permet de proposer une vision globale du dilemme auquel sont confrontées les sociétés avancées, disloquées par le progrès de l'éducation secondaire et supérieure comme elles avaient été homogénéisées par la généralisation de l'instruction primaire : « Une hausse d'ensemble et un accroissement de la dispersion. L'élite scolaire s'étoffe numériquement, maintient son niveau et se détache du peloton. Ce peloton central s'étoffe, s'essouffle et s'étire. Loin derrière, des éléments moins nombreux peinent à refaire leur retard. »

On ne saurait mieux évoquer la cause réelle du retour de l'idée d'inégalité parmi les hommes. Cette cause n'est pas économique, mais située, plus profondément, dans le subconscient des sociétés avancées :

---

1. C. Baudelot & R. Establet, *Le niveau monte, op. cit.*

c'est la fragmentation culturelle entraînée par le développement de l'éducation secondaire et supérieure. Ce subconscient influence toutes les représentations conscientes de la structure sociale. Les doctrines de l'inégalité s'épanouissent ; les inégalités économiques s'aggravent. Nous trouvons ici un mouvement réciproque de la montée de l'idéal d'égalité durant la phase d'homogénéisation de la société par l'alphabétisation de masse. La marche de l'instruction primaire portait celle de la démocratie ; celle de l'éducation secondaire et supérieure conduit à la remise en question de la démocratie.

Fracturation socioculturelle et diversité des nations

La fracturation sociale par le progrès culturel affecte toutes les nations développées. Aux États-Unis, en Grande-Bretagne, en Allemagne, au Japon, en Suède, en France, l'émergence d'une stratification éducative ronge, mine, dissout l'autoperception des sociétés comme homogènes et égalitaires. Partout s'impose au *subconscient social* l'hypothèse de l'inégalité culturelle. Mais dans chaque société un *inconscient social* spécifique, reflet de l'infrastructure anthropologique des types familiaux, définit a priori ce que doit être le groupe, c'est-à-dire, au xxᵉ siècle, la nation.

L'inconscient anthropologique peut être compatible avec la fracturation sociale et la montée des inégalités, ou au contraire s'y opposer. Il peut amplifier l'évolution culturelle subconsciente, se manifestant par un phénomène de résonance ; mais il peut à l'inverse s'exprimer comme résistance.

Le fonds anthropologique anglo-saxon crée une situation typique de résonance. La famille nucléaire absolue définit une intégration minimale de l'individu, une conception atomistique et différenciée de la nation. L'émergence d'une société culturellement stratifiée ne heurte pas les valeurs fondamentales du groupe, qui s'abandonne à la montée de toutes les inégalités, mieux qui l'encourage. Les exclus ou les défavorisés de l'économie ne croient eux-mêmes pas en l'égalité, ils ne se sentent pas liés aux riches par une généalogie commune, ils se considèrent comme responsables de leur échec. C'est le sens implicite du très beau titre de l'ouvrage de Katherine Newman, *Falling from Grace*, plein de réminiscences calvinistes[1]. L'individualisme familial accentue la tendance à accepter comme naturelles les nouvelles inégalités. L'échec est seulement l'affaire de celui qui le vit. La société n'est que la somme de ses échecs et de ses succès. Elle peut se fragmenter en paix. Les ghettos prospères des riches et des vieux sont aussi légitimes que ceux des Noirs ou des homosexuels. Sans cette prédisposition à la différenciation, jamais l'Amérique n'aurait accepté les conséquences inégalitaires du libre-échange. Jamais elle n'aurait pu produire, avec une telle rapidité, des justifications idéologiques à l'augmentation massive des écarts de revenu, faire dire par des « intellectuels », avec une naïveté cruelle, que les pauvres étaient, tout simplement, moins intelligents et utiles que les riches. Jamais ces pauvres

---

1. K. S. Newman, *Falling from Grace : the Experience of Downward Mobility in the American Middle Class*, New York, Free Press, 1988.

n'auraient spontanément renoncé, par l'abstention électorale, à la citoyenneté. Le système politique américain reste libéral mais perd progressivement sa dimension égalitaire. La nation homogène se dissout, mais sans que la stabilité de son système politique soit mise en péril.

Les nations souches allemande, suédoise ou japonaise résistent, jusqu'à présent avec une certaine efficacité. Ancrées dans des valeurs de cohésion et d'inégalité, elles se perçoivent comme compactes mais non homogènes, constituées de groupes sociaux différents et complémentaires. La diversité des fonctions sociales n'empêche pas une unité quasi organique de la nation. La dissociation culturelle y est objectivement moins accentuée parce que la famille souche permet un niveau éducatif moyen plus élevé. La fraction de la société relevant du niveau culturel « problématique » est en Suède, en Allemagne ou au Japon, beaucoup moins importante qu'aux États-Unis ou en Angleterre, de l'ordre de 5-10 % contre 20-25 %. La nouvelle stratification culturelle, atténuée et bridée, n'entraîne donc pas immédiatement dans les sociétés souches une montée des inégalités économiques et des justifications idéologiques correspondantes.

C'est pourquoi l'un des traits constitutifs du capitalisme intégré (souche selon ma terminologie) est pour beaucoup d'analystes anglo-saxons son relatif égalitarisme matériel. Le Japon, sans être un parangon de vertu égalitaire, se distingue des États-Unis par la modestie des revenus de ses dirigeants d'entreprise. En 1990, les *chief executive officers* des entreprises japonaises gagnaient 18 fois plus que leurs travailleurs moyens ; leurs homologues américains

119 fois plus[1]. Le niveau culturel plus élevé permet, dans un premier temps, une préservation de l'homogénéité sociale, à la fois parce que les strates culturelles internes restent objectivement plus proches les unes des autres, et parce que le niveau d'efficacité économique élevé permet de résister aux tendances inégalitaires démultipliées par l'échange économique international. Mais il est encore impossible d'affirmer que l'homogénéité du corps social allemand, japonais ou suédois pourra résister indéfiniment à un processus de fracturation qui se présente à ces sociétés comme simultanément endogène et exogène. Le progrès culturel endogène conduit à une certaine montée des inégalités internes tandis que le libre-échange encourage de façon exogène la fragmentation économique de toutes les sociétés. Il n'est pas certain que l'Allemagne et le Japon puissent indéfiniment utiliser l'échange économique asymétrique pour protéger la part faiblement qualifiée de leur population active. Au stade actuel, notre seule certitude est qu'une rupture individualiste des mondes allemand ou japonais, contradictoire avec leurs valeurs anthropologiques profondes, produirait une extraordinaire angoisse sociale, et par réaction la montée de doctrines et d'idéologies anti-individualistes. Le vieillissement des populations exclut cependant la possibilité d'une poussée de type fasciste.

---

1. L. Thurow, *Head to Head. The Coming Economic Battle among Japan, Europe and America*, Londres, Nicholas Brealey, 1993, p. 138.

L'antipopulisme en France

Le cas de la France, nation hétérogène sur le plan anthropologique, est plus complexe. Les types souches périphériques, à niveau culturel élevé, ne peuvent que résister, comme un lointain écho des résistances suédoise, allemande ou japonaise. Quant au type individualiste central, qui donne sa tonalité dominante au débat idéologique, il est violemment perturbé par l'apparition d'une contradiction entre la nouvelle stratification culturelle et sa valeur primordiale d'égalité. Nous sommes ici au cœur du malaise français : le débat sur l'égalité, de façon révélatrice, n'aboutit plus à la définition d'une attitude dominante, mais à des contradictions à répétition entre subconscient inégalitaire et inconscient égalitaire.

Le subconscient culturel, associé à une nouvelle stratification, produit, très vite, puis avec constance et régularité, des affirmations élitistes, d'intensité maximale dans les strates supérieures de la société. Mai 1968 représente de ce point de vue la date tournant. Les évènements mettent en scène, une dernière fois, la solidarité du peuple ouvrier et des élites culturelles de gauche. Les étudiants en révolte proclament haut et fort leur solidarité avec le monde des usines. Le subconscient du gauchisme est cependant déjà inégalitaire. Le rejet du Parti communiste exprime, de façon latente, un abandon du peuple par les cadres culturels de la gauche. L'agitation une fois retombée, les suites du gauchisme incluent une forte composante antipopulaire. Vingt ans avant Maastricht, plus de dix ans avant l'émergence du Front national, commence la mise en accusation du peuple français, sa redéfinition par des élites qui se pensent de gauche, comme intellectuellement et moralement déficient. On ne peut que contempler avec tristesse une couverture de *Charlie-Hebdo*, datant du 11 octobre 1971, portant en gros titre LE PEUPLE DE FRANCE, et le représentant, laid, moustache épaisse et sourcils bas, revendiquant ses valeurs « *Métro, Boulot, Guillotino*[1] ». La diabolisation du peuple a précédé d'une quinzaine d'années l'émergence du populisme. Pour être plus exact, elle a provoqué cette émergence.

Mais l'inconscient anthropologique égalitaire du système national n'en finit pas de répondre, par un comportement antiélitiste, particulièrement fort dans les couches populaires du Bassin parisien et de la façade méditerranéenne. Le débat sur le traité de Maastricht du printemps et de l'été 1992 constituait l'arrivée à maturité de cette contradiction fondamentale. On a alors vu s'affronter le oui des gens qui croient savoir au non d'un peuple attaché au principe d'égalité.

Le rapport de la France à l'idéal d'égalité est devenu complexe, peut-être même pervers. Deux niveaux de conscience se superposent et s'affrontent.

Le subconscient est inégalitaire, dérivé de la nouvelle stratification culturelle. Il s'exprime, de manière brute, par le mépris des attitudes populaires à l'occasion de problèmes politiques précis. Les partisans du non à Maastricht sont assimilés à des êtres incultes, parfois analphabètes. Le peuple ne « comprend pas »

---

1. Cette couverture est, malheureusement, de Reiser, toujours talentueux mais pris dans son époque. J'ai la conviction personnelle, invérifiable, que Reiser, s'il avait vécu pour être confronté à la phase terminale de l'antipopulisme, n'aurait pas pu y adhérer. Il était trop profondément original pour prendre au sérieux des gens très ordinaires s'autodéfinissant comme une « élite ».

la « nécessité » de l'union monétaire, ni celle de réformes menant à plus de flexibilité, à l'abaissement des salaires, à la mise en question de la Sécurité sociale ou au contournement des retraites par les fonds de pension. L'aveuglement des élites est ici flagrant puisqu'il est évident, au contraire, que les milieux populaires comprennent fort bien les tours qu'on veut leur jouer.

Une tendance générale de la presse à surestimer l'étendue des problèmes d'analphabétisme est révélatrice de la situation socioculturelle nouvelle. Un titre du journal *Le Monde*, le 3 mai 1996, introduisant un article résumant une enquête du ministère de l'Éducation nationale, est caractéristique : « *26 % des écoliers ne savent pas lire ou calculer à la fin du primaire.* » Un telle présentation suggère l'existence d'un bon quart analphabète de la population française. L'examen des résultats détaillés, dans le corps de l'article, montre que seulement 9 % des élèves ne maîtrisent pas les compétences de base en lecture, et que 23,5 % ont des difficultés en calcul. La réunion, logiquement absurde, des deux catégories, aboutit à la définition d'une classe culturellement retardée de grande taille, d'un peuple illégitime. De façon purement anecdotique, on ne peut s'empêcher de déduire de ce titre d'article, mathématiquement déficient, que son auteur doit être classé parmi les 23,5 % de Français qui ont des difficultés en calcul. Mais la persistance de la presse dans l'erreur démontre l'a priori culturel inégalitaire. Le 27 septembre 1997, l'hebdomadaire *Le Point* n'hésite pas à affirmer, en couverture, que 40 % des enfants ne savent pas lire. Le pessimisme, déjà radical, du *Monde* est largement débordé, mais au prix d'un abandon de toute vraisemblance sociologique. À ce niveau d'analphabétisme, caractéristique de certains pays du tiers-monde, nous devrions sans cesse être abordés par des passants nous demandant de les aider à déchiffrer un nom de rue, à utiliser leur carte de crédit ou à composer un numéro de téléphone.

Avec la dénonciation par les « élites » du « populisme », obsessionnelle dans la première moitié des années 90, le subconscient inégalitaire frôle l'émergence consciente. Le populisme est une catégorie absolument étrangère à la culture politique française. Il est inconcevable au pays de 1789, 1830, 1848, 1871 et 1936. Ce qui est dénoncé, c'est donc tout simplement le peuple et son droit à s'exprimer, par le vote, la grève ou la manifestation.

L'inconscient anthropologique égalitaire, qui domine la partie centrale de l'hexagone, empêche cependant que cette évolution idéologique arrive à son terme. Elle impose aux acteurs, *populaire et diplômés*, l'idée que les hommes restent égaux. La doctrine de la République est toujours l'égalité, en association avec la notion de liberté sur le fronton des écoles et des mairies. Celui qui rejette explicitement l'idéal d'égalité est en France mis en marge du système idéologique national. C'est ce que démontre la situation des leaders du Front national, issus de la vieille extrême droite inégalitaire et racialisante, héritière dégénérée du catholicisme autoritaire, antidreyfusard puis vichyste des régions de famille souche. Le système de valeurs dominant et inconscient de la société française interdit qu'on y expose, comme aux États-Unis, avec candeur ou rempli d'une feinte indignation, que le statut économique est un simple reflet de l'intelligence. L'hypersensibilité de la France à l'idée d'égalité explique pourquoi la mise en avant par la commission Minc du concept d'*équité*, dont l'objectif était d'habiller l'inégalité d'un mot dont la sonorité évoquait l'égalité, fut un véritable flop doctrinal, la voie royale vers l'échec électoral pour Édouard Balladur.

La situation est bloquée, la société est bloquée. Mais l'existence d'une discordance structurelle, opposant un subconscient social inégalitaire à un inconscient social égalitaire permet d'expliquer bien des aberrations de la vie idéologique française des années 80 et 90.

Et d'abord, du côté des classes populaires, le phénomène Front national, qui associe des dirigeants bavardant sur l'inégalité des races à des électeurs de tradition républicaine, particulièrement nombreux dans les anciennes régions rouges du Bassin parisien et de la façade méditerranéenne. L'inconscient égalitaire du système anthropologique fait que les ouvriers et les petits commerçants menacés par les évolutions économiques continuent de se sentir citoyens, au contraire de leurs homologues américains qui s'abstiennent plutôt que de persister dans un vote de révolte. Mais le subconscient inégalitaire qui découle de la stratification culturelle les touche autant que les diplômés de l'enseignement supérieur et conduit à leur désir d'inférioriser les immigrés et leurs enfants. Globalement leur représentation du monde est incohérente, instable.

Au sein des classes culturelles dirigeantes, on observe une perversion inverse. L'aspiration égalitaire, que ne peut plus satisfaire une société française culturellement hiérarchisée, se tourne vers l'immigré, dont la fondamentale humanité est d'autant plus facile à reconnaître et à défendre qu'il est pour les dominants, soit un être abstrait, relégué dans une banlieue, soit totalement dépendant, tels leur épicier tunisien ou leur femme de ménage portugaise. Dans les classes cultivées, la combinaison d'un inconscient égalitaire et d'un subconscient inégalitaire conduit à se sentir solidaire des immigrés et détaché des ouvriers d'origine française plus ancienne, phénomène particulièrement évident lors de la remise en question des lois Debré. Le Paris des bac +5 (ou plus vraisemblablement +2) s'est enflammé pour la défense des droits des immigrés, après s'être ému des problèmes des sans-papiers, mais il n'arrive toujours pas à s'intéresser au peuple des provinces, torturé par une politique européenne et économique qui n'en finit pas de faire monter le taux de chômage.

Le rejet des immigrés par les ouvriers, l'amour exclusif des cadres supérieurs de gauche pour les immigrés, sont les deux faces complémentaires d'une même tendance de la société française à la perversion du sentiment égalitaire. L'égalité est un besoin a priori, que contredit la hiérarchisation éducative. Dans le cas des ouvriers comme dans celui des cadres, une couche socioculturelle, ayant le choix entre deux solidarités, opte pour le groupe qui est objectivement le plus lointain. Une description schématique de la société française en termes de diplômes et de revenus définirait une échelle, ayant à son sommet les cadres supérieurs (A), nettement plus bas les milieux populaires français (B), et encore plus bas mais proches par les conditions de vie des précédents, les immigrés et leurs enfants (C). Les cadres supérieurs de gauche (A) défendent les immigrés (C), situés au plus loin sur l'échelle sociale, tandis que les milieux populaires français (B) revendiquent un lien prioritaire avec des couches supérieures (A) fort lointaines, rejetant les immigrés (C) si proches. Une application saine du principe d'égalité conduirait à un sentiment associant les trois catégories A, B, C dans une même collectivité, qui se trouve être, bien entendu, la nation.

La fragmentation des nations comme phénomène endogène : l'antinationisme

Nous pouvons à ce stade comprendre le sens réel des attaques dont la nation est l'objet, de la part des économistes qui célèbrent son dépassement comme des idéologues qui stigmatisent sa barbarie intrinsèque. La décomposition apparente de la nation est un phénomène endogène, résultant de la dissociation des strates culturelles. Son émergence était un effet de l'homogénéisation égalitaire, sa remise en question est une conséquence de la dissociation culturelle. On voit en quoi l'antinationisme est une machine inégalitaire. Car la nation, qui enferme les riches et les pauvres dans un réseau de solidarités, est pour les privilégiés une gêne de tous les instants. Elle est la condition d'existence d'institutions comme la Sécurité sociale, qui est, en pratique, un système de redistribution nationale, incompréhensible sans l'hypothèse d'une communauté d'individus solidaires et égaux. L'antinationisme est, pour des classes supérieures qui veulent se débarrasser de leurs obligations, fonctionnel, efficace et discret. Il tend à délégitimer l'égalitarisme interne à la société, en activant le projet parfaitement honorable d'un dépassement du nationalisme et des phénomènes d'agressivité entre peuples.

La rhétorique économiste de la mondialisation s'inscrit dans ce patient travail idéologique en définissant une séquence simple menant de la nécessité technologique à la décomposition des nations. L'analyse anthropologique et culturelle qui perçoit, sous les phénomènes économiques conscients, des déterminations subconscientes et inconscientes, impose une vision inversée du processus historique de la mondialisation : la dynamique de fragmentation des nations, endogène, s'exprime par l'ouverture économique et mène au phénomène visible et conscient qu'est la mondialisation. Dans toutes les sociétés développées, la hausse du niveau culturel a conduit à un étirement de la stratification sociale. La rupture de l'homogénéité entraîne, d'un même mouvement, la remise en question du principe d'égalité et de l'idéal national.

La puissance du mécanisme de décomposition de la société nationale est variable. Le facteur régulateur est ici le fonds anthropologique inconscient. S'il est individualiste et non égalitaire, dérivé de la famille nucléaire absolue du monde anglo-saxon, la fragmentation est maximale. Si le fonds anthropologique local est de type souche, encourageant une perception solidaire, compacte, familiale de la nation, on ne peut réellement parler de décomposition. La rupture des solidarités internes est encore faible en Allemagne, insignifiante au Japon. Ces deux acteurs majeurs du processus économique de la mondialisation sont des nations intactes et qui utilisent leur cohérence pour imposer leur conception, asymétrique, de l'échange international (voir chapitre III). La France, dont le tissu anthropologique est complexe et dont le cœur est fortement attaché au principe d'égalité se trouve confrontée à une contradiction en apparence insoluble : l'émergence d'inégalités culturelles importantes au cœur d'un système de valeurs égalitaire. D'innombrables blocages économiques et errements idéologiques peuvent être ramenés à cette contradiction fondamentale.

En France, plus qu'aux États-Unis ou en Grande-Bretagne, nous pouvons observer, associée au processus de fragmentation culturelle, l'expression dans les classes privilégiées d'un antinationisme hystérique. L'Amérique, dont la fragmentation socio-économique est beaucoup plus avancée, continue, du haut en bas de l'échelle sociale, de saluer son drapeau, même si ses économistes célèbrent les vertus du libre-échange et le caractère dépassé du cadre national, et même si ses politologues s'inquiètent, en termes très français, de la coupure entre les élites et les masses. Mais les classes supérieures françaises semblent quant à elles caractérisées, en cette fin de XXe siècle, par une véritable horreur de la nation en tant que telle, qui n'évoque plus, pour elles, que la guerre et le racisme anti-immigré. Dès 1981, Bernard-Henri Lévy, dans *L'idéologie française*, avait identifié en notre nation un monstre abject. Bricolant l'histoire, il plaçait au centre de la culture française la tradition maurrassienne et vichyste minoritaire, s'abstenant d'ailleurs de l'identifier à son vrai fonds, le catholicisme périphérique.

« Oui, je sais maintenant que la France, la France de ma culture, la France de ma mémoire, est aussi une France noire. Je sais son visage d'ordure, la ménagerie de monstres qui y habitent, et ces paysages étranges où s'ouvrent parfois, en pleine lumière, des gouffres abominables[1]. »

1. B.-H. Lévy, *L'idéologie française*, Grasset, 1981, p. 293.

Ce livre ne pouvait que rencontrer le désir secret des couches privilégiées et fit grand bruit. Mais la montée en puissance idéologique de Bernard-Henri Lévy et de son antinationisme *précède* celle de Jean-Marie Le Pen et du Front national, qui n'intervient qu'en 1984. Il est clair qu'en France, de même que les attaques contre le peuple ont précédé et déterminé le populisme, celles contre la nation ont précédé et déterminé l'émergence d'un pseudo-nationalisme régressif. D'un point de vue démographique, anthropologique, ou peut-être même de simple bon sens, le peuple et la nation sont essentiellement une seule et même chose. Disons que la remise en question par les élites françaises de la France a provoqué l'apparition du national-populisme.

Une telle configuration doctrinale n'est pas possible dans d'autres nations. Ni les Anglo-Saxons, ni les Allemands, ni les Japonais ne vivent comme les Français un a priori universaliste, ancré dans des structures familiales préindustrielles égalitaires. Les classes dirigeantes américaines, anglaises, allemandes ou japonaises n'oseraient pas, ne pourraient pas, rêver la disparition de leur nation. Au cœur du système anthropologique et idéologique français se trouve cette équation fondamentale : si les frères sont égaux, les hommes sont égaux, les peuples sont égaux et, au fond, n'existent pas dans leur spécificité nationale, tous n'appartenant qu'à l'humanité en général. L'antinationisme des élites françaises atteint des sommets de perversion lorsqu'il retourne le principe égalitaire de l'homme universel contre celui, non moins égalitaire, de la nation. Le monde anglo-saxon apparaît parfois plus honnête lorsqu'il affirme avec simplicité et brutalité que la protection sociale des humbles est moralement indéfendable parce que, selon son propre système de valeurs, les hommes ne sont pas par essence égaux.

Une contradiction pour toutes les nations :
la coexistence de l'égalité et de l'inégalité

La France n'a pas le monopole des contradictions internes. Car l'image même d'une nation postindustrielle fragmentée, décomposée, disloquée, par la progression des inégalités de formation est incomplète et trompeuse. Le développement éducatif ne ramène pas le monde au stade qui précédait l'alphabétisation de masse, en ces temps où quelques prêtres dominaient un monde d'analphabètes enfermés dans leurs patois locaux. L'homogénéisation réalisée par l'alphabétisation de masse est un acquis, que n'a nullement remis en question la progression inégale de l'éducation supérieure. Les diverses sociétés nationales du monde développé sont aujourd'hui, au niveau de l'instruction primaire, plus homogènes qu'à aucune autre époque de leur histoire. Tous les Français, par exemple, parlent français, ce qui n'était pas le cas il y a cinquante ans de certains Alsaciens, Bretons ou Occitans. 90 % le lisent et l'écrivent, et les 10 % restant le déchiffrent. Cette langue reste celle de leurs élites, qui en dépit de leur formation supérieure et de leurs vacances en Californie ou en Floride, sont en majorité incapables de maîtriser suffisamment l'anglais pour le parler et le lire avec plaisir. Les élites anglo-saxonnes sont quant à elles encore plus prisonnières de leur culture nationale, mondialement dominante. Tel est le paradoxe fondamental des sociétés développées : la superposition d'une homogénéité nationale inentamée, et d'une nouvelle stratification liée au développement de l'éducation secondaire et supérieure. Les classes privilégiées essayent de tourner la contradiction en voulant se convaincre d'une montée de l'analphabétisme dans les classes inférieures. Mais la vérité sociologique est que le monde développé doit accepter de vivre sa contradiction entre homogénéité nationale primaire et stratification culturelle supérieure. Voilà pourquoi, si l'antinationisme est bien une doctrine de notre temps, la disparition des nations est une illusion. Une illusion tragique, dont la puissance a conduit à l'incohérence économique du monde développé, à travers les expériences désastreuses que sont le libre-échange intégral et la construction monétaire de l'Europe.

CHAPITRE VI

L'utopie libre-échangiste

Le protectionnisme est officiellement considéré par les élites occidentales comme une doctrine dépassée, néfaste économiquement et politiquement. Toute protection, même partielle, des marchés nationaux empêcherait la concurrence et mènerait à la stagnation, privant la planète de spécialisations bénéfiques à tous. Obliger chaque pays à fabriquer ce qui peut être produit ailleurs, à moindre coût, serait faire baisser la productivité et le niveau de vie moyens du globe. Le rétablissement de droits de douanes conduirait au déchaînement des nationalismes et à la guerre. Selon les idéologues du libre-échange, le protectionnisme fut au cœur des problèmes du premier xxᵉ siècle. Et voici donc Méline responsable de la faiblesse de la croissance française avant 1945 tandis que les réflexes autarciques engendrés par la crise de 1929 sont identifiés comme l'une des causes principales de la Seconde Guerre mondiale. Les dirigeants politiques occidentaux célèbrent en cœur le libre-échange et ses bienfaits, utilisant pour ce faire un bagage intellectuel minimal, en général quelques pages mal digérées de

Smith et de Ricardo sur les avantages, absolus ou comparatifs, du commerce international, avec une préférence marquée pour l'exemple ricardien, totalement archaïque, d'un Portugal échangeant son vin contre du textile venu de Grande-Bretagne. Cette pseudo-culture économique est pleine de malice puisque le Portugal a très visiblement été maintenu dans le sous-développement par deux siècles de commerce avec la Grande-Bretagne, pendant que cette dernière, paralysée par son dogme libre-échangiste, s'interdisait de réagir aux nouvelles concurrences américaine ou allemande, définissant ainsi une voie originale vers le sous-développement relatif.

Mais qu'importe l'histoire et la réalité du monde ! Pourquoi s'intéresser au décollage économique de la Grande-Bretagne, réalisé aux XVIIe et XVIIIe siècles grâce à de puissantes mesures protectionnistes ? Les Actes de navigations réservent à partir de 1651 le transport des marchandises à des navires anglais ; les cotonnades indiennes sont bannies du Royaume-Uni durant la montée en puissance des textiles du Lancashire ; l'exportation des biens d'équipement britanniques est interdite de 1774 à 1842[1]. Oublions de même le décollage industriel américain, effectué au lendemain de la guerre de Sécession grâce à des bar-

---

1. P. Bairoch, *Commerce extérieur et développement économique de l'Europe au XIXe siècle*, Paris-La Haye, Mouton-École des Hautes Études en Sciences Sociales, 1976. Voir p. 41-42 pour le caractère tardif de la conversion anglaise au libre-échange. Voir également le chap. 4 du *Système national d'économie politique* de Friedrich List pour une description historique, c'est-à-dire réaliste, de la politique commerciale anglaise depuis le Moyen Âge, et sa critique d'Adam Smith, prophète antihistorique du libre-échange. Rappelons que la *Richesse des nations* date de 1776.

rières tarifaires dépassant 40 % de la valeur des objets importés[1] ! Ne parlons pas non plus du décollage allemand, à la fin du XIXe siècle, qui n'aurait pu avoir une telle puissance si Bismarck n'avait pas choisi le protectionnisme en 1879. Abolissons aussi le présent, pour plus de sûreté, ce Japon, deuxième puissance économique mondiale, qui reste protectionniste bien au-delà de son décollage initial. Détournons pudiquement nos regards de ces monnaies asiatiques sous-évaluées, qui constituent dans un régime de changes flottants l'une des formes modernes du protectionnisme. Enfin, refusons de voir l'essentiel, le résultat global, en termes de bien-être des populations, du libre-échange moderne : l'abaissement des barrières douanières dans la majeure partie du monde occidental s'est accompagné d'une chute du taux de croissance de l'économie mondiale et d'une formidable montée des inégalités internes à chaque société.

Les fanatiques du libre-échange, qui veulent croire au dynamisme de la planète, n'en finissent pas de mettre en évidence des données fragmentaires, locales ou sectorielles. Ils s'épatent eux-mêmes du décollage, en Europe ou en Asie, de l'Irlande, de Singapour ou de la Chine maritime, pour ne citer que quelques économies vedettes et atypiques du milieu des années 90. Ils nous assurent que la voie choisie par ces pays minuscules ou ces régions vastes mais minoritaires peut être suivie par l'ensemble du monde en développement, s'indignant à l'avance d'un éventuel retour

1. On trouvera la courbe décrivant le niveau des barrières tarifaires américaines de 1820 à 1990, incluant donc l'effacement des années 1945-1990, *in* R. M. Dunn & J. C. Ingram, *International Economics*, John Wiley and Sons, 1996, p. 199.

des sociétés avancées à la protection. Ils s'émer-
veillent du *boom* mondial sur les fax et les téléphones
portables, sans mentionner le fait évident que la montée des inégalités internes à chaque société assure
mécaniquement le développement de marchés partiels pour les privilégiés. Sans être particulièrement
high-tech, le *Guide des hôtels de charme*, le *Chanel
n° 5* et les grands crus viticoles tombent dans cette
catégorie. On trouvera dans *Ce monde qui nous attend*, d'Erik Izraelewicz — l'un des rédacteurs en
chef du journal *Le Monde* —, un exemple extrême,
mais sociologiquement central, de ce libre-échangisme militant, condescendant pour les peurs françaises et faussement solidaire du tiers-monde[1].

Les données *globales* sont pourtant sans appel.
L'économie mondiale va de moins en moins bien. Le
taux de croissance annuel moyen des pays de l'OCDE
tombe de 5,2 % dans la période 1961-1969, à 3,9 % en
1970-1979, à 2,6 % en 1980-1989 et 2,1 % en 1990-
1996. Tous les pays développés sont touchés, dans une
période où le développement de l'informatique et de
l'automation devrait compenser le ralentissement de la
progression démographique, et permettre le maintien de
taux de croissance élevés. Durant les années 90, seule
l'Allemagne, dopée par la réunification, a échappé un
instant à ce mouvement de baisse, ainsi que son satellite
économique néerlandais, mais pour être mieux rattra-
pée par l'histoire vers 1995.

Les pays n'appartenant pas à l'OCDE profitent-ils
de l'ouverture aux échanges et de la stagnation de
plus en plus manifeste du monde développé ? Le
tiers-monde progresse très vite sur le plan culturel

---

1. E. Izraelewicz, *Ce monde qui nous attend*, Grasset, 1997.

ainsi qu'en témoigne l'élévation rapide et universelle du taux d'alphabétisation, passé pour l'ensemble des

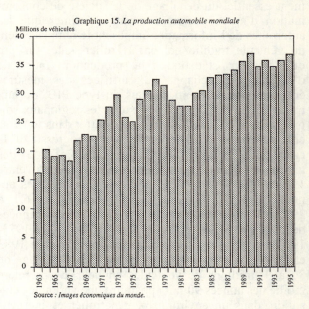

Graphique 15. *La production automobile mondiale*

Source : *Images économiques du monde.*

pays en développement de 58 à 70 % entre 1980 et 1995. La baisse des indicateurs de fécondité qui en découle est observable presque partout, y compris dans certains pays africains[1]. L'ensemble du monde alphabétisé devrait donc suivre économiquement l'Europe, l'Amérique du Nord et le Japon, et reproduire, avec un certain décalage, les étapes habituelles du développement d'une société de consommation. Globalisons puisqu'il le faut : il serait ainsi normal

1. *Annuaire statistique de l'Unesco 1995.*

d'observer un développement mondial de l'automobile, bien durable de technologie moyenne, qui fut un élément essentiel du décollage de la société de consommation d'après guerre, à moins d'estimer que les autoroutes de l'information imposent le remplacement du véhicule traditionnel par le roller-skate. En tant qu'indicateur statistique, la production mondiale d'automobiles échappe aux artifices des mesures économiques conventionnelles du type PIB, ou aux mirages que constituent des exemples régionaux soigneusement choisis. Elle fait apparaître, dans toute sa cruauté historique, le ralentissement progressif de la croissance mondiale et la stagnation finale des années 90. Vers la fin des trente glorieuses, entre 1963 et 1973, le nombre de véhicules fabriqués annuellement sur la planète avait bondi de 16,1 à 29,7 millions. Suit la pause fort explicable des années de crise pétrolière, rythmées par les chocs de 1973-1974 et 1979-1980. La croissance reprend entre 1983 et 1990, sur un rythme plus lent, avec un passage de 30 à 37 millions de véhicules annuels. La première moitié des années 90 fait apparaître une véritable stagnation, dans un environnement pétrolier et énergétique apaisé : 37 millions de véhicules en 1990, 36,7 en 1995. On ne peut qu'admirer les prédictions merveilleuses d'Erik Izraelewicz qui nous assure que « considérée globalement, l'économie mondiale est entrée en ces années 1990 dans l'une des ces phases longues de croissance forte[1] ». En réalité le nombre de véhicules privés produits chaque année pour mille habitants alphabétisés de la planète, n'en finit pas de baisser depuis vingt-cinq ans. Il était de 15,3 pour

---

1. *Op. cit.*, p. 57.

1 000 en 1970, de 14,3 en 1980, de 13,8 en 1990, de 12,1 en 1995[1]. Le parc automobile américain vieillit, et vite, puisque l'âge moyen d'un véhicule est passé de 6,6 en 1980 à 7,8 ans en 1990[2]. Le taux d'équipement des jeunes est en baisse outre-Atlantique. Les marchés européens stagnent ou s'effondrent.

Les statistiques moins simples qui tentent de décrire, au moyen d'un indice agrégé, l'évolution de la production industrielle mondiale, font apparaître le même tassement du taux de croissance entre 1985 et 1994[3]. La planète ne profite pas, *globalement*, des malheurs du monde développé. Rien ne justifie les assertions lénifiantes du néo-tiers-mondisme de droite.

Il est assez facile d'établir un rapport logique entre baisse de la croissance et ouverture aux échanges.

Tableau 15. *Le ralentissement de la croissance dans les pays de l'OCDE*
Taux de croissance du PIB réel

	1961-1969	1970-1979	1980-1989	1990-1996
États-Unis	4,3	2,8	2,5	1,9
Japon	10,2	5,1	4	2,1
Allemagne	4,4	3,1	1,8	2,6
France	5,5	3,7	2,3	1,4
Italie	5,8	3,8	2,4	1,2
Royaume-Uni	2,9	2,4	2,4	1,2
Pays-Bas	5	3,4	1,7	2,5
Suède	4,4	2,4	2	0,7
Canada	5,4	4,7	3,1	1,3
Australie	5,1	3,8	3,3	2,8
Nouvel.-Zél.	3,4	1,9	2,4	2,0

Sources : OCDE, *Coup d'œil sur les économies de l'OCDE. Indicateurs structurels*, Paris, 1996, p. 17, et *Perspectives économiques de l'OCDE*, 61, juin 1997.

1. D'après les chiffres de production mondiale donnés par *Images économiques du monde*.
2. G. T. Kurian, *Datapedia of the United States 1790-2000*, Bernan Press, Lanham MD, 1994, p. 256.
3. *Annuaire statistique des Nations unies 1994*, New York, 1996, p. 17.

Mais il faut, pour cela, cesser de percevoir exclusivement le commerce international en termes d'offre de
biens et services, comme c'est presque toujours le cas
dans les manuels d'économie bien-pensants, et poser
la question de la demande globale, c'est-à-dire mondiale, de biens et services.

La régulation de la demande globale par les nations

Le taux de croissance d'une économie dépend très
banalement de deux facteurs : sa capacité technologique à augmenter l'offre de biens et services, sa capacité
sociologique à élargir la demande de ces biens et services. La consommation doit progresser au rythme de la
production. Les taux de croissance très élevés observés
dans la plupart des pays occidentaux après la Seconde
Guerre mondiale s'expliquaient par la combinaison
d'une poussée technologique et d'un déblocage de la
consommation. Le progrès technique découlait de la
mise en application des inventions mal exploitées des
années 1930-1945, gelées jusque-là par la crise et la
guerre. Le dynamisme de la demande résultait quant à
lui de l'émergence après guerre d'un nouveau consensus social sur la répartition des fruits de la croissance.
Tous — ouvriers, employés, cadres, paysans et retraités
— devaient bénéficier d'augmentations régulières de
leurs revenus. L'effet macro-économique de ce nouveau consensus était une anticipation implicite et permanente de l'augmentation de la production. Les
sociétés fortement intégrées d'après guerre étaient
capables d'absorber, par la consommation, tous les
gains de productivité, en assurant le plein emploi. Le
pacte social réglait l'antique problème des débouchés,

un peu trop bien même, puisque vers la fin des années 60, les anticipations de hausse de revenus l'emportaient sur le potentiel d'augmentation de la production, le décalage entraînant une tendance structurelle à l'inflation.

L'élévation continuelle de la productivité impose bien entendu un redéploiement des forces productives. L'élargissement permanent de la demande avait permis, dans les années d'après guerre, un déversement facile de la population active, du secteur primaire vers les secteurs secondaire et tertiaire. Dans le contexte d'une hausse socialement acceptée des revenus, le mouvement de la force de travail, des zones de hausse vers les zones de stagnation de la productivité, s'opérait de façon naturelle. La progression des salaires dans les branches nouvelles et dynamiques permettait l'émergence de nouveaux métiers, de nouvelles activités correspondant à tous les niveaux de formation.

Le cadre fondamental du redéploiement des forces productives et de l'élargissement de la consommation était alors la nation. Dans une société fortement consciente de son unité, de la solidarité des acteurs économiques, du fait que le producteur doit être consommateur, une entreprise ne considère pas la diminution de sa masse salariale comme une priorité. Elle sait que les salaires qu'elle verse sont une fraction de la consommation globale, dont elle dépend pour ses débouchés. Il est vrai qu'une entreprise qui augmente *ses* salaires n'élargit pas véritablement *ses* débouchés à elle, mais plutôt ceux d'autres entreprises. La loi des débouchés de Jean-Baptiste Say veut démontrer l'impossibilité théorique de la surproduction, en soulignant que l'offre crée sa propre demande, chaque entreprise créant simultanément de la production, par

les biens qu'elle met sur le marché, et de la consommation, par les revenus qu'elle distribue. Elle ne peut
s'appliquer à des économies technologiquement dynamiques, dans lesquelles un élargissement de la
consommation doit accompagner, anticiper, celui de
la production. Mais dans le monde éclairé d'après
guerre, un jeu complexe et subtil associe les entreprises entre elles, et les ouvriers aux patrons, pour le
maintien d'une demande globale optimisée. Leurs anticipations ne sont pas rationnelles et individuelles mais
raisonnables et collectives. En cas de désajustement,
l'État, acteur économique national, intervient pour sou-
tenir la consommation. Durant tout l'après-guerre, la
croissance de la population a contribué à une régulation
en hausse de la demande et de la production.

Dans cet univers mental keynésien, les acteurs ont
intériorisé l'idée que la progression de la demande est
essentielle et qu'une économie poussée par le progrès
technologique est toujours menacée par une tendance à
la sous-consommation. Le monde optimal de Keynes
combine une bonne compréhension par les acteurs
économiques du problème des débouchés et un pacte
social favorable à la consommation, qui ne peut se
réaliser pleinement, en pratique, que dans un cadre
national. Le triomphe du keynésianisme fut donc un
moment sociologique autant qu'intellectuel. Au vu de
l'histoire ultérieure, et en particulier de l'oubli du problème de la demande globale par les dirigeants européens des années 1985-1995, on peut affirmer que la
victoire de Keynes dut plus à la formidable cohésion
des nations d'après guerre — facteur sociologique —
qu'à la compétence économique des élites de l'époque — facteur intellectuel. Puissamment intégrées par
l'alphabétisation de masse, les nations de 1945 vien-

nent de vivre de surcroît la plus terrible des épreuves.
La Seconde Guerre mondiale a achevé le travail de la
première en menant à son point d'aboutissement le
sentiment de l'unité nationale. Dans chaque pays, vainqueur ou vaincu, la souffrance a rapproché les groupes
et les classes dans le sentiment d'un destin commun,
heureux ou tragique. D'où l'émergence facile, une fois
la paix revenue, d'une régulation économique de style
keynésien.

Mais qu'advient-t-il d'une telle augmentation tendancielle de la demande lorsque les nations s'ouvrent,
ou plutôt s'abandonnent au libre-échange ?

Libre-échange et sous-consommation

Le libre-échange sépare géographiquement, culturellement, psychologiquement, l'offre de la demande.
Il associe les producteurs d'un pays A aux consommateurs de pays B, C, D, E, et réciproquement. Du
point de vue de la nation comme de l'entrepreneur, la
demande globale se dissocie en deux composantes, la
demande intérieure et la *demande extérieure*, ce que
résume l'équation fatidique : $Dg = Di + Dx$. Le libre-
échange crée un univers économique dans lequel l'entrepreneur n'a plus le sentiment de contribuer, par les
salaires qu'il distribue, à la formation d'une demande
globale d'échelle nationale. Les salaires, dont l'agrégation au niveau mondial n'est qu'une abstraction
inaccessible, ne constituent plus désormais pour l'entreprise qu'un coût de production, qu'elle a intérêt à
comprimer autant qu'il est possible. Une telle configuration logique crée les conditions idéales d'un
retard systémique de la demande globale sur les gains

de productivité engendrés par le progrès technique. La mise « hors nation » de l'échange ramène le capitalisme à son stade primitif, prékeynésien : celui d'un système dont les acteurs n'arrivent plus à concevoir la notion de demande globale et sont totalement dominés par le jeu des forces micro-économiques.

La lecture des manuels d'économie internationale américains, intarissables sur les effets bénéfiques du libre-échange pour la productivité, sont typiquement silencieux sur les implications pour la demande. Ils spéculent inlassablement sur des avantages de coûts pour des consommateurs dont l'existence devient problématique. Un tel oubli est en soi significatif : il n'est pas concevable qu'un problème qui a hanté et occupé la majorité des économistes entre 1930 et 1965 ait, comme par enchantement, perdu tout intérêt intellectuel et pratique. Tant de silence est assourdissant. Le monde semble revenu avant 1930. De Ricardo à la grande crise économique, la loi des débouchés avait été l'orthodoxie du monde capitaliste. Si la question de la demande n'est plus posée, nous pouvons considérer que Say a retrouvé, implicitement, sa position hégémonique.

Le libre-échange, lorsqu'il est poussé jusqu'à ses plus ultimes conséquences, supprime la possibilité d'une régulation macro-économique, explicite si elle est mise en œuvre par l'État, implicite si elle découle d'un sentiment national qui fait percevoir aux acteurs économiques, producteurs et consommateurs, ouvriers et patrons, entreprises les unes par rapport aux autres, la complémentarité de leurs intérêts, au-delà du mécanisme micro-économique de la concurrence. Il crée les conditions objectives d'un retour au capitalisme le plus archaïque, univers économique dans lequel les salaires progressent moins vite que la productivité. Ravi Batra, économiste américain non conformiste, a systématiquement mis en évidence, pour la plupart des pays développés, le décrochage des salaires, et donc de la consommation, par rapport à la productivité, qui résulte du libre-échange[1]. Mais, au bout du chemin, la croissance de la productivité elle-même doit baisser, s'ajuster misérablement au retard tendanciel de la demande.

Le dépassement de la nation ramène le capitalisme à un stade prénational plutôt qu'il ne le projette dans le postnational. En régime de libre-échange généralisé, toute tentative d'échelle nationale pour ajuster en hausse la demande, pour augmenter la consommation des ménages ou des administrations, par la hausse des salaires ou par le déficit public, ne parvient qu'à engendrer de la demande pour l'ensemble du monde et une hausse des coûts pour les entreprises du pays qui tente une telle relance. L'ouverture absolue des frontières économiques ramène la nation au statut d'agent micro-économique et la planète au stade prékeynésien.

Voilà construit le monde surréel des années 1985-1998, dans lequel les entreprises s'acharnent à réduire leurs coûts salariaux et la demande intérieure à coups de plans sociaux, pour être plus compétitives sur des marchés conçus comme extérieurs. Extérieurs à la France, aux États-Unis, à la Grande-Bretagne, à l'Allemagne, extérieurs à tous en vérité. Car ce que masque la distinction entre demande intérieure et demande extérieure, mesurée au niveau des nations, c'est que la demande extérieure de l'une s'intègre à la

1. R. Batra, *The Myth of Free Trade, The Pooring of America*, New York, Touchstone, 1993, 1996.

demande intérieure de l'autre, et que l'agrégation au niveau mondial des demandes ne laisse plus apparaître aucune demande « extérieure ». Compresser les demandes intérieures, c'est réduire la demande globale.

Nous pouvons à ce stade signer l'acte de décès de la société de consommation et l'acte de naissance de la société d'exportation, monde de producteurs asservis à un marché mondial miné par une tendance de long terme à la stagnation.

Rêve d'Asie

Pour ne pas percevoir l'absurdité autodestructrice d'une conception de la vie économique qui sépare radicalement la production de la consommation, il faut se protéger psychologiquement et construire l'image mythique d'un marché totalement extérieur : les pays en développement d'Asie jouent depuis quelque temps ce rôle. Les voyages en Extrême-Orient de Jacques Chirac expriment le rêve exportateur de la haute administration française autant que l'amour du Président pour la poésie chinoise. Ces nations sont suffisamment lointaines pour que l'on fasse l'impasse sur l'insuffisance de leurs capacités d'absorption. Il faudrait, pour que leurs demandes extérieures se substituent à la demande intérieure défaillante des économies développées, que leur taille soit multipliée par un facteur de l'ordre de 50. Le produit intérieur brut de l'OCDE était en 1994 de 20 390 milliards de dollars, la valeur des exportations correspondantes atteignant 3 676 milliards. Les PIB de l'Indonésie, de la Thaïlande, de la Malaisie et des Philippines étaient à la même date, respectivement de 168, 142, 67 et 66 milliards de dollars.

Pour que des pays comme la Malaisie et la Thaïlande tirent la demande mondiale, il faudrait aussi qu'ils soient autre chose, sur le plan industriel, que les filiales d'un Japon cherchant à échapper aux effets de la hausse du yen sur son coût du travail. Les difficultés monétaires des pays du Sud-Est asiatique, qui commencent en 1997 et suivent de près la chute du taux de croissance japonais, en disent long sur la nature de leur processus de développement. Il est tout à fait normal que les pays du Sud-Est asiatique, dont la dynamique ne provient pas, fondamentalement, de la demande interne, mais bien de la demande externe venant des pays développés, soient finalement touchés par la contraction tendancielle de cette dernière.

Reste un lieu où poser une demande extérieure imaginaire, la Chine, peuplée de 1,25 milliard d'habitants, animée sur sa frange côtière, entre Shanghai et Canton, par une croissance généralement considérée comme spectaculaire. Passons sur le caractère assez largement spéculatif des taux de croissance du PIB, dans un pays où n'existent tout simplement pas les statistiques et l'honnêteté administrative qui permettraient le calcul d'indicateurs fiables. Enregistrons sans le commenter le PIB officiel de 2 214 milliards de dollars en 1994. Concentrons-nous sur le commerce extérieur, dont la progression, si elle est effectivement rapide, n'a cependant pas fait de la Chine un géant de l'importation. Si la population chinoise constituait bien 21 % du total mondial, le marché chinois n'absorbait en 1995 que 2,2 % des exportations françaises et 4,5 % des importations américaines[1]. La taille de la population permet de fantasmer sur l'expansion indéfinie du marché, sur une demande mondiale sans cesse élargie par la seule croissance de la Chine.

Mais un tel scénario repose sur deux hypothèses irréalistes. La première est d'attribuer à cette nation toutes les qualités démocratiques qui font aujourd'hui défaut à l'Occident, et en particulier une capacité à élargir sans cesse sa demande intérieure pour le plus grand bien de ses classes populaires. Cette hypothèse est héroïque pour une société qui sort difficilement du totalitarisme et reste dominée par une caste corrompue, même si l'alphabétisation de masse prédispose effectivement à une telle démocratisation de la consommation. La seconde hypothèse, franchement invraisemblable, est celle d'un développement rapide et homogène allant au-delà de la frange côtière du sud et du centre. Les structures anthropologiques de la zone actuellement en « décollage » rappellent par certains aspects cruciaux les familles souches japonaise ou coréenne plutôt que la famille communautaire chinoise centrale. Le dynamisme de cette région renvoie aux expériences des capitalismes souches ; on ne peut envisager raisonnablement son extension à l'intérieur du pays.

La demande chinoise est un fantasme qui permet de fuir la réalité de la compression de la demande mondiale. Elle est un ailleurs, postulé plutôt qu'observé. Le développement chinois n'est pas l'effet d'une demande intérieure croissante ; il est tiré par une

---

1. *Statistical Abstract of the United States*, 1996, p. 802-803. Les chiffres concernant la Chine incluent ici le commerce de Hong Kong, par où transitent une bonne partie des importations chinoises.

demande extérieure, toujours la même, celle des États-Unis, dont le déficit commercial reste le seul facteur important de dynamisme de la consommation à l'échelle mondiale. Aux 25 milliards de dollars d'exportations américaines vers la Chine doivent être opposés 56 milliards d'importations, soit un taux de couverture américain de 46,5 % seulement. Ainsi que l'a remarqué Lester Thurow, tout le développement de l'Asie dérive, directement ou indirectement, de la demande intérieure américaine[1].

Le krach boursier d'octobre 1997 devrait affaiblir la puissance du mythe asiatique dans les années qui viennent. Comme ses prédécesseurs, il exprime un retour à la sobre réalité de la vie économique.

Un monde en contraction

L'ouverture des frontières conduit à l'épanouissement, dans toutes les sociétés obsédées par l'exportation, d'un système mental régressif : une aspiration profonde et permanente à la contraction des coûts et de la dépense, qui entre en résonance avec l'ambiance démographique malthusienne de l'époque. Moins de salaires, moins d'enfants, moins de travailleurs, moins de biens, telle est la voie. Les États, cœurs administratifs des nations, privés de toute conscience macro-économique par l'environnement libre-échangiste, finissent par se comporter comme des entreprises : et voici nos classes politiques obsédées par la réduction des déficits publics, participant joyeusement à la com-

1. L. Thurow, *The Future of Capitalism*, Londres, Nicholas Brealey, 1996, p. 207.

pression de la demande globale qui doit mener à moins de consommation, à plus de réduction des effectifs employés, à plus de chômage.

Un tel mécanisme ne s'applique évidemment pas dans sa plénitude aux nations fortement ethnocentriques qui ne jouent pas le jeu du libre-échange. Mais, au stade actuel, seul le Japon, protégé par la totale asymétrie de son commerce international, peut se permettre une relance de la consommation intérieure qui ne mette pas en question son équilibre, ou plutôt son excédent extérieur. Les États-Unis s'autorisent quant à eux de telles relances, mais au mépris de l'équilibre en question. C'est donc l'Europe qui vit le plus intensément la contradiction fondamentale du libre-échange. Dans l'état régressif actuel des mentalités européennes, on ne peut cependant souhaiter une remise en ordre immédiate de la balance commerciale américaine qui aurait pour effet une dépression d'échelle planétaire.

Le retard tendanciel de la demande globale explique la chute du taux de croissance. Telle fut l'histoire des années 1968-1998, qui virent non seulement le triomphe du GATT, à partir des négociations du Kennedy Round, mais aussi un ralentissement régulier et significatif de la progression des économies développées. La « loi des débouchés » de Say n'est jamais vérifiée par une économie qu'entraîne un fort progrès technique et qui doit absorber sans cesse des gains de productivité au moyen d'une demande élargie. On peut ajouter qu'elle est d'autant moins vérifiée que le lien entre consommation et production est plus distendu : le dépassement économique des nations, qui rompt ce lien, crée donc les conditions idéales d'inapplicabilité de la loi de Say.

L'asymétrie des nations
1° Le monde développé

Le retard tendanciel de la demande globale sur la hausse de la productivité s'exprime à l'échelle du marché mondial. S'ensuit une lutte des entreprises pour les débouchés qui fait, bien entendu, des vainqueurs et des vaincus. Certaines sont éliminées. Cette mécanique impitoyable explique l'émergence, dans le monde capitaliste globalisé, d'une mentalité de survie. Le but des firmes n'est plus ni le profit, objectif théorique du capitalisme individualiste de type anglo-saxon, ni l'augmentation des parts de marché, objectif réel du capitalisme souche de type germano-nippon, mais la simple persistance dans l'être.

Si les nations n'existaient pas, la sélection darwinienne des entreprises aurait dû produire une distribution aléatoire, à l'échelle du monde, des succès et des échecs, des survies et des décès. Mais les nations ont une substance, indépendamment de la conscience des acteurs, avec leurs structures anthropologiques, familiales, éducatives ; elles sont des populations actives, avec leurs habitudes et leurs virtualités économiques, à une échelle humaine qui dépasse l'entreprise. Certaines apparaissent, à un moment donné, plus efficaces que d'autres sur le plan industriel, surtout lorsqu'elles sont capables d'ajouter à leur bonne spécialisation une autoprotection implicite du marché intérieur. C'est pourquoi la lutte pour les débouchés, qui s'exaspère dans le monde des années 80, aboutit à la victoire de certaines nations plutôt que de certaines entreprises. Les économies anglo-saxonnes sont les grandes vaincues de cette période, au terme de laquelle les économies japonaise et allemande (et plus généralement le capitalisme intégré des sociétés souches) émergent dominantes, sur le plan des exportations comme sur celui de la puissance monétaire. C'est, on l'a vu, vers 1990, que commencent d'être publiées des analyses traitant de la diversité des capitalismes, et en particulier l'ouvrage de Michael Porter, *The Competitive Advantage of Nations*, qui, après une courbette formelle à la tradition ricardienne, s'engage résolument dans une approche qu'aurait approuvée Friedrich List, puisqu'elle admet l'existence d'entités économiques d'échelle supérieure à l'entreprise[1].

Dans un système mondial ralenti par la sous-consommation, le triomphe des sociétés souches ne peut être que temporaire. Les années 90 voient l'entrée en difficulté des économies victorieuses de la décennie précédente. La baisse des taux de croissance touche de plein fouet le Japon, l'Allemagne et leurs périphéries, asiatique ou européenne. La tendance au retard de la consommation sur la hausse potentielle de la productivité agit sur longue période, elle définit une séquence historique plutôt qu'un moment. L'affaissement de la croissance s'installe par étapes et finit par toucher toutes les nations. Une mécanique complexe d'ajustement se met en place, qui varie selon le lieu. La compression de la masse salariale peut s'exprimer soit par une baisse des salaires, comme aux États-

---

1. L'entité mise en évidence par Porter est souvent la région, avec son tissu de firmes industrielles spécialisées, sa population active circulant d'une entreprise à l'autre, et son système d'enseignement. Un telle approche retrouve l'anthropologie, qui insiste sur l'existence de groupes humains concrets, inscrits dans un espace d'interconnaissance. On ne peut déduire de cette inflexion régionale un désaccord avec List, puisque les régions décrites par Porter sont internes aux nations.

Unis, soit par une hausse du taux de chômage, comme en Europe. Tout le charme intellectuel de la mondialisation est dans la combinaison d'un mécanisme universel, s'imposant à toutes les nations, et de réactions inévitablement spécifiques et décalées à cette menace globale. Ce système, qui nie les nations, aboutit en pratique à la mise en évidence de leur existence. On peut même dire que le choix de la concurrence internationale produit, parce que des communautés humaines peuvent exister hors de la conscience des acteurs, une guerre économique entre ces nations.

Pour l'économie américaine, les années 90 représentent une étape nouvelle, durant laquelle la question de la demande globale change de nature. La dérégulation des années 80, réponse fortement colorée de nationalisme aux difficultés découlant de la concurrence extérieure, n'a pas réussi à faire renaître un véritable dynamisme. La progression de la productivité n'a guère varié par rapport aux années 70, la légère remontée du début des années 90 étant fort douteuse dans le contexte d'une plongée déficitaire de la balance commerciale. Mais la dérégulation a mis en place les « institutions » nécessaires au déblocage d'un certain type de demande. L'utilisation massive du crédit, intérieur ou extérieur, a permis le développement d'une économie partiellement psychédélique qui se moque des grands équilibres internationaux. L'endettement des agents individuels et de la nation permet d'acheter de la consommation présente contre une production future hypothétique. Ce que les économistes universitaires qui ne veulent pas transgresser la norme idéologique ultralibérale appellent pudiquement « commerce intertemporel ».

L'asymétrie des nations
2° Les rapports Nord-Sud

Je me suis contenté, à ce stade, d'évoquer une tendance au retard de la consommation, par rapport à la
productivité, découlant de l'interaction marchande de
sociétés peu différentes par le niveau de développement,
engagées dans des spécialisations industrielles à la
fois fines et secondaires. L'action dépressive de
l'ouverture commerciale sur la demande globale peut
être beaucoup plus franche et rapide si un écart de
développement significatif définit les spécialisations
réciproques des nations engagées dans l'échange.
Alors, la répartition des tâches, et la coupure entre
production et consommation qui en résulte, peut produire des effets sectoriels brutaux et massifs, touchant
par exemple l'ensemble de l'agriculture ou de l'industrie. La « hausse de la productivité » moyenne assurée
à l'échelle mondiale par la spécialisation peut ainsi
conduire à une contraction spectaculaire des demandes intérieures nationales. L'histoire économique de
l'Europe de la seconde moitié du XIXᵉ siècle nous
fournit un assez bel exemple d'un tel mécanisme,
magistralement analysé par Paul Bairoch dans un
ouvrage classique, *Commerce extérieur et développement économique de l'Europe au XIXᵉ siècle*[1]. Ce n'est
en effet pas la première fois dans l'histoire des
nations occidentales qu'une croissance prometteuse
est freinée par une expérience libre-échangiste. On
doit cependant admettre, au vu de la faible durée de la

1. Mouton-École des Hautes Études en Sciences Sociales, Paris-La
Haye, 1976.

punition alors infligée aux sociétés, que les dirigeants continentaux et libéraux des années 1860-1914 étaient des gens modérés au regard des normes actuelles de l'acharnement ultralibéral.

Au terme de deux siècles de décollage, réussi sous conditions protectionnistes, le libre-échange s'épanouit dans la Grande-Bretagne économiquement dominante des années 1846-1860. Ses succès et son poids idéologique, qui préfigurent ceux des États-Unis dans le monde des années 1990-2000, assurent une poussée libre-échangiste temporaire en Europe. Le traité franco-britannique de 1860 marque le début de cette période ouverte des économies, qui s'achève avec la mise en place par Bismarck du tarif allemand de 1879, suivie d'une vague de mesures protectionnistes sur tout le continent. L'épisode Méline, en France, n'est que la dernière manifestation de cette fermeture relative, ce que ne précise pas, c'est le moins qu'on puisse dire, le légendaire national. Déjà les classes dirigeantes françaises s'étaient obstinées dans l'erreur économique plus longtemps que les autres. Qu'observe-t-on durant la phase d'abaissement des protections douanières ? Un ralentissement de la croissance européenne, suivi d'une accélération au lendemain du rétablissement des barrières tarifaires. Les conclusions de Bairoch méritent qu'on les cite :

« Pour l'ensemble de l'Europe, la croissance économique s'est sérieusement ralentie dans les années 1867-1869 à 1889-1891 où le taux d'expansion du volume du produit national brut par habitant n'a progressé que de quelque 0,2 % par an, contre quelque 1,1 % durant le quart de siècle précédent et 1,5 % durant le quart de siècle suivant. Or cette "dépression" s'inscrit à l'intérieur de la phase libérale, ce qui rend la question de ses causes encore plus importante. Ce ralentissement de la croissance économique a été essentiellement la résultante d'une très forte réduction du taux de progression du secteur agricole [...]. La stagnation de la production agricole a été causée surtout par un très fort afflux de céréales en provenance des pays de peuplement européen. Afflux favorisé notamment par la levée quasi totale des obstacles à l'importation de produits alimentaires et par la baisse des coûts de transport. Et comme cette stagnation a été accompagnée d'une baisse relative des prix agricoles, il s'en est suivi une stagnation, voire une régression du pouvoir d'achat des classes rurales qui, en Europe continentale, représentaient encore plus de 60 % de la population totale. La conjonction de ces facteurs a entraîné un affaiblissement très important de la demande intérieure et, par là, de la production industrielle[1]. »

Tableau 16. *Droits de douane sur les biens manufacturés à la fin du XIXᵉ siècle*[2]

	1875	1902	1913
Australie	ND	6 %	16 %
Canada	ND	17 %	26 %
Danemark	15 à 20 %	18 %	14 %
France	12 à 15 %	34 %	20 %
Allemagne	4 à 6 %	25 %	13 %
Italie	8 à 10 %	27 %	18 %
Suède	3 à 5 %	23 %	20 %
États-Unis	40 à 50 %	73 %	44 %

Mais la plus étonnante, et paradoxale, des découvertes de Bairoch est que la croissance du commerce international faiblit durant la phase libre-échangiste.

1. P. Bairoch, *op. cit.*, p. 309-310.
2. R. Batra, *The Myth of Free Trade*, Touchstone, New York, 1993, p. 178.

La progression moyenne des exportations, de l'ordre de 5 % par an durant les années 1846-1847 à 1865-1868, tombe à moins de 2 % pendant la période suivante, ouverte, allant jusqu'à 1896-1897, pour remonter à 5 % dans la phase finale du long XIXe siècle menant jusqu'à la Première Guerre mondiale[1]. Une telle observation est fondamentale : elle permet une vision réaliste et dynamique de l'histoire économique, une représentation du mouvement qui ne prend pas l'effet pour la cause. Ce n'est pas le principe du libre-échange qui mène au développement du commerce international, mais, à l'inverse, le dynamisme interne des économies nationales qui conduit à la croissance des exportations et des importations. Reprenons la séquence. La cohésion des économies nationales, à l'abri de barrières protectionnistes, permet que s'établisse une complémentarité de la production et de la consommation, certes moins bien réalisée au XIXe siècle prékeynésien que dans les années 1945-1965, mais néanmoins substantielle. La croissance interne conduit à l'émergence d'activités nouvelles dans telle ou telle nation, qui trouvent évidemment des débouchés supplémentaires dans l'échange international. Le développement du commerce n'apparaît que comme un complément de la croissance endogène des économies nationales. Un tel modèle permet de comprendre pourquoi le commerce international progresse parfois plus fortement dans le contexte de tarifs douaniers importants : il est, comme le reste de l'activité économique, soutenu, protégé au deuxième degré, par la protection des demandes intérieures assurée par les barrières tarifaires. Alors peut naître l'illusion que

1. P. Bairoch, *op. cit.*, p. 64.

c'est le commerce extérieur, dont la progression relative est plus rapide, qui tire l'économie, impression renforcée par l'intense circulation de l'information qui caractérise les périodes de décollage scientifique et technique. C'est pourquoi la séquence va souvent plus loin, malheureusement. Les économies nationales dynamisées par la protection prennent l'effet pour la cause, l'augmentation des échanges extérieurs pour leur moteur principal ; elles abaissent leurs barrières tarifaires, provoquant un freinage de la demande globale et une chute du taux de croissance. Cette phase finale était abordée à la veille de la Première Guerre mondiale puisque les droits de douane étaient alors à nouveau en baisse. Le déclenchement des hostilités interdit évidemment que l'on puisse observer les effets dépressifs de cet abaissement des droits de douane.

Ce paradoxe merveilleux d'un commerce international freiné par le libre-échange pourra bientôt être à nouveau observé. Dans notre monde qui célèbre sans relâche l'ouverture des frontières, et qui considère les partisans du protectionnisme comme des analphabètes dépassés, la croissance effective des échanges est en cours de ralentissement. Le taux d'ouverture des économies nationales a fortement augmenté dans les années 1960-1973 puis 1974-1984 — conséquence nécessaire du dynamisme interne d'économies nationales poursuivant sur leur lancée des trente glorieuses. Mais il n'est pas aussi facile de déceler, depuis 1985, une tendance accentuée à l'ouverture. Entre 1960 et 1984, le rapport des importations de biens et de services au total du PIB était passé, pour l'ensemble des pays de l'OCDE, de 11,9 % à 19,1 %[1]. En 1994, cette

1. OCDE, *Statistiques rétrospectives : 1960-1994*, Paris, 1996, p. 75-76.

proportion avait baissé, n'atteignant plus que 18,4 %.
Pour les exportations, le taux, après une hausse de
12,3 % à 19 % entre 1960 et 1984 était retombé à
18,4 % en 1994. La légère baisse touche les petits
pays comme les grands. Dans le cas du Japon, le taux
d'ouverture baisse de façon significative, de 15 % à
9,5 % pour les exportations, de 12,3 % à 7,3 % pour
les importations. La fermeture relative de l'Allemagne est surtout l'effet de la réunification mais elle
conduit néanmoins à un taux d'ouverture qui passe,
pour les exportations, de 28,8 % en 1984 à 22,7 % en
1994 et, pour les importations, de 26,6 % à 22,1 %.
La France suit le mouvement, son taux d'ouverture
baisse, à l'exportation de 24,1 % à 22,8 %, à l'importation de 23,5 % à 20,6 %. Seuls les États-Unis font
apparaître une hausse notable du taux d'ouverture,
passant pour les exportations de 7,9 % à 10,6 % du
PIB, et pour les importations de 10,8 % à 12,3 %[1]. La
stagnation du taux d'ouverture exprime essentiellement la résistance à l'échange international des services, de plus en plus importants dans les économies
avancées. Mais les données concernant les échanges
de marchandises, en proportion des productions ma-
nufacturières nationales, ne font pas apparaître une
tendance universelle à l'ouverture[2]. Encore une fois,
seuls les pays anglo-saxons, dont les secteurs industriels ont été partiellement détruits par le libre-
échange, manifestent une propension constante à
l'élargissement des importations et des exportations
de marchandises. En France et en Allemagne, la

1. *Ibid.*
2. OCDE, *Coup d'œil sur les économies de l'OCDE. Indicateurs structurels*, Paris, 1996, p. 68.

croissance se poursuit mais n'est plus aussi rapide
entre 1985 et 1992 qu'entre 1975 et 1985. Le Japon
fait apparaître quant à lui une baisse du taux de péné-
tration des importations et d'intensité des exportations
en fin de période. Tout comme l'Italie entre 1985 et
1992. Nous sentons ici l'amorce d'un processus de
tassement, seulement ralenti par l'existence d'un capitalisme anglo-saxon déficitaire en production de biens
industriels et importateur à crédit d'une partie de sa
consommation.

La réalisation par l'ouverture commerciale
du nouvel idéal inégalitaire

Chacune des sociétés développées souffre dans sa
masse de l'asphyxie progressive de la demande par le
libre-échange, de la suppression de toute régulation
macro-économique budgétaire par abandon du cadre
national. Une telle mécanique historique conduit à la
naissance d'un monde triste, écrasé par l'attente d'un
futur régressif, dans lequel chacun cherche à sauve-
garder sa place, espérant qu'avant lui son voisin, une
autre profession, une autre tranche d'âge, payera le
prix de la contraction. Avec au cœur le lâche espoir
de toucher sa retraite et de décéder avant le Jugement
dernier. En termes psychologiques et moraux, nous
sommes tous touchés, diminués par le rétrécissement
de l'avenir. Sur le plan purement économique, l'ouverture commerciale affecte de façon différentielle les
secteurs, les professions et les classes. Le commerce
Nord-Sud, en particulier, a puissamment contribué à

l'introduction dans le monde développé d'une souffrance économique différentielle.

En vertu d'une loi très simple — mise en évidence dès les années 30 par deux économistes suédois, Eli Heckscher et Bertil Ohlin — qui associe les proportions relatives des facteurs travail et capital à la spécialisation d'une nation dans le commerce international. Certains pays ont du capital en abondance par rapport au travail, et le travail y est en conséquence cher ; d'autres, à l'inverse, ont du travail en abondance par rapport au capital et c'est le capital qui est cher. Le coût relatif de ses facteurs de production conduit chaque pays à se spécialiser dans le domaine où ses coûts relatifs sont les moins élevés. Il est parfois rassurant de voir les économistes aboutir à quelques conclusions de bon sens : nous pouvons empiriquement constater que les biens exportés par la Chine et l'Inde contiennent effectivement beaucoup de travail et peu de capital ; que, symétriquement, les biens exportés par l'Allemagne ou le Japon résultent d'un dosage productif inverse. Le théorème de Heckscher et Ohlin est souvent considéré par les économistes eux-mêmes comme trivial, « *self-evident* ». Il se contente de retrouver le sens commun des travailleurs des pays développés qui constatent la submersion des industries de main-d'œuvre par les importations en provenance du tiers-monde. Conséquence importante et non moins évidente : la loi d'égalisation du coût des facteurs. Dans un tel échange, salaires et rémunérations du capital convergent vers une moyenne mondiale, résultat auquel on peut arriver par une intuition très simple : il ne s'agit après tout que de réaliser, par la fusion commerciale des nations, un seul marché mondial du capital et du travail, ou plusieurs marchés mondiaux superposés du travail si l'on ajoute l'hypothèse, réaliste, de l'existence de niveaux de qualification très divers. Circulations des marchandises, du capital et des hommes concourent à une même unification du marché mondial. Bref, dans les pays développés, les salaires des individus faiblement qualifiés, mis en concurrence avec la main-d'œuvre illimitée du tiers-monde, vont baisser, ceux des travailleurs fortement qualifiés, rares relativement à l'échelle mondiale, vont augmenter ainsi que la rémunération relative du capital, autre rareté sur une planète en forte croissance démographique. Le libre-échange permet la montée d'inégalités importantes dans les pays développés, mieux, l'introduction en leur sein des inégalités mondiales. C'est ce que n'expliquent pas des manuels d'économie internationale ultraconformistes comme celui de Krugman et Obstfeld, mais qu'avouent en termes simples des manuels honnêtes comme celui de Dunn et Ingram :

« La redistribution des revenus induite par le commerce international rend très problématique la conclusion antérieure que le libre-échange doit accroître le bien-être économique dans les deux pays. Quoique le revenu total (PNB réel) augmente clairement dans chaque pays grâce au commerce, certains groupes sociaux gagnent beaucoup tandis que d'autres perdent. Le facteur de production relativement abondant gagne, mais le facteur rare perd[1]. »

Et plus loin :

« Ce problème est particulièrement difficile pour les États-Unis, où le facteur rare, en termes relatifs, est le travail non qualifié. Dans ce pays-ci, les bénéficiaires

---

1. R. M. Dunn Jr & J. C. Ingram, *International Economics* (4ᵉ édition), New York, John Wiley and Sons, 1996, p. 73.

du libre-échange sont les propriétaires de terres agricoles, les possesseurs de capital humain (les individus à haut niveau d'éducation) et ceux dont le capital financier est investi dans les industries d'exportation. Les perdants sont un petit nombre de propriétaires de terres tropicales à Hawaii ou en Floride, et un grand nombre de travailleurs non qualifiés ou semi-qualifiés[1]. »

Ce modèle très simple s'applique en fait moins bien aux États-Unis qu'à d'autres pays développés. Il doit être nuancé par l'hypothèse d'une évolution autonome des qualifications de la main-d'œuvre dans chaque pays, qui transforme le facteur travail en un terme instable de l'équation. Lorsque entre 1960 et 1990, le Japon et certains pays européens dépassent, par le niveau culturel et la qualification, les États-Unis, ils modifient évidemment les conditions d'application du théorème de Heckscher-Ohlin. Dans le cas de l'Amérique, on peut observer, empiriquement, durant toute la période 1965-1995, le lien statistique entre libre-échange et montée des inégalités. Mais il faut admettre, avec Lester Thurow, que la première pesée sur les salaires des travailleurs faiblement qualifiés du monde industriel américain, dans les années 70, fut exercée, non par le tiers-monde, mais par le Japon et l'Allemagne, alors à des niveaux de salaire très faibles pour des qualifications supérieures[2] . « La chute des salaires réels a commencé plus tôt aux États-Unis qu'ailleurs dans le premier monde, précisément parce que, dans les années 70 et au début des années 80, l'égalisation du coût des facteurs se produisait à l'intérieur de l'OCDE. »

1. *Ibid.*, p. 74.
2. L. Thurow, *op. cit.*, p. 170-180, p. 172 pour la citation.

Les analyses de Thurow sur l'existence de concurrences externes *successives* pesant sur les salaires américains sont capitales. Elles présupposent une vision réaliste et dynamique des sociétés, et en particulier une perception non statique du tiers-monde. Après l'Angleterre, mais avant d'autres nations, l'Amérique vient de faire l'expérience du dépassement par des sociétés, européennes ou japonaise, qu'elle percevait comme moins avancées. Elle sait donc qu'un pays n'appartient pas pour l'éternité à tel ou tel monde. La sphère occidentale découvre aujourd'hui le décollage d'une bonne partie de l'Asie orientale. Rien ne nous autorise à penser que des pays comme la Corée, Taiwan, la Chine ou la Thaïlande se contenteront, tant qu'ils ne seront pas asphyxiés par le retard de la demande mondiale, d'exporter des biens industriels simples, à fort contenu en travail et à faible valeur ajoutée. La montée en gamme de la Corée, à la suite du Japon, est déjà évidente. Si l'on veut prévoir les trajectoires des pays en question, il faut rester conscient de la dimension anthropologique et culturelle du progrès, qui porte, pour ainsi dire, le développement économique. La production de biens industriels par ces pays ne résulte pas, en dernière instance, d'une politique économique savamment tournée vers l'exportation et d'investissements publics judicieux dans les infrastructures routières ou portuaires. Le décollage économique est en un sens plus général et primordial l'effet pur et simple du décollage culturel : les taux d'alphabétisation asiatiques, rapidement ascendants, ont atteint, dans les années 80, le seuil qui permet le décollage. La vitesse de progression économique est particulièrement impressionnante là où une forte discipline familiale dope l'intensité du travail et favorise une organisation industrielle autoritaire. Pour qui croit en l'existence d'une détermination anthropologique et culturelle du progrès, l'irruption de l'Asie orientale sur la scène économique n'est en rien un mystère, et j'avais d'ailleurs évoqué son inéluctabilité dans *L'enfance du monde* en 1984[1]. Ce décollage, sur fond d'alphabétisation de masse, intervient dans la période d'homogénéisation culturelle des sociétés et s'accompagne donc d'une importante poussée démocratique et nationale, qui explique l'enthousiasme des États de la zone à protéger, par des politiques tarifaires et monétaires adaptées, la croissance de l'économie et l'enrichissement de tous. Le dynamisme des sociétés asiatiques ne pourra résister à l'affaissement de la demande des sociétés les plus avancées. Mais dans la phase intermédiaire d'écrasement des secteurs industriels des nations développées, les succès des pays émergents représentent aussi une victoire du sentiment démocratique[2].

Les travailleurs asiatiques dont les bas salaires entrent en concurrence avec ceux des ouvriers occidentaux ne sont pas des analphabètes. Ils sont économiquement exploitables parce qu'alphabétisés, capables d'opérer sur le plan industriel, de fonctionner dans une société qui se complexifie. Il serait absurde d'imaginer que l'ascension culturelle de ces pays puisse s'arrêter au stade de l'instruction primaire et qu'ils se contentent d'exporter des biens simples. La montée en gamme s'appuie sur la continuation du développement culturel, qui atteint déjà l'éducation secondaire et supérieure dans certains de ces pays. Le nombre de diplômes d'ingénieurs délivrés annuellement en Corée

---

1. E. Todd, *L'Enfance du monde, op. cit.*
2. Le sentiment démocratique dont il est ici question n'est pas par nature libéral.

du Sud est passé, entre 1975 et 1992, de 7 155 à
28 071, en Inde de 14 073 à 29 000. En Chine, les formations de niveau licence concernent 112 814 personnes[1]. Il serait imprudent, de la part des classes
moyennes américaines et européennes, de considérer
que la concurrence extérieure ne touche que les salariés faiblement qualifiés. Elle les touche de façon
prioritaire, mais la mécanique générale du développement des sociétés asiatiques, et de quelques autres, implique que la pesée concurrentielle et l'égalisation
mondiale des salaires remontent progressivement du
bas vers le haut de la pyramide des qualifications occidentales, en un mouvement qui doit finir par peser sur
les classes moyennes des diverses sociétés avancées.

Au-delà de toutes les discussions de détail sur la
façon dont l'ouverture de l'économie américaine a
pesé sur tel secteur ou revenu, la coïncidence chronologique entre augmentation des taux d'importation,
baisse du salaire réel et montée des inégalités est aux
États-Unis d'une aveuglante clarté. C'est entre 1965
et 1970 que s'amorce la progression des échanges
extérieurs[2]. L'irrésistible ascension des importations
de marchandises commence dès 1965. À partir des
années 1971-1973 se manifestent la baisse du salaire
réel et le creusement des inégalités. La triste histoire
des États-Unis ne fait ici que préfigurer la nôtre, avec
deux nuances. En Europe, la hausse du taux de chômage l'emporte sur la baisse du salaire réel ; les chocs
du libre-échange et de la révolution informatique sont

1. National Science Foundation, NSF 93-303, Special report, *Human
Resources for Science and Technology : The Asian Region*, p. 82.
2. Bureau of the Census 1970, *Historical Statistics of the United
States, Colonial Times to 1970*, part 2, p. 887.

simultanés. Dans le cas des États-Unis, libre-échange et inégalités s'étaient épanouis dès les années 70, alors que l'informatique n'était encore qu'en enfance. Le développement de l'automation n'est décidément pas responsable du désarroi du monde.

Le libre-échange n'est pas une cause première

À ce stade du raisonnement, une erreur historique et sociologique capitale doit être évitée. On ne peut se contenter de déduire du rapport entre libre-échange et montée des inégalités que le premier est, en un sens absolu, la cause de la seconde. Le libre-échange a lui-même une cause, la décision d'ouverture des classes dirigeantes, maintenue, dans le cas des États-Unis, durant un quart de siècle. Or, on l'a vu, les conséquences inégalitaires du libre-échange sont immédiates, évidentes, faciles à anticiper. Vouloir ou accepter le libre-échange, c'est vouloir ou accepter l'inégalité. C'est la conversion idéologique inégalitaire de la société américaine, découlant de sa nouvelle stratification culturelle, qui a mené au choix et à la persistance de l'ouverture commerciale. Le libre-échangisme n'est que l'un des moyens, avec l'emballement des revenus élevés et la réduction de la progressivité de l'impôt, par lesquels la société américaine réalise son nouvel idéal inégalitaire. C'est pourquoi l'inégalitarisme ne s'exprime pas exclusivement par le libre-échange, ni même par des phénomènes simplement économiques : les années 1963-1970 constituent un tournant dans l'histoire idéologique de la société américaine. Alors s'effrite l'idéal d'assimilation égalitaire et commence la revendication multiculturaliste, qui insiste sur le caractère indépassable des différences

ethniques. *Beyond the Melting Pot*, de Nathan Glazer
et Patrick Moynihan, qui lance ce thème par une comparaison des Irlandais, des Juifs, des Italiens, des
Noirs et des Portoricains de New York, date de 1963.
L'offensive culturelle contre l'idéal d'égalité précède
l'affirmation du libre-échange absolu. L'inégalité économique n'est qu'une manifestation parmi d'autres, la
plus consciente, la mieux mesurable, de la montée du
nouveau subconscient inégalitaire.

Paul Krugman, converti à l'ultra-orthodoxie universitaire, tient désespérément à démontrer qu'il n'existe pas
de rapport entre l'inégalisation des revenus et l'ouverture commerciale. Son engagement dans cette mission
impossible a néanmoins eu quelques effets positifs, dont
la mise en évidence d'une dimension culturelle de l'inégalité économique. Krugman fait justement remarquer
que la montée des inégalités est *fractale*, et s'exprime
non seulement par des écarts grandissants entre professions, mais aussi par des écarts croissants de rémunération entre membres d'une même profession[1]. Une telle

---

1. P. Krugman, *Peddling Prosperity*, Norton, New York, 1994,
p. 148. Cette remarque lucide intervient au terme d'un paragraphe cherchant à montrer l'inexistence d'un lien entre libre-échange et montée des
inégalités : Krugman y interprète de façon fantaisiste son propre graphique résumant l'ouverture au commerce international de l'économie américaine. L'augmentation du taux d'ouverture est parfaitement synchrone
de celle des inégalités. Les essais de Krugman sont un mélange à haute
densité d'intelligence et de mauvaise foi. Son talent critique est miné par
une formidable aspiration au conformisme. Dans *The Age of Diminished
Expectations* (MIT Press, revised edition 1994, p. 43), il va, pour les besoins de sa cause, jusqu'à déplacer la date d'émergence du déficit commercial américain, affirmant que celui-ci n'apparaît qu'à partir de 1981.
Un coup d'œil aux séries longues (*Statistical Abstract of the United States 1996*, p. 796) met en évidence l'établissement du déficit entre 1976 et
1978, après quelques hoquets négatifs en 1971, 1972 et 1974. De la part
d'un spécialiste américain du commerce international, une telle erreur ne
peut être fortuite et doit être considérée comme un symptôme de la dégradation du débat intellectuel outre-Atlantique.

évolution, dont l'origine reste pour cet économiste pur un mystère, ne peut s'expliquer que par l'action d'un principe inégalitaire, de nature non économique, effectivement extérieur à la logique du théorème de Heckscher-Ohlin.

La séquence historique menant de la dissociation culturelle à la remise en question des idéologies égalitaires, puis à l'ouverture commerciale et à l'épanouissement des inégalités économiques, est aujourd'hui dominante. L'examen de l'histoire nous révèle cependant l'existence, à d'autres époques, mais dans les mêmes lieux, de sociétés différentes, plus démocratiques, dont les classes dirigeantes avaient considéré comme naturelle la résistance aux effets inégalitaires du libre-échange. L'Amérique fut, à la fin du XIXᵉ et au début du XXᵉ siècle, la plus démocratique et la plus protectionniste des nations.

Pourquoi l'Amérique reste-t-elle libre-échangiste ?

Baisse du taux de croissance, montée des inégalités, chute des revenus dans de larges secteurs de la société américaine : les résultats concrets du libre-échange ne justifient guère l'enthousiasme de ses partisans. Son adoption a ouvert une longue période de déclin économique relatif et de désagrégation sociale. En France, où le non-débat économique est contrôlé par des hauts fonctionnaires asthéniques, la domination de l'orthodoxie libre-échangiste est totale. Aux États-Unis, le dogme est attaqué par une multitude d'économistes et de journalistes non conformistes. J'ai déjà mentionné Ravi

Batra. Plus centraux, parce que souvent proches de Clinton, les *strategic traders* — Thurow, Fallows et Prestowitz — ont tenté de réhabiliter la production industrielle en tant qu'instrument primordial de prospérité et de puissance, affirmant qu'elle doit être protégée contre le jeu asymétrique d'autres nations. Quelques négociations assez dures sur le rééquilibrage des échanges commerciaux avec le Japon ont pu aboutir à quelques résultats partiels, sur les semi-conducteurs notamment. On se bat, aux États-Unis, pour savoir si List plutôt que Ricardo est le penseur adapté à notre temps. James Fallows, depuis qu'il a découvert un exemplaire du *Système national d'économie politique* dans une librairie coréenne, pense que oui. Paul Krugman, qui avait pourtant théorisé, en tant que chercheur, sur le caractère aléatoire de certaines spécialisations industrielles, pense que non, et attaque List, en quelques lignes pleines de rage et de mauvaise foi. Dans un article dirigé contre les *strategic traders*, n'osant pas affronter une œuvre qui le précède et le dépasse, il attaque l'économiste allemand mort en 1846, « boursouflé et confus », pour avoir envisagé l'annexion de la Hollande et du Danemark par l'Allemagne. Compte tenu des développements récents de l'union monétaire européenne, on ne peut tirer de ces propositions qu'une conclusion : List voyait loin, particulièrement dans le cas de la Hollande. Krugman, qui veut s'appuyer sur des sentiments germanophobes, passe sous silence le fait que List défend le droit à la protection industrielle de deux pays, l'Allemagne et les États-Unis, où il a vécu une partie de sa vie et bâti la fortune qu'il devait dépenser au service de la nation allemande[1]. En fait, si l'on aborde List sans préjugé, on ne peut qu'être saisi par sa vigueur et sa clarté. Par le ton, assuré et féroce, sa révolte de 1841 contre la placidité conformiste évoque celle d'un autre Allemand du Sud-Ouest, Marx, dans les analyses historiques qu'il a consacrées à la France entre 1848 et 1851[2].

Ce débat agité sur les avantages et les inconvénients du protectionnisme, dont on aimerait avoir l'équivalent en France, n'a cependant guère entamé, aux États-Unis, la suprématie théorique et pratique du libre-échange, malgré l'existence juridique, entre autres, du « super 301 » qui permet au Président d'appliquer un droit de douane de 100 % sur les biens en provenance d'un pays ayant des pratiques « injustifiables ou qui mettraient en difficulté le commerce américain ». Le déficit commercial face au Japon est quand même passé, entre 1991 et 1995, de 43 à 59 milliards de dollars ; face à la Chine, de 14 à 31 milliards[3]. La baisse de longue période du dollar résulte spontanément du déficit commercial plutôt que

1. J. Fallows, *Looking at the Sun, The Rise of the New East Asian Economic and Political System*, New York, Pantheon Books, 1994. La pensée de List est étudiée au chapitre 4 (p. 177-240), qui contient une bonne analyse du provincialisme intellectuel des économistes américains ou anglais, incapables de s'intéresser aux œuvres non anglo-saxonnes. Tout est intéressant dans l'enquête journalistique et listienne de Fallows sur la réalité des économies asiatiques, sauf peut-être son autoportrait en Américain faisant son jogging autour du Palais impérial de Tokyo. Pour les attaques de Paul Krugman contre les *strategic traders*, voir son recueil d'essais, *Pop Internationalism*, Cambridge, MIT Press, 1996, notamment p. 25-33. Page 31 pour la dénonciation de List.
2. Marx, né à Trèves en 1818, est nettement plus jeune. List était né à Reutlingen, dans l'actuel Bade-Wurtemberg, en 1789.
3. *Statistical Abstract of the United States*, 1996, p. 802-803. Les chiffres concernant la Chine incluent ici le commerce de Hong Kong, par où transitent une bonne partie des importations chinoises.

d'une stratégie de protection monétaire. C'est en pratique la vision de Robert Reich d'une globalisation inéluctable qui l'emporte : frontières ouvertes, entreprises postnationales en réseaux, classes supérieures éduquées et manipulatrices efficaces à l'échelle mondiale, le tout accompagné d'une petite complainte sur l'égoïsme et le séparatisme social des dominants de l'économie et de la culture. Sur les campus universitaires, les étudiants continuent d'apprendre que le libre-échange, s'il pose des problèmes à certaines catégories de travailleurs, est bon pour la société dans son ensemble, pour le consommateur, ce petit roi théorique du capitalisme anglo-saxon. Comment une telle croyance peut-elle tenir contre la réalité du monde ? L'explication doit faire intervenir trois niveaux, entremêlés : idéologique, sociologique, économique.

La préférence pour un monde ouvert, sans frontières, fait partie des virtualités idéologiques de la mentalité individualiste anglo-saxonne. Elle n'est pas la seule virtualité concevable : nous avons vu, en effet, l'Amérique, après l'Angleterre, assurer son décollage par un protectionnisme dense et conscient. L'une et l'autre sont alors libérales, concurrentielles, sur le plan intérieur. La situation de domination économique ouvre la possibilité d'un épanouissement supplémentaire du tempérament libéral, vers l'extérieur, selon un processus qui mène au déclin mais dont la réversibilité apparaît problématique. Le cycle américain, menant de l'expansion protectionniste à la contraction libre-échangiste, ne fait que reproduire avec un décalage d'un siècle le cycle anglais, du décollage protectionniste des années 1651-1846 à l'entrée en sommeil libre-échangiste des années 1846-1932. Les États-Unis persistent dans l'ouverture commerciale malgré la percée économique japonaise, tout comme la Grande-Bretagne s'était obstinée dans le libre-échange unilatéral en dépit de la percée industrielle allemande.

Dans le cas de l'Angleterre comme dans celui des États-Unis, l'instauration du protectionnisme fut associée à une phase démocratique et nationale de l'histoire du pays. C'est le Commonwealth de Cromwell, construction politique des classes moyennes protestantes, qui décrète les Actes de navigation et veut ainsi réaliser sur le plan économique une grandeur anglaise décidée par Dieu dans l'ordre métaphysique. C'est une Angleterre redevenue aristocratique, débarrassée de sa paysannerie moyenne par les *enclosures*, socialement polarisée par l'industrialisation, qui passe au libre-échange intégral. La mise en place du protectionnisme américain correspond aussi à la montée en puissance des classes moyennes protestantes, d'un sentiment simultanément démocratique et national. C'est l'écrasement par la guerre de Sécession de l'aristocratie du Sud, cotonnière et libre-échangiste, qui ouvre la possibilité de droits de douane continûment élevés.

L'examen comparé des histoires anglaise et américaine révèle donc l'existence de deux états idéologiques possibles du libéralisme économique : l'un fermé, l'autre ouvert. Lorsque les sociétés anglo-saxonnes traversent une phase égalitaire et de forte cohésion, elles sont capables d'ériger des barrières protectionnistes, qui expriment dans le domaine économique l'existence de la nation, mais qui n'empêchent pas le jeu interne de mécanismes fortement concurrentiels, nécessaires à la naissance du capitalisme industriel. On peut dans ce cas parler d'un *libéralisme protectionniste*. L'évolution de ces sociétés vers l'inégalité, économique ou culturelle, conduit à l'ouverture commerciale et à la naissance d'un *libéra-lisme libre-échangiste*. Ces deux états du libéralisme — encadré par la nation ou libéré de toute contrainte collective — sont donc fortement liés à deux états — démocratique et aristocratique — de la structure sociale. L'attachement au libre-échange résulte donc aussi d'un facteur sociologique.

La théorie du libre-échange affirme que celui-ci est bénéfique à l'ensemble de la société, mais qu'il pose des problèmes à certains groupes et secteurs. Sa prati-que révèle une réalité inverse : l'ouverture commer-ciale absolue est, sur une longue période, néfaste à l'ensemble de la société, mais elle profite à certains groupes et secteurs. Le libre-échange, s'il étouffe la croissance et tasse les salaires des travailleurs ordinai-res, avantage extraordinairement certaines catégories sociales supérieures. Comment s'étonner de leur tolé-rance pour un tel système ? Je reviendrai plus loin sur le problème du rapport de l'idéologie à la strati-fication sociale, qui se pose aussi dans le cas de la construction monétaire de l'Europe. La question de la monnaie est, comme celle du commerce, massi-vement argumentée en termes « d'intérêt général », alors que les choix réels de politique monétaire résul-tent en partie de l'affrontement d'intérêts catégoriels. La politique du franc fort, qui nuit à la société fran-çaise dans son ensemble, ne gêne pas certains groupes dont nous pouvons ainsi constater la prédominance. La mondialisation économique impose aux sciences sociales la réintroduction d'une certaine dose de so-ciologie marxiste, solidement encadrée, pour ce qui me concerne, par une dose supérieure d'anthropologie et d'analyse culturelle.

Un troisième facteur d'attachement au libéralisme est spécifiquement économique, mais n'a pas grand-chose à voir avec les justifications traditionnelles. La théorie classique nous dit que le libre-échange favorise le consommateur en général, mais pose des problèmes à certains producteurs. Elle parvient à oublier que les producteurs en difficulté sont des consommateurs incertains. Ces logiques contradictoires s'expriment aux États-Unis comme ailleurs. Mais s'ajoutent, dans le cas concret de l'Amérique, le problème du tassement culturel, du reflux des formations scientifiques, techniques et industrielles et la faiblesse résultante de l'industrie. La combinaison du libre-échange et du déclin culturel a conduit à une spécialisation régressive des États-Unis, à leur situation actuelle de pays lourdement déficitaire dans la production de biens non agricoles, et à l'établissement d'une relation de dépendance addictive aux échanges extérieurs : 5 % des biens industriels consommés ne sont pas couverts par des exportations de même nature. Si nous acceptons l'idée que seuls ces biens ont réellement une valeur, au sens international, la fraction du PIB consistant en services n'ayant qu'une valeur dérivée, nous devons admettre que l'Amérique n'arrive à produire que 95 % de ce qu'elle consomme et qu'une fermeture de l'économie par des barrières protectionnistes produirait, en instantané, une chute d'au moins 5 % du niveau de vie. Cette réalité, l'Amérique ne peut l'affronter. D'autant que la pénurie devrait être répartie. Si l'ouverture aux échanges extérieurs avantage certains groupes, la fermeture produirait un mouvement inverse de redistribution des avantages relatifs. Le retour au protectionnisme créerait pour les ouvriers et les ingénieurs, redevenus indispensables, un univers de rêve, transformant les manipulateurs de symboles de Reich en agitateurs de vent. Les privilégiés actuels du système subiraient de façon disproportionnée la baisse de la consommation américaine. Un retour au protectionnisme ne doit pas être envisagé sur un mode purement technique. Il ne peut résulter que d'une révolution sociale égalitaire. Il présuppose un sursaut démocratique.

CHAPITRE VII

L'utopie monétaire

Entre 1985 et 1992, l'antinationisme a permis l'émergence d'une utopie radicale, la fusion monétaire de communautés humaines définies par dix siècles d'histoire européenne, en quelques années et dans un contexte de libre-échange. C'est la combinaison de l'ouverture commerciale et du mysticisme monétaire qui fait l'originalité du projet de Maastricht : elle rend difficile d'admettre que le but réel est la définition d'une nouvelle nation, plus vaste, plus puissante, l'Europe. Un tel objectif aurait fait de l'établissement d'une protection douanière commune une priorité. Mais la « construction » européenne a pris, dès la fin des années 60, une orientation résolument libre-échangiste qui l'a amenée à considérer le tarif extérieur commun comme une relique héritée du passé. S'il est vrai que la monnaie unique qu'il s'agit d'atteindre, forte et stable, est calquée sur le mark, il est faux de considérer que l'esprit de Maastricht reflète une conception germanique de l'histoire économique. L'idée allemande de l'unification part de la protection douanière pour atteindre le couronnement d'une monnaie nationale. Le *Zollverein*, union douanière de l'Allemagne achevée pour l'essentiel dès 1854, a précédé la genèse du mark, qui suit, avec la fondation de l'Empire wilhelmien, la guerre franco-prussienne de 1870-1871. Dans le traité de Maastricht, on trouve certainement l'idée d'abolition des nations ; on ne discerne pas la volonté positive de créer une nation.

La foi antinationiste est essentielle : elle seule permet de considérer comme possible le fonctionnement d'un instrument d'échange commun à des pays ayant des langues différentes, des mœurs spécifiques, des structures économiques distinctes, des rythmes démographiques divergents. La densité de cette croyance la rapproche des grandes idéologies du XXᵉ siècle, qui toutes ont tenté d'abolir la diversité historique et humaine, et dont le communisme soviétique reste le plus bel exemple. Mais l'incapacité du rêve monétaire à définir une collectivité vraisemblable fait qu'il est plus raisonnable de le considérer comme une anti-idéologie[1].

Toutes les classes dirigeantes européennes ont participé à la rédaction et à la signature du traité, mais le rôle particulier de la classe politique et de la technostructure françaises doit être souligné. On ne peut raisonnablement évoquer un enthousiasme britannique. On doit noter l'ambivalence du choix allemand : le traité de Maastricht, tentative d'abolition des nations, fut conçu à l'époque où la République démocratique était absorbée par la République fédérale, alors que l'Allemagne renaissait en tant que nation. Il s'agissait pour ce pays, angoissé par son passé et par l'éventualité de réactions négatives au renforcement de sa puissance, d'atténuer le sentiment que le nationalisme menaçait à nouveau.

---

1. Voir Introduction, p. 25.

Maastricht fut en Allemagne, dans un premier temps, vécu comme une manifestation d'antinationalisme plutôt que d'antinationisme.

Le radicalisme antinationiste de la classe dirigeante française est le moteur essentiel sans lequel n'aurait pu aboutir le projet monétaire. Cette prédominance conceptuelle est normale : partout l'émergence d'une strate culturelle supérieure, comprenant en gros 20 % de la population, semble briser l'homogénéité de la nation et rendre possible une solidarité supranationale des privilégiés. Mais s'ajoute, en France, à la dissociation éducative, on l'a vu, un fonds anthropologique égalitaire, universaliste, prédisposant à ne pas percevoir les différences entre les peuples. Dans la France des années 80 et 90, cette attitude est vécue par les classes dirigeantes, mais sur un mode pervers, puisque la définition communément admise de l'homme universel inclut de moins en moins les individus appartenant aux milieux populaires français et de plus en plus les élites européennes et les immigrés[1]. L'égalitarisme se détache de l'homme concret, qui parle la même langue et partage la même culture, pour se fixer sur des êtres tout aussi humains mais qui ont la particularité d'être linguistiquement ou culturellement plus lointains, plus abstraits. Reste que sans l'universalisme des élites françaises, fût-il perverti, jamais le traité de Maastricht n'aurait pu être pensé et accepté. Jamais les élites allemandes n'auraient eu seules l'idée d'une abolition de leur nation. Jamais les autres dirigeants européens n'auraient été embarqués dans ce voyage hors du monde sensible.

---

1. Sur la perversion de l'égalitarisme induite, dans un contexte français, par la nouvelle stratification culturelle, voir chap. v, p. 177-183.

L'existence monétaire des nations

Il n'est pas nécessaire d'être historien ou anthropologue pour déceler, dans la conception même du projet monétaire européen, ce mépris de la réalité qui caractérise toutes les idéologies. Les économistes qui ont travaillé, à la suite de Robert Mundell, sur la théorie des « zones optimales », soulignent qu'un marché du travail unifié est essentiel à la définition de l'espace monétaire. Or, un empirisme minimal révèle que la plupart des Allemands parlent allemand, la plupart des Français français et qu'à l'exception des Flamands, Wallons, Autrichiens et Irlandais, chacun des peuples compris dans l'Union européenne possède sa propre langue. Les frontières linguistiques induisent, même en Suisse, une non-communication des marchés du travail. L'écrasante majorité des hommes n'aspirent pas à émigrer vers un pays dont ils ne comprennent pas la langue lorsqu'ils vivent dans une nation raisonnablement prospère. La basse pression démographique qui règne sur le continent minimise d'ailleurs la probabilité de mouvements migratoires entre nations européennes, au moment même où elle encourage les entrées d'étrangers venus de contrées plus lointaines dans tous les pays développés. Les immigrés sont donc, selon le lieu, germanisés, francisés, italianisés, anglicisés ou danifiés, sans qu'il soit jamais produit un immigré européanisé, puisqu'il n'existe pas de langue ou de culture européenne. Telle est la dure leçon de la réalité démographique et linguistique : la monnaie unique doit être un instrument de transaction entre des individus regroupés en sous-ensembles qui ne communiquent pas directement pour ce qui concerne l'offre et la demande de travail.

Au-delà de cet irréalisme perceptible par les économistes, et peut-être même par quelques hauts fonctionnaires, une conception de l'économie qui tient compte de la structuration anthropologique des groupes humains met en évidence d'autres impossibilités pratiques de gestion en régime de monnaie unique, tout aussi sérieuses. Elle permet de comprendre ce qui se passe effectivement en Europe depuis une dizaine ou une quinzaine d'années. Dans un monde développé dont le taux de croissance baisse à mesure que s'installe le libre-échange, le vieux continent représente un cas limite de dysfonctionnement, l'espace de stabilité monétaire franco-allemand définissant en son cœur un pôle de stagnation. Il apparaît de plus en plus clairement que les gouvernements européens, en recherchant à tout prix la stabilité des parités monétaires entre pays de l'Union, ont contribué à cette paralysie. Si les nations sont de natures distinctes, et que chacune d'entre elles a besoin de son style monétaire, la convergence n'a pu qu'être nocive à celles qui ont dû combattre leur nature. Les efforts frénétiques réalisés entre 1992 et 1998 pour atteindre le nirvana de la monnaie unique ont joué leur rôle. Cependant, si l'on admet la rigidité monétaire comme facteur de sclérose, on doit, pour situer le début du processus, remonter plus loin : aux premières tentatives françaises de coller au mark par la politique dite du franc fort. L'inflation a été vaincue en France vers 1986, et l'histoire ultérieure de ce pays sinistré n'est plus qu'une imitation de la gestion allemande de la monnaie. On peut donc placer vers cette date le début de la grande sclérose monétaire. Mais quels ont été les effets pratiques, pour la France et les nations qui l'ont suivie, de cette politique mimétique ?

Taux d'inflation et structure sociale

Les taux d'inflation français sont, depuis 1986, compris entre 3,5 et 1,7 %, avec une tendance constante à la baisse. Ils sont dans cette période comparables à ceux de l'Allemagne et inférieurs à ceux des États-Unis, inversion historique majeure de la tradition établie durant les trente glorieuses. Rappelons que dans un contexte de progrès technologique, ajustant en hausse permanente la qualité des produits, 1 à 2 % d'augmentation annuelle des prix affichés équivalent à un régime effectif d'inflation zéro[1]. Une analyse des techniques de redistribution financière dans leur rapport aux structures sociales et anthropologiques révèle qu'un même type de monnaie, stable, a produit sur les sociétés française et allemande des effets très différents.

La société allemande est, on l'a vu au chapitre III, structurée en corps intermédiaires : pour le problème qui nous occupe ici, Land, syndicat ouvrier ou association patronale[2]. On peut se représenter la République fédérale comme une juxtaposition ou une superposition de pyramides verticales. Aux divers sommets de ces formes collectives, les dirigeants ont la possibilité effective de négocier et de faire appliquer par leurs bases des accords concernant les salaires, la durée du travail, la formation professionnelle, les

---

1. R. Bootle, *The Death of Inflation*, Londres, Nicholas Brealey, 1996, **p.** 5-6.
2. Voir, sur ce point, chap. III : Les deux capitalismes.

retraites ou le remboursement des soins médicaux. La société allemande est organisée de telle façon que ses leaders peuvent y négocier des transferts importants de ressources financières en l'absence d'inflation. Les disciplines collectives permettent d'affronter avec franchise la réalité des comptes sectoriels, régionaux et nationaux, de remettre en question des avantages acquis. En régime d'inflation zéro, l'ordre social permet de traiter la comptabilité économique nationale de façon mécanique, à la manière d'une comptabilité privée. L'Allemagne peut, jusqu'à un certain point, se réformer financièrement dans une période où les ajustements sont nécessaires.

La France peut imiter monétairement sa voisine, mais non sociologiquement. En tant que société industrielle, elle n'est pas organisée en corps intermédiaires mais, au contraire, atomisée par son individualisme égalitaire. Ainsi que le montre son histoire politique spectaculaire, elle est capable d'action collective, mais sur le mode d'une revendication qui associe, à un moment donné, un segment professionnel ou l'ensemble de la société contre ses dirigeants. Les pyramides verticales qui permettent, au-delà du Rhin, de négocier des adaptations par des transferts massifs et conscients de ressources collectives, n'existent pas en France. L'hexagone est riche en organigrammes fictifs, en associations sans pouvoir effectif de régulation. Faibles et divisés, les syndicats ouvriers ont pour habitude historique de suivre les mouvements nés de la base, en novembre 1995 comme en Mai 68 ou juin 1936. Quant au Centre National du Patronat Français (CNPF), c'est une bien curieuse machine aristocratique, qui ne peut être respectée par ses troupes. Contrôlé par les très grandes entreprises, les banques et l'État, il méprise le monde des PME et ses besoins spécifiques.

Dans une telle société, qu'obtient-on lorsque l'on atteint une inflation zéro ? Une grande tranquillité d'esprit des épargnants, des rentiers, des professions à salaire ou traitement fixe. Mais on crée surtout les conditions d'une paralysie sociale et économique de la nation : car la méthode française traditionnelle d'apurement des comptes économiques et sociaux, de gestion des salaires relatifs et des retraites, bref de remise en question des acquis, était justement l'inflation, technique indolore et efficace. L'érosion monétaire supprime dans son principe même la possibilité d'un avantage acquis pour l'éternité.

Certains évoqueront l'immortalité d'une telle attitude : la possession de signes monétaires représente une créance de l'individu sur la société ; une perte de valeur de la monnaie équivaut à une répudiation unilatérale par le débiteur collectif. Mais doit-on pour autant considérer l'immortalisation d'une valeur monétaire comme morale, ou mentalement saine ? Le rêve de transformer un instrument de transaction en chose, en substitut d'un or miraculeusement pourvu d'une valeur immuable apparaît aux théologiens comme une perversion morale, à ranger avec le veau d'or au rayon des abominations humaines. Il est clair qu'une monnaie rendue fondante par un taux d'inflation élevé est immorale ; il est non moins certain qu'une monnaie absolutisée l'est aussi. Les états respectifs de la science économique et de la théologie ne permettent pas de dire si un taux d'inflation de 3,5 % est moral ou immoral. Mais on peut affirmer qu'au-dessous de 3,5 % d'inflation, la France est ingouvernable. La paralysie de ses gouvernements, de gauche et de droite, depuis qu'elle a atteint son objectif de stabilité monétaire, en témoigne : la réforme, comme on dit, est désormais impossible.

Rythmes démographiques, taux de croissance et parités fixes

À des degrés divers, les pays européens, les États-Unis et le Japon subissent tous un ralentissement démographique. L'effet est déjà fort en Allemagne et au Japon, il sera dans les années qui viennent dramatique en Italie et en Espagne, il est plus mesuré en Angleterre et en France, très atténué aux États-Unis. Or la prédominance d'un climat antinationiste a bizarrement interdit que les classes pensantes et dirigeantes des nations se posent la question des effets économiques d'une telle contraction, particulièrement dans le pays qui est au cœur de la construction monétaire de l'Europe, l'Allemagne. Dans l'utopie monétaire européenne, les populations qui travaillent et consomment n'ont plus leur place.

Celui ou celle qui s'intéresse à l'homme plutôt qu'à la monnaie peut percevoir que les nations sont, concrètement, des populations dont les structures ou les rythmes d'évolution sont spécifiques, et, pour ce qui concerne l'Europe actuelle, divergents. On peut certes discerner une histoire démographique commune à l'ensemble du monde développé : à partir des années 60 s'amorce dans tous les pays une chute de la natalité qui met fin au baby-boom d'après guerre. Aux États-Unis, l'inflexion est précoce puisque, dès 1960, la courbe de fécondité s'oriente à la baisse ; suivent entre 1965 et 1967 tous les pays européens développés, et finalement vers 1975-1980, l'Espagne et le Portugal, alors en rattrapage démographique autant qu'économique. Au Japon, l'évolution à la baisse est plus régulière puisqu'on n'y observe pas au lendemain de la guerre un baby-boom, mais au contraire une chute par rapport aux niveaux de fécondité élevés d'avant guerre.

L'histoire cependant se développe, ici comme ailleurs, sur deux plans, celui d'une trajectoire universelle et celui de la diversité originelle : à côté de la modernité démographique, qui entraîne toutes les nations, la pluralité des fonds anthropologiques conduit à la définition de planchers distincts de fécondité selon le pays. En Allemagne, l'indicateur conjoncturel tombe au-dessous de 1,5 enfant par femme dès la première moitié des années 70. Il est de 1,3 en 1997, dans une république réunifiée, alors que la fécondité a implosé dans l'ancienne RDA. En Angleterre, le nombre des naissances reste plus élevé et la fécondité du moment supérieure à 1,8 jusqu'en 1991, l'indice étant encore de 1,7 en 1997. Tandis que les dirigeants de la France imitent monétairement l'Allemagne, sa population semble plutôt suivre, dans ses comportements de procréation comme dans ses adaptations industrielles, le Royaume-Uni : l'indice de fécondité est encore de 1,8 en 1988 dans l'hexagone, de 1,7 en 1997. En Italie, la baisse est un peu plus lente au début, mais plus brutale encore qu'en Allemagne sur l'ensemble de la période puisque l'indice de fécondité tombe au-dessous de 1,4 en 1986 pour n'être plus que de 1,2 en 1997.

De tels écarts sont très importants : les nations dont l'indicateur de fécondité du moment est proche de 1,8 vers 1990 font apparaître une descendance finale de

la génération 1950 proche de 2,1, c'est-à-dire du
seuil nécessaire à la reproduction, 1 pour 1, des
générations et de la population. Celles dont l'indice
conjoncturel est compris entre 1,2 et 1,4 sont au
contraire en état de dépopulation virtuelle. La divergence démographique des nations suggère tout simplement que certaines vont devoir affronter une crise
majeure, et que d'autres n'auront à gérer qu'un
vieillissement fort mais non dramatique. L'hypothèse
d'une histoire démographique commune à l'ensemble
des pays d'Europe n'a, pour ce qui concerne les
années 1990-2030, rigoureusement aucun sens.
D'autant que, répétons-le, les immigrés, dont certaines nations auront besoin pour combler les vides, ne
pourront venir d'autres pays européens. Les nations
les mieux placées, comme l'Angleterre, la Suède ou
la France pourront assurer leur propre stabilité, mais
ne disposeront pas d'excédents démographiques
pour leurs voisins.

L'absence d'intérêt pour les questions démographiques manifestée par les politiques et les hauts
fonctionnaires qui se pensent occupés à « construire
l'Europe » est en soi un phénomène idéologique capital. La démographie, dont le premier nom fut « *arith-
métique politique* », définit cette base humaine sans
laquelle ni les sociétés, ni les économies, ni les
nations ne peuvent avoir d'existence concrète. Un intérêt pour la démographie implique une perception
réaliste des ensembles humains, il fixe l'esprit sur le
niveau de la réalité auquel l'économie, la société, la
nation sont la même chose : la population, vue sous
des angles différents. Telle est la véritable leçon
d'Alfred Sauvy. L'oubli de la démographie par les
bricoleurs monétaires qui ont conçu le traité de

Maastricht exprime un saut dans l'irréalité de l'idéo-logie. Population et monnaie constituent aujourd'hui plus que jamais les deux pôles, concret et abstrait, de la perception des sociétés.

Actuellement, lorsque l'on s'intéresse à l'évolution démographique, c'est pour s'inquiéter, de façon tout à fait prématurée, de l'augmentation du nombre des vieux, dont il sera bientôt, paraît-il, impossible de payer les retraites. Mais, en termes d'économie réelle, il suffit que la productivité physique progresse plus vite que la proportion de personnes âgées pour que le problème soit résolu. Cet objectif est modeste à l'âge de l'automation. Un minimum de bon sens permet de comprendre que, dans une Europe massivement tou-chée par le chômage, c'est-à-dire remplie d'hommes et de femmes adultes qui voudraient travailler et contribuer ainsi à l'entretien des retraités, la charge « physique » représentée par les personnes âgées — la production des biens et des services nécessaires à leur existence — n'est pas le vrai problème. La question est purement comptable, elle ne concerne, une fois de plus, que la surface monétaire des cho-ses : comment trouver et répartir l'argent ? Il s'agit d'un problème politique, démultiplié par l'ambiance antinationiste, anti-étatiste, du moment, qui fait consi-dérer tout transfert collectif de ressources comme a priori illégitime.

Il existe une deuxième façon admise aujourd'hui de parler de démographie, qui ramène aux mauvais jours du malthusianisme. Elle consiste à ne percevoir, une fois de plus, les mécanismes économiques que du point de vue de l'offre de travail, et à attendre de la diminution du nombre des jeunes arrivant à l'âge adulte une baisse du chômage. Une approche de ce type néglige deux éléments fondamentaux.

— Elle laisse de côté ce fait essentiel que la décroissance du nombre des jeunes adultes s'effectue à des rythmes très divers selon les pays.

— Elle ne voit pas que les jeunes dont le nombre diminue sont aussi des consommateurs et que le problème posé est aussi et surtout celui de la baisse de la demande globale.

Les conséquences pour la politique économique de la divergence démographique des années 1990-2030 sont immenses. Toutes les sociétés européennes vont devoir affronter des problèmes de rétrécissement des populations actives, d'augmentation des nombres absolu et relatif de personnes âgées, de compression de la demande globale par le mouvement démographique (s'ajoutant à la compression par le libre-échange) mais selon des rythmes et des amplitudes absolument spécifiques.

Observons par exemple l'évolution du nombre des jeunes de 20 à 24 ans, arrivant donc à l'âge adulte, se présentant sur le marché du travail et aspirant souvent à fonder une famille. Les projections de population réalisées par les Nations unies en 1994 révèlent que la diminution de taille de ce groupe devrait être, entre 1990 et 2010, de 11 % en France, de 14,4 % au Royaume-Uni, de 23,7 % en Allemagne, de 36,1 % en Espagne et de 40,8 % en Italie. Le Japon est, comme il est fréquent, proche de l'Allemagne, avec une diminution anticipée de 25,8 %. Aux États-Unis, la chute, modérée, a eu lieu plus tôt par suite d'une baisse plus précoce de la natalité, mais la remontée de la fécondité depuis 1988 et une immigration plus importante devraient assurer une légère augmentation du nombre des 20-24 ans, de l'ordre de 5,4 %[1]. Ces chiffres, qui seront modifiés par d'inévitables mouvements migratoires, indiquent cependant de manière irrévocable que la tendance historique est en Europe à la divergence plutôt qu'à la convergence des nations. On ne peut certes déduire l'existence d'une nation d'un seul taux démographique, qui peut résulter de l'agrégation de valeurs régionales divergentes. En France, le Sud-Ouest est caractérisé par un indice de fécondité très bas, proche de celui de l'Allemagne. Mais la réalité de la nation s'exprime alors par des mouvements migratoires de rééquilibrage, entraînant dans l'hexagone des individus du nord vers le sud. Ce mécanisme est permis par ce fait trivial que la plupart des Français parlent français et n'éprouvent pas de difficultés d'adaptation linguistique lorsqu'ils déménagent d'un département à l'autre. Du point de vue économique, ces mouvements migratoires révèlent l'existence d'un marché du travail relativement unifié.

Mais qu'advient-il justement lorsque deux nations différentes par les structures anthropologiques s'unifient monétairement, dans une phase de divergence démographique ? L'exemple du couple fatidique constitué par la France et l'Allemagne, est, au début des années 90, formidablement éclairant. La politique dite du *franc fort* dans les milieux dirigeants, du *mark CFA* dans d'autres univers, a consisté en pratique à souder la monnaie d'une nation à celle d'une autre, sans tenir compte du facteur démographique. En l'absence d'un marché du travail unifié, cette gestion a conduit à un alignement du taux de croissance français sur celui de l'Allemagne, à un niveau très bas.

---

1. A. Camelli, A. di Francia et A. Guerriero, « Le déclin des entrées à l'université italienne d'ici 2008 », *Population*, tome 2, 1997, p. 365-380.

Outre-Rhin, la contraction importante du nombre des jeunes entrant sur le marché du travail fait que le taux de croissance très faible n'a pas d'incidence sur le chômage spécifique des jeunes. En vérité, la faible croissance allemande est en partie l'effet de la contraction démographique. Cette nation vit à son rythme et avec ses problèmes. La France vit au rythme monétaire et économique de sa voisine : le maintien d'un flux de jeunes à peu près constant, au début des années 90, y a assuré la cristallisation d'un chômage spécifique des 20-24 ans, massif et tragique pour nos banlieues. L'année 1990, qui fut essentiellement pour les politiques celle de la réunification allemande, était en réalité, à un niveau plus profond, celle du début de l'arrivée des classes creuses à l'âge adulte. L'Allemagne subit alors une contraction démographique d'une ampleur jamais vue dans l'histoire de l'humanité, qui explique certains aspects importants du processus de réunification, dont la tendance de la partie ouest du pays à attirer la population de l'ex-RDA. Il était tellement plus facile de transférer des jeunes actifs vers l'Ouest, où ils devenaient nécessaires, que de reconstruire à l'Est les usines frappées d'une obsolescence absolue et instantanée. Mais en France, à la même date, la diminution est encore insignifiante. Un taux de croissance minimal, découlant d'une politique monétaire restrictive de type allemand, a donc assuré la montée d'un chômage des jeunes spécifiquement français, tandis que les hérauts innombrables de la pensée unique clamaient à l'unisson la supériorité de la formation professionnelle allemande. La solution trouvée par l'Allemagne au chômage des jeunes ne réside pas dans son système de formation, aussi excellent qu'inimitable, mais, beaucoup plus sûrement et

simplement, dans une relative absence de jeunes.
Osons le dire : qui n'existe pas ne peut devenir chô-
meur.

La divergence démographique des sociétés française
et allemande produira, pour une durée indéfinie, des
besoins économiques différents et une tension de plus
en plus marquée entre les deux nations. Quiconque a
le sens du chiffre et des masses humaines que représentent les populations actives peut sentir la superfi-
cialité, la fragilité du lien monétaire, ficelle attachant
deux sociétés qu'éloigne l'une de l'autre un puissant
mouvement démographique.

Tassement démographique
et déficit de la demande globale

La crise des années 30 avait permis l'éclosion
d'une abondante littérature sur le lien entre stabilisation démographique et stagnation économique. La
réflexion des années 50 spéculait à l'inverse sur les
conséquences expansionnistes du baby-boom d'après
guerre[1]. Il est clair aujourd'hui qu'une relation partielle mais étroite existe entre l'arrêt de la croissance
démographique et l'entrée en stagnation du monde
développé. Le rapport entre contraction du nombre
des jeunes adultes et dépression de la demande devrait
être une évidence. Mais à quelques exceptions près,
dont un important article de Jean-Claude Chesnais sur

1. A. H. Hansen, « Economic progress and declining population growth », *American Economic Review*, 29 mars 1939, p. 1-15. J. S. Davis, « The population upsurge and the American economy », *The Journal of Political Economy*, vol. LXI, oct. 1953, n° 5, p. 369-388.

les racines démographiques de la déflation, centré sur les problèmes de l'immobilier et du capital, cet aspect de l'évolution socio-économique est considéré comme inessentiel par les élites européennes[1].

La diminution du nombre de jeunes arrivant à l'âge adulte produit une diminution de l'offre de travail. Elle entraîne aussi une baisse du rythme de formation des couples nouveaux, s'installant dans l'existence, engendrant des enfants et engageant les dépenses correspondantes. La propension à consommer et à s'endetter des jeunes ménages est la plus forte qui soit dans la société. C'est la consommation de familles entières, enfants compris, qui est amputée par la contraction démographique. La baisse du nombre des actifs n'affectait que des individus. Lorsque les classes creuses arrivent à l'âge adulte, le choc négatif sur la demande est supérieur au choc négatif sur l'offre. Le mouvement démographique engendre donc par lui-même une tendance forte à la sous-consommation, qui s'exprime en termes de signes économiques par de puissantes forces déflationnistes. L'arrivée à l'âge adulte des générations du baby-boom avait à l'inverse dopé la demande par rapport aux forces productives et contribué ainsi à l'emballement inflationniste de la deuxième moitié des années 60.

C'est aujourd'hui le mécanisme inverse qui est à l'œuvre et contribue à expliquer l'apparition, dans les années 90, d'un chômage de masse en Allemagne, pays dont la population jeune diminue et où, en pure logique malthusienne, cette diminution devrait entraîner une baisse du taux de chômage. Quant à l'Italie et

---

1. J.-C. Chesnais, « Les racines démographiques de la déflation », *Le Débat*, janvier 1997.

à l'Espagne, où l'arrivée à l'âge adulte des classes creuses est un peu plus tardive mais encore plus brutale, elles font, durant les années 1996 et 1997, l'expérience d'une baisse de leurs taux d'inflation, obtenue sans lutte acharnée dans des conditions que personne ne veut comprendre. Tout au long des années 90 monte en Europe un climat démographique de déflation, que le manque d'intérêt pour les questions de population interdit de diagnostiquer correctement. La tendance démographique à la sous-consommation, très forte en Europe et qui n'a pas sa contrepartie quantitative aux États-Unis, s'ajoute aux effets dépressifs du libre-échange. On ne peut que s'émerveiller des critères de Maastricht et autres pactes de stabilité, remplis d'une obsession allemande de l'inflation qui n'a plus aucun sens historique. La lutte contre les déficits publics est un superbe exemple d'action à contretemps des classes dirigeantes du vieux continent.

La divergence des nations

Chacune des économies nationales a des besoins spécifiques en matière de gestion monétaire : chacune doit avoir un taux d'inflation adapté à ses rigidités internes et une parité par rapport au dollar qui convienne à sa spécialisation sur les marchés internationaux. Dans chaque cas, une politique budgétaire tout aussi spécifique doit accompagner la monnaie. Le vice fondamental du projet monétaire est de postuler une convergence historique des nations au moment même où elles divergent. Les trente glorieuses, années de croissance à 5 % ou plus, avaient donné l'impression d'un rapprochement tendanciel des structures économiques et sociales. Il ne s'agissait alors que de rattraper la société de consommation américaine, phénomène qui n'impliquait pas en lui-même une disparition des structures anthropologiques et sociales profondes de chacune des nations. Depuis 1974, dans un monde rendu férocement concurrentiel par le libre-échange, et une fois effacée la prolongation par inertie du mouvement des années 1945-1974, la tendance de fond est à la séparation. Chacune des nations doit rechercher en elle-même, dans ses propres virtualités anthropologiques, sociales et économiques, la solution de ses problèmes, ainsi que l'a fort bien senti et exprimé Henri Guaino, commissaire général au Plan[1]. Dans cet exercice, les nations souches, fortement ethnocentriques et conscientes d'elles-mêmes, réussissent mieux que les nations à présupposés universalistes.

Un simple coup d'œil aux pyramides des âges des vieilles nations de l'Europe révèle la divergence des futurs. Chacune va devoir s'adapter à la contraction du nombre des jeunes, à l'augmentation de celui des plus de 65 ans. Retraites, écoles, santé : tous les systèmes de redistribution vont être secoués, tous devront être réformés, mais selon des rythmes et des modalités spécifiques à chaque nation. Compte tenu des interactions puissantes et innombrables qui existent entre le budget de l'État, pris au sens large, et la monnaie, dans des pays où 40 à 60 % du PIB sont absorbés ou redistribués de manière centralisée, une monnaie commune suppose une gestion budgétaire commune. Mais l'inégalité des chocs démographiques rend invraisemblable l'idée même d'une gestion budgétaire commune

1. « Le mythe de la mondialisation », *Le Monde*, 24 mai 1996.

aux diverses sociétés. La monnaie unique ne peut donc être qu'une grandiose absurdité.

Le traité de Maastricht, cependant, existe. Il a été négocié, accepté, voté parfois. Il est assez largement responsable de l'aggravation des taux de chômage européens dans les années 1992-1997. Dénoncer son irréalisme n'est pas nier sa réalité. Le devoir de l'historien est aussi d'en expliquer la genèse.

Du monothéisme au monétarisme

Le traité de Maastricht veut abolir des peuples et des nations, par une fusion monétaire. Il présuppose donc, c'est le moins qu'on puisse dire, une croyance forte en la puissance de la monnaie. Attribuer à l'argent la capacité de transformer le monde, c'est lui conférer un potentiel de création habituellement réservé à Dieu. Il est impossible de ne pas sentir dans le mysticisme monétaire qui anime les grands acteurs du projet maastrichtien une certaine fibre religieuse, ou tout du moins magique. Jean Boissonnat, ex-membre du conseil de la politique monétaire de la Banque de France, est sans aucun doute possible l'un de nos grands mystiques monétaires, un homme sensible à la dimension métaphysique de l'argent. Écoutons-le, s'exprimant dans *L'Expansion* sur l'association des cultures nationales par la monnaie : « Au-delà des considérations techniques, la création d'une monnaie unique en Europe a une signification plus profonde. C'est la naissance d'un langage commun. Les peuples européens ne parleront jamais la même langue ; ils conserveront des cultures spécifiques ; et c'est très bien ainsi. Mais ils ont aussi besoin d'un langage commun. Or la monnaie a vocation à être un langage universel dans l'ordre économique, comme les mathématiques le sont dans l'ordre scientifique et la musique dans l'ordre artistique[1]. » Il ne nous dit pas comment les cultures survivront tout en étant dominées mais on ne peut qu'être sensible à la puissance lyrique d'une conception de la vie humaine qui met sur le même plan les mathématiques, la musique et l'argent.

La fixation monétaire européenne des années 1986-1997 s'installe dans un contexte mental, idéologique, religieux tout à fait spécifique : l'effondrement des croyances collectives héritées de l'âge démocratique. Tous les sentiments d'appartenance s'effritent : l'intégration à la nation, aux forces politiques issues du mouvement ouvrier, à la religion catholique aussi, dont le déclin final, mesuré par un affaissement de la pratique religieuse, s'effectue entre 1965 et 1985. Ces croyances englobaient l'individu dans une ou plusieurs communautés, le libérant du sentiment pascalien de sa petitesse, l'abritant de l'immensité du monde. Ces collectivités humaines étaient, ainsi que l'a bien vu Paul Thibaud, des structures d'éternité, permettant à l'individu d'échapper au sentiment de sa propre finitude[2]. L'homme est l'animal qui sait, au niveau conscient du moins, l'inéluctabilité de sa propre mort[3].

Contrairement à ce que suggère un ultralibéralisme simpliste, le reflux des croyances collectives ne

---

1. 3 septembre 1992, cité dans *Le bêtisier de Maastricht*, Arléa, 1997, p. 39.
2. *Et maintenant…*, Arléa, 1995, p. 48.
3. Sur l'ignorance de la mort par l'inconscient, voir Conclusion, p. 380.

révèle pas un individu tout-puissant et dominateur, mais un être diminué qui, confronté à un sentiment d'écrasement, métaphysique et social, part à la recherche d'un substitut, d'une autre collectivité, définie par une autre croyance. Dans la phase intermédiaire qui suit immédiatement la chute de l'idéologie ou du religieux, on observe fréquemment une fixation sur l'argent. L'histoire des religions abonde en exemples d'un fléchissement de la foi débouchant sur une divinisation de la richesse. Le mythe du veau d'or exprime cette séquence : celui qui abandonne Dieu court vers l'idole monétaire. La crise protestante du xvie siècle a engendré une nouvelle religion, mais elle s'est accompagnée d'une frénésie d'accumulation monétaire, évoquée par Max Weber dans *L'éthique protestante et l'esprit du capitalisme*. Toujours, la disparition de la croyance conduit à des comportements de thésaurisation, chez les vrais et les faux bourgeois du seizième arrondissement de Paris comme chez leurs concierges venus du Nord portugais, région fortement catholique jusque vers 1980. Le phénomène est tout à fait général : face à un effondrement des structures d'éternité, l'individu cherche dans l'argent une sécurité, à la fois terrestre et métaphysique. L'or, dans une conception ancienne qui se refuse à percevoir les variations relatives de sa valeur, est éternel, comme Dieu. La monnaie moderne est plus incertaine. Mais justement, le rêve monétaire européen propose la réalisation d'une monnaie unique et stable, aspirant à l'éternité de l'or.

Bien des détails du projet de monnaie unique évoquent la recherche des attributs divins. L'unicité d'abord, qui réserve à un seul dieu l'adoration des fidèles. La fusion des monnaies nationales n'est de ce point de vue que l'étape ultime d'un processus d'unification

qui est d'abord interne à chacune des monnaies nationales. À partir de la fin des années 60, on observe, à
travers l'ensemble d'un monde occidental ravagé par
l'affaissement des croyances, une tentative de longue
durée pour réaliser l'homogénéité de la masse monétaire par le décloisonnement bancaire. La monnaie des
trente glorieuses n'était qu'un instrument, fait pour servir les hommes et la société. La diversité des besoins
économiques et sociaux s'exprimait par l'existence
d'un système bancaire diversifié et cloisonné ne traitant
pas vraiment l'argent de la consommation, celui de
l'investissement industriel ou celui de l'épargne immo-
bilière comme s'ils relevaient d'une seule et même
nature. Banques d'investissement, banques de dépôt,
caisses d'épargne : la pluralité des institutions financières et de leurs règles de fonctionnement impliquait
l'existence d'une monnaie hétérogène, hiérarchisée.
L'unification des statuts bancaires par le décloisonnement, qui transforme les caisses d'épargne en banques
de dépôt, et les banques de dépôt en banques d'affaires
(et réciproquement), n'est pas sans rappeler la rationa-
lisation des croyances religieuses chère à Weber. Celle-
ci a fait tendre l'humanité vers la simplicité rationnelle
du monothéisme. La recherche d'une masse monétaire
homogène, postulée par la théorie friedmanienne, est
une véritable quête du monothéisme monétaire, d'un
Dieu argent unique. Son échec et la réapparition d'une
multiplicité de définitions de la monnaie — M1, M2,
M3, etc. — devraient sans doute être interprétés
comme une ignoble réversion au polythéisme.

Deux capitalismes, deux conceptions de la monnaie

Dans tous les pays du monde développé, on peut sentir, accompagnant le reflux des croyances collectives, une intensification du rapport à l'argent, perçue, au niveau conscient, comme « le triomphe du monétarisme ». Mais il faut à ce stade distinguer la fixation monétaire européenne de sa contrepartie américaine. L'emploi indifférencié du terme « monétarisme », pour désigner à la fois des politiques économiques d'inspiration friedmanienne et le projet monétaire maastrichtien, est trompeur. Sous l'angle de la théologie comme sous celui de l'analyse économique, il existe bien deux types opposés de mysticisme monétaire, correspondant à deux traditions historiques, à deux fonds anthropologiques. La diversité de l'Occident, traditionnelle dans le domaine religieux, s'est perpétuée dans le domaine monétaire. Le protestantisme anglo-saxon, de conception arminienne dès le XVIIIe siècle, croyait au libre arbitre, à la possibilité pour chaque homme de faire son salut, face à un Dieu acceptant l'idée de bonheur terrestre. Les conceptions religieuses de l'Europe continentale étaient plus strictes, franchement hostiles au libre arbitre dans le cas du luthéranisme ou du calvinisme orthodoxe, se contentant d'interdire la liberté du sujet face au prêtre dans le cas du catholicisme contre-réformé. Toutes ces métaphysiques continentales étaient surplombées par l'image d'un Dieu fort sévère.

Aujourd'hui, la monnaie du Federal Reserve System, souple, faite pour servir les hommes, s'oppose à celle de Maastricht, conçue pour les dominer. Chacune renvoie à une image distincte du divin. Aux

deux capitalismes, individualiste anglo-saxon et intégré allemand ou japonais, correspondent bien deux
monnaies idéales, l'une libérale, l'autre autoritaire. Et
deux monnaies réelles : la vitesse de circulation de la
monnaie est très variable dans le monde anglo-saxon
(au grand désespoir des économistes monétaristes)
mais beaucoup plus constante dans des pays comme
l'Allemagne ou le Japon[1].

Les États-Unis ont les premiers testé, de façon sauvage, les pouvoirs du nouveau dieu argent. Le virage
monétariste du Fed, en octobre 1979, sous l'impulsion
de Paul Volcker, s'exprime par des bruits idéologiques
sur le contrôle de la masse monétaire mais surtout par
une hausse violente des taux d'intérêt, le nominal à
court terme restant supérieur à 10 % jusqu'en 1984. Il
s'agit de casser l'inflation. La technique utilisée n'est
qu'en apparence fidèle à la théorie friedmanienne qui
recommande une croissance de la masse monétaire
parallèle à celle du PIB. En réalité, la hausse des taux
d'intérêt a pour objectif tout simple d'engendrer une
récession et une montée du chômage qui doivent briser la hausse des prix. De ce point de vue, on peut
parler d'une réussite totale. Mais on découvre alors,
indépendamment de la théorie, la formidable capacité
de l'État à faire varier le cours relatif de la monnaie
sur les marchés internationaux : l'envolée du dollar
des années 1980-1985 résulte de cette manipulation
des taux d'intérêt. Elle révèle qu'une décision de politique monétaire peut orienter à la hausse une monnaie
indépendamment des performances réelles de l'économie nationale, et en particulier de l'état de la balance

1. D. Smith, *The Rise and Fall of Monetarism*, Penguin Books,
1987, p. 150.

commerciale. Une hausse des taux d'intérêt permet
d'attirer des capitaux étrangers, séduits par le rende-
ment et par la hausse tendancielle des actifs indexés sur
la monnaie. Le prix à payer est, évidemment, une
dégradation de la compétitivité par augmentation des
prix industriels relatifs. Dans le cas américain, le dollar
fort des années 1980-1985 a provoqué une mise à la
casse des entreprises industrielles dont le sadisme ne
sera égalé que par la politique du franc fort des années
1986-1998, moins violente dans l'instant mais plus
longtemps suivie. Dans un autre style, la capacité de la
monnaie à détruire l'industrie sera encore mieux vérifiée durant la réunification allemande : la « réévalua-
tion » du mark oriental aboutit à la liquidation instantanée d'une industrie nationale. Dans tous ces cas, et au
contraire de ce qu'affirme la pensée zéro lorsqu'elle
vaticine sur le pouvoir des marchés financiers, l'État a
montré sa puissance, révélé sa capacité à dominer le
phénomène monétaire et économique. L'État fait ce
qu'il veut de la monnaie et l'on aurait intérêt, en ces
temps de lamentation sur sa prétendue impuissance, à
relire le grand théoricien que fut Georg Friedrich
Knapp, dont l'hégélianisme monétaire met bien en
évidence la liberté de l'acteur étatique[1]. L'étendue du
pouvoir de l'État n'est pas délimitée par le champ
économique proprement dit, mais bien par la capacité
du politique à imposer des souffrances à la société.
L'expérimentation monétaire américaine des années
1980-1985 est fondatrice : elle sera rejetée par les
États-Unis eux-mêmes, mais reproduite et élargie par
les États européens les plus acharnés à construire une

---

1. G. F. Knapp, *The State Theory of Money*, Londres, Macmillan,
1924. L'édition originale allemande date de 1905.

monnaie unique et à violer dans ce but leurs sociétés respectives.

L'État américain, produit d'une société libérale, reflet d'une culture qui reste optimiste en dépit des difficultés économiques, ne peut indéfiniment torturer sa société par la politique monétaire. Dès 1985, les choix sont inversés, et le dollar retombe, pour retrouver son cours naturel, dans une baisse de longue durée par rapport aux monnaies fortes que deviennent le yen et le mark. Commence alors la montée en puissance monétaire des économies souches, du capitalisme intégré. Dans les années qui suivent se met en place aux États-Unis, par petites touches, un style nouveau de gestion monétaire, souple, pragmatique, acceptant l'existence d'une pluralité d'objectifs : maîtrise de l'inflation et soutien de l'activité économique. Il apparaît en revanche assez rapidement que la parité externe de la monnaie n'est pas une priorité. Les élites françaises s'acharnent à déceler, dans les mouvements du dollar, les effets d'un machiavélisme monétaire américain. Une baisse est interprétée comme une dévaluation compétitive ; une hausse comme une action préméditée sur le marché des capitaux. L'attitude dominante de *benign neglect* qui caractérise les Américains dérive en réalité d'une conception libérale de la monnaie. Celle-ci doit accompagner une société atomistique, composée d'acteurs individuels. L'agrégation de ces individus constitue le marché, ou plutôt les marchés. La monnaie doit servir ces acteurs, elle ne doit pas s'élever au-dessus d'eux pour les dominer. Le monde anglo-saxon n'est pas resté totalement extérieur au débat sur l'indépendance des banques centrales : il est admis que la gestion monétaire ne peut directement dépendre du pouvoir exécutif et doit avoir un certain degré d'autonomie. Mais il est encore plus fortement admis qu'en aucun cas le responsable du Fed ne peut imposer à la société une politique monétaire qui ferait s'élever le chômage au-dessus d'un certain taux. Le numéro de duettistes mis au point, à l'occasion de l'élection présidentielle de 1996, par Alan Greenspan et Bill Clinton fut une mise en scène de cette conception libérale et raisonnable de la gestion monétaire. Au Royaume-Uni, malgré la récente réforme opérée sous influence européenne continentale par Tony Blair, la banque d'Angleterre n'a pas la possibilité d'échapper totalement au pouvoir exécutif.

Au-delà de la question du degré d'autonomie, il n'est même pas certain que la notion d'indépendance de la Banque centrale évoque la même chose dans les pays anglo-saxons et dans ceux du continent européen. Dans le monde anglo-saxon, individualiste, l'indépendance de l'institution monétaire exprime celle des acteurs économiques vis-à-vis du pouvoir politique. La conception allemande de la monnaie, qui est actuellement celle des élites du continent, fait de la Banque centrale un pouvoir en soi, qui domine la société. Son indépendance n'exprime pas celle des acteurs dans la société, mais, en conformité avec la vision hégélienne exposée par Knapp, la liberté de l'État face à la société et aux individus qui la composent. L'indépendance de la future banque centrale européenne n'est pas une indépendance par rapport à l'État ; elle est l'indépendance d'une composante essentielle de l'État, le pouvoir monétaire, par rapport au contrôle démocratique. La monnaie peut échapper au pouvoir exécutif et aux organes législatifs qui le contrôlent.

Elle ne peut échapper à l'État parce qu'elle est, dans une de ses dimensions, l'État.

Le nouveau dieu monétaire ne s'incarne donc pas de la même façon dans le monde anglo-saxon et sur le continent. Le projet européen se concentre sur la définition d'une banque centrale toute-puissante, démultiplication continentale de la Bundesbank. Le rêve anglo-saxon se fixe sur l'optimisation du marché financier, avec en son cœur les Bourses de New York et de Londres. La Banque centrale exprime le pouvoir de l'État ; le marché celui des individus. Peut-on vraiment sans rire verser dans une même catégorie les personnages mythiques que sont le *golden boy* new-yorkais et le hiérarque monétaire de Francfort ? Tous deux servent le même maître, l'argent, mais les théologies et les rituels sont bien différents.

La monnaie est souvent mythifiée, conçue comme magique et obscure. Son ambivalence fondamentale favorise l'émergence dans les esprits du sentiment d'un mystère : le dieu monnaie est, par ses modes de création et de gestion, à la fois public et privé. Banques commerciales et banques centrales contribuent à son apparition, à son mouvement, à sa destruction. Face à cette ambivalence qui ne peut être éliminée, parce qu'elle exprime dans ce domaine technique la nécessaire dualité individu-collectivité, la théorie politique classique, libérale ou autoritaire, ne peut proposer que des représentations partielles. Le libéralisme anglo-saxon n'arrivera jamais à masquer complètement l'action de l'État, définisseur et garant des règles, acteur majeur de la gestion monétaire au jour le jour. Il ne peut que tenter d'oublier l'expérience innommable d'un dollar échappant entre 1980 et 1985 à toute pesanteur économique par la grâce de l'État. Il

est frappé de cécité devant une évidence majeure : les
marchés financiers, lieu d'agitation des libres individus, n'en finissent pas de spéculer sur des obligations
d'État, dont la rentabilité est assurée par l'existence
de l'impôt, c'est-à-dire par la capacité de l'État à
extraire de sa société de la richesse par un mécanisme
non marchand de contrainte. La théorie allemande de
la monnaie ne pourra quant à elle jamais imposer la
réalité d'une monnaie fixant a priori un ordre social et
échappant complètement aux acteurs décentralisés de
la vie économique. Les banques créent de la monnaie
par le crédit. Reste qu'au-delà de cette ambivalence,
indépassable, chacune des deux traditions idéologiques, libérale ou autoritaire, adore l'un des deux visages du Janus monétaire.

Au moment même où les États-Unis définissaient
une conception pragmatique de la gestion monétaire,
selon laquelle un équilibre des pouvoirs doit assurer
l'émergence d'une monnaie accompagnant les évolutions et les rythmes naturels de la société, l'Europe
occidentale accouchait, par étapes, d'une conception
radicalement opposée, dominatrice, castratrice, de
plus en plus souvent désignée dans le monde anglo-
saxon par l'expression *sado-monétarisme*. L'euro doit
réformer la société, mieux, créer un nouveau monde
européen. Chacune des sociétés réellement existantes,
chaque nation, doit s'adapter, transformer ses structures et ses rythmes naturels en fonction d'impératifs
monétaires décidés d'en haut, a priori. Tel est le sens
idéologique des critères rigides de Maastricht et des
punitions de Dublin qui fixent des règles monétaires
et budgétaires auxquelles les individus devront se
soumettre dans l'éternité. Cette monnaie autoritaire
est le reflet d'un autre système culturel, fondé par

d'autres structures anthropologiques. La conception anglo-saxonne de la monnaie reflète les valeurs libérales de la famille nucléaire absolue ; la conception autoritaire du continent européen les valeurs autoritaires de la famille souche. Face à la monnaie, l'individu est comme face à toute institution, libre ou soumis. L'émergence de conceptions opposées de la monnaie n'est que le dernier avatar d'une opposition pluriséculaire entre libéralisme anglo-saxon et autoritarisme continental. Mais comment la France, lieu de naissance de l'une des deux grandes traditions libérales, décontractée dans sa gestion monétaire jusqu'au début des années 80, a-t-elle bien pu changer de camp, abandonner l'individualisme du monde atlantique pour suivre les disciplines de l'Europe centrale ?

CHAPITRE VIII

La France écartelée

La France est la quatrième puissance économique mondiale, loin derrière les trois acteurs majeurs que sont les États-Unis, le Japon et l'Allemagne. En 1994 son produit intérieur brut équivalait à 20 % de celui des États-Unis, 29 % de celui du Japon, 65 % de celui de l'Allemagne. Si l'on s'en tient au cœur de la puissance économique qu'est le produit manufacturier, la France pesait 25 % du poids des États-Unis, 26 % de celui du Japon et 48 % de celui de l'Allemagne[1]. La différence d'échelle est atténuée pour les exportations, dont le volume atteignait en France 43 % de celles des États-Unis, 69 % de celles du Japon et 65 % de celles de l'Allemagne[2].

À la masse démographique et économique des États-Unis, s'ajoute le reste du monde anglo-saxon, l'ensemble étant soudé par une langue, un système anthropologique et une sensibilité idéologique communs. La

[1]. 1992.
[2]. 1994. Rappelons que l'économie allemande est beaucoup plus ouverte que celle du Japon. C'est pourquoi le volume de ses exportations est supérieur, malgré un PIB qui ne représente que 45 % de celui du Japon et un produit manufacturier qui n'en représente que 55 %.

prédominance planétaire de la langue anglaise démultiplie le potentiel idéologique de cette constella-
tion capitaliste et individualiste, fortement polarisée
par les États-Unis.

Aujourd'hui, ni le Japon ni l'Allemagne n'influen-
cent le monde par leur langue ou leur culture, toutes
deux perçues comme particulières ou même particula-
ristes. Les deux grandes nations souches n'aspirent
d'ailleurs à aucun leadership depuis le désastre, vécu
en commun, de la Seconde Guerre mondiale. Mais les
masses industrielles des deux pays se combinent, parce
que leurs systèmes économiques, dérivés d'une même
structure anthropologique, sont proches et s'additionnent. Leur style commun définit un autre capitalisme,
intégré, qui agit sur le monde, ne serait-ce qu'à travers le volume de ses exportations et des excédents
financiers qui en résultent.

Face à ces deux blocs géants, la France n'a pas la
taille qui lui permettrait de fixer les règles du jeu. Elle
ne peut proposer au monde sa version du capitalisme,
sa conception du service public, comme les États-Unis
et le Royaume-Uni diffusent leur doctrine de la privatisation, ou comme l'Allemagne et le Japon imposent
leur conception asymétrique du commerce et de la
monnaie.

Il y a pire, pour qui perçoit le monde économique
comme un champ de forces et de contraintes. La
France, parce qu'elle est elle-même hétérogène sur le
plan anthropologique, n'arrive plus à définir une
vision claire de la vie économique et sociale. Elle ne
peut opposer à la formidable homogénéité du monde
anglo-saxon ou aux homogénéités compatibles et addi-
tionnables de l'Allemagne et du Japon, qu'un « patch-
work » de sensibilités, une merveilleuse incohérence.

Dans l'hexagone perce sans cesse, sous l'unité linguistique et la rationalité administrative, la diversité des mœurs et des manières, qu'expriment la variété des vins ou des fromages et la violence des conflits idéologiques. Sans cette hétérogénéité, la France n'aurait jamais pu être simultanément individualiste et disciplinée, travailleuse et hédoniste, croyante et athée, républicaine et monarchiste, fille aînée de Rome et de Moscou. Elle n'aurait pu accoucher d'un État fort et d'une société libérale. Dans certains contextes historiques, une telle fragmentation peut aboutir à la définition de formes synthétiques efficaces, parfois inoubliables. La France a donné au monde l'exemple de contradictions résolues, surmontées par l'affirmation de l'homme universel[1]. Mais la synthèse et son expansion idéologique ne furent possibles que parce que la France était la première puissance démographique, politique et militaire de l'Europe. La Révolution mit en mouvement 26 millions d'habitants et leur État centralisé à une époque où une telle masse organisée suffisait pour influencer la partie développée du monde. Les rapports de puissance — démographiques, économiques, culturels — ne sont plus favorables à la France, sans que son originalité ait en aucune manière disparu. Sa diversité, même réduite à une fondamentale dualité, n'est actuellement pas un atout. Elle génère de l'incohérence plutôt que de la synthèse dans un monde dominé par des conceptions simples — anglo-saxonne, allemande ou japonaise — de la vie économique et sociale. Les élites françaises peinent à accoucher d'une

---

1. J'ai analysé cette diversité française dans plusieurs livres. Voir, par exemple, *La nouvelle France* et *Le destin des immigrés*, publiés aux Éditions du Seuil.

vision unifiée et utilisable de leur propre pays. Leur comportement devient à la fois mimétique et indescriptible. De façon caractéristique, Michel Albert, au terme de *Capitalisme contre capitalisme*, n'a pas grand-chose à dire sur la France. Si l'on ne trouve pas seul la solution, il faut copier. Mais sur qui ? Michel Albert, membre du Conseil de la politique monétaire, partisan sans état d'âme du franc fort et de la monnaie unique, préférerait l'adhésion de la France au modèle allemand, mais se lamente à l'avance de la victoire selon lui prévisible du type anglo-saxon. Quant à Michael Porter, il analyse dans *The Competitive Advantage of Nations* les États-Unis, l'Angleterre, l'Allemagne, l'Italie, le Japon, la Suisse, la Suède et la Corée, mais fait l'impasse sur la France, comme si ce pays était trop difficile à situer par rapport aux deux grands types de capitalisme. Quel modèle convient donc à la France s'il y a plusieurs France ? Tirées par l'individualisme du système anthropologique central, les élites françaises cherchent des solutions du côté de l'individualisme anglo-saxon ; poussées par la discipline du système périphérique souche, elles regardent vers l'Allemagne pour d'autres recettes économiques. Effarées par la rapidité des évolutions économiques mondiales, comme les élites de la plupart des pays, elles sont de surcroît affligées de strabisme divergent dans leur action imitative.

Les deux France depuis la Révolution

On ne peut, sans l'hypothèse d'une dualité anthropologique, comprendre l'histoire de France. Depuis le XVIIIe siècle au moins, cette dualité s'exprime par l'existence de deux espaces idéologiques opposés par le tempérament. En 1791, à l'occasion de l'acceptation ou du refus du serment constitutionnel par le clergé, apparaît un contraste entre le centre du pays, laïque, et une périphérie fortement religieuse.

— La zone déchristianisée est pour l'essentiel constituée d'un très vaste Bassin parisien s'étendant le long de l'axe Laon-Bordeaux, auquel il faut ajouter la bordure méditerranéenne, entre Espagne et Italie. Le substrat anthropologique de ces régions est le plus souvent la famille nucléaire égalitaire, sauf sur la bordure nord-ouest du Massif central et dans quelques cantons de la façade méditerranéenne où prédomine la famille communautaire. Le trait commun, unificateur des deux types anthropologiques, est l'égalitarisme. Ce centre du système national nourrit une tradition idéologique menant de la Révolution à un mouvement ouvrier de tendance révolutionnaire, anarcho-syndicaliste ou communiste, selon l'époque. Il est aussi le support anthropologique d'une droite populiste, bonapartiste, puis gaulliste. Dans son rapport au monde extérieur, la France centrale dérive de la valeur d'égalité l'a priori d'un homme universel, identique à lui-même en tout lieu.

— La France catholique, où la pratique religieuse reste forte jusque vers 1965, est périphérique. Elle comprend l'Est, alsacien et lorrain, la région Rhône-Alpes, les hautes terres du Massif central, un très grand Ouest allant de la Mayenne au Finistère et à la Vendée, et les Pyrénées occidentales. Elle est structurée par deux types anthropologiques d'importance inégale : la famille nucléaire absolue dans l'Ouest intérieur, la famille souche partout ailleurs. Le trait unificateur est l'absence de la valeur d'égalité. Cette périphérie, ancrée dans une vision asymétrique des rapports humains et dans une conception hiérarchique de la société, entretient une tradition de déférence sociale qui s'est d'abord exprimée par une adhésion au principe monarchique, puis par la stabilisation d'une droite conservatrice fort virulente dans certaines phases critiques de l'histoire de France. C'est sur ce terrain que naît l'Action française, que se développe l'antidreyfusisme et le soutien au maréchal Pétain. À gauche, le système souche a permis l'émergence d'un socialisme réformiste, favorable aux humbles mais n'exigeant pas une homogénéisation égalitaire de la société. À partir de 1965, ce courant social-démocrate, longtemps représenté par la SFIO, s'est élargi par suite du reflux de la pratique religieuse des régions périphériques. Les enfants des catholiques traditionnellement ancrés à droite de la vie politique française sont alors passés à gauche, mais en conservant une bonne partie de leurs armes et bagages idéologiques, dont une certaine tiédeur face aux idéaux de liberté et d'égalité. C'est alors qu'est apparue la « deuxième gauche » dont la CFDT (la CFTC déconfessionnalisée), le rocardisme et le delorisme sont les plus beaux fleurons. Force émergente, la deuxième gauche a pesé très lourd dans la France des années 1975-1990 par son dynamisme de transition. Elle a fini par dominer le Parti socialiste. Le rôle de ces catholiques en rupture de croyance ne saurait être sous-estimé dans la genèse de Maastricht. Dans son rapport au monde extérieur, la France périphérique déduit de la valeur d'inégalité l'a priori différentialiste d'une humanité diversifiée. Une telle attitude explique l'attachement aux particularismes provinciaux de cette France catholique et inégalitaire, et sa prédisposition à mourir, autrefois l'antisémitisme, aujourd'hui la notion de droit à la différence.

La France est un système, installé par une conquête partie du cœur du Bassin parisien, solidifié par l'émergence d'un sentiment général de fidélité à la nation, entité symbolique qui a fini par s'incarner dans une langue parlée par tous. Cette unification a entraîné des interactions régionales et l'apparition de types anthropo-religieux intermédiaires dans les espaces de contact. Dans la vallée de la Garonne, la famille souche ne correspond pas à un catholicisme particulièrement puissant, même si la pratique religieuse, moyenne, y est nettement plus élevée entre 1791 et 1965 que dans le cœur déchristianisé du système. À l'inverse, en Lorraine française et dans les basses terres de Franche-Comté, la famille nucléaire égalitaire n'empêche pas la présence d'une pratique religieuse importante jusque vers 1965. Ces zones intermédiaires ont permis l'émergence de tempéraments idéologiques spécifiques et nuancés, sans pour autant entamer la dualité de base du système France.

Une polarité fondatrice oppose donc les régions de famille nucléaire égalitaire, indifférentes sur le plan religieux, aux régions de famille souche, de forte tradition catholique. La France n'est pas seulement diverse ; elle vit un antagonisme radical. Une partie du pays, majoritaire, croit en la liberté et en l'égalité, et est indifférente à Dieu depuis plus de deux siècles. Une autre, minoritaire mais de peu, croit en l'autorité et en l'inégalité, et, jusqu'à très récemment, en l'incarnation divine de ces deux valeurs. S'affrontent à tout moment dans l'histoire nationale un tempérament égalitaire et un tempérament hiérarchisant, l'anarchie et la discipline.

La révélation par Maastricht

Les années récentes ont permis une vérification tardive de l'hypothèse associant structure familiale, religion et idéologie, dans un contexte de disparition des croyances traditionnelles. Entre 1965 et 1985, la pratique religieuse s'est effondrée, tout comme les doctrines communiste, sociale-démocrate ou gaulliste. Le référendum sur le traité de Maastricht fut néanmoins l'occasion d'une très belle réémergence du clivage fondamental qui donne tout son intérêt, et toute sa violence, à l'histoire nationale. Les régions de déchristianisation ancienne ont voté non ; les régions où la pratique religieuse était restée forte jusque vers 1965 ont voté oui.

La majorité nationale s'est en apparence déplacée puisque le oui l'a emporté, de justesse en termes de voix. Une certaine propension à l'unanimisme des régions de tradition catholique explique cette prédominance. Lorsque le oui est majoritaire, il l'est plus massivement que le non là où il gagne. Ce dernier l'emporte dans des régions de tempérament anarchiste où la division du corps électoral est à la fois spontanée et équilibrée. En termes d'espace géographique, le non est largement majoritaire, dans 53 départements contre 43 seulement qui donnent la victoire au oui.

Le contenu de la campagne référendaire permet de comprendre les réactions différentes des tempéraments et des régions. Les partisans du oui ont sans relâche fait campagne sur le thème de la compétence des élites, suggérant l'existence d'un haut de la société, qui sait, et d'un bas, qui doit faire confiance. Chacun des départements a réagi en fonction de sa conception du rapport élite/peuple. Dans la France de tradition catholique, où règne toujours une certaine déférence sociale, on a accepté le principe d'une supériorité intellectuelle des hommes qui ont conçu et négocié le traité. Dans la France individualiste égalitaire, où, il y a bien longtemps, furent rejetées les représentations d'un roi et d'un dieu différents des hommes par nature, la notion même de supériorité des élites a été reçue comme une insulte. Les deux attitudes, positive et négative, fondées sur deux systèmes de valeurs a priori, ont leur cohérence. Dans le cas précis du traité de Maastricht, nous devons noter que l'intuition égalitaire était la bonne. Son acceptation a mené à un naufrage économique, la production industrielle française atteignant à peine en 1996 celle de 1990. Il n'est pas toujours sage d'accepter le principe de compétence des élites.

Du point de vue de l'anthropologue, c'est la France périphérique, celle qui ressemble à l'Allemagne dans ses tréfonds familiaux et religieux, qui a choisi Maastricht. Et il est assez facile de démontrer, à l'échelle européenne, que le cœur anthropo-idéologique du projet maastrichtien est souche et catholique. Il est ancré dans des valeurs familiales d'autorité et d'inégalité ; il remplace une foi chrétienne qui s'évanouit, entre 1965 et 1985, dans toutes les régions d'Europe où la pratique religieuse était restée forte jusqu'au début des années 60. Le mouvement de reflux qui affecte en France les départements « catholiques » est également sensible en Rhénanie, en Bavière, en Flandre, au nord de l'Italie, au sud des Pays-Bas, puis, avec un léger retard, en Espagne et au Portugal du Nord, enfin en Irlande.

Que la ville de Maastricht ait été choisie comme lieu
de signature du traité avait, du point de vue anthropologique, quelque chose de providentiel. La province néerlandaise de Limbourg est de tradition souche sur le
plan familial et catholique sur le plan religieux, au
contraire de la Hollande proprement dite, nucléaire
absolue et protestante. Bernard Connolly, ex-respon-
sable du groupe chargé de suivre pour la Commission
de Bruxelles le fonctionnement du système monétaire
européen, a bien mis en évidence le style religieux du
projet, dans un livre compétent et drôle, d'inspiration
libérale[1]. Mais encore une fois, répétons-le, la monnaie
unique n'est pas, comme le fut la première Europe,
l'œuvre de démocrates-chrétiens, successeurs fidèles
d'Adenauer, Schuman et De Gasperi. Elle ne résulte
nullement d'un complot de l'internationale noire. Les
catholiques des années 1945-1960 croyaient en Dieu.
Les européistes actuels, qu'ils appartiennent à la CDU
allemande, à la haute fonction publique française ou à
la deuxième gauche socialiste, sont des renégats : ils
ont développé une croyance hérétique en la puissance
divine de l'argent et auraient mérité, jadis, l'excom-
munication. La conversion au veau d'or résulte d'un
évanouissement de la foi. La construction européenne
s'appuie toujours sur certaines traditions ultramontai-
nes du catholicisme, sur sa préférence pour un pouvoir qui vient d'en haut et échappe aux nations ou
aux peuples. Mais le déplacement du pouvoir spirituel de Rome à Francfort, du pape vers la Banque
centrale, n'est pas un phénomène secondaire, même
si l'un et l'autre sont représentés comme infaillibles.

---

1. Dans *The Rotten Heart of Europe. The Dirty War for European
Money*, Faber and Faber, 1995, notamment p. 13 et 169.

Le dieu argent exige des formes nouvelles de soumission, de discipline et de rejet de la démocratie.

Dans le cas de la France, la mise en évidence d'une forte composante postcatholique du projet maastrichtien est assez facile. Jacques Delors est un beau cas de transparence idéologique, tellement capable de laisser filtrer ses sentiments antidémocratiques qu'il fut, durant la campagne référendaire, l'artisan honnête d'une bourde sublime.

« (Les partisans du "non") sont des apprentis sorciers. [...] Moi, je leur ferai un seul conseil : Messieurs, ou vous changez d'attitude, ou vous abandonnez la politique. Il n'y a pas de place pour un tel discours, de tels comportements, dans une vraie démocratie qui respecte l'intelligence et le bon sens des citoyens[1]. »

La « vraie » démocratie de Jacques Delors a sa place parmi toutes les « vraies » démocraties de l'histoire, qui ont toujours mieux à proposer que la liberté d'expression : celles de Staline, Mao Tsé-toung, Franco, ou Mussolini, et surtout celle du pape, et de tous ceux qui croient en la confession plutôt qu'en la confrontation des opinions. Si nous additionnons la CFDT, la deuxième gauche et les catholiques officiels du conseil de la politique monétaire, nous obtenons un assez bel échantillon mettant en évidence les origines religieuses de la foi monétaire. Il serait néanmoins radicalement inexact de ramener l'engagement européen des élites françaises, et l'ensemble de leurs conceptions économiques, à une seule origine, à une seule tradition religieuse et à un seul substrat anthropologique, proche par nature du terrain germanique. Les deux France ont

---

1. 28 août 1992, prononcé à Quimper. Cité in *Le bêtisier de Maastricht, op. cit.*, p. 109.

contribué à l'émergence du magma conceptuel qu'est le traité de Maastricht, et plus généralement à l'immense confusion qui règne dans les conceptions économiques de la classe dirigeante française. Je l'ai souligné plus haut, un antinationisme radical fut aussi nécessaire que le sentiment de vide postcatholique à l'émergence du projet maastrichtien. La famille nucléaire égalitaire prédispose à une croyance en l'homme universel, en l'équivalence des peuples, en la substituabilité des nations. Au cœur des élites parisiennes, l'hypothèse de non-différence entre les sociétés française et allemande a permis le développement d'une croyance en la viabilité de la monnaie unique.

Le caractère double du fonds anthropologique et idéologique français apparaît cependant dans la dualité des attitudes vis-à-vis de l'Allemagne. Celle-ci est, d'une part, une nation comme une autre, avec laquelle on peut fusionner, au prix de quelques ajustements techniques ; mais elle est aussi un modèle, une nation supérieure dont les conceptions monétaires doivent être imitées. Aucune contorsion logique ne peut réconcilier ces deux représentations, dont l'une part du principe d'universalité et l'autre du principe de différenciation. L'hypothèse d'un dédoublement, anthropologique, extérieur au champ de la réflexion monétaire, permet de comprendre une contradiction qui n'est pas dépassable.

Classes sociales et régions anthropologiques

À l'origine ancrée dans des substrats familiaux régionaux, la polarité opposant les deux traditions françaises — individualisme égalitaire et déférence sociale — interfère actuellement avec la structuration culturelle et économique objective de la société. Les systèmes de valeurs anthropologiques sont, dans une région donnée, communs aux dominants et aux dominés. En Allemagne ou au Japon, les valeurs de discipline de la famille souche sont celles de tous les niveaux de la structure sociale. Aux États-Unis et en Angleterre, le tempérament libéral qui découle des valeurs de la famille nucléaire absolue appartient à toutes les classes culturelles et économiques. Mais, dans un pays comme la France, la pluralité des attitudes régionales donne aux individus appartenant aux diverses couches sociales une certaine liberté de manœuvre idéologique. À la détermination anthropologique s'exprimant dans l'espace géographique, s'ajoutent dans l'hexagone une propension très compréhensible des classes supérieures à trouver séduisants les principes de discipline et de hiérarchie, qui légitiment leurs privilèges, et une tendance symétrique et opposée des classes populaires à apprécier à sa juste valeur l'hypothèse égalitaire qui valide leurs droits démocratiques.

Indépendamment de l'effet régional peut donc être observé en France un effet social. Les valeurs inégalitaires sont caractéristiques de la périphérie, mais partout mieux représentées dans les catégories sociales dominantes ; les valeurs égalitaires sont typiques du centre, mais partout plus fortes dans les milieux populaires. Vers 1960, au cœur du Bassin parisien laïque, la pratique religieuse des ouvriers est insignifiante mais celle des cadres supérieurs n'est pas négligeable. À la même époque, en région Rhône-Alpes périphérique et catholique, une forte majorité de cadres supérieurs vont à la messe mais la pratique religieuse des ouvriers n'est pas nulle. Pour obtenir une description complète de la distribution des deux grands systèmes de valeurs qui se partagent la France, il faut se représenter leur répartition dans deux dimensions à la fois : horizontalement dans l'espace géographique et verticalement dans l'espace social. Tout individu peut être situé dans un double champ de forces idéologiques, résultant de l'interférence du lieu géographique et du milieu social dans lequel il est inséré. Un cadre supérieur du Loiret sera soumis, par le lieu à une influence égalitaire et, par son appartenance culturelle à une pression hiérarchisante. Un ouvrier de la région Rhône-Alpes sera pris dans un environnement local hiérarchisant mais prédisposé par sa position de classe à adhérer aux valeurs individualistes égalitaires.

Le vote sur Maastricht illustre à merveille ce jeu de déterminations combinées. Le vote des régions n'exclut nullement un effet de classe. Si la cartographie conduit à identifier des majorités régionales, l'analyse du vote selon les catégories socioprofessionnelles permet d'observer des majorités socio-économiques. Globalement, les deux tiers des classes moyennes ou supérieures ont voté oui, les deux tiers des classes populaires ont voté non. Mais la pesée régionale du facteur anthropologique conditionne l'expression des attitudes de classe : les gens du peuple se sentent particulièrement capables de s'opposer aux élites là où prédominent des valeurs égalitaires, au cœur du Bassin parisien. Bien qu'appartenant aux mêmes catégories socio-économiques, les ouvriers et employés de l'Ouest ou de la région Rhône-Alpes éprouvent plus de difficultés à se penser comme peuple légitime, dont la voix peut l'emporter sur la clameur des élites. D'où la diversité des votes régionaux.

C'est pourquoi le oui à Maastricht apparaît, simultanément et bizarrement, déterminé par l'appartenance à la moitié supérieure de la société française et à sa périphérie géographique. La concentration des catégories socioprofessionnelles privilégiées en Île-de-France explique la victoire du oui dans cette région centrale, qui émerge cependant isolée, au milieu d'un Bassin parisien où le non triomphe. Chacun des départements où le non l'a emporté reproduit en miniature le paradoxe du Bassin parisien. Les villes, concentrations locales d'élites sociales, apparaissent toujours comme des lieux de force relative du oui. D'où la perception par les commentateurs du vote négatif en termes de jacquerie. Un peuple perçu comme paysan et arriéré semble assiéger localement des classes supérieures inquiètes. Les résultats du vote sur Maastricht constituent un extraordinaire document sociologique, une radiographie de l'européisme à son apogée, avant que l'histoire économique ultérieure ne pose la question du réalisme du projet monétaire et ne donne raison au peuple égalitaire.

La confusion des concepts : liberté de circulation du capital et rigidité monétaire

Le projet de monnaie unique ne constitue pas la totalité des conceptions économiques de la classe dirigeante française, qui s'efforce d'apparaître « moderne » dans toutes les dimensions de sa gestion, lorsqu'elle s'occupe de « marchés financiers » tout autant que lorsqu'elle fixe la parité du franc. C'est ici que, pour notre malheur, la dualité anthropologique du système France entre en résonance avec la dualité du capitalisme mondialisé. Au moment même où la périphérie disciplinée de la France regarde vers l'Allemagne pour suivre sa monnaie, son centre libéral se révèle parfaitement capable de loucher vers les États-Unis pour singer leur conception du marché financier. C'est ainsi que les élites françaises ont adopté la liberté de circulation du capital, imitée du monde anglo-saxon, en même temps qu'elles adhéraient à une gestion rigide de la monnaie de type germanique. À aucun moment la question de la cohérence des deux concepts n'a été posée. Tout semblait moderne et fut accepté en vrac, en l'un de ces merveilleux collages en deux parties que l'on apprend à faire à l'Institut d'Études Politiques. Quiconque est familier des productions littéraires de la haute fonction publique française peut s'amuser à composer le titre et les têtes de chapitre d'une brochure imaginaire, fraîchement sortie de la Documentation française, et faisant la « synthèse » des choix français :

UNE NÉCESSAIRE ADAPTATION
À L'ÉCONOMIE MONDIALISÉE

1 — Une gestion monétaire disciplinée qui garantit la stabilité du franc par rapport au mark
Bla.bla.bla, bla.bla.bla
2 — Une ouverture aux flux de capitaux par la modernisation des circuits financiers
Bla.bla.bla, bla.bla.bla

Un tel collage n'a de sérieux que l'apparence. En analyse économique, il faut choisir : on ne peut, d'un côté, accepter le principe du marché et de la flexibilité pour le capital, et, de l'autre, imposer une parité fixe pour la monnaie, ce qui revient à nier l'existence du marché. Les Anglo-Saxons ont choisi : la liberté de circulation du capital ne peut être dissociée de la flexibilité monétaire, des changes flottants. Partout le marché règne, et l'État se contente d'atténuer légèrement, par son action sur les taux d'intérêt, par ses achats et ventes de devises, l'amplitude à court terme des fluctuations de change (*dirty floating*). Dans le monde anglo-saxon, l'ultralibéralisme a enterré le rêve d'un État capable de fixer et de défendre une parité monétaire externe. C'est tout le sens des évolutions américaines depuis 1971, date à laquelle le dollar, détaché de l'or, a commencé de vivre sa vie, indépendamment des autres monnaies. La dérégulation constitue d'ailleurs assez largement une réponse à la nouvelle situation monétaire. En adoptant une pratique cohérente, associant flexibilité monétaire et liberté de circulation du capital, les Américains suivent au fond leur instinct plus que leurs théoriciens. Une conception individualiste de la vie sociale conduit à accepter la liberté et l'autonomie d'acteurs décentralisés sur les marchés, monétaires ou financiers.

La France « modernisée » conjugue désormais deux systèmes et deux contraintes. Elle a assuré la mobilité de l'argent par une libéralisation effective des opérations financières entre nations ; elle s'est imposée de surcroît l'obligation d'un taux de change fixe et irréaliste par rapport au mark[1]. La classe dirigeante française a créé les conditions de sa propre servitude

1. On trouvera une expression plus technique de cette contradiction fondamentale dans le théorème de Padoa-Schioppa, dit de la triple incompatibilité, qui démontre que l'on ne peut avoir en même temps 1° la liberté de circulation du capital, 2° un change fixe et 3° une politique monétaire indépendante. Les européistes comptent sur la monnaie unique pour masquer cette contradiction.

vis-à-vis des marchés financiers. Elle les a libérés, mais en s'efforçant d'en contrecarrer l'action dans le domaine monétaire. La contradiction fut résolue en pratique par une mise en stagnation de l'économie française, dont le taux de croissance, désormais inférieur à celui de la plupart des pays développés, induit une demande intérieure asthénique qui mène mécaniquement à un commerce extérieur légèrement excédentaire. Le franc est protégé par la stagnation. Un moment incrédules, les marchés financiers (entendons les Anglo-Saxons libéraux et individualistes) ont fini par accepter l'idée, au départ invraisemblable, que la classe dirigeante française était prête à sacrifier son économie et son peuple sur l'autel monétaire. Depuis que les « spéculateurs » anglo-saxons basés à Londres et à New York ont admis ce qui leur paraissait encore impensable en 1992 ou 1993, la capacité des élites françaises à torturer indéfiniment leur société, ils se tiennent cois, domptés. Une fois de plus, l'État français a montré sa puissance et la politique du franc fort n'apparaît finalement que comme un avatar dément du colbertisme. Un colbertisme de paresseux : il fallait, pour mettre en œuvre une politique industrielle fortement interventionniste, avec ses succès et ses échecs, maîtriser des techniques, lire des dossiers épais, affronter la réalité matérielle des machines ou humaine des travailleurs. Pour concocter une politique monétaire, il suffit de faire joujou avec quelques taux d'intérêt, avec quelques achats ou ventes de devises. Quoi de plus reposant ? Le temps et l'énergie dépensés par le gouverneur de la Banque de France en activités de relations publiques, en petits déjeuners médiatico-politiques, par exemple, révèlent l'immensité de ses loisirs. Mais ne condamnons pas la politique monétaire en général, simplement parce qu'elle peut être rapidement conçue et appliquée, tout en laissant des loisirs à ses exécutants. Une gestion pragmatique de la monnaie, tenant compte des échanges internationaux réels, peut adoucir, sans les supprimer, les souffrances socio-économiques qui résultent du libre-échange.

Reste que l'incohérence des conceptions françaises en matière de politique monétaire et de libération des marchés financiers n'aurait pas été possible sans l'existence de deux sensibilités anthropologiques, idéologiques, économiques dans l'hexagone : l'une croyant à la discipline sociale et l'autre à la liberté des acteurs. L'une proche de celle de l'Allemagne, l'autre de celle des pays anglo-saxons. Les points d'application de cette incohérence conceptuelle d'origine anthropologique sont innombrables dans la France des années 90. L'incompatibilité des parités fixes et de la liberté de circulation du capital, par son énormité, « valait le voyage », selon la classification traditionnelle du guide Michelin. L'absurdité d'une classe dirigeante qui glorifie simultanément la flexibilité du marché du travail à l'américaine et la formation professionnelle à l'allemande, dont la condition de base est au contraire une grande stabilité de la main-d'œuvre, peut être considérée, selon les termes du guide, comme « intéressante ». La gestion gouvernementale de l'industrie automobile, simultanément libérale et dirigiste, « mérite un détour ».

Nulle part ailleurs : la « balladurette »
et la « juppette »

Prendre une décision sur l'automobile, ce n'est pas seulement en France traiter un problème sectoriel, mais entrer aussi dans les domaines de la régulation macro-économique et de la recherche technologique à long terme. L'industrie automobile est une fraction substantielle de l'économie française, par les excédents qu'elle dégage comme par la population active qu'elle emploie. Aux effectifs explicitement engagés dans la construction de véhicules doivent être ajoutés, en amont, les travailleurs qui participent à la fabrication des matériaux nécessaires dans les industries des métaux, du verre, du caoutchouc ou des plastiques et, en aval, le secteur de l'entretien, sans oublier les consommations d'essence et d'huile. 2,6 millions de personnes travaillent en France, directement ou indirectement, pour l'automobile, ce qui représente 10 % de l'emploi total. Le secteur réalise 12 % des dépenses de recherche développement[1]. À court ou moyen terme, il contribue massivement à la détermination du niveau général d'activité économique. À plus long terme, ses choix technologiques sont décisifs pour l'ensemble des activités industrielles du pays. Face à ce segment majeur de l'économie nationale, nous allons voir nos hauts fonctionnaires, devenus politiques, osciller entre libéralisme de principe et réflexes conditionnés autoritaires, produisant à nouveau ce mélange autodestructeur de concepts économiques dont ils se font une spécialité.

---

1. J.-P. Charrié, *Les activités industrielles en France*, Masson, 1995, p. 99-100.

Le libéralisme inspire la volonté cent fois manifestée de privatiser les usines Renault. Le retrait de l'État apparaît indispensable à tous ceux qui veulent croire en une supériorité de principe de l'individuel sur le collectif. Les usines Renault ont été, au lendemain de la guerre, une sorte de cœur symbolique du mouvement ouvrier et socialiste français. L'usine de Boulogne-Billancourt, désormais transformée en un immense vaisseau fantôme, est fortement associée, dans les représentations collectives, à l'ancienne puissance de la CGT et du Parti communiste. Privatiser Renault, c'est en finir, une fois pour toutes, avec le socialisme.

Mais les mêmes hommes politiques qui prêchent la privatisation, une fois confrontés à la dépression du marché, n'ont pu s'empêcher d'agir en conformité avec un deuxième élément, antilibéral, de leur nature profonde. La France est double, libérale et autoritaire, elle peut à tout moment, à travers ses hauts fonctionnaires et ses politiques, se contredire elle-même. Le gouvernement d'Édouard Balladur a donc octroyé une prime à tout acheteur d'un véhicule neuf se débarrassant du précédent âgé de plus de dix ans. Alain Juppé, lorsqu'il lui a succédé comme Premier ministre, s'est empressé d'ajouter à cette mesure une gradation sommaire de la prime en fonction de la valeur du véhicule. De telles décisions ne pouvaient qu'assurer une désorganisation à long terme de la consommation et de la production. En pratique, trois ans d'achats automobiles ont été concentrés sur deux ans. L'arrêt des subventions, le 30 septembre 1996, devait entraîner un effondrement des achats, situation à laquelle nous sommes effectivement arrivés avec la plongée du marché automobile observée en 1997. La taille du secteur implique à ce stade un effet dépressif sur l'ensemble de l'économie.

Au-delà de la dénonciation ponctuelle d'une décision économique aberrante, nous devons mettre en évidence les fondements conceptuels d'une telle politique, aussi révélateurs des contradictions de la pensée économique française que la superposition du libéralisme financier et du dirigisme monétaire. La *balladurette* et la *juppette* sont des mesures typiquement étatistes, des interventions massives dans l'orientation de la production, par distribution sectorielle de revenus supplémentaires. Elles évoquent un régime de type soviétique plutôt qu'une économie libérale et capitaliste.

Mais l'abandon du libéralisme n'implique pas, curieusement, celui de l'ultralibéralisme, dans sa dimension libre-échangiste. Car la prime a été aussi distribuée, par souci « d'équité » et des règles bruxelloises, aux acheteurs de véhicules étrangers. Le taux d'évaporation de la consommation vers l'extérieur a été de 38 %. Les importations d'automobiles fabriquées en Italie, au Japon, en Allemagne ont donc été subventionnées par l'État français, c'est-à-dire financées par l'impôt. Une telle purée stato-libérale n'était possible nulle part ailleurs. L'absence de réaction forte des commentateurs révèle que ces mesures n'ont pas été considérées comme des accidents, mais vécues comme normales par des élites françaises fortes consommatrices de véhicules étrangers. Que la *balladurette* et la *juppette* aient pu être conçues et appliquées sans protestation en haut de la pyramide sociale est une extraordinaire démonstration de non-sentiment national. À toute autre époque de l'histoire de France, de telles distributions de primes auraient abouti, au terme d'un débat houleux à la Chambre, à l'envoi en cour de dis-

cipline budgétaire des hauts fonctionnaires impliqués
et en Haute Cour des politiques responsables. Mais
nous voyons ici à nouveau l'antinationisme au cœur
des aberrations de l'action économique du gouvernement français.

Finance atlantique et monnaie continentale

On peut se représenter l'hexagone comme écartelé
par deux champs de forces économico-idéologiques,
l'un anglo-saxon et atlantique, l'autre allemand et
continental. Le drame de la France actuelle est qu'elle
n'a su choisir l'un ou l'autre, théoriquement ou pratiquement. Son franc est solidement arrimé au mark,
avec une rigidité qui fait l'admiration de tous les pays
latins, et a fini par transformer les ex-communistes italiens de l'Ulivo en véritables lemmings monétaires,
tout brûlants du désir, aussi irrationnel qu'irrésistible,
de courir avec leurs compagnons français, belges, allemands et néerlandais, vers le bain glacé de la monnaie
unique. Mais la mise en mouvement du capital, si
caractéristique des années 80 et 90, ne s'effectue pas à
l'échelle européenne, et surtout pas à l'échelle du
noyau dur monétaire franco-allemand, dont l'homogénéité ne semble capable de s'exprimer que par une
commune stagnation. Si la monnaie est continentale,
les marchés financiers restent atlantiques, contradiction
qui s'exprime avec une visibilité particulière dans les
phénomènes de spéculation monétaire. Le mouvement
de l'investissement direct international, qui concerne
les achats ou les prises de participation dans des entreprises, révèle sur un autre plan la dissociation, géographique et culturelle, du capital privé d'avec la

monnaie d'État. Depuis le milieu des années 80, les flux d'investissement direct vers l'étranger ou en provenance de l'étranger ont progressé de façon considérable, au moment même où s'amorçait le ralentissement de la croissance du commerce extérieur induit par le libre-échange[1]. Les entreprises en lutte pour leur survie, tendanciellement asphyxiées par l'insuffisance de la demande, menacées par une concurrence féroce, ont cherché à l'extérieur l'air libre des marchés et des techniques. Entre 1984 et 1995, le flux de l'investissement direct à l'étranger est passé, pour l'ensemble des pays de l'OCDE, de 48 à 265 milliards de dollars. Le total des investissements en provenance de l'étranger a réciproquement progressé de 41 à 209 milliards de dollars[2]. Or ce capital voyage à l'échelle mondiale plutôt qu'européenne. Alors même que s'élabore, dans les cerveaux puis dans les textes, enfin dans la pratique du noyau dur, la monnaie unique, entre 1985 et 1995, l'argent s'investit sans tenir compte de son existence, sauf à partir de 1988 dans le domaine restreint du secteur bancaire, par nature proche de la monnaie[3].

Le stock des investissements réalisés à l'étranger, mesuré en 1994, révèle cette distorsion fondamentale. La France détient 171 milliards de francs aux États-Unis, 148 aux Pays-Bas, 104 dans l'ensemble Belgique-Luxembourg, 83 au Royaume-Uni, 53 en Suisse mais seulement 52 en Allemagne qui se trouve donc être ici son sixième partenaire, à égalité avec la Suisse et à peine plus importante que l'Espagne qui accueille

1. Voir *supra*, chap. VI.
2. OCDE, *Annuaire des statistiques d'investissement direct international, 1996*.
3. A. Parent, *Balance des paiements et politique économique*, Nathan, 1996, p. 97-99.

48 milliards d'investissements français. La réciproque peut être observée pour l'Allemagne qui détient 69 milliards de marks aux États-Unis, 42 dans l'ensemble Belgique-Luxembourg, 29 au Royaume-Uni, 26 aux Pays-Bas mais seulement 25 milliards en France. Celle-ci n'est donc que le cinquième partenaire de l'Allemagne. Globalement, la France réalise en Allemagne 6 % de ses investissements directs mondiaux et 10 % de ses investissements européens. L'Allemagne effectue en France 7,5 % de ses investissements directs mondiaux et 12 % de ses investissements européens. L'exagération du rapport franco-allemand, inlassablement présenté comme essentiel à la paix, à l'Europe, au monde et, sans doute, bien qu'on nous le cache par modestie, à la bonne marche du système solaire, conduit à une surestimation grotesque de l'intensité effective des interactions économiques. Le cas de l'investissement à l'étranger est caricatural, puisqu'il permet de constater que la France et l'Allemagne sont, chacune de leur côté, en interaction prioritaire avec le monde anglo-saxon. Mais une analyse chiffrée du commerce extérieur montre que si la France et l'Allemagne ont quand même, l'une pour l'autre, le statut de meilleur client, le poids relatif de l'échange ne doit pas être surestimé. En 1996, la France a réalisé seulement 17 % de ses exportations en Allemagne, 26 % dans l'ensemble de la petite zone mark incluant le Benelux[1]. Une telle proportion implique que 74 % des exportations françaises se font hors zone mark. La politique monétaire décidée à Paris ne tient donc pas

1. INSEE, *Comptes et indicateurs économiques. Rapport sur les comptes de la Nation*, 1996, p. 111.

compte des trois quarts des besoins français en matière de change.

Un examen qualitatif des prises de participations et
fusions d'entreprises réalisées en Europe révèle de surcroît que les mariages réussis associent les entreprises
françaises à des homologues anglaises, italiennes,
espagnoles, belges ou néerlandaises, plutôt qu'allemandes. En pratique, la méfiance règne entre grandes
entreprises françaises et allemandes, dont les styles —
technique, financier et culturel — sont par trop distincts. La puissance abstraite des participations financières ne pourra jamais contraindre des cadres
supérieurs à obéir à leurs propriétaires d'un autre pays
s'ils ne les prennent pas au sérieux pour des raisons
historiques ou culturelles, ainsi que l'ont appris à
leurs dépens certaines des entreprises françaises qui
s'étaient acheté des filiales en Allemagne. Les firmes,
ensembles humains, ont leur style et leur mémoire. Le
rapport de l'individu au groupe n'est pas le même dans
les deux systèmes industriels. Et n'oublions pas que,
dans la mécanique et la chimie, les entreprises situées
de part et d'autre du Rhin se sont très littéralement fait
la guerre durant toute la première moitié du XXe siècle
en équipant les armées française et allemande. Les coo-
pérations industrielles entre la France et l'Allemagne
peuvent aboutir à des réussites spectaculaires : mais
elles nécessitent une intervention des États, seuls capables d'imposer l'entente entre partenaires industriels,
comme ils avaient d'ailleurs imposé leur affrontement
au début du siècle. C'est la signification du succès
d'Airbus. Lorsque la pression politique fait défaut, les
grandes entreprises françaises et allemandes se condui-
sent plus volontiers comme des rivales que comme des
alliées. C'est pourquoi nous avons aujourd'hui une

gamme à peu près unifiée d'avions civils, mais deux TGV. Le rôle disproportionné des petits pays, comme les Pays-Bas et la Suisse, dans la création de multinationales d'échelle européenne, résulte de cette méfiance persistante entre des grandes entreprises qui restent nationales, même lorsqu'elles ne sont pas nationalisées. La soudure monétaire ne débouche décidément pas sur une fusion affective. Il y a là une leçon économique très générale : n'attendons pas du capital qu'il soit vraiment abstrait et neutre, ses faiblesses très humaines nous décevraient. Lorsqu'il voyage, sa route est tracée par des affinités anthropologiques et par des préférences ancrées dans l'histoire.

CHAPITRE IX

Sociologie de la pensée zéro

Les classes dirigeantes du monde développé ne donnent pas aujourd'hui l'exemple d'un comportement efficace et responsable. Celles des pays anglo-saxons et de la France sont attachées à un libre-échange destructeur, que tolèrent celles d'Allemagne et du Japon, silencieusement fidèles au protectionnisme et au principe d'asymétrie. Comme si cela n'était pas suffisant, les gouvernements, les chefs des grandes entreprises et les leaders d'opinion européens ont lancé leur continent dans une course folle à l'impossibilité monétaire. La volonté, partagée par beaucoup, de ne pas voir le caractère partiellement surréel de l'« expansion » américaine, mue par l'importation de biens industriels plutôt que par leur production, n'est pas non plus un signe de bonne santé intellectuelle ou morale. Mais l'oubli du keynésianisme par des dirigeants qui en avaient appris les éléments de base durant leurs études supérieures est sans conteste le phénomène le plus étonnant de la période. Comment ne pas voir que l'adaptation incessante à la concurrence extérieure détruit tendanciellement les demandes intérieures et donc, par agrégation, la demande mondiale ? Comment ne pas voir que la contraction démographique a des implications économiques massives, dont un déficit supplémentaire de la demande ?

Le retour progressif à l'aveuglement des années 30, avec cette réémergence des politiques de diminution de la dépense publique qui aggravent le retard structurel de la consommation, est un phénomène stupéfiant pour qui s'intéresse à l'histoire des idées. Nous ne sommes pas ici confrontés à l'un de ces phénomènes de conservatisme intellectuel si fréquents dans les universités depuis le Moyen Âge. La pensée dominante n'est pas en train de rejeter une innovation incertaine, mais un système explicatif qui avait été accepté et appliqué avec succès, même s'il ne donnait pas évidemment toutes les réponses à toutes les questions. Avec une pensée économique revenant de Keynes vers Say, nous avons l'équivalent d'une science physique retournant à l'âge précopernicien d'un Soleil tournant autour de la Terre. Telle est la situation pour ce qui concerne les conceptions économiques des classes dirigeantes des principaux pays industriels. Le mystère de cette réversion intellectuelle et idéologique est au fond beaucoup plus intéressant, du point de vue de la recherche pure, que l'examen des dysfonctions économiques elles-mêmes, somme toute banales, et dont l'analyse renvoie à des modèles anciens.

Désigner quelques individus comme responsables, mettre en évidence les erreurs spécifiques de tel économiste, essayiste, politique ou journaliste, est un exercice qui peut psychologiquement soulager, mais ne mène finalement nulle part. On doit certes, pour préserver sa propre intégrité intellectuelle et morale, s'indigner des absurdités proférées par quelques acteurs centraux de la société. Il est ainsi stupéfiant de réaliser, dans une conversation, qu'un président de la République rejette l'idée qu'il n'est pas possible que *toutes* les balances commerciales de *tous* les pays soient simultanément *excédentaires*, et qu'il refuse d'admettre que la recherche par tous, au même moment, de l'excédent, conduit l'ensemble des nations à un déficit de la demande. Il est exaspérant de constater que les leaders d'opinions parisiens prennent au sérieux un journal comme *The Economist*, plus francophobe encore qu'ultralibéral, et qui parle du haut d'une économie anglaise dont la productivité n'atteint que 60 % de celle de la France, au point que l'on finit par se demander qui comprend vraiment l'anglais dans l'hexagone. Et que dire d'Alain Minc, chantre du cercle de la raison (indépassable), qui, prospectiviste, conseiller des financiers, des politiques ou de l'opinion, s'est toujours trompé, mais se révèle à l'usage sociologiquement insubmersible.

Nous pouvons, temporairement, à la suite de Jean-François Kahn, nommer pensée unique l'ensemble de croyances économiques et sociales véhiculées par les élites des pays développés, et qui a atteint dans les années 1985-1995 un degré d'hégémonie tel qu'il évoque plus l'unité de foi de l'Occident médiéval que la division de l'opinion considérée comme typique d'une démocratie libérale. La pensée unique présente partout quelques traits communs fondamentaux, dont certains sont sympathiques et d'autres odieux. Du côté positif, on peut mentionner la tolérance, en matière de mœurs, de presse, ou d'origine ethnique. Du côté négatif, on doit souligner la déification de l'argent, dans ses formes étatiques et privées. Moins évidente est sans doute la croyance latente en l'inégalité

des classes, au point qu'on finit par se demander, avec
Jean-Claude Guillebaud, si un véritable *racisme
social* n'a pas remplacé, dans bien des cas, le racisme
classique[1]. L'antinationisme, cette idée que la communauté humaine la plus vraisemblable n'existe plus,
est identifiable dans toutes les formes virulentes de la
pensée unique.

Par son épaisseur, la pensée unique, dans ses variétés
anglo-saxonne, française, allemande ou japonaise, est
un phénomène de masse, touchant des groupes ou des
catégories statistiques. Ainsi, les journalistes économiques anglo-saxons, produits pourtant d'une culture
individualiste, disent tous la même chose, ultralibérale, et cessent par là même d'être des individus réels
tant ils apparaissent interchangeables. En France, dans
les conversations privées, on rencontre désormais peu
de partisans réellement convaincus des bienfaits de la
monnaie unique, peu de théoriciens originaux du
libre-échange. Comment les uns ou les autres pour-
raient-ils exister dans une Europe libre-échangiste dont
les difficultés économiques s'accroissent à mesure que
l'objectif monétaire se rapproche ? Et pourtant, la
course folle tient son cap. En haut de la société, renon-
cer à l'euro est impensable, parler de protectionnisme
est obscène. La pensée unique s'appuie incontestablement sur des forces sociales dépassant les individus.
Elle aurait fasciné Marx et Durkheim, deux penseurs
dont l'œuvre traite abondamment du problème de la
fausse conscience. Elle doit donc faire l'objet d'une
analyse sociologique.

La pensée unique est un phénomène mondial, mais
dont l'insertion dans chaque société nationale est spé-

---

1. *L'Humanité-Dimanche*, 11 mai 1997.

cifique. Au-delà des trois obsessions communes qui viennent d'être énumérées — tolérance, argent, préférence pour l'inégalité sociale — il y a en effet, paradoxalement, plusieurs pensées uniques. L'unicité n'évoque que la prédominance absolue, dans chaque système social, *d'un* ensemble de lieux communs économiques et sociaux standardisés, incontestables. Celui qui les refuse, quel que soit son niveau d'étude et ses origines sociales, se voit immédiatement soupçonné de populisme ou d'irresponsabilité, deux accusations en pratique interchangeables. Mais la pensée unique des États-Unis, dont le libéralisme est homogène, n'est pas celle de la France, qui mélange, en un tout non cohérent, concepts libéraux et étatistes. Partout, une seule vérité règne mais, pour paraphraser Pascal, la vérité n'est toujours pas la même des deux côtés des Pyrénées, ou, pour actualiser, de l'Atlantique. Parce qu'ils admettent le principe de la flexibilité monétaire et croient insensée la monnaie unique, la plupart des économistes américains, avec ou sans prix Nobel, se situent, selon les normes parisiennes, hors du cercle de la raison. Quant aux hauts fonctionnaires français qui gèrent le bazar conceptuel constitué par le libre-échange et la rigidité monétaire, qu'ils soient de gauche, comme Hubert Védrine et Élisabeth Guigou, ou de droite, comme Alain Juppé et Jacques Toubon, ils ne peuvent être pour les penseurs uniques d'outre-Atlantique que des êtres incompréhensibles, des Martiens. La multiplicité des pensées uniques conduit à des phénomènes idéologiques de plus en plus distrayants : au mois de mai 1997, l'édition européenne de *Newsweek*, s'interrogeant sur le blocage de l'économie française par Maastricht, en arrivait presque à considérer les communistes, opposés au traité, comme constituant la seule force politique raisonnable de l'hexagone.

Il est symptomatique de la pensée unique qu'elle soit arrivée à se maintenir dans chaque pays, indépendante de celle des autres, dans un contexte de libre circulation de l'information. À l'heure des satellites, de la transmission instantanée des images et des sons, les concepts sont sagement restés prisonniers des langues et des cultures nationales. Les praticiens de la pensée unique à la française, par exemple, peuvent parler comme si le monde extérieur n'existait pas, et comme si *leur* cercle de la raison était absolu, alors même qu'ils sont considérés à New York, Londres ou Tokyo comme des fossiles dirigistes. Leur pouvoir idéologique sur la société française vaut celui des dirigeants brejnéviens sur la société soviétique, alors même que l'expression des idées est absolument libre, y compris dans des domaines comme la sexualité, où la répression était la norme. L'homosexualité est, heureusement, acceptée, mais le protectionnisme ou l'opposition à la monnaie unique sont désormais des vices. Un nouveau déterminisme sociologique est à l'œuvre, qui mène, dans chaque nation, à cette homogénéité de pensée. En dépit de certaines apparences, la détermination n'est pas primordialement économique, même si des variables de revenu ou de classe jouent un rôle dans la localisation sociale de la croyance.

Le capitalisme mythifié

Obsession financière et monétaire, baisse des taux de croissance, montée des inégalités, appauvrissement de secteurs de plus en plus vastes de la société, chômage de masse dans le cas de l'Europe. L'évidence des dysfonctionnements et des injustices économiques suggère qu'une logique du profit est à l'œuvre. On aimerait croire, pour se rassurer intellectuellement, que certains individus, certains groupes, certaines classes profitent matériellement des phénomènes régressifs. C'est ce que semble démontrer la montée entre 1987 et 1997, des deux côtés de l'Atlantique, des indicateurs boursiers, Dow Jones ou CAC 40, traitée par les médias comme plus significative de l'activité économique que la stagnation de la production industrielle ou le taux de chômage. Comment ne pas imaginer des profiteurs, ou tout du moins une motivation par le profit ? Les opposants au système veulent voir dans la hausse ponctuelle du cours de telle ou telle action succédant à un dégraissage d'effectifs la preuve que le profit est insensible et immonde par nature. Ses partisans vénèrent en la Bourse l'instrument et le révélateur d'une efficacité retrouvée du capitalisme, capable de récompenser la profitabilité et donc la productivité des entreprises. Ni les uns ni les autres n'approchent ici l'essentiel de la vérité : la Bourse n'est le moteur de rien du tout. Elle enregistre passivement la montée des inégalités qu'elle convertit, d'inégalités de revenus en inégalités dans la possession du capital. Ainsi que l'a bien vu George Brockway, l'emballement boursier n'est que l'effet du déversement d'un surplus d'argent liquide sur le marché du capital, qui gonfle la valeur moyenne des actions sans qu'aucun investissement réel ne soit fait, sans que rien de supplémentaire ne soit produit[1]. Dans

---

1. G. P. Brockway, *The End of Economic Man*, W. W. Norton, 1995, p. 126-131.

un contexte de montée des inégalités, les revenus supérieurs, sans cesse croissants, doivent s'employer ; ils
trouvent le chemin du marché boursier, induisant ainsi,
alors qu'il ne se passe rien de spécial en termes réels,
une montée des cours. Dans un pays comme la France,
où la production industrielle a été totalement stagnante
entre 1990 et 1997, la progression du CAC 40 n'a pu
être qu'une fonction relativement simple de l'augmentation des inégalités, à peine compliquée par un coefficient de spéculation et par l'activité extérieure des
multinationales. Cette inflation des riches devient de
fait une lutte pour la possession du capital. Dans un
contexte de fixité du stock des moyens de production,
un tel mécanisme conduit à la concentration. Les
classes moyennes sont progressivement exclues, l'ensemble du processus menant à l'émergence d'une caste
supérieure, sans cesse rétrécie. Il est décidément bien
difficile de résister à la séduction de l'économique,
même si, ici, le profit apparaît comme un effet et non
comme une cause.

Quel que soit le point d'entrée dans les problèmes
des sociétés développées, on a tendance à interpréter
par l'économie et l'on a du mal à réprimer une sensa-
tion de déjà-vu. Un capitalisme sauvage, féroce renaî-
trait, proche par son mode de fonctionnement et ses
effets sociaux de celui du XIXe siècle. Les analystes
ayant un minimum de conscience historique rappellent
désormais que la globalisation n'est pas un phénomène nouveau. Vers 1900, le monde était soumis
à des phénomènes d'échange et de concurrence
d'échelle planétaire. Les taux d'ouverture des économies européennes étaient proches de ceux que l'on
peut observer aujourd'hui (malgré l'existence avant
1914 du protectionnisme). La liberté de circulation du

capital existait, facilitée par la stabilité monétaire de l'étalon-or.

Une perception cyclique de l'histoire est peut-être en train de s'imposer. Certains salaires baissent, les profits montent, le libéralisme s'impose et l'économie politique revient au bon vieux temps de l'innocence. Adam Smith est redevenu parole d'évangile, on oublie la crise de 1929 et l'on peut à nouveau parler de Jean-Baptiste Say sans rire. Comment ne pas ajouter à ce capitalisme une classe dirigeante à l'ancienne, subventionnant par ses préférences la défense idéologique du profit ? La pensée unique, qui accepte et défend l'accumulation privée de la richesse, ne serait alors que l'expression d'un rapport de forces économique, le reflet idéologique de la suprématie du capital. Pour parachever le cycle, il suffirait que la critique du présent se soumette à celle du passé, par une adhésion en masse des contradicteurs de la pensée unique à la bonne vieille dénonciation marxiste du capitalisme. L'aveuglement des classes dirigeantes ne serait qu'un banal cas de fausse conscience, reflet d'une position spécifique dans les rapports de production. Le désarroi moral engendré par l'injustice serait au moins compensé par un retour à la paix intellectuelle.

Cette vision économiste, en termes d'intérêts de classe, n'est certes pas inutile. Et l'on doit à ce stade citer *L'idéologie allemande*, avec respect et nostalgie :

« Les pensées de la classe dominante sont aussi, à toutes les époques, les pensées dominantes, autrement dit la classe qui est la puissance *matérielle* dominante de la société est aussi la puissance dominante *spirituelle*. La classe qui dispose des moyens de la production matérielle dispose, du même coup, des moyens de la production intellectuelle, si bien que, l'un dans l'autre, les pensées de ceux à qui sont refusés les moyens de production intellectuelle sont soumises du même coup à cette classe dominante[1]. »

Ce texte, qui retrouve aujourd'hui, intact, son pouvoir de fascination, fut conçu et rédigé par Karl Marx et Friedrich Engels à Bruxelles entre le printemps de 1845 et la fin de 1846. Comment ne pas se représenter Alain Minc, enfermé dans son cercle de la raison, en directeur de la communication de la bourgeoisie française, lorsque Marx et Engels poursuivent :

« ... chaque nouvelle classe qui prend la place de celle qui dominait avant elle est obligée, ne fût-ce que pour parvenir à ses fins, de représenter son intérêt comme l'intérêt commun de tous les membres de la société ou, pour exprimer les choses sur le plan des idées : cette classe est obligée de donner à ses pensées la forme de l'universalité, de les représenter comme étant *les seules raisonnables*, les seules universellement valables[2]. »

On peut, dans une certaine mesure, définir la pensée unique comme un phénomène de classe, comme une manifestation de fausse conscience idéologique. Mais la définition de la classe ne peut être primordialement économique. L'esprit, la culture, les valeurs anthropologiques entrent dans la genèse des classes.

Le capitalisme sacrifié

La pensée unique à la française est utile à l'humanité en ce qu'elle illustre de façon spectaculaire le

---

1. Éditions sociales, 1970, p. 74.
2. *Ibid.*, p. 77. C'est moi qui souligne.

fait que l'économie, dans son expression capitaliste, n'est pas la source réelle de l'illusion idéologique. Dans notre pays, martyrisé par la pensée unique, le capitalisme est trop visiblement dominé par l'État, par des hauts fonctionnaires qui méprisent l'activité d'entreprise, ignorent la logique du marché et confondent le profit avec la rente obtenue par combine politique. L'économie française a été dévastée par la « construction » monétaire de l'Europe, et, avec elle, de larges pans du capitalisme hexagonal. La hausse des profits de telle ou telle entreprise, ou de la part des profits par rapport aux salaires dans le PIB, ne peut masquer les effets négatifs, pour la majorité des chefs d'entreprise, de la politique monétaire menée par tous les gouvernements français depuis le milieu des années 80. Le CNPF est déchiré, même s'il est tenu dans la ligne par ses grandes entreprises, non pour des raisons de profitabilité mais parce que les patrons de ces mastodontes sont proches sociologiquement du cœur de la pensée unique. Il est frappant, pour qui participe à des débats comme les *Forums de l'Expansion*, d'observer l'opposition latente existant entre les dirigeants des PME, le plus souvent sceptiques face au franc fort et à la monnaie unique, et les hauts fonctionnaires placés à la tête des institutions financières et des très grandes entreprises, porteurs placides de la pensée unique à la française. *Le Figaro*, journal « de droite », est moins conformiste dans son interprétation des phénomènes économiques que *Le Nouvel Observateur*, journal « de gauche ». Et Lionel Jospin peut taxer les profits des grandes entreprises pour rentrer dans les critères de Maastricht sans sortir de la pensée unique.

Les études comparatives internationales sur les rapports de forces internes à chaque société soulignent toujours, dans le cas de la France, la puissance de l'État et la très faible influence des milieux d'affaires, qu'il s'agisse des entrepreneurs proprement dits ou des spéculateurs[1]. L'État reste dans l'hexagone le grand entrepreneur, et, depuis l'entrée dans l'utopie monétaire, le grand spéculateur dont les projets politico-monétaires entretiennent l'incertitude sur les marchés. Les analystes anglo-saxons, d'Andrew Shonfield vers 1965 à Jeffrey Hart en 1994, ont à vrai dire le plus grand mal à considérer la France comme un pays authentiquement capitaliste. La prédominance entre Lille et Perpignan, entre Brest et Strasbourg, d'une logique économique sacrificielle démontre qu'une pensée unique peut être anticapitaliste. Les sources de sa puissance et de sa cohérence doivent être cherchées hors de la sphère économique, même si son expression touche de façon prioritaire les paramètres économiques.

Un saut conceptuel : de la pensée unique
à la pensée zéro

Les groupes et catégories qui acceptent la pensée unique ne sont pas, « à l'ancienne », les bourgeois ou le capital. Une approche plus fine de la structure sociale

---

1. Voir, par exemple, J. F. Hart, « A comparative analysis of the sources of America's relative economic decline », *in* M. A. Bernstein & D. E. Adler, *Understanding American Economic Decline*, Cambridge University Press, 1994, p. 199-239. Pour une vision plus ancienne, concernant une période durant laquelle l'action économique de l'État apparaissait en France rationnelle et bénéfique plutôt que suicidaire, voir A. Shonfield, *Le capitalisme d'aujourd'hui. L'État et l'entreprise*, Gallimard, 1967.

et des catégories socioprofessionnelles est nécessaire
à qui veut saisir son action dans les esprits. Le terme
action est d'ailleurs exagérément dynamique. Une
fois constatées les incompatibilités mutuelles entre les
diverses pensées uniques nationales, après avoir analysé l'incohérence conceptuelle de la variante française, nous devons admettre qu'il n'y a pas grand-
chose d'actif dans la pensée unique : vénération de
l'argent, affirmation de la tolérance, rejet de la nation.
Mais pouvons-nous réellement identifier en la vénération de l'argent une pensée positive ? L'amour de l'or
en général est typique de celui qui n'a rien à aimer en
particulier ; il offre la possibilité d'une accumulation
inutile, une mise en scène du vide. Quant à la tolérance, a-t-elle vraiment un contenu ? Le penseur unique de gauche défendra certes les « sans-papiers »,
mais il trouvera le plus souvent admirable le projet de
fusion avec l'Allemagne, dont le droit du sang dénie
aux enfants d'immigrés la possibilité d'appartenir à la
communauté nationale. La contradiction révèle le
vide en termes de valeurs positives. Il ne s'agit pas
d'aimer et d'aider les immigrés mais de nier l'existence de la France et de sa frontière. Nous retombons
sur le troisième terme du dénominateur commun à toutes les pensées uniques : la nation n'existe plus. Quelle
importance alors à ce que l'Allemagne n'octroie pas
une citoyenneté devenue illusoire ? Mais quoi de plus
négatif que cette glorification du néant, cette croyance
en l'inexistence de la collectivité humaine la plus évidente et la plus banale, cet hexagone, ces Français
dont nous parlons la langue et dont nous partageons le
système de Sécurité sociale ? À ce stade, si nous voulons comprendre et expliquer, un saut conceptuel est
nécessaire. Nous devons accepter l'évidence : il n'y a

RIEN dans la pensée unique, qui est en réalité une non-pensée, ou une pensée zéro.

Cette pensée zéro se contente de hurler l'inévitabilité de ce qui est ou de ce qui advient. Aux États-Unis, elle clame l'inéluctabilité de l'ultralibéralisme. En France, celle de la monnaie unique et du libre-échange. Elle est Pangloss dans le *Candide* de Voltaire : tout est pour le mieux dans le meilleur des mondes possibles. Ni le catholicisme, ni le protestantisme, ni le radical-socialisme, ni le gaullisme, ni le bolchevisme, ni le fascisme, ni même le libéralisme du XIXe siècle n'avaient osé proposer au monde une pareille frénésie panglossienne d'acceptation de tout ce qui arrive. Le trait central et unificateur de la pensée zéro est une glorification de l'impuissance, une célébration active de la passivité que l'on doit désigner par un terme spécifique : le *passivisme.*

Et ce qui perce sous l'antinationisme, c'est la cause du passivisme : la rupture du groupe et des croyances collectives qui le solidifiaient. Si une communauté humaine n'existe pas, aucune action collective n'est par définition possible, et tout ce qui arrive ne peut qu'être accepté. Le noyau mou de la pensée zéro, c'est l'implosion de l'individu qui résulte de l'implosion du groupe. Une fois posée cette hypothèse simple et radicale, nous sommes conceptuellement armés pour comprendre l'impuissance des « contradicteurs de la pensée unique » qui n'ont à vrai dire rien à contredire qui ait une substance. Aucune doctrine à réfuter, aucune croyance solide à combattre. Même la monnaie unique, à l'origine projet positif quoique mal pensé, n'apparaît plus à la veille de sa réalisation que comme un « machin qui arrive », qu'on ne peut empêcher, qu'on accepte sans même croire au moindre de ses avantages économiques. On s'y soumet désormais, comme au libre-échange, par passivisme. Munis de cette nouvelle hypothèse nous pouvons enfin expliquer la liquéfaction successive de tous les acteurs politiques, individus réduits à un infiniment petit social par la disparition des croyances collectives, acceptant leur impuissance, et pour cette raison catalogués les uns après les autres comme « se ralliant à la pensée unique », alors qu'ils ne peuvent nullement adhérer à une pensée qui n'a jamais eu de contenu. En France, le seul message délivré par les lieux et nœuds de pouvoir — le ministère des Finances, la présidence de la République, Matignon, la droite, le Parti socialiste et le journal *Le Monde* — est que ce qui existe, existe, ce qu'il est difficile de ne pas admettre, et que l'on n'y peut rien, ce qui est absolument vrai si l'on part de l'axiome que la France n'existe pas.

Reste à expliquer la fixation privilégiée de cette pensée zéro dans quelques secteurs spécifiques de la société. Pourquoi le vide, le néant, irait-il se loger ici plutôt qu'ailleurs ? Il y a là un dernier paradoxe qui n'est pas insoluble si l'on pense en termes de détermination négative. Il n'existe pas de véritable détermination positive : personne n'adhère fortement à la pensée zéro, ainsi qu'on le constate en bavardant dans le Paris des élites vers 1997. Sa prédominance définit une sphère de croyances faibles, insignifiantes par l'intensité. Mais pour être conduit à s'insurger contre le néant, il faut que ce néant fasse mal, qu'il produise de la souffrance. C'est ici qu'intervient la structure de classe. Les milieux économiquement privilégiés supportent la pensée zéro plus qu'ils ne la créent ou la défendent, ceux qui souffrent la rejettent, avec toute l'ambiguïté que suppose le refus d'une chose qui n'existe pas.

La nouvelle classe culturelle et ses privilèges

Une vision culturelle de la stratification sociale et de son évolution peut seule permettre une compréhension des mécanismes fondamentaux de domination mis en œuvre par la pensée zéro. On l'a vu au chapitre v, dans toutes les sociétés développées, le progrès éducatif a conduit à l'émergence d'une couche sociale supérieure comprenant environ 20 % de la population. Cette strate est diverse par les compétences techniques, professionnelles, économiques. Elle comprend des cadres commerciaux, des fonctionnaires de catégorie A, des professeurs, des chercheurs, des avocats, des ingénieurs, et peut-être même quelques capitalistes. Elle est soudée par le niveau éducatif lui-même, qui définit à la fois un style culturel et un style de vie. Accès aux livres, aux musées, aux voyages, aux pays étrangers. Le développement de l'éducation supérieure a produit une strate dont l'homogénéité est renforcée par quelques mécanismes anthropologiques simples. Les individus de niveaux scolaires équivalents manifestent une tendance évidente à se marier entre eux. L'endogamie culturelle contribue donc fortement à la définition de la couche sociale. Un niveau de revenu supérieur complète ce tableau de la nouvelle classe. Partout existe une forte corrélation entre revenu et éducation, analysée avec délectation par les brochures synthétiques de l'OCDE. La compétence justifierait le privilège économique. En réalité, il est difficile de distinguer, dans les privilèges de la nouvelle classe, ce qui découle d'une utilité économique supérieure de ce qui est permis par une capacité de pure domination sociale[1].

Dans les années 1985-1995, niveaux de revenu et taux de chômage révèlent la situation privilégiée des titulaires de diplômes. Dans la France de 1992, une formation supérieure se soldait par un taux de chômage moyen de 4,4 % seulement. Déduction faite du chômage frictionnel, une telle proportion n'est pas encore très éloignée du plein emploi. Une éducation n'allant pas au-delà du premier cycle du secondaire — en termes de diplôme, du Brevet — induisait statistiquement un taux de chômage de 12,1 %. Ces accessions inégales au marché du travail se combinaient à des différences de salaire allant du simple au double. À ce stade, l'inégalité est importante sans être impressionnante. C'est la taille de la nouvelle classe qui constitue le phénomène social radicalement nouveau.

Jamais une telle masse culturelle n'avait existé en haut de la société, dont la capacité de domination est infiniment plus réelle que celle du capital. Au contraire de la bourgeoisie du passé, souvent inculte, la nouvelle classe associe éducation et force économique. Nous pouvons obtenir une mesure de cette puissance globale en combinant niveau universitaire et revenu : les 20 % les plus éduqués doivent, par leurs salaires et traitements supérieurs, capter 40 % du revenu national. C'est la combinaison de l'aisance économique relative et de la compétence culturelle qui crée l'effet de domination. C'est l'acceptation par ce monde de la pensée zéro qui établit la toute-puissance du néant. Une fois posée l'existence de cette catégorie, une

1. Voir, *supra*, chap. v, p. 158-165.

bonne partie des contradictions morales de la période s'effacent. Les bonnes intentions d'une classe fortement éduquée s'investissent dans la défense des valeurs morales, dans l'hostilité à la peine de mort, dans le refus du racisme, et dans un attachement sans faille à la liberté d'expression. Ses bons revenus et sa bonne insertion sur le marché du travail s'expriment par le passivisme : acceptation du libre-échange et de la politique du franc fort, indifférence (ou peut-être devrait-on dire tolérance) aux souffrances des milieux populaires.

La puissance synthétique de la culture et de l'aisance est particulièrement sensible dans l'univers des médias, si importants dans l'expression de la pensée dominante de l'époque. Détenteurs d'un pouvoir monétaire supérieur, les membres de la nouvelle classe culturelle sont la clientèle des journaux, par leurs achats directs, mais plus encore à travers le mécanisme du financement par la publicité. Le marketing de presse s'intéresse de façon prioritaire, si ce n'est exclusive, au lectorat des cadres supérieurs, dont la sensibilité devient en pratique celle de la presse. La mise en phase des journaux est d'autant plus facile à réaliser que les journalistes eux-mêmes appartiennent, par tous leurs paramètres sociologiques fondamentaux, à la nouvelle classe.

Niveau culturel élevé, revenu suffisant, catégorie professionnelle supérieure : ces indicateurs définissent le centre de gravité du lectorat de tous les *news magazines, L'Express, Le Nouvel Observateur, Le Point, L'Événement du Jeudi*. On est saisi par l'identité presque absolue de composition des audiences. À quelques pour cent près, les lecteurs des grands *news* appartiennent aux mêmes catégories socioprofessionnelles, ont les mêmes

Tableau 17. *Éducation, revenu et chômage dans le monde développé*

	Gain annuel des hommes ayant eu une éducation universitaire en proportion du gain de ceux qui n'ont pas été au-delà du premier cycle du secondaire (indice 100)	Taux de chômage en 1992 des individus ayant eu une éducation universitaire	Taux de chômage en 1992 des individus qui n'ont pas été au-delà du premier cycle du secondaire
États-Unis	248	2,9 %	13,5 %
Royaume-Uni	214	3,6 %	12,3 %
France	200	4,4 %	12,1 %
Allemagne	193	3,7 %	8,9 %
Suède	182	2,0 %	4,6 %
Italie	159	6,0 %	7,3 %

Source : OCDE, *Coup d'œil sur les économies de l'OCDE. Indicateurs structurels*, 1996, p. 36 et 43.

Tableau 18. *Catégorie socioprofessionnelle et diplôme en France en 1995*

	Titulaires d'un diplôme supérieur
Professions libérales	83,7 %
Cadres	51,7 %
Chefs d'entreprise	22,6 %
Professions intermédiaires	8,8 %
Artisans et commerçants	3,6 %
Employés	1,7 %
Agriculteurs exploitants	1,3 %
Ouvriers	0,2 %

Source : INSEE, *Enquête sur l'emploi, 1995. Résultats détaillés*, 1996.

formations universitaires et les mêmes privilèges de revenu. Tous ces journaux, en dépit d'une différenciation idéologique initiale, certains étant à l'origine de gauche et d'autres de droite, sont aujourd'hui devenus la même chose, du point de vue sociologique qui situe les individus par leurs caractéristiques objectives plutôt que par leur autoperception subjective.

Tableau 19. *L'audience des* news magazines *français en 1995*

janvier-décembre 1995	Éducation supérieure	Revenu du foyer supérieur à 240 000 F	Chef de foyer « Affaires et cadres »	Habite l'agglomération parisienne
L'Express	47,6 %	30,4 %	37,8 %	29,1 %
Le Nouvel Observateur	51,4 %	31,8 %	38,4 %	29,4 %
Le Point	48,6 %	31,5 %	42,0 %	32,3 %
L'Événement du Jeudi	53,8 %	29,7 %	35,5 %	31,8 %
FRANCE ENTIÈRE	21,7 %	12,2 %	16,9 %	16,5 %

Source : AEM janvier-décembre 1995.

La notion de richesse, et donc d'intérêt économique, doit être prise en compte par qui s'intéresse à la nouvelle classe et à son rapport à la pensée zéro. Mais l'existence d'une communauté culturelle sous-jacente à tous les autres paramètres est la dimension fondamentale, le facteur causal. On ne peut que suivre Pierre Bourdieu lorsqu'il met en évidence l'existence, indépendamment du capital économique, d'un capital culturel fondé, entretenu, reproduit par le système scolaire et universitaire. Le développement massif de l'éducation secondaire ou supérieure suggère une formidable montée en puissance du capital culturel par rapport au capital économique dans les années 1960-1990. Au point que l'insertion sociologique de la pensée zéro peut apparaître comme une malicieuse vérification de l'intuition fondamentale de Bourdieu, qui remonte au début des années 60[1].

---

1. Son essai *Les héritiers* (Éditions de Minuit, écrit en collaboration avec Jean-Claude Passeron) date de 1964.

Niveaux de souffrance économique

Oublions donc un instant le capital et ses deux cents familles, qui ne pèsent pas si lourd que ça dans la détermination des choix idéologiques de nos sociétés développées, et intéressons-nous plutôt aux catégories sociales ayant une certaine masse statistique, combinant un fort potentiel culturel et des avantages de revenu mesurés. Le monde des formations intellectuelles supérieures doit être analysé finement, selon le métier, si l'on veut saisir la variété des niveaux de souffrance économique auxquels aboutit la prédominance de la pensée zéro.

Parmi les privilégiés du passivisme, les hauts fonctionnaires sont certainement les bénéficiaires les plus absolus. À des traitements substantiels ils ajoutent une sécurité absolue de l'emploi et la possibilité ahurissante de bénéficier simultanément, par la mise en disponibilité, des salaires du privé et de la sécurité du public. On comprend pourquoi ils éprouvent quelques difficultés à choisir, dans leur gestion de l'économie, entre étatisme et libéralisme. Ils sont les maîtres réels de la France, nous le savons, mais leur nombre trop restreint ne peut suffire à expliquer la survie de la pensée zéro.

Le monde du capitalisme privé est divisé. Au sommet des très grandes entreprises règne la caste issue des grandes écoles, en interaction économique, sociale et matrimoniale forte avec le groupe des hauts fonctionnaires. Mais immédiatement au-dessous de ces hommes protégés, commence l'insécurité, dans les grands secteurs industriels dévastés comme dans l'univers des PME. Ainsi que l'a remarqué Philippe

Cohen, le taux de chômage réel des cadres du secteur privé, lorsqu'on les sépare de leurs homologues du public, est proche en 1995 de 10 %[1]. Le monde de l'entreprise subit de plein fouet tous les chocs : les grandes dégraissent leurs effectifs, tandis qu'au niveau des PME la mort est souvent l'inévitable issue. À l'intérieur du secteur privé, dans une branche donnée, l'exposition au risque a longtemps été différente pour les cadres et les ouvriers. Les plans d'adaptation, patronnés ou non par l'État, ont toujours protégé les catégories supérieures. Dans le cas de la sidérurgie, par exemple, la consigne était de réduire les effectifs ouvriers mais de garder les cadres. Nous avons ici, en situation de contraction, la mise en évidence d'une capacité purement sociale, culturelle, à se protéger, indépendamment de toute utilité économique. Cette phase d'autoprotection des cadres peut être observée dans tous les systèmes, étatiques ou libéraux. Elle a eu son équivalent aux États-Unis, dans les années 1980-1995. La réduction de masse de l'industrie n'avait pas alors empêché la persistance sociologique d'une pléthore des personnels d'encadrement. Une telle autodéfense des catégories supérieures, dans un contexte concurrentiel féroce, ne peut se poursuivre indéfiniment, comme le montre le taux de chômage des cadres du secteur privé français, aujourd'hui à peine inférieur à celui des ouvriers qualifiés.

En France, le monde des employés de l'État, au sens large — fonctionnaires, salariés des entreprises publiques et personnels à statut —, n'est pas homogène dans son exposition à l'asphyxie monétaire et aux aléas du commerce mondial, bref aux effets

---

1. Ph. Cohen. *Le bluff républicain*, Arléa, 1997, p. 114.

concrets de la pensée zéro. Une approche simpliste, assez populaire à droite, veut les identifier en bloc comme des privilégiés du système. Il devient effectivement assez extraordinaire, dans l'actuel climat d'insécurité, de pouvoir s'imaginer, dans dix ou vingt ans, toujours pourvu d'un salaire, garanti de surcroît par la stabilité du franc, et pourquoi pas — laissons-nous porter par un rêve — sur le point d'augmenter en valeur réelle grâce à la déflation. Une telle approche a un sens pour les fonctionnaires correctement payés de catégorie A, et notamment pour les professeurs certifiés ou agrégés. Elle en a moins pour ce qui concerne les petits salariés de la fonction publique ou des grandes entreprises nationalisées. Aux niveaux inférieurs de la structure sociale, on ne peut plus envisager de vivre sur un seul salaire et c'est le revenu global du ménage qui doit être considéré. Or, l'analyse des mariages entre catégories socioprofessionnelles révèle que si les fonctionnaires de grade élevé sont fortement endogames et ont une propension à redoubler leurs avantages de stabilité par le mariage, ce n'est pas le cas pour les petits employés du secteur public. Les agents des postes ou d'EDF épousent fréquemment des salariés du secteur privé dont ils sont proches par le niveau d'étude et par l'insertion géographique locale. La forte propension des ouvriers (qui appartiennent surtout au monde de l'entreprise) à épouser des employées (surreprésentées dans le secteur public ou parapublic) est une manifestation statistique de cette interaction matrimoniale de l'État et de l'entreprise aux niveaux inférieurs de la pyramide sociale. Pour un couple combinant dans ses revenus un petit traitement public à un petit salaire privé, sécurité et insécurité se mêlent. La composante garantie n'apparaît pas comme un luxe mais comme une assurance. C'est la raison pour laquelle les appels répétés de la droite à la guerre contre la sécurité d'emploi des fonctionnaires n'arrivent pas à mobiliser l'opinion. L'opposition du public et du privé n'intéresse à vrai dire que les classes culturelles supérieures, à l'intérieur desquelles les fonctionnaires de catégorie A apparaissent effectivement comme des privilégiés.

Il n'est pas nécessaire d'aller plus loin pour comprendre la tolérance du Parti socialiste à la pensée zéro, que celle-ci se soumette au libre-échange, au franc fort ou à la monnaie unique. Les enseignants, qui constituent l'un des cœurs sociologiques de la gauche, sont faiblement menacés par l'évolution économique. Contrairement à ce que suggère la rhétorique ultralibérale, qui insiste pour que toutes les conduites humaines soient déterminées par l'appât du gain ou la peur de la perte, les professeurs font fort bien leur travail, en l'absence de risque de marché. Mais, n'ayant pas à craindre au jour le jour le licenciement ou une compression de leur salaire, ils ne se sentent pas menacés d'une destruction économique, sociologique et psychologique. Ils ne sont donc pas mobilisés contre la pensée zéro. Sans être le moins du monde « de droite », statistiquement, ou favorables au profit des grandes entreprises, ils sont atteints de passivisme et peuvent se permettre de considérer l'Europe monétaire et l'ouverture aux échanges internationaux comme des projets idéologiques sympathiques et raisonnables. Ils ne sont aucunement « bénéficiaires » car, si aucune souffrance économique directe ne les atteint, ils subissent de plein fouet les effets sociaux indirects du chômage, à travers des élèves difficiles, rendus vio-

Tableau 20. *Les catégories socioprofessionnelles et l'État en France*

	Proportion de salariés de l'État et des collectivités locales
Agriculteurs exploitants	–
Commerçants et artisans	–
Chefs d'entreprise	–
Professions libérales	2,9 %
Cadres	34,3 %
Professions intermédiaires	33,1 %
Employés	37,6 %
Ouvriers	7,4 %
Hommes	16,9 %
Femmes	28,8 %
Total	22,1 %

Source : INSEE, *Enquête sur l'emploi de 1995. Résultats détaillés*, 1996.

lents par le contexte de décomposition sociale et familiale. L'acceptation implicite de la gestion économique par cette catégorie sociale, idéologiquement et statistiquement beaucoup plus importante que les « bourgeois » ou les hauts fonctionnaires, assure la stabilité européiste et libre-échangiste du Parti socialiste, dans ses tréfonds militants et non pas simplement parmi ses dirigeants. On peut ici formuler une prédiction de type conditionnel : si les enseignants viraient sur les questions de la monnaie unique et du libre-échange, la pensée zéro serait, du jour au lendemain, morte, et l'on verrait se volatiliser les prétendues certitudes du CNPF et de Bercy.

L'immobilité idéologique des enseignants les a séparés de cet autre cœur sociologique de la gauche que constituent les ouvriers, qui eux subissent, depuis près de vingt ans, toutes les adaptations, tous les chocs économiques concevables. Les résultats électoraux des années 1988-1995 mettent en évidence cette dissociation, peut-être temporaire, des destins. La stabilité du vote des enseignants pour la gauche, aux pires moments de la plongée du Parti socialiste, a contrasté avec la volatilité du vote ouvrier, désintégré, capable de se tourner vers le Front national comme vers l'abstention. Au second tour de l'élection présidentielle de 1988, 75 % des ouvriers avaient voté pour François Mitterrand ; sept ans plus tard, en 1995, seulement 55 % d'entre eux ont voté pour Lionel Jospin. Les enseignants ont donné, en 1995 comme en 1988, les deux tiers de leurs suffrages à la gauche. La souffrance économique a parfois conduit des ouvriers à retrouver, dans le vote Front national, les petits commerçants et les artisans, qui constituent l'un des noyaux sociologiques de la droite. Le monde de la boutique a été, comme celui des PME industrielles, mis sous tension directe par la politique monétaire, par la compression de la demande et par des taux d'intérêt très élevés jusqu'à une période récente.

La distinction public/privé est donc importante mais absolument insuffisante pour comprendre certaines attitudes d'acceptation ou de rejet de la pensée zéro. On doit aussi tenir compte du niveau de revenu, fortement dépendant du niveau culturel. Il faut surtout être conscient de l'existence de morceaux et de segments du secteur privé qui sont par nature à l'abri de la concurrence internationale. Les médecins, les avocats qui s'occupent de divorce plus que de contrats internationaux, ne sont pas soumis aux effets directs du libre-échange, en dépit des règlements ubuesques qui tentent d'unifier l'Europe des métiers. La langue, le caractère spécifique des mœurs nationales les protègent de toute concurrence directe.

On peut en dire autant, paradoxalement, des journalistes, dont le milieu, malgré son excellente perception des difficultés actuelles, n'est pas en France collectivement en révolte contre la pensée zéro. Les journalistes sont mieux placés que toute autre catégorie socioprofessionnelle pour vivre « en temps réel » la mutation du monde. Mais, qu'ils travaillent pour la presse écrite ou l'audiovisuel, ils sont protégés de la concurrence internationale par la langue française qui barre efficacement l'accès de leur marché du travail aux journalistes des autres nationalités. Réciproquement, eux-mêmes ne pourraient trouver un emploi ailleurs qu'en France, en Belgique, en Suisse, au Québec ou en Afrique francophone. Erik Izraelewicz n'a pas oublié de mentionner, dans la conclusion de son hymne au libre-échange, les avantages acquis des fonctionnaires. Il aurait dû également souligner la protection spontanée, quoique moins absolue, dont bénéficie, pour des raisons linguistiques, sa propre profession[1]. La logique de l'intérêt économique négatif permet de comprendre la tolérance du monde des médias à la pensée zéro. Comme les professeurs, les journalistes ne souffrent pas directement de l'ouverture aux échanges, mais il serait absurde d'affirmer qu'ils en profitent, ou qu'ils bénéficient de la situation. Nous n'avons plus affaire ici à l'*homo œconomicus*, mis en mouvement par la recherche du gain maximal, mais à son double négatif, l'*homo passivus*, maintenu dans l'inaction par l'absence de perte.

---

1. E. Izraelewicz, *op. cit.*, p. 257.

Mort des idéologies et naissance de la pensée zéro

La France aura été, entre 1789 et 1980, l'un des pays les plus divisés qui puissent se concevoir sur le plan idéologique : la violence du conflit, la complexité de son système de partis s'expliquent, à toutes les époques, par l'hétérogénéité de sa composition anthropologique, par la présence dans l'hexagone de plusieurs systèmes familiaux opposés par leurs valeurs fondamentales. L'alphabétisation de masse, réalisée entre la Réforme protestante et le début du XXᵉ siècle, avait permis l'entrée en scène historique de ces valeurs anthropologiques latentes, par la naissance en cascade des grandes forces politico-religieuses.

On peut se représenter chacune des grandes idéologies du passé récent comme une croyance collective intégrant verticalement la société ou un segment de société. Quel que soit le système de valeurs exprimé et formalisé, l'idéologie est née de l'alphabétisation de masse, d'un mouvement de démocratisation du savoir et de la compétence intellectuelle. Même lorsqu'elle prônait la soumission à Dieu et aux prêtres, cas du catholicisme tardif, soutien de la droite conservatrice des années 1789-1965, l'idéologie réunissait dans une même croyance des individus appartenant à des milieux socioprofessionnels différents, sur fond d'alphabétisation de masse. Le catholicisme associait des cadres, des paysans, des ouvriers, en proportions inégales mais toujours substantielles. Statistiquement surreprésenté dans les univers bourgeois et ruraux, il avait quand même donné naissance au syndicalisme CFTC dans le monde des employés et des ouvriers. Il revendiquait d'ailleurs son caractère interclassiste.

Mais du côté des partisans théoriques de la lutte des classes, l'interclassisme pratique n'était pas moindre. Le Parti communiste était certes particulièrement puissant dans la classe ouvrière, hégémonique dans celle des régions laïques et égalitaires du Bassin parisien. Mais il avait aussi ses paysans, de la Dordogne à l'Allier, et ses cadres, dans l'enseignement. Au sommet de sa puissance, au lendemain de la Seconde Guerre mondiale, il était autant « surreprésenté » parmi l'élite des normaliens qu'au sein de la classe ouvrière. De façon moins spectaculaire, mais tout aussi réelle, la social-démocratie de type SFIO et le gaullisme associaient les classes dans des croyances, intégrant verticalement des morceaux de société. À la base de ces formes verticales, les substrats anthropologiques régionaux fournissaient leurs valeurs fondamentales de liberté ou d'autorité, d'égalité ou d'inégalité. L'affrontement horizontal entre idéologies était d'une violence extrême, mais l'existence de ces croyances collectives avait pour effet d'encadrer, de sécuriser les individus et d'établir des liens systématiques entre haut et bas de la société. Chaque sous-système avait son peuple et son élite, solidaire. Les intellectuels catholiques affrontaient leurs homologues communistes, au nom d'une vision globale du monde et de la vie, tandis que les politiques socialistes et gaullistes se déchiraient sur le problème plus terrestre de la forme institutionnelle de la république. Le tout dans une chaude ambiance nationale, personne n'imaginant sérieusement être autre chose que français, au terme des souffrances engendrées par deux guerres mondiales.

Le développement des éducations secondaire et supérieure a brisé toutes les idéologies. La nouvelle stratification culturelle a dissocié la société, l'a transformée en un gigantesque mille-feuille. La décomposition de ces grandes croyances a eu, dans un premier temps, des effets positifs, libérateurs. La disparition des œillères idéologiques qui enfermaient les intellectuels dans des a priori sans rapport avec aucune réalité a donné à la France, entre 1968 et 1988, deux décennies de liberté. Mais, en même temps qu'elle mettait les individus en état d'apesanteur idéologique, la mort des croyances collectives les isolait et rompait les liens existant entre les divers niveaux de la structure sociale. La mort du catholicisme, c'était aussi la fin des liens entre bourgeois et paysans catholiques, et l'apparition, en masse, d'ex-chrétiens effrayés par l'ampleur du vide métaphysique. La mort du communisme, c'était aussi la fin de la solidarité entre ouvriers et enseignants, et l'apparition d'innombrables individus ramenés à leur minuscule échelle humaine.

La disparition des idéologies a supprimé les barrières qui divisaient la société en blocs verticaux, hostiles et concurrents. Mais elle a finement découpé la pyramide sociale en strates horizontales. Analyser de cette manière les effets sociologiques de la disparition des idéologies revient en fait à observer concrètement, dans le détail, l'apparition de la nouvelle stratification culturelle, née du développement des éducations secondaire et supérieure.

Les grandes idéologies du passé, en dépit des conflits qu'elles nourrissaient, avaient des fonctions d'unification du corps social. La société postidéologique est stratifiée horizontalement, elle est un monde dans lequel les catégories sociales supérieures, moyennes et inférieures ne communiquent plus. Chaque groupe professionnel devient un monde en soi, enfermé dans ses habitudes et sa vision du monde. La circulation des idées et des hommes devient purement horizontale. Une fois de plus, le monde des médias fournit une assez belle illustration de ce mécanisme général. Hier séparés par des croyances idéologiques fortes, les journalistes, de gauche ou de droite, communistes, socialistes, gaullistes ou démocrates-chrétiens, ont abandonné leurs croyances et défini, par étapes, une éthique professionnelle, des habitudes de groupe qui les rapprochent les uns des autres mais les éloignent de la société dans son ensemble. Au terme du processus, les oppositions idéologiques entre journaux ont perdu la plus grande partie de leur sens. On peut symboliquement dater cette mutation : en 1988, Franz-Olivier Giesbert, chef de la rédaction du *Nouvel Observateur*, prend la direction du *Figaro*. Depuis cette date, la circulation des journalistes entre les différents quotidiens et hebdomadaires n'a fait que s'intensifier avec des passages de *Libération* au *Monde*, à l'*Observateur*, et réciproquement.

Fragmentation et atomisation sociale ont fait du métier, par défaut de sens, l'une des identités de base, et l'on a vu apparaître, un peu partout, des justifications existentielles en termes de professionnalisme. L'homme juste devient celui qui fait correctement son boulot. Une expression pathologique de cette dérive est la justification du métier militaire, non plus par le patriotisme, par la loyauté vis-à-vis du groupe, mais par le professionnalisme. Nous avons là une forme limite qui perçoit la mort, la sienne ou celle des autres, comme du travail bien fait.

Le métier n'est cependant pas aujourd'hui l'intégrateur le plus important. Un effet de milieu local encore plus puissant peut être observé, qui ne contredit d'ailleurs nullement la dimension professionnelle.

N'étant plus défini par une foi, l'homme devient le produit d'un lieu. Décatholicisé, décommunisé, dénationalisé, l'individu cesse de communiquer avec d'autres Français, d'autres communistes, d'autres catholiques, pour s'enfermer, soit dans le village parisien, s'il appartient aux catégories socioculturelles supérieures et centrales, soit dans sa banlieue s'il relève d'une catégorie populaire. Hauts fonctionnaires, hommes politiques, journalistes et cadres supérieurs de tous types constituent un milieu local parisien, homogénéisé par un contact quotidien qui n'est jamais transcendé par des croyances fortes, autonomes, délocalisées, de type idéologique. Le côtoiement incessant de doubles sociaux tient lieu de réflexion. À l'heure de la mondialisation, l'élite française s'enferme dans son village. C'est ainsi que la classe dirigeante française en arrive à ne plus voir ni la France ni le monde.

Nous pouvons à ce stade comprendre la tendance de la société française à produire des conflits d'un type nouveau, dans lequel le malentendu, la surprise jouent un rôle particulier, pour la plus grande joie du système d'information. L'élite parisienne, repliée dans sa forteresse sociologique et mentale, croit que le traité de Maastricht plaît à l'ensemble de la France, qu'Édouard Balladur est un Président concevable, que le plan Juppé pour la réforme de la Sécurité sociale est génial et que la dissolution de l'Assemblée nationale par un Président faisant une politique économique opposée à celle qu'il avait promise peut mener à une victoire de son parti. L'élite du pouvoir ne se contente pas de violer une population subconsciemment méprisée pour des raisons culturelles : plus profondément, elle ne perçoit pas son existence. Cette séparation d'avec la France n'est pas le prix à payer pour une plus grande ouverture au monde, puisque, on l'a vu, la pensée zéro se contente d'importer en vrac des recettes socio-économiques sans les comprendre. Elle ignore radicalement les évolutions intellectuelles du monde anglo-saxon et en particulier son analyse économique critique du traité de Maastricht. Quant à sa perception de l'Allemagne concrète, elle est très inférieure en qualité à celle qui existait à l'époque du conflit franco-allemand et des idéologies transnationales. La haine entre nationalistes des deux pays, les liens établis entre socialistes et communistes des deux rives du Rhin assuraient plus de connaissance réelle que les bavardages bruxellois actuels. Jamais les élites françaises n'ont aussi peu réfléchi sur l'Allemagne, qui n'a jamais été autant caricaturée ou niée qu'à l'heure de la fusion et de la mondialisation.

Les idéologies du passé exprimaient, formalisaient des valeurs « positives » (acceptables ou haïssables selon le point de vue), la liberté ou l'autorité, l'égalité ou l'inégalité. La pensée zéro qui émerge au terme de deux siècles d'affrontement, et semble un temps y mettre fin, ne peut être une idéologie comme les autres. Car il n'est pas possible de faire, autrement que par le vide, la synthèse du libéralisme et de l'autoritarisme, de l'égalitarisme et de l'inégalitarisme ou, plus spécifiquement, du républicanisme et du monarchisme, du communisme et de la démocratie chrétienne. L'unification du système français par la pensée zéro représente donc un processus d'un type nouveau, transitoire, qui ne définit pas une idéologie cohérente et stable.

Ce que l'on a l'habitude d'appeler pensée unique n'est qu'une juxtaposition de lambeaux négatifs, portés à un moment donné par les hauts fonctionnaires, les journalistes, les politiques et les universitaires qui constituent le milieu parisien, ensemble incohérent et contradictoire. En fait, c'est le milieu porteur, défini par un territoire, qui donne à la pensée zéro ses contours et son contenu de bric-à-brac. La pensée dite unique est simultanément autoritaire et libérale, égalitaire et inégalitaire. Elle mériterait aussi bien le nom de « purée globale ». Les individus autrefois séparés par des croyances idéologiques fortes — communiste, catholique, nationaliste, ou sociale-démocrate — se retrouvent un instant réunis par leur commune appartenance au monde des bac + 2. Un moment ils croient tous en l'argent, maladie historique commune et cent fois répertoriée, signe certain d'une angoisse du vide, métaphysique et social. Mais l'argent sévère des anciens démocrates-chrétiens n'est même pas l'argent *fun* des anciens gauchistes. La confusion des valeurs (anthropologiques, autant que boursières et monétaires) ne définit aucune unicité de pensée.

Durkheim et Marx

Les causes sociologiques de l'émergence de la pensée zéro doivent donc être cherchées dans l'ouverture croissante de l'éventail des niveaux éducatifs, dans l'effondrement des idéologies, la séparation des milieux socioprofessionnels, l'isolement des individus, l'implosion sur lui-même du milieu supérieur parisien. Une telle explication, de nature sociologique, aurait certainement ravi Durkheim puisqu'elle met l'accent sur le rapport fondamental de l'individu au groupe. Mais il serait injuste de négliger ce que la vision marxiste de la fausse conscience peut apporter à la compréhension du présent. Le facteur économique joue un rôle, au-delà de la déification de l'argent qui est elle-même essentiellement un phénomène de nécrose religieuse. Le degré de soumission des individus à la pensée zéro est fonction de la position dans la structure socio-économique. Mais nous devons avoir une vision négative du rapport de la pensée à la position de classe. L'acceptation ne reflète pas un intérêt positif, mais un moindre intérêt négatif. La pensée zéro est un magma faiblement déterminé, mais dont on sort d'autant moins facilement que l'on est moins exposé à ses conséquences pratiques.

Au-delà du cas spécifique de la pensée unique à la française, cette détermination économique négative est un phénomène mondial. Partout, l'effondrement des croyances collectives a isolé l'individu, le ramenant à une échelle dérisoire. Partout s'opère une dissociation en strates socioculturelles. Partout, le capitalisme devient régressif et ce serait lui faire beaucoup d'honneur que de l'identifier à son ancêtre des années 1850-1914. Alors, le niveau culturel s'élevait. L'idée de progrès régnait. Le système économique était encadré, animé par des croyances collectives fortes, permettant l'épanouissement de l'individu. Le pays de l'individualisme pur, l'Amérique, était protectionniste. La collaboration de l'État et du secteur privé y avait permis la réalisation d'infrastructures ferroviaires d'échelle continentale. Dans ce monde en expansion, l'intérêt de classe pouvait s'identifier à l'appât du gain, même si le bonheur de l'enrichissement était un peu altéré par la peur sociale. Il s'agissait d'obtenir plus.

Aujourd'hui, les diverses pensées uniques se gargarisent de termes évoquant l'élargissement à travers les notions interchangeables de globalisation et de mondialisation, mais la vérité de la vie économique est la

contraction, la peur de perdre ce qui existe. L'individu rétréci par l'implosion des croyances collectives
ne cherche pas à gagner plus mais à perdre moins que
les autres. Le mécanisme fondamental qui anime les
pays développés est celui de la mise à l'abri. Les
entreprises veulent survivre plutôt que conquérir ou
bâtir. Les vieux pensent à leur retraite… et, après eux,
le déluge. La voracité actuelle des dirigeants d'entreprise, se manifestant par des augmentations massives
de salaires et des autogratifications en *stock options*,
n'a rien à voir avec la fièvre d'accumulation productive qui caractérisait les entrepreneurs du début du
siècle. À nouveau c'est une stratégie du déluge qui est
à l'œuvre. On ramasse le maximum, et puis l'on s'en
va, pour terminer sa vie dans un camp retranché pour
vieillards dorés. Marx, qui était sensible à la grandeur
historique du capitalisme, et vivait à sa manière l'optimisme des bourgeois conquérants de son temps, aurait
méprisé le monde de la pensée zéro.

CHAPITRE X

Le retour du conflit
et des croyances

La pensée zéro — « étato-européiste et libéralo-mondialiste » pour qui s'intéresse à sa non-substance — s'est épanouie en France durant la seconde moitié des années 80. Elle est caractéristique d'une société dans laquelle niveaux culturels et privilèges économiques se recoupent harmonieusement. Dans un contexte de reflux des croyances collectives, lorsque les titulaires de diplômes de l'enseignement supérieur ont des revenus satisfaisants et des taux de chômage faibles, la société est stable. Et ce, quel que soit le niveau de souffrance économique touchant les strates inférieures de la population. Les 20 % d'individus et 4 millions de familles[1] (sur 20) qui occupent le haut de la structure sociale représentent une concentration de pouvoir, culturel et économique, suffisante pour bloquer, si nécessaire, tout mécanisme démocratique. 50 % + 1 voix peuvent faire basculer une majorité électorale, de droite à gauche ou de gauche à droite, conduire à des changements de gouvernement, au remplacement de François Mitterrand par Jacques Chirac, d'Édouard

---

1. Au sens de ménage.

Balladur par Alain Juppé, puis par Lionel Jospin. Ces suffrages exprimés ne peuvent cependant imposer une modification effective de la politique économique si le monde des hauts fonctionnaires, des journalistes, des cadres supérieurs, des professeurs, ne le veut pas.

Philippe Cohen a analysé avec finesse et férocité cette perversion de la démocratie dans *Le bluff républicain*. Les événements étonnants que vit la France depuis l'élection de Jacques Chirac à la présidence de la République en mai 1995 ont un sens sociologique. Le retour au pouvoir des socialistes en 1997 n'a fait que confirmer la présence d'un mécanisme post-démocratique dans notre pays. Par deux fois, le corps électoral a donné la majorité au parti du changement, avec l'espoir d'une réorientation de la gestion économique et européenne. Par deux fois, l'arrivée au pouvoir du vainqueur n'a été suivie d'aucun effet pratique. L'épisode le plus spectaculaire fut sans aucun doute le revirement de Jacques Chirac le 26 octobre 1995, qui a en quelque sorte mis à nu le système de domination.

Un président ne peut être élu contre le peuple, et c'est la raison pour laquelle Jacques Chirac avait dû faire une campagne électorale de rupture, non avec le capitalisme dont l'existence en France n'est pas absolument certaine, mais avec la pensée zéro. Mais un président de la République ne peut pas non plus gouverner contre les élites, surtout s'il n'est pas, par l'intelligence et le caractère, un homme hors du commun. Le ralliement de Jacques Chirac à la « pensée unique », salué par la majorité des commentateurs politico-économiques comme un retour à la raison, ne doit pas être perçu comme la trahison d'un homme mais comme l'écrasement d'un individu par un mécanisme sociologique. Moins bruyant, plus habile, le comportement de Lionel Jospin est en tout point parallèle. Au terme d'une campagne revendiquant le droit des Français à exiger de l'Europe autre chose que de l'orthodoxie budgétaire et de la rigidité monétaire, il a plié, en deux semaines plutôt qu'en six mois comme Jacques Chirac, réhabilitant ainsi à titre posthume le Président en tant que contestataire relatif de la pensée zéro. Jospin, après avoir prononcé, ainsi que le note Philippe Cohen, dix-sept fois le mot république dans son discours de politique générale à l'Assemblée, a accepté, à Amsterdam, le pacte de Dublin, qui met la République en tutelle puisqu'il établit le droit d'une autorité supérieure à sanctionner la nation pour cause de déficit budgétaire.

Laissés à leurs propres forces, les 80 % d'individus et de familles qui constituent le gros de la société, mais non sa couche supérieure, ne peuvent secouer l'autosatisfaction d'une élite homogène et placide. La République fonctionnait correctement en situation égalitaire d'alphabétisation universelle. Elle est détraquée par l'émergence d'une nouvelle stratification culturelle.

Nous nous habituons, depuis 1995, à percevoir l'opposition d'une caste supérieure et d'une majorité électorale de la population. Une telle situation est récente et ne doit pas conduire à oublier qu'il n'y a pas si longtemps la pensée zéro était acceptée par la majorité du pays. Le traité de Maastricht a été voté. Le passage du consensus au conflit s'est étalé en France sur plusieurs années. L'évolution culturelle, au cœur d'une économie asphyxiée, mène mécaniquement, on va le voir, à un retour du conflit de classes dans l'hexagone. Nous pouvons situer vers 1995 la fin de l'ère du diplômé heureux et de la pensée zéro.

Mais cette date conventionnelle ne doit pas faire illusion : nous sommes confrontés à un processus de longue durée, qui ne fait que commencer. L'histoire est irrésistible mais elle n'est pas pressée.

La dissociation de l'économique et du culturel

La progression du niveau culturel est un phénomène autonome qui définit assez largement le mouvement de l'histoire humaine. Elle mène, dans le champ économique, à la hausse de la productivité. Si le système social est capable d'accroître la demande globale, ces progrès de productivité peuvent être absorbés sans produire de chômage. S'il n'y parvient pas, on assistera, dans un premier temps, à une augmentation du nombre des individus privés de travail. Mais nous devons essayer de voir, au-delà du dysfonctionnement immédiat de la machine économique, au-delà du taux de chômage instantané frappant telle ou telle catégorie socioprofessionnelle, les effets de l'insuffisance de la demande sur le mouvement de la structure sociale. On doit saisir, sur une plus longue durée, l'interaction entre mouvement du niveau culturel, capacité d'absorption par la demande et évolution de la taille des catégories socioprofessionnelles. De cette interaction dépend l'équilibre social. Deux types opposés de société doivent être évoqués.

— Type A : dans le cas d'une demande globale correctement gérée, l'ascension éducative peut s'incarner dans une augmentation de masse des catégories économiquement *et* culturellement favorisées. Nous aurons alors affaire à un monde en permanence bouleversé par une mobilité sociale ascendante, mais stable du point de vue idéologique et politique.

— Type B : dans le cas d'une demande globale bloquée, la progression culturelle va se heurter à une structure socio-économique rigide. Elle impliquera une multiplication du nombre des diplômés employés au-dessous de leur niveau de compétence. Elle engendrera contestation idéologique et instabilité politique.

La France est évidemment en train de passer du type A au type B.

Durant les trente glorieuses, la demande suivait l'évolution de la productivité. La hausse du niveau culturel était sociologiquement absorbée par un développement harmonieux de la structure professionnelle. Les individus de mieux en mieux formés étaient employés à leur niveau de qualification. La croissance économique s'accompagnait d'une forte mobilité sociale ascendante. Dans cette période, le nombre sans cesse croissant de diplômés des universités et des grandes écoles était aspiré par la machine économique sous forme d'une augmentation de taille des catégories socioprofessionnelles supérieures, en simplifiant, par une croissance de la proportion des cadres, au sens le plus large du terme, dans la population active. Le processus semble se poursuivre, par inertie, après la fin des trente glorieuses. De 4 % vers 1965, la proportion de cadres âgés de 25 à 59 ans, cette fois-ci au sens étroit et administratif du terme, atteint 10 % vers 1995. Cette croissance est relativement linéaire. Mais les chiffres globaux masquent, ainsi que l'a montré Louis Chauvel, une importante rupture de *trend*, que l'on peut saisir si l'on s'intéresse à l'évolution selon la génération[1]. L'augmentation régulière ne concerne qu'une génération, née immédiatement après la guerre. Les individus nés après 1950 n'enregistrent plus de tels progrès. C'est pourquoi, depuis 1985, parmi les gens de 40 ans, la proportion de cadres a très peu bougé, restant proche de 10 %. Ce blocage de fond de la structure socioprofessionnelle est encore plus significatif que le mouvement du taux de chômage. Entre 1982 et 1990, la proportion de chômeurs parmi les cadres publics et privés est stable, variant marginalement de 2,5 % à 2,6 % ; elle monte à 5,4 % en 1994, puis cesse de croître pour retomber légèrement à 5 % en 1995[2]. Mais c'est parce que la croissance du nombre des cadres est brisée dans les jeunes générations que le taux de chômage apparent cesse de monter. La structure socioprofessionnelle se fige. La mobilité sociale décroît, alors que le progrès culturel continue. Entre les années universitaires 1985-1986 et 1995-1996, le nombre d'étudiants inscrits dans l'enseignement supérieur est passé de 1 302 177 à 2 138 859[3].

On assiste donc à une dissociation de l'économique et du culturel, à l'ouverture de ciseaux dont la branche supérieure serait constituée par le développement de l'éducation et la branche inférieure par une capacité d'absorption socioprofessionnelle bloquée. De cette ouverture résulteront inévitablement instabilité sociale et mort de la pensée zéro. La faiblesse de la demande globale fabrique par centaines de milliers

1. L. Chauvel, « Cadres et générations », in *Revue de l'OFCE*, n° 62, juillet 1997, p. 207-216.
2. *Annuaire statistique de la France, 1997*, p. 141.
3. *Ibid.*, p. 372.

des diplômés employés au-dessous de leur niveau de qualification, pour des salaires inférieurs à ceux de leurs aînés pourtant moins diplômés. La production en série de ces insatisfaits fournit des cadres à la révolte. La poursuite d'une telle évolution brisera, pulvérisera la masse placide qui règne sur la société, nos 20 % de privilégiés du diplôme et du revenu. On peut aller plus loin dans l'analyse en décrivant le phénomène comme l'émergence d'une autre nouvelle classe culturelle, caractérisée cette fois par la frustration plutôt que l'autosatisfaction.

Le mouvement de la structure sociale s'exprime par des changements de destin au niveau des générations. La coïncidence du diplôme, des bons revenus et du faible chômage n'aura été qu'un moment dans l'histoire de la société française, s'incarnant dans les privilèges d'une génération, dont les quinquagénaires de l'an 1995 constituent l'archétype. C'est à peu près à cette date que la société française prend conscience d'un phénomène qui touche en fait une bonne partie du monde occidental : l'appauvrissement relatif des jeunes générations. L'INSEE révèle en septembre 1996 que le niveau de vie des jeunes de moins de 25 ans a baissé, entre 1989 et 1994, de plus de 15 %[1]. Or ces générations sont de loin les plus diplômées. La montée des inégalités est un phénomène plus ancien aux États-Unis où l'on a pris conscience plus tôt que le mouvement d'appauvrissement s'incarnait dans des phénomènes de mobilité sociale descendante, avec des jeunes ayant des moyens financiers inférieurs à ceux de leurs parents, malgré un niveau culturel plus élevé. Katherine Newman évoquait, dès 1988, ces

1. *Le Monde*, 26 septembre 1996.

baby-boomers privés des revenus qui leur permettraient de se loger dans les quartiers de leur enfance[1].
Aux États-Unis, entre 1973 et 1993, la proportion de
propriétaires parmi les 25-29 ans est tombée de
43,6 % à 34,6 %[2]. L'Amérique n'a pas été déstabili-
sée, en tant que système social et politique, par cet
appauvrissement. Elle a même fort bien résisté, sociologiquement, à la fin de son rêve pluriséculaire d'enrichissement. Mais ce serait une erreur capitale que de
tirer du caractère simultanément inégalitaire, frag-
menté et paisible de l'Amérique actuelle, l'idée que la
France peut reproduire ce modèle de régression dans
la stabilité. Pour deux raisons fondamentales, dont
l'une touche au subconscient culturel et au décalage
historique entre sociétés française et américaine,
l'autre, plus importante, à l'inconscient anthropologique et au déphasage des valeurs organisant les systèmes mentaux hexagonaux et anglo-saxons.

Première différence : le niveau culturel américain a
cessé de progresser dès le début des années 60, et une
telle stagnation, si elle a eu des conséquences désastreuses sur le plan économique, mesurables par une
faible hausse de la productivité et par un déclin industriel relatif, a eu des effets apaisants sur le plan idéologique et politique. On n'assiste plus actuellement,
aux États-Unis, à une ouverture sans cesse croissante
de l'écart entre potentiel culturel, défini par les niveaux

1. K. S. Newman, *Falling from Grace, op. cit.* Voir aussi, du même
auteur, « Troubled times : the cultural dimensions of economic decline », *in* M. A. Bernstein & D. E. Adler, *Understanding American
Economic Decline*, Cambridge University Press, 1994, p. 330-357.
2. J. Madrick, *The End of Affluence, The Causes and Consequences
of America's Economic Dilemma*, New York, Random House, 1995,
p. 139.

de diplôme, et capacité d'absorption de la machine économique. L'Amérique a cessé de fabriquer de la frustration économico-culturelle. De façon plus générale, et c'est presque une tautologie, une société culturellement stationnaire est par nature peu vulnérable à la déstabilisation idéologique. Les grands processus révolutionnaires sont toujours caractéristiques de phases éducatives ascendantes. Dans l'Allemagne de la Réforme protestante comme dans l'Angleterre révolutionnaire du XVIIᵉ siècle, dans la France de 1789 comme dans la Russie de 1917, c'est la marche forcée vers l'alphabétisation qui entraîne la chute du pouvoir traditionnel, que celui-ci soit religieux ou politique. L'Amérique d'aujourd'hui n'est guère entraînée par un tel mouvement ascendant. La France des années 1995-2000, par contre, en dépit de toutes ses difficultés économiques, reste poussée par le progrès culturel, même si elle n'est pas, à l'échelle internationale, le pays le plus avancé. Elle reste en mouvement, soumise à des tensions déstabilisatrices par son propre dynamisme. Elle combine, assez classiquement pour qui s'intéresse aux phénomènes révolutionnaires, mouvement culturel et blocage économique.

Mais indépendamment de toute chronologie, de toute périodisation économico-culturelle, la France se distingue surtout du monde anglo-saxon par ses valeurs fondatrices, qui impliquent des réactions absolument différentes à l'inégalisation et à la fragmentation.

L'erreur de Marx : le monde anglo-saxon
n'est pas la France, et réciproquement

Le système anthropologique anglo-saxon n'est pas égalitaire et ne croit pas en l'existence de groupes fortement structurés. La chute économique y est inconsciemment interprétée, en bas et en haut de l'échelle sociale, comme une juste punition : c'est pourquoi, ainsi qu'on l'a vu au chapitre v, l'Amérique et l'Angleterre peuvent se fragmenter sans que naissent des conflits majeurs entre groupes. La France est double sur le plan anthropologique, mais deux fois hostile à la fragmentation sociale. La famille nucléaire du Bassin parisien encourage une perception a priori égalitaire de la société et prédispose à un refus des nouvelles inégalités. La famille souche périphérique, fortement intégratrice de l'individu, nourrit un rêve d'unité du corps social et une horreur de la désintégration. Une alchimie originale associe ces deux refus de la fragmentation sociale dans l'histoire de la France des dix dernières années, de l'émergence du Front national entre 1984 et 1988 au mouvement social de novembre-décembre 1995.

Distinguer par l'anthropologie les conséquences sociales inéluctablement différentes d'une même évolution économique, dans le monde anglo-saxon et en France, c'est, tout simplement, ne pas accepter une erreur centrale de Marx. Celui-ci, décrivant avec une verve inoubliable les conflits politiques des années 1848-1871 en France, de la révolution de février à la Commune de Paris, en avait tiré une analyse en termes de lutte des classes, associant systématiquement substrats économiques et conflits politiques : tel parti, force, ou homme politique était considéré comme représentant telle classe. Marx pouvait affirmer, avec une certaine vraisemblance : « Louis-Philippe c'est l'aristocratie financière, Ledru-Rollin la petite bourgeoisie, Louis Blanc le prolétariat. » Alliances et affrontements se succèdent dans cette histoire de la lutte des classes en France, en un modèle qui trouve aujourd'hui une nouvelle jeunesse. C'est un très bon exercice intellectuel que de relire, dans un pays où les tensions sociales grandissent, *Les luttes de classes en France, Le dix-huit brumaire de Louis Bonaparte* ou *La guerre civile*. Mais en France, et seulement en France.

Ce qui permettait l'émergence du conflit, à l'époque de Marx, c'était la valeur d'égalité inscrite dans le tissu anthropologique du nord de la France. Elle domine le paysage mental de tous les acteurs. Elle avait mené les bourgeois de 1789 à se penser comme les égaux des nobles ; elle conduit les artisans et ouvriers parisiens de 1848 à se penser comme les égaux des bourgeois. C'est la Révolution française, jamais terminée, sans cesse recommencée, parce que mue en ses profondeurs inconscientes par un système anthropologique égalitaire et stable, atemporel. La présence périphérique de la famille souche, l'encerclement par la valeur inégalitaire, défie, active, intensifie l'expression du rêve d'égalité par un effet de compétition interne à l'espace national. Mais, vers 1850, la France, riche en luttes des classes, est presque dépourvue d'usines et de prolétaires.

La révolution industrielle arrive à cette date à maturité en Grande-Bretagne. Marx l'y rejoint, s'installant à Londres en 1849, pour consacrer le reste de sa vie à l'analyse critique d'un capitalisme triomphant. Le premier tome du *Capital* paraît en 1867. Il y a alors, entre Birmingham et Glasgow, des masses de prolétaires réels, entassés dans de gigantesques conurbations, exploités dans une multitude d'usines. Mais on n'observe pas dans l'île de houille et de fer, en cette seconde moitié du XIXe siècle, une histoire sociopolitique bien violente. Bref, l'Angleterre, riche en usines et en prolétaires, est presque dépourvue de luttes des classes. Elle ne croit pas en l'égalité ; individualiste, elle pratique au XIXe siècle l'anoblissement des bourgeois, puis au XXe celui des syndicalistes réformistes.

Marx a saisi le capitalisme dans un pays et les luttes des classes dans un autre, il a tiré de ce collage conceptuel un modèle composite qui n'a pas été vérifié par l'histoire. Le triomphe politique du marxisme aura lieu en Russie, vaste nation rurale de structure familiale égalitaire (et autoritaire) où l'on peut, comme dans la France centrale, concevoir l'homogénéisation de la société, décréter l'égalité absolue du noble, du bourgeois, du paysan et du prolétaire.

Le capitalisme globalisé des années 1990-2000 n'est plus guère conquérant mais régressif et avide. L'opposition anthropologique entre la France et le monde anglo-saxon garde cependant sa pertinence. On peut même dire qu'elle réémerge sous nos yeux, jour après jour, en une phase ultérieure de l'histoire mondiale. À nouveau nous observons les mêmes tendances socio-économiques à l'œuvre des deux côtés de la Manche, des deux côtés de l'Atlantique. Et à nouveau nous sommes menacés d'une confusion économiste, tirant du parallélisme de la montée des inégalités et de la fragmentation, la conclusion fausse d'une convergence des destins idéologiques et politiques. La même erreur est sur le point d'être commise, mais, si l'on peut dire, sous forme inverse. Marx déduisait de la lutte des classes française l'inéluctabilité d'un mouvement révolutionnaire mondial. Les élites de la pensée zéro déduisent de la paix sociale qui règne outre-Atlantique et outre-Manche, dans une ambiance de régression inégalitaire marquée, la possibilité de transformer la France à l'américaine ou à l'anglaise. Ce faisant, elles provoquent l'inconscient anthropologique de leur propre pays, elles enclenchent le développement d'une violente réaction égalitaire et intégratrice française. Elles encouragent la montée en France de phénomènes de lutte des classes.

Les luttes de classes en France
1° Le Front national

La « pensée unique », pour reprendre l'expression habituellement utilisée dans les conflits franco-français, proclamait la fin du débat politique, l'inévitabilité d'un consensus défini par la raison économique. Il est inévitable que l'asphyxie économique du pays étouffe progressivement, non seulement les hommes et les classes, mais la pensée unique elle-même. On peut suivre, dans les événements politiques et sociaux des années 1986-1997, la montée en puissance de la contestation. L'entrée en scène des groupes sociaux se fait selon une certaine logique, culturelle autant qu'économique. D'abord restreintes à des milieux populaires aliénés, la souffrance économique et son expression politique remontent du bas vers le haut de la structure sociale, selon un processus qui finit par isoler dans sa capitale et ses privilèges une sorte de caste dirigeante. Le mouvement, vécu en temps réel, paraît lent à ses acteurs ou à ses victimes. Par rapport à d'autres phénomènes historiques comparables, il est en fait plutôt rapide et régulier. Il suit la diffusion dans le corps social des effets du libre-échange.

La « pensée unique » s'installe entre 1983 et 1988. Le Parti communiste a commencé sa plongée électorale dès 1981. Le Parti socialiste échappe par étapes, à partir de 1983, à son ancrage de gauche traditionnel. De plus en plus dominé par la « deuxième gauche » et la CFDT, c'est-à-dire par d'anciens catholiques, le PS se convertit à une version relookée de la traditionnelle aspiration chrétienne à l'unité de pensée. Le thème même du consensus et du refus de la lutte des classes est en France typiquement périphérique, monarchiste, catholique. Du point de vue de l'anthropologue, qui s'intéresse à la perpétuation des valeurs dans des espaces géographiques stables, la deuxième gauche est issue de la « première droite » de l'histoire de France, légitimiste, monarchiste puis conservatrice[1]. Le ralliement final de la CFDT de Nicole Notat au consensus gouvernemental n'apparaît donc que comme la fin d'un cycle ramenant la deuxième gauche à son origine, la première droite.

La pensée unique, doctrine ancienne modernisée par la vénération d'une monnaie qui remplace Dieu, convient un moment à une société qui se croit apaisée. Au milieu des années 80 s'installe la vision d'un monde de classes moyennes aspirant à la paix et à la hausse de son niveau de vie. Les ouvriers sont de plus

---

1. La tradition bonapartiste, réincarnée dans le gaullisme, représente quant à elle la « deuxième droite » géographiquement inscrite dans l'espace laïque central.

en plus perçus comme inutiles, voire trop nombreux ; des exclus en sursis. La diminution des effectifs industriels, qui commence effectivement entre 1975 et 1982, est dramatiquement surestimée. Le terme de travailleur disparaît du vocabulaire politique socialiste vers 1988. L'a priori idéologique conduit ainsi à ne pas voir que, si le nombre des manœuvres ou des ouvriers spécialisés s'effondre, celui des ouvriers qualifiés est stable. La concurrence mondiale place ces derniers au cœur des efforts de l'économie nationale pour survivre.

La société française est consciente des difficultés économiques mais elle s'imagine, dans sa majorité, que le coût des adaptations devra être supporté par une minorité. Prolétariat ou exclus, la désignation de la victime varie. On pense alors que les deux tiers ou les trois quarts de la population — les classes moyennes, démesurément gonflées par le mythe — ne seront pas touchés par le processus d'adaptation. Cette vision coïncide assez bien avec le rêve de la nouvelle classe culturelle. Les 20 % supérieurs règnent efficacement, du haut de leur éducation et de leurs privilèges économiques, sur une société qui a confiance et se perçoit encore en phase économique ascendante, avec les possibilités de mobilité sociale correspondantes. Le monde populaire, qui n'a pas accédé à l'éducation supérieure ou même secondaire longue, et qui, absolument productif, au sens économique, supporte le gros des adaptations de la période, est projeté dans une situation caractéristique d'aliénation. Le Front national apparaît électoralement en 1984. D'abord phénomène politique mixte et confus, déterminé par l'hostilité à la gauche et aux immigrés, assez bien

Tableau 21. *Classes sociales et déviances idéologiques*

	Vote Le Pen en 1995* (1)	Vote non à Maastricht en 1992** (2)	Vote non – Vote Le Pen (2 –1)
Enseignants	4 %	30 %	26 %
Cadres supérieurs	7 %	35 %	28 %
Cadres moyens, techniciens	12 %	36 %	24 %
Professions libérales	13 %	36 %	23 %
Agriculteurs exploitants	13 %	60 %	47 %
Industriels, chefs d'entreprise	14 %	39 %	25 %
Employés	17 %	51 %	34 %
Commerçants, artisans	24 %	54 %	30 %
Ouvriers	27 %	60 %	33 %

* Source : Enquête Sortie des urnes, IFOP-*Libération*.
** Source : D'après enquête Sortie des urnes, BVA, estimation pour les enseignants.

représenté dans les catégories sociales supérieures, il devient progressivement, à la grande surprise de ses propres dirigeants, venus d'une banale extrême droite, l'instrument d'expression du désespoir des milieux populaires.

Les ouvriers français n'ont pas accepté passivement leur relégation sociale. Ils n'ont pas renoncé à participer à la vie de la cité. Au contraire de leurs homologues américains, ils ne se sont pas réfugiés massivement dans l'abstentionnisme, ajoutant ainsi à l'exclusion économique une auto-exclusion politique. Le taux d'abstention est, en France comme ailleurs, plus élevé dans le monde populaire que dans le monde des classes moyennes. Mais il n'y a pas eu de fuite massive. Dès 1990, Marcel Gauchet identifie dans le phénomène FN une forme paradoxale de la lutte des classes[1]. Entre 1988 et 1995, le vote Front national passe de 16 à 27 % chez les ouvriers, dont il exprime la rage impuissante. Il est une manifestation pervertie de l'égalitarisme.

L'égalitarisme interdit qu'un ouvrier exclu se considère comme par nature inférieur à un cadre culturellement mieux armé pour se défendre, dans l'ambiance de contraction économique qui devient celle du monde développé. Un examen détaillé du vote pour le Front national montre qu'une fois effacé « l'effet immigration » il est particulièrement fort dans les vieilles régions d'égalitarisme laïque et républicain, comme la façade méditerranéenne et le Bassin parisien, mais moins intense dans les zones de tradition hiérarchique et catholique du type Rhône-Alpes. On peut parler de perversion devant un tel phénomène, parce que la doctrine du Front national est inégalitaire dans ses affirmations délirantes sur les races humaines. Nous ne devons pas négliger cependant, à un niveau moins explicite, l'existence d'un discours frontiste égalitaire et subliminal, répétant inlassablement les mots peuple, populaire, république, citoyen, attaquant les puissants, la hiérarchie sociale, l'« établissement ». Le vote Front national est celui du désespoir. Il exprime de la révolte brute, la recherche d'un bouc émissaire, le Maghrébin. Il est caractéristique d'une classe ouvrière qui n'est plus représentée par des élites, abandonnée par ses instituteurs, ses professeurs, ses normaliens communistes ou socialistes. C'est souvent un vote de classe, mais caractéristique d'individus appartenant à une classe qui ne se pense plus en tant

1. M. Gauchet, « Les mauvaises surprises d'une oubliée : la lutte des classes », *Le Débat*, n° 60, mai-août 1990.

que telle, qui ne peut accéder à la conscience de soi si des intellectuels ne formalisent pas son rôle historique et ses aspirations. Les enquêtes d'opinion montrent que, vers 1994, le sentiment d'appartenir à une classe, et particulièrement à la classe ouvrière, atteint en France son point minimal.

La « plongée » d'une proportion importante d'ouvriers ou, plus généralement, de membres des catégories populaires, dans le vote Front national, conduit à une situation sociologique et psychologique originale. Le pauvre, dans le regard du riche, commence d'être défini par son naufrage moral autant que par ses difficultés économiques. C'est ainsi que naît le climat très particulier de la première moitié des années 90, durant lesquelles les milieux populaires sont systématiquement dénoncés, posture morale dans laquelle se spécialise Bernard-Henri Lévy. C'est sans doute un moment de bonheur intense pour les catégories supérieures de la société, qui peuvent ainsi jouir, simultanément, de leurs privilèges matériels et du sentiment d'être du côté de la justice. Rarement une société aura tant donné à ses élites : la culture, l'argent, et la bonne conscience en prime.

Au-delà des représentations complaisantes, la société française des années 1988-1998 combine un discours civilisé, *soft*, moderne, sur les droits de l'homme, la démocratie et la sexualité, à une gestion féroce, cruelle, indifférente, des rapports économiques et sociaux. Le libre-échange et la politique du franc fort ont imposé à l'économie des adaptations aussi dures qu'inutiles, les élites ont infligé à la société des souffrances inouïes. Le vote Front national ne révèle pas une violence populaire spécifique, il n'est que le reflet, dans les milieux populaires, de la violence de la classe dirigeante.

Le vote Front national des catégories populaires ne représente qu'une sorte de noyau dur d'aliénation. Le référendum sur le traité de Maastricht a fait apparaître dès 1992 l'existence d'une opposition plus vaste et moins aliénée puisque capable de voter toujours pour des partis normaux à l'occasion des élections présidentielle ou législatives. Le vote sur Maastricht fait apparaître avec une grande clarté une coupure en deux de la société française, par le milieu, avec une prédominance du non dans les milieux populaires d'ouvriers et d'employés, d'artisans, de commerçants et de paysans, et une large majorité de oui dans les classes moyennes plus ou moins diplômées. Rappelons que les ouvriers et les employés constituent à eux seuls la moitié des ménages français. Enseignants, cadres, techniciens supérieurs, professions libérales, chefs d'entreprise apparaissent en septembre 1992 fidèles à leurs dirigeants, soudés à la caste supérieure de hauts fonctionnaires et de politiques qui gouvernent la France. Ce vote marque la fin du consensus mais il révèle une France dans laquelle l'élite du pouvoir est encore suivie par les classes moyennes. Les années 1993 à 1995 voient l'effondrement de ce consensus restreint à la moitié supérieure de la structure sociale et l'émergence d'une opposition spécifique des classes moyennes.

Les luttes de classes en France
2° L'entrée en scène des classes moyennes en 1995

Avec la campagne présidentielle de Jacques Chirac commence la décomposition terminale du système. On peut discerner, dans l'affrontement des forces politiques, la prolongation des tendances culturelles et économiques qui travaillent la société française. Mais une nuance d'irréalité, d'irresponsabilité, s'ajoute au mouvement rationnel et inéluctable des événements, effet normal de l'égarement des acteurs, de leur dépassement par la situation historique. L'économie française approche de la paralysie. L'échec de Maastricht devient une évidence inavouable. Admettre l'impossibilité pratique de la monnaie unique et du type de gestion qu'elle implique serait officiellement révéler l'incompétence de la classe dirigeante française. La motivation des élites à poursuivre dans la voie européiste cesse donc d'être de type positif. L'adhésion à Maastricht n'exprime plus qu'un légitimisme à l'état pur, vide de sens pratique. À partir de 1995, vouloir la monnaie unique, c'est seulement exiger le statu quo sociopolitique.

La liquéfaction des croyances collectives transforme les hommes politiques en nains sociologiques. Toujours élus selon des procédures électorales normales, ils n'arrivent cependant plus à incarner les aspirations agrégées des citoyens, et restent, une fois au pouvoir, des hommes désespérément ordinaires, n'arrivant pas à dépasser par la taille symbolique chacun de leurs électeurs pris individuellement. Une fois remportée une élection, ils occupent les lieux du pouvoir plutôt qu'ils ne prennent le pouvoir. Honnêtes ou corrompus, ils sont bien sûr accusés de corruption, parce que leur fonction sociale n'est pas d'être des individus comme les autres, simplement installés au cœur d'une machine d'État sécrétant des privilèges. Hors du pouvoir, ils arrivent encore à prononcer des discours évoquant des agrégats sociaux, réels ou virtuels : la France, la République, l'Europe. Une fois élus, député, Président, Premier ministre, ils se volatilisent sous nos yeux, se transformant en automates sans cerveau, spécialisés dans la réduction du déficit budgétaire ou la signature d'accords et de traités plus métaphysiques qu'économiques. Le pacte de Dublin, dit de stabilité et de « croissance », sans rire, affirme l'éternité d'un style de gestion, c'est-à-dire l'irréalité du monde sensible. Une fois arrivés dans les ministères, les hommes politiques demandent du temps pour réaliser des projets qui n'existent déjà plus. Le volontarisme purement verbal des campagnes électorales ne peut suppléer à l'absence des croyances collectives et des doctrines économiques qui leur correspondent.

Jacques Chirac le premier devient l'archétype indispensable du politicien vide. Son élection ouvre une extraordinaire période d'instabilité. Élu grâce à la mobilisation de toutes les forces de changement — les jeunes, des ouvriers exaspérés, des patrons de PME pleins d'espoir — il ne peut, une fois installé à l'Élysée, faire rentrer le diable de la contestation dans sa boîte. En introduisant dans le débat politique l'expression « fracture sociale », il est devenu l'agent inconscient d'un curieux néomarxisme. Ce terme annonçait évidemment le retour du concept de lutte des classes. Jacques Chirac, anxieux, agité, incertain de lui-même, crispé sur la pensée unique pour échapper à son propre vide spirituel, exprime de manière presque théâtrale l'absurdité de la classe dirigeante française. Il n'est pas un accident de l'histoire et il n'est pas pire qu'un autre. Il représente un pas décisif vers l'émergence de la vérité, il est le grand révélateur. Avant Chirac, la population croyait encore, majoritairement, en la compétence de ses dirigeants. Depuis le revirement du 26 octobre 1995, et son approbation par les élites, les citoyens de base savent que le système a cessé d'être sérieux. La perception de Jacques Chirac en « guignol de l'info » sème le doute sur cette pensée unique qu'il a finalement ralliée et dont il est devenu le défenseur exaspéré. L'Europe de Jacques Delors, de Valéry Giscard d'Estaing ou de François Mitterrand pouvait sembler un projet sérieux, quoique inquiétant. L'Europe de Chirac ne peut plus apparaître que comme un gag. En ce sens, Jacques Chirac est le personnage historique nécessaire de la période, dont le destin programmé, l'autodissolution, se confond avec celui d'un système en crise.

Le virage du 26 octobre mène directement au mouvement social de novembre-décembre 1995 déclenché par la maladresse d'Alain Juppé. Les plans du Premier ministre concernant la Sécurité sociale et la SNCF apparaissent indispensables aux commentateurs parisiens. Ils provoquent l'un des plus beaux mouvements sociaux de l'histoire de France. À la paralysie du secteur des transports s'ajoutent des manifestations à répétition, particulièrement intenses dans les villes de province, exceptionnellement suivies dans celles du Midi, le long de l'axe Bordeaux-Toulouse-Montpellier-Marseille-Nice. La région parisienne est beaucoup plus calme.

Cette distribution géographique des événements a un sens sociologique. En France, comme dans la plupart des pays, la structure sociale s'incarne dans des lieux. Les concentrations industrielles, situées à l'est d'une ligne Le Havre-Grenoble, définissent une France ouvrière et populaire. Le Midi est le pays des classes moyennes. Leur prédominance socioculturelle y a été établie par la faiblesse industrielle, se superposant à une structure rurale homogène centrée sur la paysannerie moyenne, perpétuée au XXe siècle par une forte petite bourgeoisie. Le Midi est, on l'a vu, un monde de famille souche, à fort potentiel éducatif dans la période récente. On le voit se détacher nettement sur les cartes d'obtention du baccalauréat. Toulouse et Montpellier sont des grandes villes universitaires. Au contraire du vote Front national, qui exprime le désarroi des milieux populaires peu éduqués — ouvriers, commerçants et artisans —, le mouvement social de novembre-décembre 1995 révèle l'entrée en scène des classes moyennes, des éduqués de la période la plus récente, menacés malgré leurs diplômes par l'asphyxie économique, brimés par l'arrêt de la mobilité sociale ascendante. Tel est depuis 1995 le trait fondamental des nouvelles luttes des classes : la rupture entre les classes moyennes et la caste supérieure, dont l'alliance avait permis la victoire du oui lors du référendum de Maastricht. Un référendum sur la monnaie unique obtiendrait aujourd'hui 55 à 60 % de non.

L'activation politique du Midi « souche » suggère que l'égalitarisme n'est plus la seule force de contestation. C'est aussi l'aspiration à l'intégration de la société par l'État et l'horreur de la pulvérisation qui ont mis en mouvement les classes moyennes du Midi. Au stade actuel, comme à tous les moments décisifs de l'histoire de France, le jeu des forces anthropologiques centrales et périphériques devient d'une extrême complexité. Affrontements, juxtapositions, formes synthétiques de contestation dessinent ensemble un tableau presque insaisissable. Rappelons cependant que l'État et la conception française du service public, qui sont au cœur des affrontements actuels, constituent déjà ensemble une forme synthétique : la rationalité égalitaire de l'État s'inspire des valeurs individualistes égalitaires du Bassin parisien, sa puissance effective d'intervention dérive du potentiel d'intégration bureaucratique des valeurs souches périphériques.

Chaque mouvement social révèle désormais qu'une majorité de la population sympathise avec les grévistes, 60 à 70 % des sondés approuvant successivement les cheminots, les professeurs ou les routiers lorsqu'ils cessent le travail. De telles attitudes révèlent une réunification de la société. Le modèle des années 80 est mort. Alors, des classes moyennes égoïstes ne songeaient qu'à se désolidariser d'un monde ouvrier en perdition, engendrant par contrecoup le sentiment d'aliénation ouvrière qui conduisait au vote Le Pen. Aujourd'hui, chaque grève, chaque plan social est l'occasion de vérifier que les classes moyennes s'identifient à ces souffrances du monde populaire qui sont en train de devenir les leurs. De plus en plus, les cadres participent aux grèves.

Nous pouvons discerner une évolution des représentations sociales implicites. Jusqu'à 1995, la majorité des Français se représentaient un futur cruel pour 20 % d'entre eux, mais dans lequel 80 % allaient s'en sortir sans trop de difficultés. À cette date, la vision du futur social a pivoté, et s'est mise en place la vraisemblance d'un futur dur pour 80 % des citoyens, profitable aux 20 % restants. La succession des conflits a fait émerger un imaginaire collectif proche de celui de 1789. Alors que le peuple français s'était défini contre sa noblesse, aujourd'hui il rétablit peut-être son unité face à une nouvelle aristocratie, étourdie dans ses privilèges et son incompétence, affolée par une histoire culturelle et économique devenue incompréhensible.

Conflits de classes et de générations

On ne peut encore, en France, parler dans le cas des catégories socioprofessionnelles d'une montée « brutale » des inégalités. Les différences entre ouvriers et cadres, par exemple, ne se sont violemment creusées dès les années 80 que pour les taux de chômage, les écarts entre niveaux de salaire ne commençant à s'élargir que durant les années 90. L'examen des statistiques mesurant la montée des inégalités souligne surtout avec une grande netteté la distance croissante entre jeunes et vieux, qu'il s'agisse d'insertion dans l'entreprise, de niveau de salaire ou de possession de capital. On peut ainsi enregistrer une baisse des revenus des individus de moins de 25 ans, si on les compare à âge égal aux générations antérieures. Un tel mécanisme de régression absolue n'est pas observable pour les ouvriers qui ont un emploi. Cette situation particulièrement défavorable des jeunes permet de comprendre l'extraordinaire polarisation selon l'âge du corps électoral durant l'élection présidentielle de 1995. Balladur était alors apparu, au premier tour, comme le candidat des personnes âgées, particulièrement des vieilles dames, et Jacques Chirac comme celui des jeunes, particulièrement de sexe masculin.

Certains analystes irréfléchis ont tiré un peu vite de cette opposition des comportements politiques selon l'âge, et de la situation objectivement très difficile des jeunes, l'hypothèse d'un remplacement de la lutte des classes par celle des générations.

Tableau 22. *Le vote des classes d'âge en 1995*

	Chirac	Balladur	Jospin	Le Pen
Hommes				
18-24 ans	32 %	10 %	19 %	19 %
25-34 ans	23 %	16 %	21 %	17 %
35-49 ans	19 %	16 %	24 %	17 %
50-64 ans	20 %	24 %	21 %	17 %
65 ans et +	16 %	35 %	19 %	15 %
Femmes				
18-24 ans	23 %	14 %	29 %	10 %
25-34 ans	17 %	13 %	29 %	16 %
35-49 ans	16 %	17 %	27 %	13 %
50-64 ans	21 %	25 %	23 %	12 %
65 ans et +	19 %	37 %	20 %	9 %

Source : Enquête Sortie des urnes, BVA-*Le Monde*.

Denis Kessler, vice-président du CNPF — chercheur passé au service du capital, aurait-on dit autrefois —, a exposé dans une interview au *Figaro* cette thèse du dépassement du conflit de classes par le conflit de générations[1]. C'est prendre une transition pour une structure achevée et stable. Dans l'Allemagne de Bismarck et de Guillaume II, où l'industrie absorbait une partie de plus en plus grande de la population active, l'exode rural touchait en priorité les fils non héritiers de paysans, et certains avaient voulu voir à l'époque en la social-démocratie le parti des cadets, faisant face aux aînés propriétaires. Une polarisation sociale naissante s'inscrit toujours, au départ,

1. *Le Figaro*, 11 mai 1997.

dans une évolution qui brise les familles et sépare les générations. Aujourd'hui, la nouvelle polarisation s'incarne très banalement dans une chute de la situation relative des nouveaux arrivés, les jeunes. Un vieil ouvrier, achevant paisiblement sa vie en retraité des trente glorieuses, aura échappé, c'est vrai, au réaménagement inégalitaire des rapports sociaux. Mais les « jeunes pauvres » d'aujourd'hui ne sont pas les « vieux riches » de demain. Si les tendances actuelles ne sont pas corrigées par une vigoureuse intervention collective, sociopolitique, ils deviendront des vieux encore plus pauvres. Il n'existe aucune contradiction entre la constatation d'une lutte des générations et celle d'une remontée des conflits de classes.

En fait, l'une des caractéristiques les plus surprenantes de la société française actuelle est sa capacité à générer du conflit malgré son vieillissement. L'âge médian des électeurs potentiels est désormais élevé, de l'ordre de 44 ans en 1994[1]. Et pourtant, en 1997 comme en 1995, le parti du changement l'a emporté, du moins dans le corps électoral. On n'aurait pas a priori attendu d'une telle population un phénomène comme le mouvement social de 1995. Le fait que la France arrive à produire un niveau de conflit aussi élevé, dans une situation de vieillissement démographique relativement avancé, révèle la violence latente du conflit socio-économique.

---

1. M.-L. Lévy, *Populations et sociétés*, 1995, n° 299.

Conflits de classes et sentiment national

On aurait tort d'imaginer que le retour des conflits de classes représente pour la société française une sorte de fragmentation ultime, de décomposition terminale. C'est tout le contraire qui est en train de se produire. La lutte des classes est un élément nécessaire de la réémergence de l'idée nationale. La division du corps social accompagne la prise de conscience de son unité. Il s'agit là d'un mécanisme historique et sociologique extrêmement fréquent. Lorsqu'un groupe humain passe d'un état atomisé à un état structuré par des croyances collectives, la réintégration de l'individu se fait simultanément dans plusieurs entités, par la superposition de plusieurs sentiments d'appartenance faussement contradictoires. L'ensemble le plus vaste — dans le cas concret qui nous intéresse, la Nation — prend en même temps conscience de son unité et de ses divisions. Appartenance de classe et appartenance nationale marchent de conserve, en apparence concurrentes mais en réalité complémentaires. L'histoire de l'Europe donne de multiples exemples d'une telle interaction.

En France, on situe généralement vers la fin du Moyen Âge les premières manifestations du sentiment national, à l'époque de la guerre de Cent Ans. Mais cette phase, décisive du point de vue de la construction de la Nation, est également celle des premiers affrontements de classes identifiables. La grande jacquerie de 1358, décrite par certains chroniqueurs comme « la guerre que les paysans firent aux nobles », fut d'une férocité inouïe. Mais c'est l'impuissance de la caste militaire à défendre son sol et son peuple contre les Anglais qui avait motivé au niveau conscient les paysans révoltés du Bassin parisien, entre Picardie et Bourgogne. L'affrontement des classes suppose l'émergence simultanée de cette entité plus vaste qu'est la nation, composée de groupes qui devraient être solidaires et responsables les uns des autres. Sans l'existence de la communauté France, le sentiment d'une défaillance des élites militaires n'aurait pu s'épanouir. L'hypothèse de classes en lutte hors de toute collectivité nationale englobante est une abstraction dépourvue de sens. Mais nous pourrions aussi bien renverser la proposition et affirmer que la lutte des classes définit le groupe national.

Dans l'Allemagne du début du XVIe siècle, la Réforme protestante révèle simultanément un sentiment national et des conflits de classes. Luther lance en 1517 la « noblesse chrétienne de la nation allemande » contre Rome. Dès 1525, la grande guerre des paysans, analysée par Engels, enflamme l'Allemagne du Sud.

La révolution anglaise de 1640 s'appuie sur le même mécanisme à double détente combinant émergence des classes et poussée nationale. Les couches moyennes, rurales et commerçantes, de l'Angleterre du Sud remettent en question le pouvoir de l'aristocratie traditionnelle au nom d'un idéal religieux protestant. Mais la montée en puissance simultanée du sentiment national anglais conduit à une autoperception de l'Angleterre comme nation élue de Dieu. C'est dans ce contexte d'affrontements intérieurs et d'affirmation collective que sont adoptés les Actes de navigation, mesure protectionniste efficace qui ouvre la phase « nationale-libérale » de l'histoire anglaise et permet le décollage commercial et industriel du pays.

La Révolution française fournit évidemment le plus bel exemple, hautement formalisé, d'une telle association entre conflit de classes et émergence nationale. L'unité de la nation se constitue alors, explicitement, contre une classe. Le tiers état abolit la noblesse et devient le peuple français. L'expulsion du noble, symbolique dans un premier temps, réelle par la suite, permet la constitution de la nation. Une fois de plus, division et unité se complètent dans un processus historique et sociologique d'accession à une croyance collective structurante.

Incertitude de l'histoire et liberté des Français

La France des années 1990-2000 est en train de redécouvrir cette très vieille combinaison. Les thématiques nationale et de classe y renaissent parallèlement. Les groupes s'affrontent, les alliances se déplacent tandis que s'imposent à nouveau les concepts de peuple et de nation. Le mot République, qui n'est que le nom de gauche de la nation, se réinstalle au cœur du vocabulaire politique. La caste dirigeante est mise en accusation, comme le fut son ancêtre de la fin du XVIIIe siècle, ou même de la guerre de Cent Ans. À nouveau se répand dans les strates inférieures et moyennes de la société l'hypothèse d'une trahison de la nation par sa classe dirigeante. Il s'agit là d'un phénomène idéologique de longue période dont on ne peut attendre qu'il aboutisse en une, deux ou trois années. L'antinationisme des élites avait mis un quart de siècle à s'épanouir, une génération, entre 1965 et 1990. Le mouvement inverse de remontée de la croyance collective nationale ne peut que s'étaler sur une période mesurable en décennies plutôt qu'en années. Il n'est cependant pas possible d'affirmer, au stade actuel et en s'appuyant seulement sur le modèle explicatif proposé dans ce livre, que la nation égalitaire l'emportera en France sur la fragmentation inégalitaire.

La croyance collective nationale qui émerge ne peut avoir la simplicité de la précédente, arrivée à maturité entre 1789 et 1914. Alors, la marche de l'alphabétisation définissait inexorablement un groupe humain homogène, égalitaire. Cette dimension d'une égalité assurée par l'alphabétisation universelle persiste, puisque l'écrasante majorité des Français sait lire et écrire. Mais la stratification culturelle qui a conduit à l'émergence d'un subconscient culturel inégalitaire et à la prédominance, dans les classes supérieures, de l'antinationisme persiste. La forme hybride et perverse qu'est le Front national, dont l'idéologie mêle égalitarisme et inégalitarisme, est aussi symptomatique de cette ambiguïté.

Le sentiment égalitaire qui se développe est celui d'une égalité de souffrance. L'échec économique conduit à une perception renouvelée de la solidarité des classes inférieures et moyennes contre la classe dirigeante. Mais on ne peut a priori affirmer que cette communauté négative permettra le dépassement des inégalités culturelles mises en place par le développement de l'éducation secondaire et supérieure. On serait tenté de dire que la France est le lieu d'un combat incertain entre les forces de l'égalité et celles de l'inégalité. La présence d'un fonds anthropologique égalitaire dominant, dont l'action inconsciente est toujours perceptible, peut faire pencher la balance du côté de la nation égalitaire. L'équilibre des forces est

rendu plus incertain encore par la présence concur-
rente sur la périphérie de l'hexagone d'un système
anthropologique inégalitaire, mais réfractaire à l'idée
de fragmentation du corps social. L'incertitude règne
donc sur le destin de la France.

Mais pourquoi alors ne pas parler de liberté, en un
sens absolu ? La présence de plusieurs séquences cau-
sales, concurrentes et superposées, crée une situation
pratique d'indétermination dans laquelle chaque individu peut, en théorie, par son choix et son action,
décider du basculement du système national dans
l'égalité ou l'inégalité. Le doute de l'historien est ici
la liberté du citoyen.

La croyance et l'action économique

La toute-puissance de l'économie n'est donc qu'une illusion. La chute des taux de croissance, la montée des inégalités et de la pauvreté, l'incohérence des évolutions monétaires sont des phénomènes bien réels, et de nature économique. Mais ils ne font que refléter et masquer des déterminants culturels et anthropologiques beaucoup plus profonds, encore plus angoissants. La chute puis la stagnation du niveau culturel américain, la baisse du nombre des ingénieurs et des scientifiques formés chaque année outre-Atlantique, le choc malthusien produit dans l'ensemble du monde développé par l'arrivée des classes creuses à l'âge adulte, la montée d'une nou velle stratification culturelle encourageant une perception inégalitaire de la vie sociale et menant à l'affaissement des croyances collectives, définissent ensemble bien plus qu'une crise économique : une crise de civilisation. Celle-ci touche, avec des décalages temporels, toutes les nations développées, dont l'implosion, lorsqu'elle se produit, apparaît comme un phénomène endogène. L'effondrement des croyances américaine, anglaise, française, sur fond de silence

idéologique des nations allemande et japonaise, produit la mondialisation. L'hypothèse d'une « globalisation », principe abstrait agissant « de l'extérieur » sur
toutes les nations, n'a pas de substance. Elle n'est
qu'un mythe, une mise en scène du sentiment d'impuissance des élites politiques et culturelles.

La diversité anthropologique des nations développées accroît la confusion des classes dirigeantes.
L'existence de plusieurs types d'organisation capitaliste — individualiste anglo-saxon, intégré allemand ou
japonais — permet l'épanouissement d'un paralogisme
très humain. L'échec d'un modèle impliquerait automatiquement la réussite d'un autre. Chacune des sociétés qui semble se dissoudre cherche ailleurs, chez un
voisin, la solution à ses propres problèmes. Et l'on
court du triomphe monétaire allemand et japonais des
années 80 au succès du presque plein emploi américain
des années 90, en une illusion sans cesse renouvelée.
Cet enfermement logique repose sur le postulat rassurant et faux que quelque part existe un modèle
dynamique, efficace, sain. La cruelle vérité, et sans
doute la plus difficile à admettre, est qu'actuellement
aucun système économique ne fonctionne bien. Allons
même plus loin : aucun ne peut être considéré comme
pleinement raisonnable, c'est-à-dire viable à long
terme. Les modèles allemand et japonais sont englués
dans un besoin structurel de produire plus qu'ils ne
consomment. Leur obstination a contribué à transformer l'économie américaine, créatrice d'emplois plutôt
que de biens, en un gigantesque parasite industriel,
importateur de produits manufacturés, exportateur
d'images et d'illusions idéologiques. L'émergence
lente de la vérité planétaire se manifeste en France par
une tendance de plus en plus fréquente des tenants de

la pensée zéro à proposer des modèles de plus en plus petits et contre-performants. Nous avons vu récemment les Pays-Bas, dont le PIB par tête a finalement été dépassé par celui de la France, devenir dignes d'être imités vers 1997, c'est-à-dire dans la période même où ils perdaient leur avance. Et nous devrons sans doute bientôt affronter le défi libéral de la Nouvelle-Zélande, dont le PIB par tête n'atteignait, en 1995, que 63 % de celui de la France.

Les manifestations sont diverses mais la crise est partout. Le monde est désordre, stagnation, régression. Trois paramètres résument assez bien la réalité de la mondialisation, dont chacun renvoie au destin particulier de l'un des trois grands de l'économie. Aux États-Unis, entre 1991 et 1996, le déficit des échanges de marchandises est passé de 75 à 191 milliards de dollars. En Allemagne, entre ces deux dates, le taux de chômage a augmenté, de 6,7 à plus de 10,3 % de la population active. Au Japon, pays le plus dynamique de l'après-guerre, le taux de croissance annuel moyen est tombé, durant la première moitié des années 90, à 1,7 %. Il n'existe pas au monde d'économie pleinement rassurante, ce qu'exprime à sa manière le comportement de plus en plus erratique des monnaies. On pouvait encore interpréter facilement la poussée du dollar des années 1980-1985 et la hausse du yen ou du mark entre 1985 et 1995, en s'appuyant sur quelques données simples : hausse des taux d'intérêt américains dans le cas du bref dollar fort, puis excédents commerciaux cumulés dans le cas des ascensions de longue durée allemande et japonaise. Les fluctuations de la seconde moitié des années 90 sont d'une autre nature. Par leurs mouvements, les capitaux ne recherchent plus, sur le mode positif, les économies et les monnaies les plus rentables et les plus solides à court ou long terme, mais, sur le mode négatif, les moins inquiétantes à moyen terme, mécanisme que l'on a vu fonctionner à l'échelle planétaire au moment du krach asiatique d'octobre 1997. Comment vivre tranquille lorsque l'on est riche et que l'on doit choisir entre la stagnation culturelle américaine, le vieillissement de la population japonaise et la contraction de l'économie allemande ? Entre le déficit commercial des États-Unis, la stagnation industrielle du Japon et les fantaisies politiques de la monnaie unique européenne ?

Souplesse et désarroi de l'Amérique

Les erreurs de gestion économique des classes dirigeantes sont à la mesure de leur désarroi. L'attitude américaine est à la fois souple et non responsable. On peut néanmoins évoquer, dans le cas des États-Unis, une adaptation pragmatique à la stagnation culturelle, dans une société qui retrouve, à court terme, un équilibre modeste. Le niveau éducatif semble stabilisé, tout comme la criminalité. Individualisme et anti-étatisme interdisent aux États-Unis les manifestations délirantes de volonté politique. On ne peut croire, dans une telle société, en l'action magique et rédemptrice de la monnaie, ainsi qu'en témoigne l'émergence d'un style souple de gestion du dollar, chargé d'accompagner la société plutôt que de la violer. Mais, aux États-Unis, le sentiment d'impuissance des classes dirigeantes vaut bien celui qui s'exprime en France. La vocifération globalisante, libre-échangiste, n'exprime qu'un abandon au destin. Elle fait de nécessité vertu.

C'est un phénomène nouveau dans un pays qui, depuis la déclaration d'indépendance de 1776, semblait savoir où il allait. La chute a été rapide. Entre 1947 et 1963, entre le plan Marshall et l'assassinat de Kennedy, l'Amérique avait offert au monde, en dépit des commentaires critiques des élites européennes tiers-mondistes ou staliniennes, l'exemple d'une nation simultanément dominante et responsable. Ses classes dirigeantes étaient à la fois conscientes du monde et de leur pays. Leur sentiment de responsabilité bénéficiait aux sociétés européennes ou asiatiques ravagées par la guerre et à l'ensemble de la population américaine. Études stratégiques et sociologiques progressaient de conserve. Personne ne hurlait alors à la nécessité de globaliser, au lendemain d'une guerre mondiale qui avait été suffisamment globale. Il est impossible de ne pas associer le caractère régressif, et parfois irresponsable, de la gestion américaine actuelle, interne ou externe, à la chute du niveau intellectuel dans les couches supérieures de la société, mesurable entre 1963 et 1980. La politique économique « fun » de Reagan, « unusual » disent certains économistes polis, de diminution des impôts sur les privilégiés accompagnant une augmentation des dépenses militaires, s'inscrit dans cette phase éducative régressive. Les paramètres culturels sont heureusement stabilisés, mais on ne peut vraisemblablement pas attendre d'un groupe dirigeant diminué par le niveau de formation, paralysé par l'absence de croyances collectives, qu'il définisse une stratégie pleinement responsable à long terme, pour l'Amérique et pour le monde. La seule voie économique menant au rétablissement des équilibres internes et externes serait la définition explicite d'un protectionnisme intelligent, élément de la stabilité du monde, coopératif, non agressif. Un tel choix ne nécessite pas, au fond, une grande compréhension de l'économie, mais il présuppose une conception claire de la collectivité, une idée forte de la *nation* et de l'*égalité*. Entre la guerre de Sécession et la Seconde Guerre mondiale, ces deux concepts simples avaient animé l'Amérique, permettant alors un protectionnisme massif et une croissance forte quoique cyclique. Ils semblent aujourd'hui hors de sa portée. On ne peut attendre d'élites qui consacrent tant d'énergie à « protéger » les essences différentes des femmes, des Noirs, des homosexuels ou des Hispaniques, qu'elles s'engagent dans l'affirmation d'une collectivité égalitaire et solidaire. Une telle question n'est cependant jamais définitivement réglée. La puissance souterraine et inconsciente de l'aspiration collective explique l'apparition d'essais politiques réclamant, aux États-Unis, un retour à la nation. Le terme même de nation est omniprésent dans les articles et les livres, même lorsque ceux-ci présentent la globalisation comme inéluctable. Rappelons que l'essai qui a fait la réputation de Robert Reich, traduit en français sous le titre *L'économie mondialisée*, se présentait en anglais sous celui de *The Work of Nations*. Le classique de Porter s'intitulait *The Competitive Advantage of Nations*. Même aux États-Unis, la conscience collective est éteinte plutôt que morte.

Europe et mondialisation : confusion des concepts et addition des problèmes

La construction monétaire de l'Europe représente le choix, inverse de celui des États-Unis, d'un volontarisme inadapté, bien dans la tradition autoritaire du continent. Les difficultés économiques et sociales résultant de l'ouverture commerciale absolue sont aggravées par la rigidité monétaire. Dans une Europe où une dépression démographique sévère s'ajoute au libre-échange pour contracter la demande globale, voici nos dirigeants obstinés à comprimer un peu plus la consommation par des tentatives incessantes de réduction des déficits budgétaires. Si le gouvernement américain n'affronte pas la réalité, il a au moins l'immense mérite de ne pas aggraver la situation par une action mal conçue. En Europe, ce qui subsistait de volonté politique a fait monter le taux de chômage.

Partisans et adversaires de la pensée zéro ont tendance à considérer la mondialisation, commerciale ou financière, et l'Europe, monétaire, comme une totalité qui doit être acceptée ou rejetée en bloc. Mais, on l'a vu, monnaie unique et globalisation relèvent de deux logiques divergentes. La soumission enthousiaste à la globalisation et à l'euro est certes caractéristique d'une même catégorie sociale supérieure ; elle présuppose un postulat de dépassement de la nation. Mais, au-delà de cette insertion sociologique et de cette détermination axiomatique communes, les processus économiques de la mondialisation et de l'euro ne se complètent pas. Leurs effets négatifs s'additionnent. Il n'est simplement pas vrai qu'une même nécessité capitaliste, ou de modernisation, entraîne simultanément les deux évolutions.

La mondialisation est vécue sur le mode passif : elle est prétendument inéluctable, naturellement produite par les nouvelles techniques informatiques ou financières. Elle est quelque chose qui « arrive », partout et nulle part, indépendamment de la volonté des États. La monnaie unique, lors de sa conception, fut présentée sur le mode actif, comme quelque chose que l'on voulait faire, que les États devaient réaliser. Ses partisans présentaient d'ailleurs une fâcheuse tendance à se gargariser du terme volonté, l'abondance du mot étant un signe sûr de l'absence de la chose, comme on a pu le constater par la suite. La monnaie unique est souvent proposée, en une sorte de réflexe pavlovien, comme une réponse, une solution au défi de la mondialisation. Les petites nations dépassées ne pourront se défendre que par la fusion et la création d'une monnaie influente : un gros euro pourra affronter l'omniprésence du dollar et la puissance du yen. Une grosse Europe pourra tenir tête aux États-Unis ou au Japon.

Une telle attitude est, du point de vue de l'économie française ou plus généralement des économies européennes non allemandes, absurde. La liberté de circulation des marchandises, du capital et des hommes aboutit à une mise en concurrence des populations actives de la planète. Ce phénomène a eu pour premier effet, dans les années 80, de menacer les industries fortement utilisatrices de main-d'œuvre et de faire baisser les revenus ou monter les taux de chômage des travailleurs faiblement qualifiés, en attendant de peser, dans les années 90, sur le travail qualifié et les classes moyennes. La politique dite du franc fort, du mark CFA ou de la monnaie unique, parce qu'elle élève la monnaie au-dessus de la valeur qui optimiserait les chances de l'industrie nationale, a ajouté aux difficultés de ces secteurs industriels. Il n'est déjà pas facile de rester concurrentiel dans la production de textiles, d'habits, de chaussures, de jouets, ou dans l'assemblage de matériel électronique. Mais il est clair que la politique du franc fort a ajouté aux problèmes de ces secteurs, créant les conditions d'un carnage industriel. Si la réalisation d'une « grosse » monnaie, calquée sur le mark, a pour but de protéger les Français des effets de la mondialisation, alors nous pouvons affirmer que l'euro est le protectionnisme des imbéciles[1]. La politique du franc-mark évoque irrésistiblement l'image d'un boxeur dont la garde rigide abrite le visage, tandis que son adversaire lui martèle l'estomac et les côtes. La monnaie ne protège que si elle est flexible, si la variation à la baisse du taux de change peut atténuer le choc d'une concurrence extérieure devenue trop sévère ou tout simplement déloyale. Ne soyons cependant pas atteints ici de naïveté : un franc fort, un mark-CFA fort, un euro fort conçus pour attirer les capitaux ne sont pas défavorables aux rentiers. Comme celle du libre-échange, la question de la parité monétaire met en évidence une opposition entre intérêt général et intérêts particuliers. Au stade actuel, ni le libre-échange ni la monnaie unique ne sont d'intérêt général.

En France, globalisation et européisme superposent en pratique leurs effets destructeurs, pour produire une situation de tension économique et sociale qui n'a son équivalent nulle part dans le monde. Les États-Unis ont, entre 1980 et 1985, pratiqué simultanément le libre-échange et un dollar fort, avec des effets cataclysmiques pour leur industrie. Ils sont revenus par la suite à une politique monétaire pragmatique, considérant sans doute que les tensions induites par le commerce international satisfaisaient pleinement le désir de souffrance de la société américaine. Aux États-Unis, libre-

---

1. En hommage à Bebel qui avait qualifié l'antisémitisme de « socialisme des imbéciles ».

échange et politique monétaire dérivent désormais, de façon cohérente, d'un même axiome de flexibilité. La France a osé ajouter aux problèmes résultant de l'ouverture commerciale ceux qui dérivent d'une politique monétaire mégalomane. Ses dirigeants, effectivement actifs à l'échelle du continent, ont entraîné l'Europe dans une confusion conceptuelle mêlant, sans souci de cohérence, concepts commerciaux libéraux et choix monétaires autoritaires. C'est pourquoi les économistes américains, qu'ils soient postmonétaristes ou néokeynésiens, et le plus souvent les deux à la fois puisque la relance à l'américaine se fait désormais par la monnaie et le crédit, considèrent de plus en plus le traité de Maastricht comme une construction baroque, un cas unique de libéralisme autoritaire ou d'autoritarisme libéral. L'Amérique a ses problèmes, elle n'est pas un modèle à suivre, mais la réémergence outre-Atlantique d'une vision traditionnelle percevant l'Europe comme devenue folle est réaliste et acceptable. Hier capable de produire, en vrac et en série, des nationalismes hystériques, de l'antisémitisme, des guerres mondiales et des régimes antidémocratiques, l'Europe est en train, selon une vision américaine récente et lucide, d'inventer une nouvelle manière de s'autodétruire, par la monnaie. Aujourd'hui comme hier, la France et l'Allemagne sont au cœur du naufrage, co-responsables de l'errance. L'Allemagne s'enferme dans une conception dogmatique de la monnaie et semble sur le point de vivre l'un de ses traditionnels accès de fatalisme historique, de montrer sa capacité à aller jusqu'au bout d'une voie sans issue. Cette fois-ci jusqu'au bout de la stabilité monétaire, comme elle s'était laissée emporter, en 1923, jusqu'au bout de l'inflation.

L'Allemagne a des excuses, économiques et idéologiques. Jusqu'à ce que se manifestent les effets dépressifs résultant du libre-échange et de la contraction démographique, elle profitait de la politique du franc fort, qui lui assurait une position privilégiée sur le marché français, dans une situation de supériorité technologique et industrielle évidente. On ne saurait reprocher à la classe dirigeante allemande d'avoir très pacifiquement géré sa politique de coopération monétaire européenne dans l'intérêt de sa population. Depuis que les tendances déflationnistes s'affirment, il reste très difficile pour l'Allemagne d'assumer seule le choix d'un destin monétaire purement national. Récemment unifiée, puissante industriellement, la République fédérale est mal placée pour décider seule un retour général à l'Europe des nations tant que la France s'obstine à exiger le dépassement des nations, tenue d'une main de fer par des hauts fonctionnaires vivant agréablement d'un prélèvement étatique de valeur à l'échelle nationale.

Les chances gâchées de la France

L'incapacité des élites françaises à faire face à la crise aura été particulièrement navrante. Leur comportement strictement mimétique a interdit que leur pays profite de son véritable atout : l'absence d'un problème majeur, unique, central, conditionnant l'avenir. Le monde anglo-saxon doit s'adapter économiquement à une évolution problématique de son niveau culturel, à une stagnation de fond. L'Allemagne doit gérer une contraction démographique sans précédent dans l'histoire de l'humanité. La France apparaissait, au début des années 90, comme le pays dont le niveau culturel continuait sa progression, sur un rythme mesuré, et où le tassement démographique, sensible, n'atteignait cependant pas des proportions alarmantes. Il aurait alors suffi d'en faire le moins possible, de laisser flotter la monnaie, de laisser vivre la société et l'économie à leurs rythmes spontanés, pour que, dans un contexte mondial difficile, la France apparaisse assez vite non comme le pays dynamique — le monde développé va mal dans son ensemble —, mais comme un pays moins problématique que les autres. Avec un tel pragmatisme, et avant même d'avoir remis en question le libre-échange, étape ultérieure nécessaire, la nation aurait pris confiance en ses capacités d'expérimentation économique. Elle n'aurait été mentalement paralysée par aucune des idéologies économiques dominantes. Le respect des virtualités sociales naturelles aurait permis une défense pratique et idéologique efficace de ses spécificités positives et, notamment, de ses services publics ou de sa Sécurité sociale.

En imitant simultanément la monnaie de l'Allemagne et le libre-échange du monde anglo-saxon, la classe dirigeante parisienne a assuré la conversion de tous les avantages relatifs de la France en handicaps supplémentaires. Ses jeunes en particulier, relativement plus nombreux qu'outre-Rhin, sont devenus, du fait de la rigidité monétaire, une population inutile, à éliminer socialement. Ce à quoi l'on a procédé, dans chacune de nos banlieues. Ici, la politique du franc fort rejoint en pratique le projet lepéniste d'exclusion, puisque les jeunes d'origine algérienne, marocaine ou tunisienne sont très largement surreprésentés parmi les exclus de la politique monétaire.

La négation de la spécificité française n'a fait aucun bien réel, durable, à nos voisins, et en particulier au plus important d'entre eux, l'Allemagne. Superficiellement, on peut considérer qu'en maintenant le franc à un niveau trop élevé les dirigeants français ont « fait le jeu commercial de l'Allemagne » en lui assurant des débouchés stables dans l'hexagone. Tout décrochage du franc, c'est vrai, produirait, en instantané, des problèmes transitoires de hausse des prix à l'exportation pour la République fédérale. Mais un tel choix aurait pour effet bénéfique à moyen terme de tirer l'Allemagne de ses certitudes économiques, de la rigidité de ses conceptions, en la confrontant au vrai problème de l'époque, l'insuffisance structurelle de la demande. L'Europe ne peut pas vivre avec, en son cœur, une puissance industrielle dominante qui se contente d'attendre de l'augmentation de ses exportations un retour à l'équilibre. Surtout si, en France puis en Italie (avec plus d'efficacité), le même rêve exportateur s'installe et ajoute ses effets dépressifs au déséquilibre allemand central. La France, par sa politique systématique d'imitation, est devenue le mauvais génie de l'Allemagne. En lui assurant sans cesse qu'elle a toujours raison, elle la prive d'esprit critique, de la possibilité de changer lorsque c'est nécessaire. La germanolâtrie des élites françaises enferme l'Allemagne en elle-même.

Au-delà de ces questions économiques, importantes mais superficielles, l'attitude française vis-à-vis de l'Allemagne peut être définie comme névrotique, à terme déstabilisatrice pour la République fédérale. Les discours officiels parlent d'amitié, d'imitation et de fusion. Les attitudes profondes sont la rivalité, la peur et le rejet. L'antinationisme des élites françaises nie l'existence de l'Allemagne autant que celle de leur propre pays. Il refuse les spécificités anthropologiques, culturelles, sociales, économiques, du monde germanique. Il veut faire disparaître la République fédérale dans une Europe abstraite, tout comme il désire effacer la France. Lorsque l'antinationisme des élites françaises s'attaque à l'hexagone, il est pervers, destructeur de la solidarité des hommes et des classes. Mais la France universaliste peut au moins concevoir sa propre disparition sans trop d'anxiété. Lorsque l'antinationisme du village parisien agresse l'Allemagne, il est dangereux parce qu'il sous-estime radicalement l'attachement des Allemands à leur nation et à leur mark. Fondée par des structures familiales souches, comme le Japon, l'Allemagne croit intensément en sa spécificité. Jouer avec les déterminations anthropologiques est ici dangereux. L'angoisse qui sue chez nos voisins et alliés d'outre-Rhin à l'approche de la réalisation de l'euro devrait être un avertissement.

Les classes dirigeantes françaises ont laissé passer, en 1990, lors de la réunification, l'occasion d'une réconciliation finale, d'une acceptation définitive de l'existence de l'Allemagne. La vraie générosité, expression d'une réelle foi en l'avenir, consisterait à donner enfin aux Allemands le droit d'être allemands. Mais, en une course ridicule, de Berlin-Est à Maastricht, François Mitterrand, n'ayant pas réussi à perpétuer l'existence de la RDA, a essayé de noyer, dans le papier diplomatique et la monnaie, l'Allemagne réelle.

Ajoutons, pour terminer cet inventaire à la Ionesco des erreurs françaises, que la stratégie antigermanique de l'euro repose sur un contresens historique. L'Allemagne est la grande puissance industrielle du continent, fait qui doit être accepté intellectuellement, ainsi que l'existence d'une spécificité anthropologique et culturelle allemande. Mais, compte tenu de sa contraction démographique, l'hypothèse d'une domination économique et politique de l'Europe par la République fédérale est irréaliste. Plaçons-nous du point de vue d'une *realpolitik* à la Bismarck : le reflux du nombre des jeunes Allemands, phénomène démographique concret, assure de lui-même ce que la monnaie unique, abstraction mythique, ne peut réaliser : le rééquilibrage des puissances européennes. En 1995 sont nés 765 000 Allemands, 729 000 Français et 732 000 Britanniques. Ces trois nombres annoncent l'équilibre et la paix d'un continent dans lequel personne ne pourra rêver d'envahir ou d'écraser son voisin. Mal conçue, dévastatrice de l'économie, l'unification monétaire de l'Europe était politiquement inutile. C'est *pour rien* que l'on a fait souffrir la population française et, par contrecoup, la population allemande, puisqu'il est évident qu'à moyen terme la dépression de la demande intérieure française a accentué la crise de l'économie allemande.

La monnaie unique, du volontarisme au passivisme

Nous devons cependant être conscients que le projet monétaire européen, stable dans sa forme et ses effets dépressifs, a progressivement, subtilement mais totalement changé de nature psychosociale. Il exprimait lors de sa conception, entre 1988 et 1992, une volonté, un acte « positif », contredisant consciemment les hypothèses ultralibérales. La monnaie à l'allemande est fondamentalement étatique. Il s'agissait de violer les natures et les rythmes des sociétés européennes, de fabriquer, par la magie du signe, un nouveau monde. C'est pour cela que la marche à la monnaie unique a produit tellement de destructions industrielles et de souffrances sociales. Mais entre 1992 et 1998 la convergence monétaire a fait apparaître, en chiffres mesurant la stagnation et le chômage, l'absurdité intellectuelle et sociologique du projet. Nous savons, les Américains savent, « ils » savent, que la monnaie unique n'apportera aucune amélioration à la situation économique des nations européennes. Dans le noyau dur, et du point de vue d'un économiste, la monnaie unique existe déjà : la stabilité du lien franc-mark, l'insignifiance des écarts de taux d'intérêt entre la France et l'Allemagne en témoignent. Et c'est pourquoi les deux pays vont si mal, constituant, au cœur d'un continent malade, une sorte de trou noir, dont la taille, d'échelle japonaise avec 140 millions d'habitants, est effectivement suffisante pour paralyser l'Europe entière. La monnaie unique est devenue l'habit du roi dans le conte d'Andersen, sans qu'aucun homme politique central et responsable ose jouer le rôle du petit garçon dénonciateur, révélant au roi, qui est ici le peuple, la vérité. On pressent qu'une crise sociopolitique grave résultera de la poursuite des tendances actuelles. Mais le mouvement continue. Le volontarisme initial est bien mort, achevé par les faits plutôt que par la polémique. Mais il est aujourd'hui relayé par le *passivisme*. Le passivisme, c'est, rappelons-le, la célébration active de quelque chose qui est passif, l'enthousiasme dans la soumission au destin.

L'absence de forces collectives, l'implosion des partis politiques, l'insignifiance des individus que sont désormais les hommes politiques interdisent que l'on reprenne la barre et que l'on réoriente le mouvement des États dans un sens raisonnable. On peut ici parler d'une convergence psychosociale entre libre-échange et monnaie unique. L'absence de sentiment collectif empêche que l'on renonce à la monnaie unique comme elle interdit que l'on se débarrasse du libre-échange. La somme de ces deux impuissances constitue la pensée zéro de l'année 1998. Les effets de ces deux « choses », vécues comme inévitables, restent cependant contradictoires, leur superposition produisant une aggravation permanente de la situation. Nous pouvons ainsi distinguer deux générations dans la réalisation de la monnaie unique, en nous en tenant à l'univers des socialistes français, choix justifié par le rôle décisif du PS, au départ comme à l'arrivée du train fou. Lors de la conception du projet, des hommes comme Jacques Delors, François Mitterrand ou Michel Rocard exprimaient une adhésion activiste à la monnaie unique. Leurs successeurs, Lionel Jospin, Dominique Strauss-Kahn et Pierre Moscovici, ne sont pas, ainsi qu'en témoigne leur attitude avant et durant la campagne électorale du printemps 1997, des convaincus sans esprit critique. Tout indique qu'ils ont compris l'immensité des problèmes créés par la monnaie unique. Il est caractéristique que Lionel Jospin ait été l'un de ses plus tièdes partisans en 1992, poussant alors l'originalité jusqu'à être poli avec les partisans du non. Et pourtant, les dirigeants de la France continuent, sans dévier la trajectoire d'un seul centimètre, plus pressés encore que Jacques Chirac, si c'est possible, de s'abandonner au cours des choses. Ils relèvent, comme le président de la République, d'une mentalité passiviste.

L'obstination des dirigeants français nous conduit à surestimer la difficulté d'un changement de politique économique. Sortir de la monnaie unique ne serait pas un tel drame, sauf peut-être pour les dirigeants trop « mouillés » dans le naufrage du projet. J'ai eu l'occasion à maintes reprises dans ce livre de souligner à quel point l'utopie monétaire bridait les économies réelles. Un relâchement de la pression politico-monétaire suffirait pour obtenir, en quelques années, une amélioration de la situation par le libre jeu des forces productives. Une telle réorientation ne réglerait pas la question, encore plus importante, du libre-échange mais donnerait à la société le temps de réflexion nécessaire à la mise en place de solutions de long terme.

L'abandon de l'euro permettrait, paradoxalement, une reprise de la coopération européenne. La marche mystique à l'unité a en pratique fait lever de telles angoisses nationales qu'elle a fini par paralyser la collaboration technologique entre les pays, particulièrement entre la France et l'Allemagne. Or l'histoire des sciences montre à quel point l'interaction entre pragmatisme anglais, métaphysique allemande et rationalisme français fut à la source de la prééminence scientifique de l'Europe entre le XVIIe siècle et la première moitié du XXe siècle. La même diversité anthropologique et culturelle qui empêche l'unification monétaire du continent se révèle être dans le domaine de la recherche un atout majeur. De la pluralité des approches intellectuelles et de leur conjonction peut résulter une créativité démultipliée.

Le retour au cadre traditionnel de sécurité sociale et mentale qu'est la nation autoriserait la reprise de grands projets technologiques. L'Europe, ralentie dans le domaine économique par le vieillissement de sa population, ne peut plus espérer dominer le monde, ce qui est probablement une bonne chose. Au terme d'une histoire particulièrement sanglante, la disparition du rêve de domination est en lui-même la réalisation d'un autre rêve, de modestie et de paix. Mais l'Europe est en train de retrouver son leadership scientifique et technologique et doit ici assumer son destin.

L'aveuglement est naturel

Comment expliquer l'aveuglement des élites, leur refus d'affronter la réalité de mécanismes économiques relativement simples ? Le rapport entre libre-échange et montée des inégalités est une évidence. La question de la demande globale fut résolue pour l'essentiel à la veille de la Seconde Guerre mondiale, en théorie par Keynes et en pratique, malheureusement, par Hitler qui réussit en quelques années l'élimination totale du chômage par une politique de grands travaux.

Nous ne trouverons pas une explication pleinement satisfaisante de l'aveuglement dans les classiques du marxisme. Aucun intérêt de classe réel ne motive ces erreurs monstrueuses, génératrices de souffrances plutôt que de profits. Tout au plus peut-on accepter l'idée que ceux qui tolèrent le mieux les erreurs de gestion économique sont ceux qui en souffrent le moins : les diplômés de l'enseignement supérieur, les riches, les vieux, les hauts fonctionnaires. Mais les vraies raisons de l'aveuglement doivent être cherchées hors de la sphère économique.

Nous devons d'abord, pour comprendre, nous débarrasser d'une habitude mentale : l'idée a priori que l'aveuglement est absurde, antinaturel, exceptionnel. Toute explication doit au contraire partir de l'hypothèse inverse que rien n'est plus facile et nécessaire à l'homme que l'aveuglement. En économie et en

politique autant qu'en amour. J'ai défini, au chapitre II, l'homme par sa curiosité intellectuelle, qui le
pousse et explique le progrès des connaissances. Un
tel postulat permet de comprendre la marche en avant
de l'humanité, la hausse du taux d'alphabétisation, le
développement de l'éducation secondaire et supérieure. L'homme est donc l'animal qui veut savoir.
Mais il est aussi, en une ambivalence fondamentale
qui ne peut être résolue, l'animal qui ne veut pas
savoir, qui, pour vivre paisiblement son existence terrestre, doit oublier l'essentiel : l'inéluctabilité de sa
propre mort. Il est à chaque instant capable de nier la
réalité, de se mentir à lui-même, pour « fonctionner »
de façon satisfaisante. C'est pourquoi, l'inconscient,
ainsi que l'a souligné Freud, ignore sa propre mort[1].
Un homme efficace est psychologiquement et biologi-
quement construit pour, la plupart du temps, ne pas
penser à l'essentiel, sa disparition. Il serait donc tout
à fait absurde de considérer le fait même de l'aveuglement comme extraordinaire, invraisemblable, stupéfiant. Nous devons au contraire admettre l'existence,
au cœur de l'être humain, d'un programme de négation
de la réalité, capable de générer l'illusion nécessaire à
la vie. Détourné de sa fin première, ce programme si
utile autorise d'autres négations de la réalité. Toute
situation perçue comme trop complexe, trop pénible,
trop menaçante, est contournée, évacuée, niée. La
crise de civilisation que nous vivons est une situation
de ce type, qui active puissamment, au cœur de l'élite
occidentale, le programme biologique et intellectuel
de négation de la réalité.

---

1. S. Freud, « Considérations actuelles sur la guerre et sur la mort »
(1915), *Essais de psychanalyse*, Payot, 1981, p. 26.

Le déclin des croyances collectives, parce qu'il isole l'individu dans sa peur, révèle cette fragilité essentielle. On peut même dire qu'il la démultiplie. Toute croyance collective est une structure d'éternité qui définit un groupe capable de se perpétuer au-delà de la vie individuelle. L'une de ses fonctions essentielles est le dépassement par l'individu du sentiment de sa propre finitude. Si le groupe est effacé, l'individu est ramené à l'évidence centrale, intolérable. Le programme humain de fuite hors de la réalité doit entrer en action. Hors des croyances collectives, le long terme n'a plus de sens. Une préférence pour le court terme, des hommes, des sociétés et des économies peut s'installer.

Au cœur de la crise, nous devons donc identifier un effondrement des croyances collectives, et particulièrement de l'idée de nation. Nous constatons, empiriquement, que l'effondrement de cet encadrement social et psychologique n'a pas mené à la libération et à l'épanouissement des individus mais au contraire à leur écrasement par un sentiment d'impuissance. Nous sommes ici au cœur du mystère humain. Toute croyance véritable, forte et structurante, est simultanément individuelle et collective, ainsi que le souligne le terme même de religion qui renvoie à une foi personnelle et à un lien social. Ce que démontre abondamment l'histoire de l'humanité, c'est que l'individu n'est fort que si sa collectivité est forte. Les grands de l'histoire, personnalités décrites et perçues comme exceptionnelles et exemplaires, s'appuient toujours sur des collectivités cohérentes. Derrière Périclès, il y a la croyance d'Athènes en son existence ; derrière César celle de Rome ; derrière Danton, Robespierre ou Napoléon celle de la France révolutionnaire, qui est en train d'inventer la nation moderne ; derrière Luther ou Bismarck, il y a une Allemagne qui, à des stades divers, est en train de prendre conscience d'elle-même. Dans le monde anglo-saxon lui-même, haut lieu de l'individualisme occidental, les individus ne sont grands que lorsque les croyances collectives — religieuses, sociales ou nationales — sont puissantes. Aux États-Unis, le déclin du sentiment national et religieux explique le passage de Lincoln ou Roosevelt à Reagan ou Clinton. Tout comme en Grande-Bretagne, le glissement de Disraeli ou Gladstone à Major ou Blair. Seul, et convaincu de sa solitude, l'individu se révèle incapable de croire réellement en la nécessité d'atteindre un objectif quelconque. C'est pourquoi le déclin des croyances collectives mène inexorablement à la chute de l'individu. Dans une telle ambiance peuvent émerger des dirigeants égarés, grégaires, mimétiques, assoiffés de reconnaissance plutôt que de réel pouvoir : simultanément incapables d'agir collectivement et d'exprimer des opinions individuelles. La théorie philosophique ou sociologique ne permettait pas de prévoir une telle fragilité. Nous aurions pu attendre de la montée du niveau culturel, de l'émergence d'une classe cultivée, savante, celle d'un homme nouveau, capable de dominer l'histoire.

Certains effets positifs sont apparents, dont l'attachement à la liberté qui rend l'hypothèse d'un totalitarisme à l'ancienne inconcevable. Mais, pour l'essentiel, la réalité que nous observons est une réversion intellectuelle, le spectacle fantastique de classes supérieures européennes aussi égarées que celles des années 30, dont le déflationnisme avait tant fait pour encourager la montée des fascismes. Nous vivons une extraordinaire leçon : l'histoire nous dit que l'homme, lorsqu'il ne se pense plus comme membre d'un groupe, cesse d'être un individu.

L'avenir du protectionnisme

Si les problèmes des sociétés développées ne sont que superficiellement économiques, il en va de même des solutions. La définition d'un protectionnisme intelligent, allant au-delà de la flexibilité monétaire, sera le grand débat des décennies à venir. Les sociétés ne peuvent indéfiniment vivre sous tension d'adaptation dans un contexte de déficience de la demande globale. Si les sociétés nationales n'arrivent pas à définir les voies nouvelles d'une protection économique assurant le maintien des protections sociales, la stabilité des infrastructures matérielles et des systèmes éducatifs, nous pouvons nous préparer à vivre des phénomènes de régression massifs : des conflits de classes violents ou le retour pur et simple à certaines formes de barbarie. Une réflexion économique doit s'engager, mettant en place des concepts généraux, mais s'intéressant aux détails administratifs et sectoriels. Le cadre défini par List d'une économie protégée sur le plan extérieur, mais libérale et compétitive sur le plan intérieur, reste sans doute valable. Contrairement à ce qu'affirment les ultralibéraux, l'ouverture commerciale n'est pas indispensable au maintien de la concurrence. Surtout si le niveau culturel continue de s'élever. Nous devons échapper aux croyances magiques sur les causes du dynamisme économique, qui placent hors de l'homme les forces du progrès. En l'an 1998, une concurrence économique entre analphabètes n'engendre pas de gains de

productivité. En revanche, une population dont le
niveau éducatif s'élève sera inévitablement compétitive et progressiste, si l'on s'abstient de choisir l'une
des voies de la déraison macro-économique : économie centralisée, ultralibéralisme ou sadomonétarisme.
Le protectionnisme du marché commun agricole n'a
pas empêché, c'est le moins qu'on puisse dire, une
hausse de la productivité. C'est en réalité dans ce secteur que les progrès ont été les plus impressionnants
depuis la guerre.

L'adoption de mesures protectionnistes aurait,
entre autres effets, celui de rendre caduc le débat sur
la liberté de circulation du capital, sa glorification
par la pensée zéro comme sa dénonciation par un
néomarxisme sommaire. Un marché protégé par un
gouvernement qui ne se présente pas comme idéologiquement hostile à l'activité d'entreprise est formidablement attractif pour le capital. Chaque fois que les
États-Unis ou l'Europe ont osé fermer leurs marchés
intérieurs aux firmes exportatrices japonaises ou
coréennes, celles-ci ont eu le réflexe immédiat d'in
vestir directement dans les pays consommateurs. En
pratique, dans la France des années 90, chacun des
restes du protectionnisme hérité du passé apparaît
comme une zone de croissance résiduelle. On n'ose
imaginer l'état du pays lorsque seront abaissées les
dernières barrières protégeant le secteur automobile.

La combinaison du protectionnisme et de la liberté
de circulation du capital est probablement, dans l'état
actuel des rapports de forces internationaux, optimale.
Ce fut celle des États-Unis dynamiques des années
1865-1929. Ce n'est pas celle du Japon actuel, protectionniste mais n'autorisant que la sortie des capitaux
de son territoire. En revanche, les moralistes qui se

proposent de contrôler le mouvement du capital sans intervenir sur celui des marchandises sont des vendeurs de nuages. En régime de libre-échange, il est toujours possible de faire passer une fuite de capital pour une transaction commerciale. C'est pourquoi le libre-échange finit toujours par déboucher sur l'effondrement des restrictions aux mouvements de capitaux. La pensée zéro est pseudo-économique, pseudo-libérale. Désigner le capital comme adversaire principal, c'est faire le jeu des hauts fonctionnaires incompétents qui se gargarisent de l'expression « marchés financiers » sans savoir de quoi ils parlent. Flexibilité monétaire et liberté de circulation du capital, si on les combine à un protectionnisme intelligent, expérimental, ne sont pas, par nature, de droite, anti-ouvriers, ou antipopulaires. Ils peuvent constituer les préconditions d'une défense efficace des services publics et de la Sécurité sociale. La résolution des problèmes économiques de la France ne passe pas par un durcissement de la lutte entre les secteurs et les groupes. L'aggravation de la lutte des classes, c'est le programme de la pensée zéro.

L'affrontement des concepts étatiques et libéraux est au stade actuel important mais secondaire. Chaque pays doit, en conformité avec son tempérament et ses traditions, trouver un équilibre entre activité privée et intervention étatique. Dans le cas de la France, particulièrement mixte dans ses conceptions économiques, qui mêlent confiance en l'entreprise privée et en l'État, le conflit entre libéralisme et étatisme, archaïque, est un symptôme de crise plutôt qu'un débat réel. Dans un pays asphyxié par l'insuffisance de la demande, les victimes privées et publiques s'accusent mutuellement d'un mal qui vient d'ailleurs. À l'opposition du libé-

ralisme et de l'étatisme doit succéder celle du libre-
échangisme et du protectionnisme.

Il est vrai que, d'un point de vue conjoncturel, les
« étatistes » ont, en 1997-1998, raison. Tout effort pour
remettre en question la Sécurité sociale et les services
publics, pour assurer plus de flexibilité au marché du
travail et faire ainsi baisser les salaires — ce que les
ultralibéraux justifient par un impératif d'efficacité,
de productivité — n'a aucun sens dans un contexte de
déficience de la demande. Chacune de ces mesures
aggraverait la situation, en déprimant un peu plus la
consommation intérieure. Dans l'état actuel de stagnation de l'économie française, l'existence du SMIC,
du RMI, de services publics et de fonctionnaires en
nombre suffisant, a jusqu'à présent empêché l'amorce
d'une plongée définitive, a prévenu l'entrée dans un
cycle pleinement déflationniste.

Reste que, à moyen ou long terme, une défense de
la protection sociale et des services publics qui s'abstient de poser la question du libre-échange est dérisoire. Il n'est tout simplement pas possible qu'une
partie de la population — les employés de l'État —
bénéficie d'une protection absolue vis-à-vis du marché
international, tandis que l'autre subit de plein fouet le
choc de la concurrence et de la compression de la
demande. Ne pas le voir, c'est tomber dans le piège
ultralibéral : celui-ci s'abstient soigneusement de poser
la question du protectionnisme pour mieux exiger
l'égalité des citoyens face au marché international.
Englober tous les citoyens, mieux tous les habitants du
pays, en incluant les immigrés, dans le cercle d'une
protection de la demande et de l'activité, c'est tuer
l'attaque contre les services publics et la Sécurité
sociale, c'est réconcilier les groupes et les classes dans

la solidarité égalitaire de la nation. C'est isoler la caste régnante et sa pensée zéro face à une société qui a retrouvé son unité. Les services publics sont au cœur du débat. La mise en question du libre-échange par les fonctionnaires, qui incarnent, par statut, la continuité et la cohésion de la nation, est une nécessité sociologique, économique et morale.

La croyance et l'action

Le retour au protectionnisme ne peut s'improviser. Il demandera beaucoup de travail et d'efforts. Ce sera l'œuvre d'une ou de deux générations ; comme le fut le passage au libre-échange. Mais ce débat purement économique est de nature triviale, quoique intéressant dans ses détails pour les spécialistes. Le vrai problème, et la vraie solution touchent les fondements culturels et anthropologiques du système. Le protectionnisme présuppose une conception de la collectivité et de l'égalité. Il ne peut se passer de l'idée de nation. La tâche apparaît alors plus vaste, et beaucoup plus mystérieuse. Une telle croyance peut-elle renaître dans un contexte de paix, dans des pays fortement stratifiés sur le plan culturel ? Nous ne le savons pas. Mais il est en revanche possible d'affirmer, sous la forme d'une proposition conditionnelle, que, si l'idée de nation renaît, le sentiment d'impuissance économique qui paralyse le monde développé et ses élites disparaîtra. L'action redeviendra concevable. Ici, le diagnostic historique est essentiel. Si ce n'est pas la mondialisation qui dissout les nations, mais l'autodissolution des nations qui produit la mondialisation, alors la recomposition des nations fera s'évanouir le problème de la mondialisation. Lorsque les dirigeants d'une collectivité s'appuient sur une conscience nationale forte, l'expérimentation économique est possible. Dénonciation du traité de Maastricht, annulation de l'indépendance de la Banque de France, renégociation de tous les aspects de la politique européenne, transferts de ressources entre générations, réforme fiscale, politique industrielle et technologique : tous ces rêves qui semblent aujourd'hui hors de notre portée, pour ne pas dire fous, redeviendraient une réalité accessible. Et si nous sommes une communauté humaine, pourquoi ne pas réaliser, d'un coup de baguette magique, la liquidation de la dette publique par la monétisation ? Écrivons un chiffre au compte du Trésor, à la Banque de France : en situation de déflation virtuelle nous n'avons guère à craindre l'inflation. Une collectivité qui pense exister, dans laquelle les individus se reconnaissent, au-delà de leurs différences de richesse, de pouvoir et de formation, comme semblables et solidaires, n'est jamais frappée par un sentiment d'impuissance économique. Le problème n'est pas véritablement d'ordre intellectuel. Il nous faut certes des économistes, libres d'esprit et capables d'expérimenter. Mais ce dont nous avons d'abord besoin est d'un saut de la foi, dans une croyance collective raisonnable, la nation.

TABLE DES TABLEAUX

1. Valeurs familiales et niveaux d'individualisme   45
2. Scores moyens en mathématiques   63
3. La compréhension de textes schématiques   65
4. La compréhension de textes
   à contenu quantitatif   65
5. Types familiaux et fécondité   76
6. Mobilités géographiques et professionnelles   93
7. La croissance de la productivité   98
8. L'asymétrie dans la circulation du capital   107
9. Richesse et productivité   127
10. Mortalité infantile et richesse   133
11. Les produits manufacturiers (1992)   137
12. Les inégalités de revenu mesurées
    par le coefficient de Gini   157
13. Les riches et les pauvres   159
14. L'évolution des inégalités aux États-Unis   159
15. Le ralentissement de la croissance dans
    les pays de l'OCDE   195
16. Droits de douane sur les biens manufacturés
    à la fin du XIXᵉ siècle   212
17. Éducation, revenu et chômage
    dans le monde développé   311
18. Catégorie socioprofessionnelle
    et diplôme en France en 1995   311
19. L'audience des *news magazines* français en 1995   312

20. Les catégories socioprofessionnelles
    et l'État en France   317
21. Classes sociales et déviances idéologiques   344
22. Le vote des classes d'âge en 1995   354

TABLE DES GRAPHIQUES

1. Les jeunes de 20-24 ans dans le monde développé.
   Source : *Annuaire statistique de l'Unesco, 1995.*   28
2. Le recul de l'éducation supérieure aux États-Unis.
   Source : R. D. Mare, « Changes in educational attainment and school enrollment », *in* R. Farley et coll., *State of the Union. America in the 1990s*, vol. 1 : *Economic Trends*, Russell Sage Foundation, New York, 1995, p. 164.   58
3. La chute du niveau intellectuel américain.
   Source : R. J. Herrnstein & C. Murray, *The Bell Curve*, New York, 1996, p. 425.   59
4. Les diplômes scientifiques décernés annuellement aux États-Unis et en Europe.
   Source : National Science Foundation.   67
5. Les diplômes scientifiques décernés annuellement en Allemagne, en France, en Italie et au Royaume-Uni.
   Source : National Science Foundation.   69
6. Les balances commerciales des trois grands de 1979 à 1996.
   Source : *Perspectives économiques de l'OCDE*, n° 61, juin 1997.   103
7. L'immigration aux États-Unis : famille complexe et famille nucléaire.
   Sources : *Historical Statistics of the United States*, Bureau of the Census. Mes calculs pour la répartition en types familiaux.   113

8. Le revenu médian des familles aux États-Unis.
   Source : Bureau of the Census, *Money Income in the United States : 1995*, sept. 1996, tableau B-4, en dollars 1995.   119

9. La montée en puissance monétaire du capitalisme souche : le dollar, le mark et le yen depuis 1972.
   Source : *Perspectives économiques de l'OCDE*, n° 61, juin 1997.   129

10. La mortalité infantile.
    Source : Base de données *Statistiques démographiques des pays industriels*, mise en place à l'Institut National d'Études Démographiques par Alain Monnier et Catherine de Guibert-Lantoine.   135

11. La population active dans l'industrie.
    A : Les trois grands.
    Source : OCDE, *Statistiques de la population active, 1974-1994*, Paris, 1996.   137

12. La population active dans l'industrie.
    B : Les quatre grands européens.
    Source : OCDE, *Statistiques de la population active, 1974-1994*, Paris, 1996.   138

13. Le franc fort contre l'industrie française.
    Sources : pour la monnaie, *Perspectives économiques de l'OCDE*, n° 61, juin 1997 ; pour la production industrielle, INSEE, *Comptes et indicateurs économiques. Rapport sur les comptes de la Nation, 1996*.   140

14. Les balances commerciales de la France, de l'Italie et du Royaume-Uni de 1979 à 1996.
    Source : *Perspectives économiques de l'OCDE*, n° 61, juin 1997.   141

15. La production automobile mondiale.
    Source : *Images économiques du monde*.   193

Préface   I
Introduction : La nature de la crise   13

Chapitre I : Éléments d'anthropologie
   à l'usage des économistes   33
Chapitre II : Un plafond culturel   53
Chapitre III : Les deux capitalismes   81
Chapitre IV : Le tournant des années 90.
   L'économie américaine est-elle dynamique ?   117
Chapitre V : Retour de l'inégalité
   et fragmentation des nations   155
Chapitre VI : L'utopie libre-échangiste   189
Chapitre VII : L'utopie monétaire   233
Chapitre VIII : La France écartelée   265
Chapitre IX : Sociologie de la pensée zéro   293
Chapitre X : Le retour du conflit et des croyances   329
Conclusion : La croyance et l'action économique   361

Table des tableaux   389
Table des graphiques   391

DU MÊME AUTEUR

LA CHUTE FINALE. Essai sur la décomposition de la sphère soviétique, *Robert Laffont*, 1976.

LE FOU ET LE PROLÉTAIRE, *Robert Laffont*, 1979.

L'INVENTION DE LA FRANCE, en collaboration avec Hervé Le Bras, *Hachette-Pluriel*, 1981.

LA TROISIÈME PLANÈTE. Structures familiales et systèmes idéologiques, *Le Seuil*, 1983.

L'ENFANCE DU MONDE. Structures familiales et développement, *Le Seuil*, 1984.

LA NOUVELLE FRANCE, *Le Seuil*, 1988.

L'INVENTION DE L'EUROPE, *Le Seuil*, 1990.

LE DESTIN DES IMMIGRÉS, *Le Seuil*, 1994.

Composition Nord Compo.
Impression Bussière Camedan Imprimeries
à Saint-Amand (Cher), le 15 octobre 1999.
Dépôt légal : octobre 1999.
Numéro d'imprimeur : 994505/1.
ISBN 2-07-041058-7./Imprimé en France.

93925